Magisch

Vertauscht

Ina Linger

&

Cina Bard

Impressum

www.inalinger.de
Email: ina-linger@web.de
Bestellung und Vertrieb: Nova MD GmbH, Vachendorf
Druckerei: Sowa Sp. z o.o.ul. Raszynska 1305-500 Piaseczno, Polska
Veröffentlicht durch: I. Gerlinger, Spindelmühler Weg 4,
12205 Berlin
Einbandgestaltung: Ina Linger
Illustrationen: Doska Palifin
Fotos: Shutterstock: Susanitha; Pexels: Pedro Figueras
Titelschriften: Typographer Mediengestaltung, Gluk
Lektorat: Faina Jedlin
ISBN: 978-3-96443-910-9

„Und plötzlich weißt du: Es ist Zeit, etwas Neues zu beginnen und dem Zauber des Anfangs zu vertrauen."

Meister Eckhart

(thüringischer Theologe und Philosoph; 1260 - 1328)

Prolog

Es war still. Unangenehm still. Das Einzige, was zu vernehmen war, war das leise Rascheln von Blättern, die hinab zum Boden trudelten oder von dem leichten Wind, der wehte, in die umstehenden Büsche getragen wurden. Kein Vogelgesang war zu vernehmen, kein Knacken von Ästen, oder das Klopfen eines Spechtes in einem der Baumwipfel. Dabei wurde der beginnende Tag doch meist voller Freude von den Tieren des Waldes begrüßt. Es war, als würden sie fühlen, dass irgendetwas nicht stimmte.

Nebelschwaden stiegen von einem kleinen Waldsee auf, wanderten hinüber zu der Lichtung, die sich in der glatten Wasseroberfläche spiegelte, … so wie die Gestalt, die sich genau dort niedergelassen hatte. Gehüllt in einen dunkelroten Kapuzenmantel kniete sie am Boden, den Kopf abgewandt. In den Händen hielt sie einen großen, sehr alt aussehenden Spiegel, dessen Rahmen aus goldenen Blumen- und Blätterranken bestand. Ihr Gesicht war nicht zu erkennen, denn der Spiegel warf seltsamerweise kein Bild zurück. Auch in ihm sammelten sich seltsame Nebelschwaden, die stetig ihre Farbe zu wechseln schienen.

Die Gestalt stellte den Spiegel auf dem Boden ab. Ihn nur noch mit einer Hand stützend, begann sie leise vor sich hinmurmelnd etwas Unkenntliches davor zu verbrennen. Worte in einer fremden Sprache, die sie ein paar Mal wiederholte, drangen so flüsterleise aus ihrer Kehle, dass man nicht heraushören konnte, ob sich ein Mann oder eine Frau unter der Kutte verbarg. Und dann klarte die gläserne Fläche des Spiegels mit einem Mal auf. Die Umrisse eines Gesichts erschienen darin … eine junge Frau, die die Augen geschlossen hielt … und gleich darauf ein junger Mann, der ebenfalls zu schlafen schien. Doch nur einen Sekundenbruchteil später riss er die Augen plötzlich auf. Angst und große Pein sprachen aus seinen Zügen. Er streckte eine Hand aus, als wolle er aus dem Spiegel herausgreifen und im nächsten Moment hallte ein gellender, angstverzerrter Schrei durch den Wald.

Anna fuhr keuchend aus dem Schlaf. Ihre Hand krallte sich über der Brust in ihr Nachthemd, während sie verzweifelt nach Atem rang. Das Herz schlug ihr bis zum Hals und ihr war eiskalt. Gehetzt sah sie sich um, tastete nach dem Schalter der Nachtischlampe. Kein Wald. Kein See. Keine dunkle Gestalt, die Übles vorhatte. Es war nur ein weiteres Mal einer dieser Träume gewesen, die sie manchmal des Nachts auf äußerst unangenehme Weise aus dem Schlaf rissen. Furchtbar real und gruselig, aber dennoch nur ein Traum.

Mit einem erleichterten Seufzen ließ sie sich in die Kissen sinken und versuchte mit ruhigem, tiefem Atmen, Ordnung in ihr Inneres zu bringen. Seltsamerweise hatten diese seltenen Gruselträume immer etwas mit Hexen und Zauberern zu tun. Dabei hatte sie bereits seit langer Zeit kein Interesse mehr an dieser Art von Sagen und Geschichten. Obgleich sie als Kind ein großer Harry-Potter-Fan gewesen war, war die Welt, in der sie sich heute am wohlsten fühlte, die der Jane Austen Bücher. Warum konnte sie denn nicht mal einen derart realen Traum von zum Beispiel Mr Darcy haben? Nein, es mussten immer diese Albträume von Dingen sein, die sie gar nicht sehen oder gar erleben wollte.

Allerdings waren diese Art Träume immer noch besser als die, in denen ihre Freunde oder ihre Familienangehörigen auftauchten und denen darin immer etwas Unangenehmes oder gar Gefährliches widerfuhr. Träume, die nur wenige Tage später völlig unerwartet in Erfüllung zu gehen schienen und Anna dazu brachten, gerade noch rechtzeitig einzuschreiten. Meist wurde sie in diesen Situationen verwirrt angesehen und ihr gesagt, dass bestimmt nichts passiert wäre – was wahrscheinlich stimmte, aber sie war der Typ Mensch, der lieber auf Nummer sicher ging, wenngleich sie davon überzeugt war, dass alles nur Zufall und sie mit Sicherheit keine Hellseherin war. Um an so etwas zu glauben, war sie viel zu rational.

Der Traum von eben würde sich zweifellos *nicht* erfüllen. So viel stand fest. Es gab keine magischen Spiegel, in die man Menschen einsperren konnte – schon gar nicht mehrere auf einmal. Es gab ja noch nicht einmal Magie. Folglich konnte sie den Traum getrost vergessen. Sie schloss die Augen und riss sie gleich wieder auf. Das Gesicht in dem Spiegel war erneut vor ihrem inneren Auge aufgetaucht. Der Junge … er hatte ausgesehen wie jemand, den sie kannte. Nur kam sie noch nicht darauf, wer es gewesen war. Und das Mädchen … Nein. Sie musste sich irren. Schließlich war sie nicht die einzige

Rothaarige auf der Welt. Und Hexen wurden ja oft als rothaarig beschrieben, sodass es verständlich war, dass ihre Fantasie der Frau im Spiegel diese Haarfarbe verpasst hatte.

Was den Jungen anging – es war nicht das erste Mal, dass sie von ihr vertrauten Gesichtern träumte, schließlich liefen ihr an der Uni eine Menge hübscher Kerle über den Weg und sogar sie hatte dem ein oder anderen interessiert hinterhergesehen. Letztens Ende war auch sie kein kalter Fisch und hatte ab und an diverse Gelüste wie jede andere junge Frau. Sicherlich lag es allein an ihren Hormonen und der ganze Traum hatte überhaupt nichts zu bedeuten.

Verärgert schüttelte sie über sich selbst den Kopf, zog die Decke nach dem Löschen des Lichts weiter hoch und kuschelte sich noch fester in die Kissen. Schlafen. Sie musste jetzt dringend weiterschlafen, denn am Morgen musste sie früh aufstehen und möglichst energiegeladen in den neuen Tag starten. Es galt in dieser Woche einige Probleme aus der Welt zu schaffen. *Echte* Probleme in der *realen* Welt.

Breakfast for Streber

Als sie aufwachte, vernahm Anna als erstes das leise Rauschen der Bäume und Sträucher draußen im Garten, doch das war nicht das, was sie zu dieser frühen Stunde geweckt hatte. Auch nicht die kühle, durchs offene Fenster strömende Morgenluft oder ihr Wecker, den sie wie so oft in letzter Zeit noch vor dem Klingeln ausstellte. Die ersten Vögel zwitscherten bereits und ihr Gesang mischte sich bald mit dem einer Autoalarmanlage, die durch die frühmorgendlichen Straßen plärrte. Anna reckte sich gähnend. Die letzte halbe Stunde vor dem offiziellen Klingeln des Weckers noch zu dösen, würde ihren Zustand nicht verbessern, wie sie aus leidlicher Erfahrung wusste. Sie tastete nach ihrer Nachttischlampe und knipste sie an. Manchmal träumte sie davon, von den ersten Sonnenstrahlen in ihrem Gesicht wachgekitzelt zu werden, da ihr Zimmer allerdings nach Norden lag, blieb das ein Wunsch. Zumindest, solange sie noch bei ihren Eltern wohnte.

Mit verschlafenen Augen und noch nicht ganz für die reale Welt bereit, tapste Anna kurz darauf die Treppe ihres Elternhauses herunter. Die vergangene Nacht war entschieden zu kurz gewesen, um auch nur annähernd erholsam zu sein – speziell, wenn man nach einer Lern-Nachtschicht wiederholt mitten in der Nacht aufwachte und auf die Toilette musste. Dazwischen hatte sie ein weiteres Mal wild geträumt – leider nicht auf die schöne Art von ‚wild'. Genau konnte sie sich nicht mehr erinnern. Nur an einen Wald im Nebel … und einen See …

Alles in allem hatte sie anscheinend kaum mehr als fünf Stunden geschlafen. Und das nicht zum ersten Mal in den letzten Wochen. An einem Wochenendtag war das eine Sache, an einem Unidienstag, mit fast der kompletten Woche noch vor sich, aber eine ganz andere. Was Anna jetzt brauchte, war Schokolade oder sonstiges Essen für die Seele und das möglichst ungestört. Auf leisen Sohlen, die Augen halboffen, ging sie in die Küche und öffnete gähnend den Kühlschrank.

„Guten Mooooorgen, Liebling", trällerte eine fröhliche Stimme hinter einer Zeitung am Küchentisch hervor und verpasste ihr beinahe einen Herzinfarkt. Es gab Menschen, die in der Frühe bereits topfit waren, und andere, die nur schwer in die Gänge kamen, dafür jedoch bis spät nachts höchst aktiv waren. Im Volksmund sprach man von Lerchen und Eulen. Andere mochten sich in diesen Kategorien wiederfinden – Anna war das, was hauptsächlich ab zwölf Uhr mittags funktionierte. Vorzugsweise.

„Morgen", brummte sie müde zurück. „Über ‚gut' müssen wir noch reden." Und das erst, wenn ihre Herzfrequenz sich normalisiert haben würde. Also unter 3000 Schlägen in der Sekunde.

„Hab ich dich erschreckt, mein kleiner Morgenmuffel?" Die Stimme hinter der Tageszeitung klang nun schuldbewusst. „Das tut mir sehr leid." Das Blatt wurde zusammengefaltet und weggelegt. Zwei dunkelbraune

Augen unter einem lockigen, bis zu den Brauen reichenden Pony sahen sie liebevoll an. „Komm, setz dich her, ich hab Dinkelkaffee gemacht und Porridge."

Anna griff nach der Schokocreme und dem Kakao und schlurfte zum Frühstückstisch, wo ihre Mum sie freudestrahlend erwartete. „Ist das nicht ein herrlicher Tag?"

„Kann sein." Anna warf einen Blick hinaus auf den in graues Morgenlicht getauchten Garten, angelte sich eine Tüte mit Weißbrot von der Anrichte und öffnete das Glas mit dem süßen Aufstrich. Sie brauchte nicht hinzusehen, um zu wissen, dass ihre Mutter das missbilligend beobachtete. Aber es war nun mal nicht jeder der Getreideflockenschleimtyp, deshalb bestrich sie zwei Scheiben mit Schokocreme. Nicht so dick, um einen Streit zu provozieren, aber gerade dick genug, um hauptsächlich lecker und weniger gesundheitlich akzeptabel zu sein. Normalerweise liebte sie leicht gesalzene Butter darunter, doch sie wollte es heute Morgen nicht gleich übertreiben. Dennoch war alles besser als –

„Ich sehe es, du hast grade wieder das G-Wort gedacht, oder?", meldete sich ihre Mum prompt. „Na, wenn du mein leckeres Frühstück *so* nennst, dann *muss* es ja Ekel hervorrufen. Kein Wunder, dass du das nicht essen magst, dabei ist es sooo gesund. Besonders mit Dinkel." Dinkel war das derzeitige Lieblingswort ihrer Mum Lizzie und sie benutzte es so oft, dass es Annas geheimer Spitzname für sie war.

„Ich mag es nicht essen, weil es nicht schmeckt – zumindest *mir* nicht", fügte sie gleich an, um einer weiteren Grundsatzdiskussion aus dem Weg zu gehen.

„Aber wie können Zucker und Fett als Hauptzutaten lecker sein?", ließ ihre Mutter nicht locker.

„Weil das in *meiner* menschlichen Natur liegt? Und Fett ein wissenschaftlich erwiesener Geschmacksträger ist und die Industrie uns alle zuckersüchtig gemacht hat?" Sie zuckte die Achseln. „Ich bin nicht schuld, ich bin ein Opfer und würde nun gerne meine Drogen konsumieren."

Anna und ihre Mum lieferten sich ein kurzes Blickduell, das erstere gewann.

„Na, dann viel Spaß mit deiner *HCHF*-Ernährung. Zu Höchstleistungen wirst du es damit aber weder bei Körper noch Geist bringen", sagte Lizzie verstimmt und griff nach ihrer Zeitung. *HCHF* stand für *High Carb High Fat* und war offenbar in jeder Hinsicht dauerhaft ungesund.

Wie Anna solche Bemerkungen hasste. Insbesondere am frühen Morgen. Ihre Ernährung war ihre Sache. Solange sie sich weder mangelernährte oder stark unter- oder übergewichtig wurde, ging das ihrer Meinung nach nicht mal ihre Eltern etwas an. Leider hatte sich Elisabeth ‚Lizzie' Matthews im letzten Jahr Sport und einer Ernährungsumstellung verschrieben. Das war okay und tat ihr mit Sicherheit gut – bedauerlicherweise fühlte sie sich jedoch dazu bemüßigt, alle anderen an ihrem neu erworbenen Wissen teilhaben zu lassen. Ein Abend beim Lieblingsitaliener konnte da schon mal ein wenig ausarten.

„Lass sie doch, Schatz", meldete sich in diesem Augenblick Jennifer mit ihrer ruhigen, tiefen Stimme zu Wort. Anna hatte gar nicht mitbekommen, dass sie ebenfalls die Küche betreten hatte. Sie war zwar bereits fertig für den Dienst im Krankenhaus angezogen, aber ihre kurzen blonden Haare standen noch ein bisschen zu Berge. „Wir können nicht alle solche Gesundheitsheiligen sein wie du, Lizzie." Sie beugte sich herab, um ihrer Tochter und ihrer Frau einen Kuss auf die Stirn zu geben.

„Ja, aber all diese schlechten Kohlehydrate sind –“

„– manchmal einfach wichtig, um den Tag zu überstehen“, unterbrach Jennifer ihre Angetraute, setzte sich an den Frühstückstisch und griff mit einem Zwinkern nach einem von Annas Broten und einer Schale für Porridge. „Seht ihr? *Das* ist eine ausgewogene Mahlzeit.“

„Du machst mich fertig“, sagte Lizzie, gleichwohl hatte ihre Miene sich ein Deut aufgehellt.

„Ihr mich auch“, murmelte Anna. Sie biss in ihr Brot und beobachtete aus dem Augenwinkel heraus ihre davon unbeeindruckten Eltern, die sich gerade verliebt ansahen. Das Kauen unterdrückte ihr Grinsen. Mit ihren neunzehn Jahren war sie alt genug, um ihre Eltern bei dezenten Liebesbekundungen wie Blicken oder einem zarten Streicheln über Haar oder Wange zwar immer noch milde peinlich, jedoch nicht gleich abartig zu finden. Also, solange sie die beiden nicht wie zwei frisch verliebte Teenager irgendwo rumknutschend vorfand – das war dann doch etwas zu viel des Erträglichen. Auf der anderen Seite konnte sie vermutlich froh sein, dass ihre Eltern sich nach wie vor so gut verstanden wie am ersten Tag – zumindest behaupteten sie, dass es so war, und Anna glaubte ihnen. Darüber hinaus hatte sie es mit ihren Mums wirklich gut getroffen und hoffte inständig, dass es umgekehrt genauso empfunden wurde.

Im zarten Alter von drei Monaten war die kleine Anna von Lizzie adoptiert worden. Bis heute wusste Anna kaum etwas über ihre leibliche Mutter, hatte nur einmal ihren alten Babypass gesehen und kannte deswegen ihren ursprünglichen Familiennamen: Lennor-May. Es interessierte sie auch nicht sonderlich, wer diese Frau war, schließlich hatte die sie abgegeben, nicht gewollt. Zu näheren Gründen war ihr nichts bekannt. Anna war dennoch dankbar, dass ihre Erzeugerin sie wenigstens offiziell zur Adoption freigegeben und nicht in irgendeinem Waldstück abgelegt oder wie Moses in einem Körbchen auf die große Fahrt übers Wasser gesandt hatte, was noch milde ausgedrückt war. Allerdings wurde sie trotz allem seit ihrer Kindheit bisweilen von der irrationalen Angst befallen, dass ihre Abstammung irgendwann eine Rolle in ihrem Leben spielen könnte. Sei es nun durch das unerwartete Auftauchen eines nahen Verwandten, eine Erbkrankheit oder andere Dinge, die es schwermachen würden, unbeschwert weiterzuleben wie bisher. Meist verfiel sie dann in ein ungesundes Gedankenkarussell mit dazugehöriger Panikattacke, aus dem ihre Mums sie aber immer ganz gut herausholen konnten.

Schon zur Zeit der Adoption waren Elisabeth Matthews und Jennifer Weatherford inoffiziell ein Paar gewesen, hatten jedoch erst durch den *Civil Partnership Act 2004* die Möglichkeit erhalten, beide Annas offizielle Eltern zu werden, da gleichgeschlechtliche Paare in England ab da bereits – wenn das Wort auch kritisch zu sehen war – eine staatlich anerkannte Partnerschaft eingehen konnten. Rund zehn Jahre später hatten sie endlich heiraten können. Zu diesem Zeitpunkt war ihre Tochter dreizehn Jahre alt und somit ohne jeden Zweifel das älteste Blumenmädchen ihres gesamten Verwandten- und Bekanntenkreises gewesen. Ihr Cousin Milan zog sie heute noch mit der rosa Schleife im Haar auf.

Hier in Aylesbury war die Beziehung ihrer Eltern, beziehungsweise der Fakt, dass sie zwei Mütter hatte, keine große Sache, wenngleich es hier und da ziemlich persönliche und mitunter seltsame Nachfragen gab. Wenn man nicht hundertprozentig zur Masse gehörte, fühlten Leute sich schnell im Recht, ihre Neugier befriedigt zu sehen, ganz gleich wie nahe sie einem dabei traten. Oder auch mal auf den sprichwörtlichen Schlips. Mittlerweile war Anna es gewohnt – *vollkommen* daran gewöhnen können, hatte sie sich gleichwohl nie. Wie dem auch war – es gab Schlimmeres, als wiederholt erklären zu müssen, dass man zwei Mums hatte.

„Gehe ich recht in der Annahme, dass unsere Streber-Tochter mal wieder *vor* Beginn ihrer Kurse in die Bibliothek huscht, obwohl sie üblicherweise ein absoluter Langschläfer ist?", erkundigte Jennifer sich schmunzelnd, während sie sich ihren Toast mit Marmelade bestrich.

„Nenn sie nicht so", erwiderte Lizzie mit einem kleinen Lächeln, jedoch mit einem gewissen Ernst in den warmen Augen.

„Streber oder Langschläfer?", hakte Jennifer gewitzt nach.

Lizzie bedachte sie nur mit einem kurzen, aber nachdrücklichen Hochziehen der Brauen.

„Sie weiß, dass ich es liebevoll meine", winkte Jennifer ab. „Also?" Sie hob nun ebenfalls auffordernd ihre hellen Brauen, blickte dabei allerdings Anna an.

„Und wenn's so wär?", gab die schulterzuckend zurück. „Die Strebsamen kommen schließlich im Leben am weitesten."

„Kommt drauf an, *wonach* sie streben", behauptete Jennifer mit amüsiert funkelnden Augen. „Wenn es zum Beispiel darum geht, einen bereits des Öfteren genannten Jungen zu beeindrucken …"

„Mum!“, entfuhr es Anna empört. „Ich will überhaupt niemanden beeindrucken – und ganz bestimmt nicht Lucas de Meath!“

„Ah ja! Genau, Lucas hieß er“, freute Jennifer sich diebisch. „Das war doch so ein hübscher Dunkelhaariger, richtig?“

„Jen“, mischte sich ihre andere Mum beschwichtigend ein, „jetzt zieh sie nicht so auf.“

„Keine Ahnung, ob er hübsch ist“, erwiderte Anna aufgeregt. Bedauerlicherweise schoss ihr dabei aus irgendeinem unerfindlichen Grund das Blut ins Gesicht. „Auf so was achte ich doch nicht. Überhaupt ist er mir völlig egal. Ich will nur in den Kursen, die wir zusammen haben, besser sein als er.“

Und das war die volle Wahrheit. Lucas de Meath gehörte zu der Sorte Mensch, der aus ihrer Sicht alles im Leben zufiel – und zwar von Geburt an, denn diese Leute waren meist von jeher mit blendendem Aussehen gesegnet. Ohne Frage hatten Lucas' Eltern stets zu hören bekommen, wie außerordentlich hübsch ihr Sprössling war, und allein das war bereits ein Vorteil beim Start ins Leben gewesen. Schöne Menschen hatten es oft leichter, weil ihnen die Herzen der anderen Leute automatisch zuflogen. Anna war gewöhnlich kein neidischer Typ, ein wenig unfair war das aus ihrer Sicht gleichwohl schon, zumal die äußere Schönheit ihrer Erfahrung nach oft nicht im Inneren gespiegelt wurde.

Sie selbst sah sich, nüchtern betrachtet, äußerlich als gute Mittelklasse. Sie war nicht bildschön, aber auch nicht hässlich. Mittelgroß, schlank, rothaarig, etwas blass und jede Menge Sommersprossen im Gesicht. Ein bisschen wie Anne Shirley aus Lucy Maude Montgomerys

Anne-Reihe, die sie als Heranwachsende nahezu verschlungen hatte. Im Gegensatz zu dieser war sie jedoch auf ihr flammendrotes Haar inzwischen sehr stolz und gegen beinahe jedwede Hänselei diesbezüglich immun. Zumindest heute. Des Weiteren war sie zu der Überzeugung gekommen, dass die inneren Werte eines Menschen viel wichtiger waren als sein Äußeres. *Sie* bestimmten schließlich, wer man war und was man im Leben erreichen konnte.

Lucas de Meaths Wesen hatte Anna noch nicht ergründen können, da sie bis zum heutigen Tag noch nie ein tiefgreifenderes Gespräch geführt hatten und sie auch nicht plante, in naher Zukunft etwas daran zu ändern. Schließlich war er – obschon ihm äußerlich ebenso ähnlich – nicht ihr persönlicher Gilbert Blythe, der das Love-Interest der Protagonistin in der Anne-Reihe war. Dafür waren ihr bereits zu viele Dinge an ihm aufgefallen, die aufgrund ihrer bisherigen Lebenserfahrung nicht gerade für ihn sprachen: Er war an der Uni wahnsinnig beliebt, was darauf hinwies, dass er gern ausgelassen feierte und wahrscheinlich oberflächlich war.

Er war äußerst sportlich und nicht nur im Fecht- und Schwimmteam, sondern spielte zudem leidenschaftlich gern Fußball. Wer mit Sport derart beschäftigt war, hatte normalerweise keine Zeit, um viel außerhalb der Uni zu lesen oder anderen Hobbys nachzugehen, die eher den Geist als den Körper beschäftigten. (Dies war leider die Schlussfolgerung, die auf den schwächsten Füßen stand, denn im Grunde hatte Lucas sie schon einige Male widerlegt).

Die Mädchen, mit denen er bislang gesehen worden war, waren ausnahmslos hübsch und extrem schlank – das sprach ebenfalls für eine gewisse Oberflächlichkeit.

Gewöhnlich hatte Anna keine Probleme mit Menschen seines Schlags, solange sie von ihnen in Ruhe gelassen wurde. Sie interessierten sie schlichtweg nicht und spielten von daher keine Rolle in ihrem Leben. Bei ihrer ersten Begegnung auf dem Campus hatte sie lediglich sachlich festgestellt, dass Lucas mit seinen dunklen, kurzen Locken, den ebenmäßigen Gesichtszügen und den ausdrucksvollen braunen Augen unverschämt gut aussah, und ihn anschließend gleich wieder vergessen. Aber dann hatte sich herausgestellt, dass er ebenfalls Literatur studierte und demzufolge in einigen ihrer Kurse war. Auch das wäre sicherlich bald unwichtig gewesen, wenn er sie nicht zu Anfang des Semesters einige Male sprachlos gemacht hätte. Nicht durch auffallendes oder gar freches Verhalten, sondern durch seine intelligenten, pointierten Beiträge, mit denen er ab und an sogar Annas Thesen hatte widerlegen können. Schnell hatte sie begriffen, dass er entgegen ihrer ersten Annahme ausgesprochen belesen war und ihr, was den IQ anging, durchaus das Wasser reichen konnte.

Die meiste Zeit konnte sie einigermaßen gut damit umgehen, von anderen übertroffen zu werden, und ließ sich die leichte Enttäuschung, die sie doch zumindest anfangs befiel, nicht anmerken. Und nicht nur das: Die überragenden Leistungen anderer hatten sie bisher immer dazu angespornt, noch besser zu werden, sodass sie ihre Konkurrenten irgendwann richtig gemocht hatte. Nicht so bei Lucas. Da war immer dieser Groll gegen ihn in ihrem Inneren, diese Genervtheit, wenn er mit seinem Charme zum wiederholten Mal sowohl Studierende als auch Unterrichtende mühelos um den kleinen Finger wickelte. Zusätzlich gab es da immer diese kleinen Gesten in ihre Richtung: ein neckisches Zwinkern hier, ein provokantes Heben der Brauen oder ein breites Grinsen dort …

Ach, sie konnte den Kerl einfach nicht ausstehen und jetzt war sie obendrein gezwungen, mit ihm zusammenzuarbeiten. Dabei waren ihre Solo-Referate immer viel besser als die, die in Gruppen- oder Partnerarbeit entstanden.

„Anna“, riss Mum Lizzie sie sanft aus ihren Gedanken, „ich hatte eigentlich gehofft, die Tage des übermäßigen Ehrgeizes und der Heulkrämpfe wegen einer Zwei Minus hinter uns gelassen zu haben.“

„Da war ich zwölf, Mum“, gab sie entnervt zurück. „Das mit Lucas ist was anderes.“

„Meine Rede“, grinste Jennifer und formte auf Annas Grimasse hin auch noch ein Herz mit Zeigefingern und Daumen.

Als ob! Bevor sie etwas anderes als Abneigung für Lucas de Meath empfand, musste schon der Rest der Menschheit aussterben. Davon abgesehen war sie derzeit überhaupt nicht daran interessiert, jemanden kennenzulernen oder sich gar zu verlieben. Sie hatte sich für die nächsten Jahre sehr klare Ziele gesteckt: Literatur studieren, den Bachelor und im Anschluss den Master machen, ein paar Jahre als Assistentin an der Uni arbeiten, um sich dabei noch weiterbilden, und letztendlich eine Doktorarbeit schreiben. Ihr Privatleben musste da erst einmal zurückstecken. Klar würde sie ab und an trotzdem mit Freundinnen ausgehen – ja, selbst ein aufs Studium fokussierter Mensch wie sie hatte welche, wenn auch nicht allzu viele –, mal verreisen und anderweitig Spaß haben, jedoch nur soweit, wie das ihrer beruflichen Laufbahn nicht im Weg stand. Eine eigene Wohnung stand ebenfalls noch auf dem Plan. Aber ein fester Freund – pfff – darauf konnte sie erst einmal verzichten.

„Ich muss sagen, dass ihr mich echt enttäuscht", ließ sie ihre Eltern wissen. „Unser Gespräch hier am Frühstückstisch würde so was von durch den Bechdel-Test fallen. Drei Frauen und ihnen fällt nichts Besseres ein, als über einen Jungen zu reden." Sie schüttelte übertrieben traurig den Kopf. „Und das, wo wir in diesem Haus sonst mit Stolz behaupten, Feministinnen zu sein."

„Ach, komm schon, Anna", lachte Jennifer. „Ich mach doch nur Spaß. Und du weißt hoffentlich, dass es mittlerweile viele kritische Stimmen zum Bechdel-Test gibt, oder?"

„Selbstredend", erwiderte Anna bewusst hochnäsig. „Auch ist mir klar, dass der Test ursprünglich nur dazu diente, auf genderspezifische Klischees und Problematiken in Filmen hinzuweisen und wir uns in keinem Film befinden. Ich wollte lediglich darauf aufmerksam machen, dass es eventuell wichtigere Themen als Luci-Meathy gibt."

Jennifer hob kapitulierend die Hände. „Okay. Eins zu null für dich. Also, wie sieht dein Plan für diese Woche aus? Bist du immer zum Abendessen zuhause oder hast du dir erneut viel zu viele Schichten im Oxfordian aufschwatzen lassen?"

Das Oxfordian war ein kleines Theater in der Nähe der Uni, das durch seine modernen Interpretationen alter Klassiker des Öfteren in die Schlagzeilen geriet. Nicht immer auf positive Weise. Bereits seit zwei Jahren half

Anna regelmäßig an der Garderobe oder beim Ticketverkauf aus. Sie hatte den Job durch ihre Tante Sybill bekommen, die eine enge Freundin des Intendanten war und dieser ihr vorgejammert hatte, wie schwer es heutzutage wäre, zuverlässiges Personal zu finden. Es war nicht der allerbeste Job, aber er half ihr dabei, zumindest für einen kleinen Teil ihrer Lebenshaltungskosten und der Studiengebühren selbst aufzukommen.

Ihre Mütter gehörten zwar zu den Besserverdienenden – Jennifer war Oberärztin am hiesigen Krankenhaus und Lizzie Anwältin – reich waren sie deshalb allerdings noch lange nicht. Zudem war Anna überaus ehrgeizig und strebte danach, möglichst früh auf eigenen Beinen zu stehen. Sie liebte ihre Eltern und die Nestwärme, die sie ihr boten. Manchmal hatte sie jedoch das Gefühl, dass die beiden in ihrer Mütterlichkeit vergaßen, für sich selbst zu sorgen, sich mal etwas zu gönnen und nicht jeden Penny in die Tochter zu stecken.

„Diese Woche sieht es gut aus“, beantwortete sie die Frage ihrer Mutter. „Ich bin hart geblieben und vielleicht klappt es dann endlich mal wieder mit einem gemeinsamen Fernsehabend. Wie sagst du immer so schön, Lizzie? Man muss auch mal alle Fünfe gerade sein lassen und sein Leben genießen.“

Sie streckte die Hand nach der Genannten aus und diese ergriff ihre Finger, drückte sie sanft mit einem liebevollen Lächeln. „Hört, hört“, setzte sie noch hinzu. „Dann werde ich zusehen, dass es diese Woche nicht zu viele Nachtschichten für mich gibt. Wir haben zwar ein paar aufwändigere Fälle reinbekommen, aber wozu hat man Assistenten?“

„Ein, zwei Tage werde auch ich bestimmt früher und weniger erschöpft nach Hause kommen können“, verkündete Jennifer fröhlich.

„Heißt das, wir haben ein Date?“, fragte Anna in die Runde und strahlte bis über beide Ohren, als ihre Mütter zustimmend nickten.

Perfekt! Es war eine ganze Weile her, dass sie einen Familienabend mit Popcorn und Videogucken gehabt hatten, und Anna spürte erst in diesem Moment, wie sehr sie dieses gemütliche Beisammensein vermisst hatte. Womöglich wurden dann auch die seltsamen Träume weniger.

Kein Mr Darcy

Etwa eine halbe Stunde später befand Anna sich auf dem Weg zur Uni. Mit dem Auto waren es knapp vierzig Minuten von ihrem Heim in Aylesbury nach Oxford. Natürlich hätte Anna auch in Cambridge oder einer der Londoner Universitäten studieren können, aber als sie die Zusage der University of Oxford erhalten hatte, waren die anderen Optionen nicht mehr relevant gewesen. Um dem Ganzen noch ein Sahnehäubchen obendrauf zu setzen, hatte sie zwei Monate vor Semesterbeginn erfahren, dass ihre seit Jahren beliebteste Autorin von Biografien über Schriftstellerinnen des 18. Jahrhunderts, Bernadette Muriel, eine zweijährige Stelle als Gastdozentin in Oxford angenommen hatte. Schon Wochen vorher hatte Anna die Uni mit Briefen, Mails und Anrufen bombardiert, um sich nur ja als eine der Ersten (oder am besten *Erste*) für Ms Muriels Seminar einschreiben zu können. Ihre Hartnäckigkeit war belohnt worden. Da sich wesentlich mehr Studierende als erwartet für diesen ersten Kurs interessiert hatten, hatte für die späteren Einschreiber das Losverfahren entschieden – und Anna gewann ohnehin nie etwas.

Wie viele andere Studierende hätte sie auch in einem Studentenwohnheime unterkommen können, doch da ihre Heimatstadt nicht allzu weit entfernt war, hatte sie sich dagegen entschieden. Manchmal wünschte sie sich die Unabhängigkeit eines solchen Lebens in einer ‚Studentenbude', dann wiederum war sie froh, sich ihre ‚vier Wände' mit Leuten teilen zu können, die sie kannte, und dass keine Extrawohnkosten auf sie zukamen. Solange sie innerhalb der Regelzeit studierte, wollten ihre Eltern zuhause keinen Mietzuschuss – es war schwer genug gewesen, sich an den Einkäufen beteiligen zu dürfen. Nichtsdestotrotz hatte Anna durch ihren Fleiß bereits zu diesem Zeitpunkt fast ein Semester eingespart. Ihr Stundenplan war ein bisschen überladen, aber mit der zu einem erfolgreichen Studium dazugehörigen Disziplin auf jeden Fall zu bewältigen. Und Disziplin war etwas, das Anna durchaus besaß. Neben Ehrgeiz, dem zweiten Grund, aus dem sie heute so früh hier war.

Jetzt, um kurz nach sieben, war der Parkplatz in der Nähe der Bibliothek für englische Literaturwissenschaften noch weitestgehend leer. Anna leerte ihren Thermobecher, trauerte dem letzten Tropfen Kaffee nach, stieg aus und bog kurz darauf in einen kleinen, von Schopflavendel gesäumten Seitenweg ein. Der Duft des lilafarbenen Gewächses war überwältigend und sie sog ihn tief in die Nase. Anfang September blühten nicht mehr ganz so viele Pflanzen und sie freute sich über jeden Farbtupfer in der Natur. Gerne hätte sie sich mit einem Buch in der Hand hingesetzt und die Morgensonne genossen, doch heute hatte sie noch viel vor. Und ein Blick auf ihre Uhr sagte ihr, dass sie später dran war als gedacht. Verdammt! Sie hasste Unpünktlichkeit – selbst, wenn es nur ein von ihr selbst angesetzter Termin war, den sie nicht einhalten konnte.

Heute hatte sie allerdings besonders früh dran sein wollen, weil sie noch in die Bibliothek musste, wie Jennifer richtig erraten hatte. Diesmal würde ihr niemand das benötigte Buch wegschnappen. Mit einem knappen Nicken ging sie an der wie immer furchtbar mies gelaunten Chefbibliothekarin vorbei und hielt dabei kurz ihren Uni-Ausweis hoch.

„Na klar, kann nicht mal mehr richtig grüßen, das Grünzeug“, brummelte diese, doch Anna überhörte das geflissentlich. Wenn jemand die Dame nämlich in normaler Lautstärke grüßte, machte sie laut und genervt ‚Psssssssssssst!‘ Bei manchen Leuten konnte man nicht gewinnen, das war einfach unmög-

„Einen wunderschönen guten Morgen, Ms Thymes!“, ertönte eine laute Stimme hinter ihr. Anna brauchte sich nicht umzudrehen, um zu wissen, wer das war, und beschleunigte sogleich ihren Schritt.

„Sie sehen heute wieder zauberhaft aus“, tönte es weiter hinter ihr, inzwischen aber schon entfernter.

„Ach, Mr de Meeeath!“, säuselte die Bibliothekarin, ohne jeglichen Hinweis auf die ansonsten so erwünschte Stille. „Hören Sie auf, da werde ich ja noch ganz rot und das steht mir bei meiner blassen Haut so gar nicht gut zu Gesicht.“

„Ich bitte Sie, ein schönes Gesicht kann nichts entstellen“, erfolgte die charmante Erwiderung, die bei Anna ein leichtes Würgen hervorrief und sie ihren Schritt noch weiter beschleunigen ließ. Sie passierte eine Reihe dicker Bücher mit grünem Einband und brauner Schrift. Die

Regale um sie herum waren aus dunkelbraunem Holz und sahen fast aus wie Baumstämme …

Baumstämme und Büsche um sie herum … raschelndes Laub unter ihren Füßen … Blätter, die langsam zu Boden trudelten … Sie lief durch einen Wald, an einem kleinen See entlang… ließ sich am Boden nieder, mit einem Spiegel in den Händen … einem Spiegel, der nichts spiegelte …

Annas Atem stockte und sie hielt erschrocken inne, schaute sich verwirrt um. *Bücherregale* umgaben sie – keine Bäume. Was war da eben passiert? Für einen Augenblick hatte sie das Gefühl gehabt, nicht nur an einem anderen Ort, sondern auch in einem anderen Körper zu sein, so wie … ja, so wie in ihrem Traum von vergangener Nacht. Jetzt konnte sie sich wieder daran erinnern und das nur wegen des wenig ungewöhnlichen Anblicks von Holz. Na toll! Nun wurde sie zusätzlich am helllichten Tag von ihren Albträumen heimgesucht oder zumindest von ein paar zugehörigen Bruchstücken, die besonders seltsam gewesen waren. Was für eine dumme, unangenehme Zeitverschwendung!

Sie eilte weiter, in den hinteren Teil der Bibliothek, in der die Schriftsteller des 18. und 19. Jahrhunderts standen. Ihr Referat über Jane Austen duldete keinen Aufschub. L … M … N … Geschwind schritt sie die Reihen ab, fuhr mit dem Finger über die Buchrücken und hielt schließlich inne. No – Nu … Nichts. Ein leises Fluchen entwich ihr. Das durfte doch nicht wahr sein. Sie wusste, dass das Sammelwerk mit Zeitungsartikeln nicht ausgeliehen war, weil niemand außer den Examenskandidaten dies durfte. Laut uniinterner Webseite war es da. Und jeden Abend wurden die Bücher zurück in die Regale geräumt. Ms Thymes führte ein strenges Regiment und erlaubte nicht einmal das Liegenlassen auf dem Tisch über Nacht. Es sei denn …

Einer unschönen Vorahnung folgend marschierte Anna los und fühlte, wie ihr roter Zopf dabei auf ihrem Rücken auf und ab wippte. Im Laufen griff sie nach einer Klammer am Träger ihres Kleides, drehte den Zopf zusammen und steckte ihn in einer energischen Geste hoch. Die Klammer wurde weit gespannt und gab ein protestierendes Knarzen von sich, aber Anna ignorierte das geflissentlich.

Schnell hatte ihr suchender Blick den Übeltäter gefunden. Ein kleiner Stapel Bücher lag horizontal in einem halbleeren Regalfach. Unten. Leicht zu übersehen. Anna beugte sich hinab und griff danach. Ha! Das gesuchte Sammelwerk plus zwei kleine Bände mit unfertigen Arbeiten Jane Austens. Manche Kommilitonen waren doch wirklich schamlos! Sortierten Bücher bewusst falsch ein; nahmen sie heimlich mit nach Hause oder versteckten sie eben auf diese Art und Weise. Wie unfair den anderen Studierenden gegenüber!

Mit grimmiger Miene nahm Anna alles an sich und suchte sich einen Tisch im oberen Bereich der Bücherei. Hinten. Hinter einer Reihe großer Pflanzen. Dort schob sie die Schreibunterlagen eines anderen Studenten entschieden zur Seite und setzte sich. Manche Leute verwechselten das hier anscheinend mit einem Platz am Pool, den sie mit ihrem Handtuch vor dem Frühstück reservierten.

Sie legte den Beutel mit ihren Utensilien auf den Schoß und nahm nacheinander ihre Unterlagen heraus. Einen tadellos aussehenden Schreibblock, angespitzte

Bleistifte, einen radierbaren Kugelschreiber, ein Lineal sowie eine Packung Taschentücher. Alles wurde ordentlich aufgereiht, anschließend griff sie nach der Zeitungsartikelsammlung und begann zu lesen. Gerade hatte sie sich glucksend in einen überaus amüsanten Beitrag vertieft, als der Text mit einem Mal verschwamm. Den Bruchteil einer Sekunde später wurde ihr klar, dass das nichts mit unvermittelt aufkommendem Sehschwierigkeiten zu tun hatte, sondern mit der Tatsache, dass der Text ihr zur Seite hin entzogen wurde. Hastig griff sie nach dem Buch und hielt es fest, dann fanden ihre blauen Augen die des Übeltäters.

„*Du!*", entfuhr es ihr. „Das hätte ich mir ja denken können."

„Ich glaube, das ist meins", lautete die prompte Erwiderung und ein amüsiertes Lächeln umspielte die Lippen ihres Gegenübers.

„Ach wirklich?", entgegnete sie spitz. „Seltsam. Ich könnte schwören, auf dem Stempel vorne im Buch stünde ‚Eigentum der University of Oxford' und nicht ‚Eigentum von Lucas de Meath' – dies ist übrigens auch nur unschwer an der Folie zu erkennen, in die das Buch nebst Signatur eingeschlagen wurde!"

„Verzeih", gab er mit einem spöttischen Lächeln zurück, das seine Entschuldigung Lügen strafte, „aber ich bin gestern Abend mit meiner Lektüre nicht fertig geworden und wollte diese in aller Frühe fortsetzen, ohne jemanden zu stören."

Behutsam zog er an dem Buch, doch Anna hielt es eisern fest und zog es ebenfalls wieder ein Stück zu sich, sodass Lucas sich, wollte er nicht loslassen, vorbeugen musste. *Ohne jemanden zu stören* – pah! Klar, er war ja ganz der Rücksichtsvolle.

„Ich hab sogar auf meinen Kaffee verzichtet und ohne den bin ich im Grunde kaum zu gebrauchen“, erklärte er, als könne diese Information sie umstimmen oder gar ihr Mitleid erwecken.

„Ach, das liegt also am *Kaffee*?“, hakte Anna mit einem falschen Lächeln nach und zog weiter an dem Buch. „Bist du sicher, dass du ihn auch regelmäßig trinkst?“

Lucas runzelte die Stirn und kratzte sich mit der freien Hand am Kopf, wobei seine ohnehin eher unordentlichen dunklen Locken noch mehr durcheinandergebracht wurden, was viele ihrer Mitstudierenden bestimmt ‚soooo süüüß‘ gefunden hätten. „Ich fürchte, adäquate Reaktionen auf Beleidigungen muss ich leider bis zur ersten Pause verschieben.“

Logisch. Er hatte ja seine ganze Kraft bereits beim Einschmeicheln bei Ms Thymes verbraucht. Das war gleichwohl nicht Annas Problem.

„Das Verstecken der Bücher?“, verlangte sie stattdessen zu wissen.

„Zeitersparnis für mich *und* andere“, kam die eilige Erklärung.

„Das heißt keine Spur von Rücksichtnahme?“

„Doch, natürlich“, behauptete er. „Ich war gestern sogar bis weit nach Mitternacht hier und wenn ich heute gleich weitergemacht hätte, wäre keine größere Verzögerung für andere Interessenten eingetreten.“

„Dann habe *ich* es dir und allen anderen offenbar verdorben?“

Lucas stützte sich mit einer Hand auf dem Tisch ab, mit der anderen den Band nach wie vor umklammernd.

„Wenn du das gern auf dich nehmen möchtest … Aber nein, ich habe heute etwas länger zur Uni gebraucht, da ich einen Umweg nehmen musste, weil an der Ecke High Street und Logic Lane gebaut wird."

Logic. Von wegen. Das war garantiert eine Ausrede.

„Ach, Flirten mit Ms Thymes stand dann wohl von Anfang an auf deinem sauber strukturierten Zeitplan?"

„Eifersüchtig?", neckte er sie.

„Ich bitte dich, mach dich nicht gänzlich lächerlich! Und nun lass endlich los, bevor das arme Ding noch zerreißt. Nicht einmal Ms Thymes würde dir das verzeihen." Damit gab sie ihm einen Klaps auf die Finger und zuckte erschrocken zurück. Abermals zogen Bilder aus ihrem Traum an ihr vorbei. *Der Wald … die seltsame Lichtung … der Spiegel und der Junge, der geschrien hatte.* O Gott! Das war Lucas gewesen! Sie hatte nicht nur seltsame, verstörende Träume – sie hatte von Lucas de Meath geträumt!! Grundgütiger! In was für einer Teenie-Mystery-Sendung war sie denn hier gelandet? Fehlte noch, dass er sich als Vampir oder sonstiger Dämon entpuppte. Sie schüttelte sich.

„Na, selbst einen Schlag bekommen?", riss Lucas' amüsierte Stimme sie aus ihren erschreckenden Gedanken.

Annas Mund klappte auf und wieder zu, ohne dass ein Ton herauskam.

„So schlimm?", fragte er nach und die Belustigung verschwand aus seinen Augen. „Du bist ganz schön blass …" Er nahm sie näher in Augenschein. „Obwohl … jetzt eigentlich eher rot … geht es dir gut?"

Empört wich Anna zurück. Dabei konnte sie spüren, wie ihre Wangen brannten, und verfluchte sich für ihre blasse Hautfarbe.

„Alles okay“, schnaubte sie und wandte sich demonstrativ ihrem Lesestoff zu. Wenigstens hatte sie das Buch aus seinem Griff befreit.

„Na ja, ein bisschen peinlich sollte dir der plötzliche Ausbruch körperlicher Gewalt ja schon sein“, bemerkte Lucas, ein Lachen unterdrückend.

„Gewalt – also bitte! Ich habe das arme Buch nur davor bewahrt, zerfetzt zu werden.“ Sie sah nicht auf, konnte ihn allerdings dennoch unscharf weiterhin neben sich stehen sehen. Ignorieren, einfach ignorieren.

Wieso zum Henker träumte sie von Lucas de Meath?! Und dann auch noch so dramatisches Zeug? Ein Traumdeuter würde vermutlich seine reine Freude diesbezüglich haben. Anna hingegen trieb jeder weitere Gedanke daran nur noch mehr die buchstäbliche Röte ins Gesicht. Vor allem, weil es nicht das erste Mal gewesen war, dass er in ihrer Traumwelt aufgetaucht war – nur waren die Umstände bei den letzten Malen deutlich angenehmer gewesen. Zumindest während des Schlafens. Sich im Nachhinein daran zu erinnern, war mehr als peinlich. Selbst in diesem Augenblick noch. Ablenken. Lesen. Lernen!

Kurz darauf war sie erneut in ihren Artikel vertieft und machte sich Notizen – wenn auch etwas krampfhaft – als sie hörte, wie der Stuhl links von ihr zurückgezogen wurde. Das konnte ja wohl nicht wahr sein!

Mit offenem Mund starrte sie Lucas an, der die Utensilien des ‚Handtuch‘-Mitstudenten ebenfalls weiterschob und sich direkt neben sie setzte!

Ohne ihr weiter Beachtung zu schenken, nahm er seine Schultertasche auf den Schoß, förderte Unterlagen und Stiftmäppchen heraus, ordnete sie akkurat neben einem Lineal sowie einer Packung Taschentücher an und griff anschließend nach einem der beiden Bücher neben Anna.

„Was genau machst du da?", erkundigte sie sich und legte ihre Hand geschwind auf die Werke, um sie aus seiner Reichweite zu bringen.

Entgeisterung zeigte sich in seinen Augen. „Anna, komm schon, bist du auf einmal Meisterin der Disziplin ‚Synchronlesen bei geschlossenem Buchdeckel'?"

„Ich lese äußerst schnell", behauptete sie ein wenig lahm. „Bis du die richtige Seite gefunden hast, brauche ich das Buch wieder." Was redete sie denn da?

„Anna …", Lucas drehte sich auf seinem Stuhl zu ihr um und beugte sich ein Stück vor. „Du warst doch dabei, als Ms Muriel sagte ‚Referat über die frühen Werke Jane Austens: Anna Matthews-Weatherfield *und* Lucas de Meath … oder?"

Mist. Das stimmte leider. Und Anna hasste Teamwork. In den meisten Fällen war es bis dato so gewesen, dass sie geackert und andere sich ausgeruht hatten. Was nicht kollegial, ihr gleichwohl immer noch lieber war, als wenn Mitschüler oder -studenten schlechte Beiträge ablieferten, so die Gesamtnote für alle Beteiligten herunterzogen und sich im Anschluss allen Ernstes über eine Zwei minus oder Drei plus freuten. Sie arbeitete lieber allein, denn sie hatte ihr eigenes Tempo (alle in einem anstehenden Kurs zu behandelnden Werke hatte sie beispielsweise meist schon in der ersten Ferienhälfte durch) und tat sich schwer in der zeitlichen Synchronisation mit anderen (die aus irgendeinem Grund etwas dagegen hatten, länger als sechs Stunden am Stück durchzuarbeiten).

Was Lucas' und ihre aufgezwungene Kooperation anging, so hatte sie heimlich gehofft, er würde erst in einer Woche anfangen zu arbeiten und sie zu dieser Zeit längst fertig sein, während er noch mit anderen Jungs einem Ball hinterherlief und sich ab und an auf dem Boden herumwälzte (aka Fußball), Chlor schluckte (Schwimmclub) oder maskiert dümmlich herumtänzelte (Fechtclub). Leider hatte sie seinen nichtsportlichen Ehrgeiz unterschätzt.

Etwas ziepte an ihrem Hinterkopf, sie ignorierte es jedoch und drehte den Kopf zur Seite. Nun hieß es, eiligst eine Ausrede finden. Aber gab es überhaupt eine? Lucas würde nicht so bald lockerlassen wie manch anderer. Bereits im ersten Halbjahr hatte sich gezeigt, dass sein Ehrgeiz und Konkurrenzgeist dem ihren in nichts nachstand, was dazu geführt hatte, dass sie in allen gemeinsamen Kursen ständig versuchten, sich gegenseitig zu übertreffen – sehr zum Amüsement der restlichen Seminarteilnehmer und zur Freude der jeweiligen Lehrperson, gefolgt von deren Genervtheit.

„Denkst du jetzt im Ernst die ganze Zeit über diese Frage nach?“, musste Lucas sich nun obendrein vergewissern.

Entnervt legte sie ihren Stift zur Seite und vernahm ein seltsames Knacken an ihrem Hinterkopf. Schnell griff sie hin, jedoch nicht schnell genug, denn im nächsten Moment gab die Haarklammer den Kampf gegen ihren Dutt auf und brach auseinander.

„Scheiße!“, entfuhr es Lucas und Anna wandte sich ihm mit einem Augenrollen zu.

„Auch wenn es mich nicht interessiert, was –“, sie verstummte und starrte Lucas an, dessen rechte Wange ein Schnitt zierte, der sich langsam mit Blut zu füllen begann.

„Allmählich überlege ich, doch eine Anzeige wegen Körperv-“, begann er, aber Anna fiel ihm mit hochrotem Kopf ins Wort.

„Oh – O Mann, das tut mir so leid, war das etwa meine *Klammer*?“

„Die Sprungfeder, um genau zu sein“, erwiderte Lucas und tupfte mit dem Finger über seine Wange.

„Lass das!“, herrschte Anna ihn sofort an, griff in ihren Beutel und holte ein kleines Mäppchen heraus, aus dem sie ein flaches Döschen hervorzog. In der nächsten Sekunde hatte sie einen Alkoholtupfer ausgepackt, mit dem sie ihre Finger desinfizierte, hiernach einen weiteren, den sie Lucas, ohne auf seinen Protest zu achten, auf den Schnitt drückte. Anschließend riss sie eine schmale Packung auf, schob mit dem Arm Lucas’ Hand weg, klebte das Pflaster über den leicht blutenden Schnitt und desinfizierte ihre Finger nochmals. Zufrieden lehnte sie sich zurück, sammelte mit einem kleinen Plastikbeutel alle Tupfer und Verpackungen ein und hielt sie Lucas hin.

„Bitte draußen gut trennen“, forderte sie ihn auf und wandte sich ein weiteres Mal ihren Büchern zu.

„Das … war’s?“, fragte der nach ein paar Atemzügen perplex.

Anna seufzte und sah erneut zu ihm. „Hör zu: Es tut mir ehrlich leid, aber ich nehme an, keiner von uns beiden möchte, dass ich dir etwas vorsinge, einen Lolli gebe und ‚ei ei‘ mache, oder?“

Sie wusste, dass das keine adäquate Reaktion war, doch sie wollte diese peinliche Angelegenheit so rasch wie möglich beenden. Träume von Lucas *und* ein schlechtes Gewissen ihm gegenüber waren entschieden zu viel für einen Morgen.

Lucas zog eine Augenbraue hoch und Anna sprach hastig weiter: „Darüber hinaus nehme ich nicht an, dass du nach diesem ungewollten Anschlag meiner Haarklammer die Dienste eines Schönheitschirurgen in Anspruch nehmen oder unter schwere Schmerzmittel gestellt werden musst. Wenn du mich trotzdem anzeigen oder verklagen willst, kannst du das gerne tun. Bis zur Verhaftung oder zum Prozess würde ich allerdings gerne weiterlesen, wenn du gestattest."

Damit hielt sie den Plastikbeutel näher zu ihm hin und vertiefte sich, als er ihn ergriff, einmal mehr in ihre Lektüre. Ihre Ohren brannten, ihre Nase brannte, ihr ganzes Gesicht leuchtete in den Farben der Peinlichkeit, sie war jedoch nicht bereit, sich davon unterkriegen zu lassen. Als Naturrothaarige hatte sie leider ebenfalls die meist dazugehörige helle Hautfarbe geerbt und da sah man jedes Erröten noch dreimal so stark. ‚Tomate', ‚Streichholzkopf' und noch viele weitere unschönere Bezeichnungen hatten sie ihr Leben lang begleitet, gleichwohl kränkte es sie nicht mehr so wie als Kind. Zumindest versuchte sie sich das erfolgreiche einzureden.

„Von mir aus", seufzte Lucas letztendlich und machte Anstalten zu gehen. „Aber wenn ich in fünf Minuten zurück bin, will ich keine Diskussion über das Teilen der Bücher mehr führen müssen und einen Termin mit dir ausmachen, um endlich mal mit der *gemeinsamen* Arbeit am Referat anfangen zu können – ich denke, das bist du mir schuldig. Außerdem muss ich mich beeilen – mein erster Kurs fängt in zwei Stunden an."

Anna nickte, ohne aufzusehen. Zwei weitere Stunden mit Lucas de Meath und nach ihrer Aktion nun auch noch wenig Chancen, ihn einfach zu übergehen. Gah! Was hatte sie dem Schicksal nur getan?

So ein Theater

„Anna, meine Liiiieblingskollegin, wie geht es dir?“ Anna rührte in ihrem Nachmittagstee herum und fragte sich, wieso sie den Anruf überhaupt entgegengenommen hatte. Sie kannte die Nummer doch und allein das langgezogene dritte Wort ließ bei ihr alle Alarmglocken schrillen. Der säuselnde Ton des Anrufers tat sein Übriges.

„Nein“, sagte sie deshalb, ohne zu zögern, und bemühte sich darum, den Zustand der Entspannung festzuhalten, den sie gerade erst erreicht hatte. Eingewickelt in eine kuschelige Decke hatte sie es sich vor wenigen Minuten auf der Couch im Wohnzimmer ihres Elternhauses bequem gemacht, um sich etwas auszuruhen und endlich mal wieder nur zum Vergnügen zu lesen.

„Du weißt doch noch gar nicht, worum es geht“, kam die verblüffte Antwort. „Davon abgesehen ist ‚nein‘ ein ziemlich seltsamer Gemütszustand.“

„Du willst, dass ich eine Schicht für dich übernehme, Jack“, seufzte Anna genervt.

Jack war einer ihrer Kollegen im Oxfordian Theater. Er war im Grunde ein recht netter Typ, aber ein Chaot, was Planung anging. Ständig tauschte er Schichten oder versuchte, sie ganz abzugeben, weil er einen anderen Termin oder einfach mal keine Lust hatte. Anna war bereits oft für ihn eingesprungen, vorzugsweise am Sonntag, wenn die Party der Nacht zuvor ein weiteres Mal länger gedauert hatte und er noch nicht vollkommen ausgenüchtert war.

„Es ist die Aaaabendschicht, mit Verlängerung und einem netten Booonus wegen der kleinen Gala heute“, erfolgte nun Jacks berühmter Singsang, „und all das könnte deins sein. Einfach so.“

„Wie selbstlos“, gab Anna tonlos zurück. „Du bist so ein Gutmensch, das ist ja kaum auszuhalten.“

„Heißt das, du sagst ja? Super! Dann ruf ich gleich Patsy an. Du kannst ja schon mal deine Gala-Uniform bügeln und –“

„Nein“, unterbrach sie ihn und konnte ihn dramatisch seufzen hören. Sie biss die Zähne zusammen, weil sie wusste, was jetzt kam. Mit leidender Stimme erklärte Jack seine heutigen Gründe, doch sie hörte nur halb hin. Am liebsten hätte sie mit einem ‚Tut mir leid, ich kann diesmal wirklich nicht.‘ aufgelegt, das Wort ‚Bonus‘ hatte sich allerdings längst in ihrem Kopf festgesetzt. Die verlängerten Abendschichten waren durchaus begehrt, da gut bezahlt, und selbst bei einer Gala wie dieser mit nur wenig mehr Arbeitsaufwand verbunden als sonst. Und da waren ein paar kleinere Reparaturen an ihrem Auto nötig und Benzin wurde ohne Frage nicht billiger. Zudem gab es da diese wunderschönen, neuen illustrierten Ausgaben von Jane Austen…

„ … ich kann aber auch Penelope oder Cara fragen …“, beendete Jack seine Ausführungen und Anna hatte ihren Entschluss gefasst.

„Ausnahmsweise mache ich das noch mal“, gab sie sich weiterhin wenig euphorisch und das noch nicht einmal verdiente Geld in Gedanken bereits für ein paar gewisse Werke aus.

„Du bist die Beste!! Danke!“, rief Jack glücklich.

„Ich weiß“, lachte Anna und legte auf.

Also würde dieser Tag doch ein bisschen länger werden und das nicht, weil sie bis spät in die Nacht studierte oder einen weiteren Roman verschlang. Dabei hätte sie gut ein wenig Zeit für sich gebrauchen können, weil sie schon wieder müde war. Oy, und es war immer noch erst Dienstag und die Sonne noch nicht einmal untergegangen.

Irgendwie hatte Anna den unschönen Vormittag überstanden und es sogar geschafft, einen Arbeitsplan mit Lucas zu erstellen, der ihre jeweiligen Aufgabengebiete klar umriss und so hoffentlich kein weiteres Treffen erfordern würde. Keines bis auf das eine am morgigen Tag, auf dem Lucas bestanden hatte, um ‚ein gemeinsames Gefühl für die Thematik zu entwickeln‘.

Was für eine Zeitverschwendung. Wie hatte Ms Muriel es nur wagen können, sie beide zusammenzustecken? Anna hatte nach der Stunde mit Engelszungen auf sie eingeredet, aber ihre Dozentin hatte sich nicht umstimmen lassen. Sie war nach der Namensliste der Studierenden gegangen, hatte jeweils einen Namen vom Anfang und Ende zusammengenommen und Anna und Lucas waren die beiden letzten, deren Nachnamen sich in der Mitte getroffen hatten. Nicht einmal das logische Argument, Lucas müsse genau genommen unter ‚D‘ stehen, hatte die Dozentin umstimmen können.

In anderen Kursen wählte man sich ein Thema aus und aus den jeweiligen Interessenten bildete sich daraufhin gegebenenfalls die Referatsgruppe. Ms Muriel war jedoch offensichtlich kein Freund größerer Referatsgruppen. Der Kurs war relativ klein, weil sie dieses Semester noch viele andere Verpflichtungen hatte. Im nächsten Semester würden mehr Plätze zur Verfügung stehen und Anna nahm nicht an, dass es dann nur noch Zweiergruppen geben würde. Und selbst wenn, würde sie lieber ihren Namen in ‚Weatherford-Matthews' ändern, als noch einmal mit Lucas de Meath zusammenarbeiten zu müssen.

Zwei starke Kaffee später fuhr sie los und trat ihre Schicht im Theater um kurz vor halb sieben an. Die siebenmillionste Version von ‚Hamlet' wurde aufgeführt, wieder einmal in irgendeiner modernen und angeblich überaus spektakulären Variante. Bis zu diesem Zeitpunkt hatte Anna nur eine halbe Stunde davon ertragen müssen und das auch nur, weil sie bei den Proben für das Ensemble Getränke bereitgestellt hatte. Sie mochte Shakespeare, konnte mit einem Hamlet als Mitglied einer Rockergang, in Lederjacke und mit Motorrad allerdings wenig anfangen. Die waschechte Harley Davidson auf der Bühne war bereits bei der Premiere der Clou gewesen.

Während nun also drinnen wiederholt das tiefe Brummen der schweren Maschine ertönte, arbeitete Anna an der Garderobe und das hieß nach dem ersten Ansturm viel Zeit bis zur ersten Pause in etwa eineinhalb Stunden. Alle anderen Dinge waren erledigt und derweil ihre Kollegen sich gerne die Beine vertraten und mit den anderen unterhielten, musste mindestens einer vor Ort bleiben. Das war Anna nur allzu gerne, denn so hatte sie Zeit, in Ruhe zu lesen – bezahlte Zeit. Zumindest so lange, bis irgendein Gast etwas Wichtiges in seiner Manteltasche vergessen hatte, das er unbedingt auf der Stelle brauchte.

Solange es sich nicht um lebenswichtige Pillen handelte, hatte Anna so gar kein Verständnis dafür. Dennoch setzte sie ihr professionelles Lächeln auf und legte ihr Buch in das Fach unter dem Tresen, als sich ihr eine braunhaarige junge Frau mit gelangweiltem Gesichtsausdruck näherte. Ein penetranter Parfümgeruch ging ihr voraus und nahm Anna fast den Atem.

„Ich möchte meine Jacke“, sagte die Brünette und sah Anna gar nicht erst richtig an, sondern sich in der Eingangshalle um.

„Ihre Marke, bitte“, verlangte Anna höflich, auch wenn sie ein solches Getue überhaupt nicht ausstehen konnte.

„Habe ich nicht bekommen“, gab die junge Frau überheblich zurück.

„Jeder Gast bekommt sofort die entsprechende Marke ausgehändigt“, erwiderte Anna und zwang sich, ihr Lächeln aufrechtzuerhalten. Freundlichkeit und Hilfsbereitschaft des Personals wurden heute besonders großgeschrieben.

„Ich habe keine, das sagte ich doch schon“, lautete die genervte Erwiderung und nun legte sich ein herablassender Blick auf Anna.

„Vielleicht könnten Sie freundlicherweise trotzdem in ihrem Portemonnaie nachsehen“, bat diese mit einer Geduld, die sie nicht besaß. Es gab durchaus Gäste, die verschwanden, sobald man ihren Mantel wegbrachte, anstatt darauf zu warten, dass man mit der Abholmarke aus den Tiefen der Kleiderhakenreihen auftauchte. Denen durfte man dann nachrennen und sie suchen. In *diesem* Fall wusste sie jedoch ohne jeden Zweifel, dass eine Übergabe stattgefunden hatte. Schließlich hatte sie dabei direkt neben ihrer Kollegin und mittlerweile besten Freundin Cara gestanden, die sich danach erst einmal mit Nasen- und Augentropfen hatte versorgen müssen. Das starke Parfüm hatte bei ihr eine ernstzunehmende allergische Reaktion hervorgerufen.

„Meistens …“, wollte sie fortfahren, wurde allerdings rüde unterbrochen.

„Hör zu, Kleine, ich habe einen pfirsichfarbenen Prada Denim-Mantel abgegeben, der dürfte selbst für dich leicht zu finden sein bei diesem in Beerdigungstönen gekleideten Alte-Leute-Publikum hier. Folglich werde ich bestimmt weder mein Louis Vuitton-Portemonnaie noch meine Mini Paris von Jimmy Choo“, die junge Frau hob kurz und mit arrogantem Augenaufschlag ein dunkles Täschchen mit bunten Blumen oder etwas Ähnlichem hoch, „auf der Suche nach einem labbrigen Papierstück durchsuchen, das ich unter Garantie nicht einmal angefasst habe!!“

‚Bonus, Bonus, Bonus‘, sagte Anna sich im Stillen und zwang sich, ruhig zu bleiben. Aus dem Augenwinkel heraus nahm sie wahr, wie Cara sich ihr näherte, jedoch nach kurzer Zeit hustend und schniefend mit einem entschuldigenden Armwedeln in Richtung ihrer Freundin abermals das Weite suchte.

„Es tut mir sehr leid, aber ohne die Marke kann ich nichts einfach so herausgeben …“, erklärte Anna betont ruhig.

„Einfach so?? Wir reden hier von meinem Eigentum! Sehe ich so aus, als hätte ich es nötig, etwas zu klauen?“, fragte ihr Gegenüber spitz. Hinter ihr konnte Anna Pete Withers wahrnehmen, der heute Abend die Leitung für die Lobby übernommen hatte.

„Gibt es ein Problem?“, fragte er und sandte Anna einen flehenden Blick zu. ‚Bitte sag ‚nein‘‘, bedeutete der. Pete ging Problemen gerne aus dem Weg und wieso man ihn wiederholt mit wichtigen Dingen betraute, *ihre* Bewerbungen hierfür aber nie auch nur berücksichtigte, war Anna schleierhaft.

„Na endlich!“, echauffierte sich die junge Frau vor ihr. „Ihre übereifrige, unprofessionelle *Aushilfe* hier weigert sich, mir meinen Mantel auszuhändigen, weil ich keinen winzigen Fetzen vorweisen kann, den ich im Übrigen nie ausgehändigt bekommen habe und –“

„Unprofessionell?“, schnappte Anna, doch Pete räusperte sich übertrieben.

„Wie sieht es denn aus, das teure Stück?“, fragte er allen Ernstes mit seiner säuselnden Deeskalationsstimme und Anna klappte die Kinnlade herunter. Sie alle hatten ausdrückliche Anweisung, die jeweiligen Marken zu verlangen – eine pro abgegebener Sache – zumal es erst vor zwei Wochen einen unangenehmen Zwischenfall gegeben hatte, bei der eine teure Jacke abhandengekommen war. Die Verwechslung hatte sich Gott sei Dank am nächsten Morgen aufgeklärt, dessen ungeachtet hatten sie sich alle eine gewaltige Standpauke anhören müssen.

„Vielleicht sollten wir besser Geena – “, begann Anna, Pete winkte jedoch ab, obwohl die Genannte ihrer beider Vorgesetzte war. Wohl benebelt vom Parfüm, das auch Anna allmählich den Rest des vorhandenen Sauerstoffs raubte, schob er sich an ihr vorbei in den Bereich hinter dem Tresen. Anna spürte, wie ihr die Röte ins Gesicht schoss.

„Na, wenigstens ist es dir inzwischen peinlich", sagte die Dame mit Genugtuung. „Der Mantel ist pfirsichfarben, also für manche *rosa* und gleich da hinten rechts neben dieser anthrazitfarbenen Entschuldigung für ein Oberbekleidungsstück …"

Annas ohnehin nur gespielte Geduld reduzierte sich drastisch weiter. „Oh, das ist keine Scham, denn *ich* habe nur meine Anweisungen befolgt", gab sie mit mittlerweile nur mühsam unterdrückter Wut zurück, „denn nur so können wir dafür sorgen, dass die uns vertrauensvoll überantworteten Dinge, sicher den Weg zurück zu ihren Besitzern finden. Und um neben der ungeheuren, um nicht zu sagen, *ungeheuerlichen* Kulanz meines *Kollegen* dennoch mögliche Schadensbegrenzung zu betreiben, können Sie mir doch gewiss sagen, was genau sich in den Taschen *Ihres* Mantels befindet." Das ‚*Ihres*' betonte sie aus gutem Grund.

„Anna!", raunte Pete ihr warnend zu, sie ignorierte ihn jedoch.

„Meine Güte, was ist das hier? Sturm im Wasserglas? Da hat es aber jemand nötig, sich ein bisschen wichtigzumachen, oder? Vermutlich ist das hier das Highlight deines Tages, Karottenkopf", duzte die junge Frau sie weiterhin.

„Was haben Sie gesagt?", zischte Anna.

Ihr Gegenüber lachte abfällig und fuhr fort: „Also gut, gut, ich habe … seidene Taschentücher darin, eine Packung Slim-*Light*-Zigaretten und mein", sie zog provokant die Brauen hoch und ließ ihre Augen kurz über Annas Körper gleiten, „*Fitness*-Armband."

Pete griff in beide Taschen, förderte gleichwohl nur einen Lippenpflegestift und ein zerknülltes Stück Papier zutage. Peinlich berührt lächelte er die Dame an, die sich erneut wutschnaubend an Anna wandte.

„Ich werde mir meinen Mantel jetzt einfach selbst holen, du kleine Tomate“, blaffte sie und griff nach dem verschiebbaren oberen Teil des Tresens, doch Anna hielt ihn eisern fest und warf einen kurzen, prüfenden Blick über die Schulter. Pete hielt das durchsuchte Kleidungsstück immer noch in der Hand und schüttelte panisch den Kopf. Waschlappen!

„Ich sehe dort hinten genau vier rosafarbenen Mäntel: zwei pfirsichfarbene, einen lachsfarbenen und einen korallenfarbenen“, ließ sie ihr Gegenüber wissen. Dass ihr Gesicht brannte, ignorierte sie. „Sind Sie sicher, dass einer davon tatsächlich *Ihrer* ist? Denn weder ich noch mein Kollege werden *alle* Kleidungsstücke unserer Gäste durchwühlen.“

Sie war kurz davor, die Polizei zu rufen, zumal Pete sich daran machte, den nächsten Mantel in Angriff zu nehmen. Was für ein Idiot. Anna hatte es so satt. Szenen wie diese gab es fast jedes Mal, aber sie konnte sich nicht daran gewöhnen, dass erwachsene Menschen sie wie ein Stück Dreck behandelten, nur weil sie unfähig waren. Niemand zwang sie, teures Geld auszugeben und in ihrer Freizeit hierherzukommen. Schlimmer wurde es noch, wenn das in jedem zweiten Briefing so hochgelobte Teamwork mal wieder nicht funktionierte, weil jemand den feigen Speichellecker spielte.

Als wäre die unverschämte Behandlung durch Gast und Kollegen nicht schon genug, erklang nun auch noch eine Stimme, die Anna gehofft hatte, bis zum morgigen Tag nicht mehr hören zu müssen.

„Es tut mir leid, ich fürchte, *ich* habe die Garderobenmarken eingesteckt und sie offenbar zusammen mit einem Taschentuch in den Mülleimer geworfen …“ Lucas war neben der weiblichen Unverschämtheit in Person aufgetaucht und durchsuchte mit zweifelsfrei nur gespielt schuldbewusstem Lächeln die Taschen seines Sakkos und seiner Hose, Anna offensichtlich ignorierend.

Für einen kurzen Augenblick erstarrte diese und in ihrer Brust machte sich ein merkwürdiges Ziehen bemerkbar. Ihr Puls beschleunigte sich und das nicht auf gute Art und Weise. Was bitte hatte sie dem Schicksal getan? Wofür wurde sie so bestraft?!

„Vielleicht können wir einen Weg finden, um –“, fuhr Lucas fort und durchsuchte zumindest anstandshalber seine Brieftasche. Augenscheinlich war er es nicht gewohnt, derart lange warten zu müssen.

„Ooooh, Mr de Meath, Junior“, flötete Pete in den höchsten anbiedernden Tönen und schob sich neben Anna. „Natürlich können wir das!!“

Sie war im falschen Film. Eindeutig. Aber in Filmen, dachte Anna, würde man jetzt eine in kurzen Bildern gehaltene und sich mit dramatisch aufbauender Musik untermalte Rückblende einweben. In dieser würden verschiedene Szenen aus ihrem bisherigen Arbeitsleben gezeigt werden, die dem Zuschauer ihre sicherlich in mancherlei Augen übertriebene Reaktion verständlich machten. Oder es zumindest versuchen. Denn es gab immer Leute, die es trotzdem nicht verstanden; die keine Ahnung davon hatten, wie es war, sich sein eigenes Geld zu verdienen, weil ihre Familie ihr *nicht* Scheinchen nach Scheinchen in den Rachen stopfen konnte oder sollte.

Anna war sich dabei selbstverständlich der Tatsache bewusst, dass sie auf hohem Niveau jammerte. So viele Menschen hatten es viel schlimmer als sie. Nichtsdestotrotz summierten sich just in diesem Moment Müdigkeit und fast fünf Jahre negativer Erfahrungen in diversen Nebenjobs mit lebenslanger Hänselei aufgrund ihrer Haar- (*Karotte*, *Leuchtturm*, *Hexe* etc.) und Hautfarbe (*Streichholzkopf*, *Vampirella*, *Leiche* etc.) und bevor sie es sich versah, hatte ihr Temperament die Oberhand gewonnen.

„*Natürlich können wir das*?", wiederholte sie die eben gesprochenen Worte ihres Kollegen ungläubig. „Wer ist hier ‚wir', Pete?! Du als unfähige Leitung, die ihren Kollegen wiederholt für ein überparfümiertes Modepüppchen in den Rücken fällt zusammen mit der kläglichen Mitte deiner Anatomie?"

„Anna …?", ließ Lucas sich vernehmen und sie wirbelte zu ihm herum, während ihr Groll noch weiter wuchs.

„Und was dich angeht, de Meath", fauchte sie, „du bekommst hier keine deiner üblichen Extrabehandlungen, nur weil …"

Sie stoppte mitten in ihrer eben erst so schön begonnenen Schimpftirade und blickte auf die Marken in seiner Hand. Mit hochrotem Kopf schnappte sie sich beide, marschierte durch die Reihen bis zu den richtigen Nummern, riss die Mäntel herunter und knallte sie nur wenig später auf den Tresen. Anschließend schob sie den oberen Teil energisch zur Seite und stürmte nach draußen, um frische

Luft zu schnappen. Pete konnte sie ja ohne Frage vortrefflich vertreten!

Was für ein Auftritt! Aber Anna war noch nicht bereit, sich in irgendeiner Form schlecht zu fühlen. Mochten andere Leute sie als naiv, hysterisch oder sonst was bezeichnen, mit dem man wütende Frauen so gerne betitelte. Sie war im Recht gewesen und hatte es nicht verdient, so behandelt zu werden. Von niemandem. Fraglich war allerdings, ob sie morgen noch einen Job haben würde, denn Pete war gleichermaßen unfähig wie beliebt bei seinen Chefs. Die einzige, die ihn ebenso wenig leiden konnte wie Anna, war Geena, aber zu der würde sie bestimmt nicht gehen, um sich auszuheulen.

Sie atmete tief durch und starrte in den Nieselregen, der die Lichter des Theaters auf dem Bürgersteig und der Straße glänzen ließ. Die steinernen Bögen über dem Eingang schützten sie vor der Nässe, dabei hätte sie nichts dagegen gehabt, jetzt durch den Regen nach Hause zu laufen. Leider war sie jedoch kein Kind mehr, das einfach beleidigt weglief. Und streng genommen hatte sie das auch als Kind nur sehr selten getan. Bei den Optionen Flucht oder Kampf hatte sie fast immer Kampf gewählt, ganz gleich, wie schlecht ihre Chancen gewesen waren, heil oder gar siegreich aus diesem hervorzugehen.

Sofort sah sie die blondgelockte Linda vor sich, die an ihren roten Zöpfen zog und sie als Hexe bezeichnete, sah deren Freundinnen, die sie schubsten und schlugen, bis sie sich auf dem harten Pflaster die Knie aufschlug. Und sie erinnerte sich an Thomas, Lindas hübschen Bruder, den sie eine Zeit lang fast noch schlimmer angehimmelt hatte als alle anderen in ihrer Klasse, bis er sein wahres, hässliches Gesicht gezeigt hatte.

„Alles okay, Süße?“, riss eine sanfte Stimme sie aus ihren unangenehmen Erinnerungen und sie nahm wahr, wie Cara neben sie trat. „Das war ja eine blöde Kuh!“

„Kühe sind toll“, erwiderte Anna. „Die haben es nicht verdient, mit diesem Aas verglichen zu werden.“

„Strenggenommen war ein Aas auch mal ein Tier“, gab Cara zurück und beide mussten lachen.

„Tut mir leid, dass ich dich nicht vor Pete gerettet habe“, entschuldigte sich ihre Freundin und strich sich dabei etwas verlegen eine Strähne ihres schwarzen, schulterlangen Haares hinter das Ohr, „aber ich konnte keine Sekunde mehr in der Nähe der Tussi aushalten und die anderen waren noch im Hof rauchen …“

„Schon gut“, winkte Anna ab. „Geht’s denn bei dir wieder?“

„Ja, solange ein bisschen Zeit vergeht, bis ich zurück muss oder wir gut durchlüften …“ Sie lachte, aber wirklich lustig war die ganze Sache nicht, denn ihre Augen waren immer noch etwas rot.

Hinter ihnen ging die Tür auf und Lucas und seine Begleitung traten heraus. Was für ein Traumpaar! Linda und Thomas 2.0. – nur waren die beiden wahrscheinlich nicht miteinander verwandt. Zumindest ähnelten sie sich nicht. Linda 2.0. keifte gleich wieder los, doch Anna betrachtete sie nur mit hochgezogenen Brauen und verfluchte sich innerlich für ihr erneutes Rotwerden.

„Das wird ein Nachspiel haben!“, rief die Brünette, während Lucas einen Arm um ihre Taille legte und sie auf ein eben heranfahrendes Taxi zuschob.

„Und du warst überhaupt keine Hilfe!“, zeterte die Furie weiter. „Was fällt dir ein, denen auch noch –“ Der

Rest ihres Gemeckers wurde vom Verkehrslärm verschluckt.

Lucas selbst drehte sich noch einmal kurz um, warf Anna einen seltsamen Blick zu und verschwand dann nach der unaufhörlich zeternden jungen Frau im Wagen. Anna hatte seinen Blick nur aus dem Augenwinkel heraus erhaschen können, da sie sich weigerte, ihn anzusehen. Unter Umständen hatte er die Schultern gezuckt. Wie dem auch sein mochte: Reichte es nicht, dass sie an derselben Uni eingeschrieben waren, aus ihr noch immer unbegreiflichen Gründen so viele Kurse zusammen besuchten und gemeinsam ein Referat halten mussten? Musste er sie zusätzlich hier nerven und mit einer seiner zahlreichen Tussis dafür sorgen, dass sie sich nach einem neuen Nebenjob würde umsehen müssen?

„Nachspiel, pah!“, machte Cara. „Für wen hält die sich? Hat sich ihr Mäntelchen ein goldenes Fädchen abgerissen oder wie?“ Sie schüttelte den Kopf, doch Annas Zorn verwandelte sich inzwischen in echte Besorgnis.

Pete hatte recht gehabt. Lucas’ Familie *hatte* einen Namen, den man kannte, schließlich war seine Mutter Abgeordnete im Unterhaus und sein Vater ein bekannter Architekt. Wenn er sich aus diesem Grund auch nur annähernd so wichtig nahm wie diese Brünette … Ach Mann! Sie hätte sich zurückhalten sollen. Sie und ihr blödes Temperament, das sie schon so oft in Schwierigkeiten gebracht hatte. Sie brauchte diesen Job! Außerdem war er besser als die Schichten in der Bäckerei oder das Kellnern – das war so eine Katastrophe gewesen.

„Komm“, sagte Cara und hakte sich bei Anna ein. „Mach dir keine Sorgen. Als ich raus bin, hab ich den Blick gesehen, den Geena Pete zugeworfen hat. Das könnte amüsant werden. Davon abgesehen fängt die Pause gleich an, da sollten wir lieber pünktlich sein."

Anna zwang sich zu einem Lächeln und ließ sich von Cara mitziehen. Möglicherweise würde alles gut gehen. Das oder der Bonus würde eine ganze Weile reichen müssen.

Fieses Karma

Anna starrte auf das Geld in ihrer Hand. Und das bereits seit geraumer Zeit. Genaugenommen handelte es sich um einen rosaroten Schein mit dem Konterfei Queen Elizabeths II, der immer noch deutliche Knitterspuren aufwies, weil er einige Stunden zusammengeknüllt in einer Jackentasche verbracht hatte. Annas Gedanken drehten sich im Kreis. Klar war: Dies war auf keinen Fall ihrer, denn sie wüsste von der Existenz eines solchen Scheins in ihrem Besitz. Es gab ja Leute, die sich Geld nachlässig in Hosen- oder Jackentasche stopften, dort vergaßen und sich dann freuten, wenn sie es unverhofft wiederfanden. Anna selbst hatte nur drei Orte, an denen sie Geld aufbewahrte: in ihrem alten Portemonnaie mit den abgewetzten Ecken, in dem sich zurzeit maximal dreißig Pfund befanden, ihrer Spardose und auf dem Bankkonto.

Cara! Sie musste es gewesen sein. Sie mochte Annas Lieblingskollegin und engste Freundin sein, aber wie konnte sie es wagen?!

Am vergangenen Abend hatte Anna ihre Klamotten nur unordentlich über den Schreibtischstuhl geworfen und diese mussten dringend gewaschen für die nächste

Abendveranstaltung im Theater werden. Denn ja, sie hatte ihren Job noch. In einem Gespräch nach der Schicht hatte Geena ihr zwar noch einmal nahegelegt, in Zukunft weder Kleidungsstücke zu malträtieren noch übermäßig laut zu werden, aber ebenso Verständnis für ihr Verhalten gezeigt, denn Geena hatte selbst jahrelang im Service gearbeitet. Pete hatte sich hingegen eine ganz andere Standpauke anhören dürfen, die hatte Anna allerdings nur im Rausgehen mitbekommen. So hatte man ihr grimmiges Grinsen zumindest nicht sehen können.

Der Clou war gewesen, dass ein gewisser dunkelgelockter Gast ein Trinkgeld in Höhe von fünfzig Pfund hinterlassen hatte. Das Trinkgeld wurde normalerweise am Abend geteilt, doch Cara hatte darauf bestanden, dass Anna den Schein bekommen sollte, was diese wiederholt energisch abgelehnt hatte. Wie Cara ihn unbemerkt in ihre Jackentasche hatte stecken können, war ihr schleierhaft. Selbstredend würde sie ihn zurückgeben. Lucas konnte seine Unverschämtheiten nicht einfach mit einem Schein wiedergutmachen. Oder die seiner Begleitungen.

Kurz wanderten ihre Augen zu ihrer Spardose in Form eines Reisekoffers. Ein kleiner Zuschuss wäre natürlich super. Anna träumte von einer großen Reise nach ihrem Magister-Abschluss. Als Belohnung für die intensive, konzentrierte Arbeit – obgleich das mit ihrem strikten Karriereplan kollidierte. Einmal um die Welt oder zumindest auf einen anderen Kontinent und das zahlte sich leider nicht von allein.

Nein! Was dachte sie denn da nur? Sie würde Lucas das Geld bei der nächsten Gelegenheit um die Ohren hauen. Oder in den Trinkgeldtopf zurücklegen. Entschlossen holte sie ihr Portemonnaie heraus und verwahrte den

Schein sorgsam darin. Am heutigen Tag fand zwar keiner der Kurse statt, an denen Lucas ebenfalls teilnahm, aber sie hatten sich ja für ihr Referat am Nachmittag in der Bibliothek verabredet. Dann würde sich zweifellos eine Gelegenheit ergeben, ihn auf diese Dreistigkeit anzusprechen – auch wenn sie nicht vorhatte, mehr als eine halbe Stunde mit ihm zu verbringen. Nicht nach gestern Abend! Sollte er sich stattdessen doch in die Arme seiner ‚supernetten' Freundin werfen. Wer es mit so einer länger als fünf Minuten aushielt, musste schon einen an der Waffel haben – oder wahnsinnig oberflächlich sein, denn hübsch war sie ja.

Ja, offenbar hatte sie sich nicht geirrt. Lucas *war* ein oberflächliches Arschloch, das sich nur sehr gut mit seinem Charme und seiner Gewitztheit tarnen konnte. So wie Thomas damals in der Grundschule. Der war ja auch mit allem durchgekommen, selbst bei Anna. Aber so etwas würde ihr nicht noch einmal passierten, ganz egal wie nett Lucas die meiste Zeit tat. Warum dachte sie überhaupt darüber nach? Hatte sie denn jemals etwas anderes angenommen? Wohl kaum.

Ein Blick auf die Uhr verriet Anna, dass sie sich allmählich auf den Weg zur Uni machen musste, und sie schnappte sich rasch ihre Tasche, um in gewohnter Manier die Treppe ins untere Geschoss hinunter zu poltern.

„Mum? Ich mache mich jetzt auf den Weg, ja?", rief sie Jennifer aus dem Flur zu, ihre Jacke bereits angezogen und den Autoschlüssel vom Haken genommen. Ihre Mutter hatte heute erst später am Tag Dienst und konnte den Morgen noch mit einem weiteren Kaffee vor dem Fernseher genießen.

„Okay“, hallte ihre Stimme zu Anna hinüber, während diese die Tür öffnete. „Grüß mir Lucas schön!“

Anna verdrehte entnervt die Augen – insbesondere, weil die Erwähnung seines Namens ein seltsames Flattern hinter ihrem Bauchnabel erzeugt hatte (sicherlich war das nur Ekel) – und schloss die Tür ohne ein weiteres Wort hinter sich. Manche Kommentare verdienten einfach keine Reaktion.

Der Weg durch den kleinen Vordergarten zum Gartentor war nicht weit, doch seltsamerweise gelang es Anna nicht, ihn so flink hinter sich zu bringen wie gewöhnlich. Ihre Beine fühlten sich mit jedem Schritt schwerer an, während ihr Puls sich rasant beschleunigte. Zugleich machte sich ein unangenehmes Ziehen in ihrer Körpermitte bemerkbar und die Umgebung verschwamm vor ihren Augen. Aus weiter Ferne vernahm sie eine verzerrte Stimme. Es waren seltsame Worte, die gesprochen wurden, Worte, die sie schon einmal gehört hatte, … erst vor Kurzem … in ihrem Traum … Ein helles Summen ertönte und dann verschwand die Welt und Anna glitt hinein in ein tiefes Nachtschwarz.

„Anna! Kind, was ist mit dir? O Gott!“, drang die Stimme ihrer Mum zu ihr durch. Anna wusste nicht, wie viel Zeit vergangen war. Sie fühlte Hände an ihren Armen, ihrem Gesicht. „Anna! Komm zu dir! Kannst du mich hören?“

Die Sorge in Jennifers Stimme ließ Annas Verstand langsam erwachen, vertrieb die Dunkelheit und ließ sie den kühlen Boden wahrnehmen, auf dem sie lag. Sie riss entsetzt die Augen auf und schnappte nach Luft. Ihre Mum, die sich eben noch über sie gebeugt hatte, musste zurückweichen, weil Anna sich ruckartig aufsetzte. Ein starker, Übelkeit erregender Schwindel setzte ein, gefolgt von einem furchtbaren Stechen in den Schläfen, das sie schmerzerfüllt das Gesicht verziehen ließ. Es dauerte einen Moment, bis die Pein abebbte und sie den Drang, sich zu übergeben, einigermaßen im Griff hatte.

Ihre Mum sagte nichts mehr. Stattdessen streichelte sie hockend voller Mitgefühl über den Rücken ihrer Tochter und wartete darauf, dass diese richtig zu sich kam.

„W-was ist passiert?“, stammelte Anna verstört.

„Das musst *du* mir sagen, denn als ich aus dem Fenster sah, lagst du bereits am Boden.“

Anna atmete ganz langsam ein und wieder aus, versuchte sich daran zu erinnern, was passiert war. „Ich bin offenbar ohnmächtig geworden“, stellte sie fest.

„Menstruationsbeschwerden?“, schlug Jennifer als Ursache vor.

Anna schüttelte den Kopf und bereute es im nächsten Augenblick, weil der Schwindel erneut einsetzte.

„Lagerungsschwindel?“, startete ihre Mum den nächsten Versuch, das Rätsel zu lösen.

Dieses Mal hob Anna unschlüssig die Schultern. „Wär möglich.“ Sie hatte so etwas öfter, insbesondere, wenn sie es mit der abendlichen bis nächtlichen Lektüre im Bett liegend übertrieb, bislang war sie deshalb allerdings noch nie umgekippt.

„Kannst du aufstehen?“, erkundigte Jennifer sich. „Der Boden ist doch eine Spur zu kühl und wir sollten besser reingehen und …“

„Nein!“, stieß Anna entrüstet aus. „Ich meine, ja, ich kann aufstehen, aber ich muss zur Uni!“

„Dein Ehrgeiz in allen Ehren, mein Schatz, aber in diesem Zustand kannst du auf keinen Fall zur Uni fahren!“

„Mir geht’s schon wieder gut!“, stellte Anna eilends klar und versuchte auf die Beine zu kommen. Das ging erstaunlich gut – was eventuell eher daran lag, dass Jennifer sie stützte.

„Siehst du!“, setzte sie übertrieben fröhlich hinzu und befreite sich von den Händen ihrer Mutter. Allein zu stehen, war zwar noch etwas anstrengend, doch sie gewann die Kontrolle über ihren Körper recht schnell zurück.

Jennifer musterte sie kopfschüttelnd. „Lass mich raten: Du hattest bisher noch keinen Fehltag und willst unbedingt den Semester-Ehrenpreis für ständige Anwesenheit in deinem Studiengang abstauben.“

„So was gibt es überhaupt nicht“, stellte Anna klar, während sie ihren Mantel von ein paar Blättern und sonstigem durch den Bodenkontakt erfolgten Dreck befreite. „Und – ja – ich habe vor, mein Studium voll und ganz auszukosten. Ist ja nicht so, dass es nichts kostet.“

„Anna, man kann es auch übertreiben“, mahnte ihre Mum sie. „Du hast nur …“

„… *einen* Körper und auf den muss ich gut aufpassen“, nahm Anna ihr die Worte aus dem Mund, die sie in ihrem bisherigen Leben nur allzu oft gehört hatte. „Und mein Verstand kann nur soweit Leistung bringen, wie der Körper es ihm möglich macht. Ich weiß, aber mir geht es *wirklich* wieder gut. Ich kann fahren und …“

„Nein!“ Jennifer hob streng einen Finger und ihr Gesichtsausdruck verriet, dass jedwedes Verhandeln nutzlos sein würde. „Du fährst nicht!“

„Aber …“, versuchte Anna es dennoch – erfolglos, wie sich zeigte.

„Du setzt dich nicht hinters Lenkrad, solange wir nicht genau wissen, was los ist“, wurde sie prompt unterbrochen. „Damit würdest du nicht nur dich selbst, sondern auch andere gefährden und das kann ich nicht zulassen. *Ich* fahre dich!“

„Was?!“ Anna blickte ihre Mum entgeistert an. „Ich bin doch kein kleines Schulkind mehr!“

Wie peinlich war *das* denn?

„Jetzt hab dich nicht so!“, knurrte Jennifer, holte blitzschnell den Autoschlüssel aus Annas Mantel und versteckte ihn hinter ihrem Rücken, sodass diese nicht mehr an ihn herankam.

„Mum!“, beschwerte Anna sich. „Das ist doch wirklich albern!“

„Und wenn schon“, war die laxe Reaktion auf ihre Beschwerde und flugs lief ihre Mum hinaus aus dem Garten und auf Annas Auto zu.

Der blieb nichts anderes übrig, als frustriert aufzustöhnen und ihr zu folgen.

Auf der Fahrt zur Uni erklärte Jennifer ihr selbstverständlich noch einmal, wie wichtig es war, auf seinen Körper zu achten, und gab ihr unzählige Tipps, wie sie ihre Fitness steigern und weiteren Kreislaufstörungen vorbeugen konnte. Im Gegensatz zu ihrer Ehefrau folgte sie diesen Tipps selbst privat weniger, wenngleich sie durchaus eine sportliche Figur und eine gute körperliche Konstitution hatte. Anna hörte nur mit halbem Ohr zu. Auch wenn sie vor ihrer Mum so tat, als wäre alles wieder in bester Ordnung und bestimmt nicht besorgniserregend, hatte der

Ohnmachtsanfall sie innerlich sehr aufgewühlt. Insbesondere, weil er so plötzlich gekommen war und sie diese Stimme im Hintergrund gehört hatte. Die Stimme aus ihrem Traum. Sie konnte noch immer nicht sagen, ob diese männlich oder weiblich gewesen war – eines wusste sie aber ganz genau: Sie kannte sie nicht. Zumindest nicht so, dass es ihr möglich war, sie einer Person zuzuordnen.

Zudem war sie davon überzeugt, dass die Worte, die sie gehört hatte, aus einer ihr fremden Sprache stammten. Und das schloss bereits eine Menge Personen aus, denn Anna beherrschte zusätzlich zu ihrer Muttersprache Spanisch, Deutsch, Latein und sogar ein wenig Mandarin. Neben ihrer Leidenschaft für Literatur existierte nämlich auch noch die für Sprachen, für deren Erlernen sie ergänzend zum Schulunterricht ebenfalls oft ihre Freizeit geopfert hatte.

Wenn sie ehrlich war, war es das erste Mal, dass sie in ihren Träumen eine andere Sprache gehört hatte, was an sich schon mehr als seltsam war, aber sie nun bei einem Ohnmachtsanfall zu vernehmen … Vielleicht hatte Lucas' bescheuerte Tussi-Freundin sie ja wegen des gestrigen Vorfalls verflucht oder sogar eine Voodoo-Puppe von ihr angefertigt, um sich zu rächen.

Anna schüttelte innerlich den Kopf. Als ob sie an derartige Dinge glaubte. So etwas wie Magie gab es überhaupt nicht – ganz gleich, ob sie religiös angehaucht war oder nicht. Es musste eine andere, vernünftige Erklärung für alles geben. Interferenzen im Handyfunk zum Beispiel. Vermutlich hatte ihr Smartphone irgendwelche Störsignale aufgefangen und weitergeleitet und weil diese so heftig gewesen waren, war sie anschließend ohnmächtig geworden. Das klang zwar etwas an den Haaren herbeigezogen, war allerdings immer noch besser als der klischeehafte Voodoo-Zauber.

„Erde an Anna – wir sind da-ha“, vernahm sie die Stimme ihrer Mum aus dem Off und schreckte regelgerecht aus ihren Gedanken. Tatsächlich stand das Auto mittlerweile direkt vor dem Campus und da der Motor aus war, hatten sie anscheinend nicht erst in dieser Sekunde angehalten.

„Oh!“, stieß Anna aus und griff nach der Tasche, die auf ihrem Schoß ruhte.

Die Hand ihrer Mutter legte sich auf ihren Arm und brachte sie dazu, sie anzusehen. „Bist du sicher, dass du fit genug bist, um an den Kursen teilzunehmen?“, fragte Jennifer sorgenvoll.

„Ganz sicher“, bestätigte Anna.

„Aber wenn es wieder schlechter wird, nimmst du dir ein Taxi nach Hause, ja?“, forderte ihre Mum.

Anna nickte rasch, obgleich sie nicht vorhatte, das Geld auf diese Weise zum Fenster rauszuwerfen. Ein Bus würde sie genauso gut nach Hause bringen und das kleine Stück Heimweg von der Haltestelle zum Haus war doch kein großer Kraftaufwand.

„Und du rufst mich an, wenn du zurück bist?“, bedrängte Jennifer sie weiter. „Lizzie ist heut voraussichtlich erst spät zuhause und ich muss einfach wissen, dass es dir gut geht.“

Ein weiteres Mal nickte Anna willig, während sie schon nach dem Türöffner griff.

„*Und* du grüßt mir den netten jungen Mann, der da draußen auf dich wartet?“, fuhr ihre Mum dieses Mal mit einem verschmitzten Lächeln und einem kurzen Blick an ihr vorbei fort.

Anna hatte bereits zum Nicken angesetzt, hielt nun aber verwirrt inne und schaute aus dem Fenster. Da stand er, Lucas de Meath, gutaussehend wie eh und je, nur etwas blasser als sonst, und hob kurz die Hand für ein lässiges Winken.

„Ist das Lucas?“, fragte ihre Mum neugierig und beugte sich vor, um ihn besser betrachten zu können und schließlich sogar zurückzuwinken.

„Mum!“, presste Anna zwischen den Zähnen hervor.

„Echt hübscher Kerl“, stellte Jennifer dessen ungeachtet fest. „Den würde ich mir auch angeln, wenn ich auf das andere Geschlecht stehen würde und in deinem Alter wäre.“

„Ja, schön – aber *ich hasse* angeln“, stieß Anna verärgert aus, öffnete die Tür und kletterte hastig aus dem Auto.

„Ruf mich an!“, gelang es ihrer Mum noch herauszurufen, bevor Anna die Tür zuschlug.

Sie antwortete nicht mehr darauf, sondern lief mit schlechter Laune schnurstracks an Lucas vorbei. Leider ließ er sich dadurch nicht beirren und war mit wenigen Schritten an ihrer Seite.

„Guten Morgen, Anna“, wies er sie darauf hin, wie unhöflich sie war, und brachte sie dazu, den Gruß einsilbig, jedoch einigermaßen freundlich zu erwidern.

„Was gibt’s denn Wichtiges?“, fügte sie sogleich etwas abgehetzt hinzu. „Ich muss mich echt beeilen, wenn ich nicht zu spät zu meiner Vorlesung kommen will.“

„Du brauchst ja nicht stehenzubleiben“, bot er großmütig an. „Wir können das ohne Probleme im Laufen klären.“

„Okay. Ich höre“, erwiderte sie, ohne ihn anzusehen.

„Es geht um unser Referat“, begann er. „Ich weiß, dass wir einen straffen und exakten Plan haben, aber es haben sich bei mir privat ein paar Dinge entwickelt, die mir gerade viel Zeit rauben. Davon abgesehen geht es mir heute irgendwie nicht so gut.“

Anna blieb nun doch stehen und musterte ihn kurz. Sie hatte ja schon aus der Ferne gesehen, dass er blasser als sonst aussah, aber in diesem Moment wurde sie sich zusätzlich der dunklen Schatten unter seinen Augen bewusst. Darüber hinaus glänzte seine Stirn, als würde er schwitzen. Augenscheinlich war sie nicht die einzige, der das Schicksal heute nicht so gewogen war.

„Heißt das, du willst unser Treffen für heute absagen?“, fragte sie und wunderte sich darüber, dass sich kein Gefühl der großen Erleichterung einstellte.

„Ja, und …“

„Und wie sollen wir das Referat dann noch rechtzeitig fertigstellen? Glaub nicht, dass ich es allein mache und du dich am Ende mit fremden Lorbeeren schmücken kannst!“

„Das hatte ich auch nicht vor!“ Ärger zeigte sich in Lucas’ schönen Augen. „Ich wollte vorschlagen, dass wir Ms Muriel gemeinsam um einen Aufschub bitten. Ihre Sprechstunde beginnt um elf und ich hätte da eine Freistunde.“

Anna presste die Lippen zusammen und ging kurz in sich. Sie hatte keine Freistunde, aber theoretisch konnte man ein knappes Gespräch problemlos in der halben Stunde Pause zwischen den Seminaren unterbringen. Woher kam nur dieser seltsame Widerwille? Sie sollte sich doch eigentlich darüber freuen, der gemeinsamen Zeit mit Lucas entgehen zu können. Wahrscheinlich lag es daran, dass sie es hasste, wichtige Dinge aufzuschieben.

„Geht's dir ehrlich so schlecht?", hakte sie nichtsdestotrotz nach – jedoch sehr viel behutsamer als zuvor.

„Ach, mein Kreislauf spinnt mal wieder rum", erklärte er. „Ich leide manchmal unter Hypoglykämie – das ist…"

„… ein zu niedriger Blutzuckerspiegel, ich weiß. Bist du …"

„Diabetiker? Nein. Das liegt bei mir an einer anderen angeborenen Stoffwechselstörung. Allzu schlimm wird das meist nicht, ich kann mich allerdings in dem Fall nur schlecht konzentrieren und wäre bestimmt keine Hilfe, um das Referat rechtzeitig fertig zu bekommen."

Anna betrachtete ihn nachdenklich und nickte zögerlich. „Okay", gab sie schließlich nach. „Wir können uns um viertel vor zwölf bei Ms Muriel treffen. Aber lass uns das Ganze nicht allzu lang aufschieben. Ich bringe die Dinge lieber zeitig hinter mich."

„Ich ebenso – glaub mir, wir sind da voll auf einer Wellenlänge", ließ er sie wissen und bedachte sie mit einem typischen Lucas-Lächeln, das die meisten Mädchen und auch einige Jungen fast immer dazu brachte, Herzchenaugen zu bekommen. Vollkommen ohne Wirkung blieb es auch bei Anna nicht, denn sie fühlte, wie ihre Mundwinkel sich gegen ihren Willen hoben. Verdammt!

„Hätte auch nicht gedacht, dass mir der Blutzucker heut solche Schwierigkeiten macht", erklärte Lucas, „weil ich gestern kaum Sport getrieben habe. Aber mein Körper macht manchmal einfach, was er will." Er lachte kurz. „Oder es ist die Rache für mein spätes Einschreiten gestern Abend im Theater – für das ich mich an dieser Stelle gerne noch einmal entschuldige."

Oh. Daran hatte sie schon gar nicht mehr gedacht. Anna holte flugs ihr Portemonnaie heraus.

„Dieses fiese Karma", redete Lucas unterdessen weiter, „schlägt immer genau dann zu, wenn man am wenigsten damit rechnet …" Er runzelte die Stirn, als sie ihm den Schein hinhielt. „Was ist das?"

„Das Trinkgeld, das du gestern dagelassen hast", erklärte sie. „Ich will es nicht."

„Das ist nicht von mir", behauptete er und schob ihre Hand weg.

Anna zog erbost die Brauen zusammen. „Natürlich ist das von dir! Ich hab doch gesehen, wie du es Cara gegeben hast!"

„Also, ich kann mich daran nicht erinnern", erwiderte er todernst.

So ein unverschämter Lügner!

„Ich brauche keine Almosen, Lucas!", stellte sie verärgert klar. „Ich kann schon für mich selbst sorgen und muss ohne dein Geld sicherlich nicht ins Armenhaus."

„Davon gehe ich aus", gab er lax zurück. „Gut – nehmen wir mal an, ich *hätte* euch ein großzügiges Trinkgeld für die Unannehmlichkeiten, die meine Cousine euch bereitet hat, gegeben …"

Cousine? Das hieß, die beiden waren doch verwandt. Aus einem Anna unerfindlichen Grund wurde ihr sofort leichter ums Herz herum und ihr Groll gegen Lucas nahm deutlich ab.

„… und deine Kollegin Cara hätte dieses Geld an dich weitergereicht, weil sie möglicherweise der Meinung war, dass du es am ehesten verdienst – wäre es nicht ihr gegenüber wahnsinnig unfair, dieses Geld, das sie vielleicht gut hätte gebrauchen können, leichthin wegzuwerfen?“

„Ich werfe es nicht weg – ich gebe es nur zurück“, korrigierte sie ihn, obwohl sich längst Zweifel an diesem Handeln in ihr regten.

Lucas hob eine Augenbraue. „Ist das nicht dasselbe? Außerdem werde ich es nicht annehmen. Wie ich bereits sagte: Es ist nicht mein Geld.“

Anna biss fest die Zähne aufeinander, verkniff sich jedoch einen weiteren Widerspruch. Lucas schien ähnlich starrsinnig wie sie zu sein und einige der vorbeilaufenden Studenten bedachten sie bereits mit neugierigen bis irritierten Blicken.

„Dann packe ich es bei meiner nächsten Schicht in die gemeinsame Trinkgeldkasse“, verkündete sie knurrig und stopfte den Schein zurück in ihr Portemonnaie.

„Klingt nach ’ner schönen Idee“, musste Lucas sie nun obendrein aufziehen – selbstverständlich mit einem breiten Grinsen. Anschließend schaute er kurz auf seine Armbanduhr.

„Ich denke, wir sollten dann mal schnell los“, verkündete er und machte auf dem Absatz kehrt. „Bis später!“

Anna nickte nur und wollte ebenfalls los eilen, doch seine Stimme hielt sie einmal mehr auf.

„Ach Anna, was ich noch loswerden wollte, so als altkluge Lebenshilfe“, rief er ihr grinsend hinterher. „Zu viel Stolz kann manchmal echt ungesund für einen selbst sein!“

„Klugscheißer!“, konterte sie genauso laut und wandte sich ab. Ernsthaft sauer war sie jedoch seltsamerweise nicht.

Kopfschüttelnd setzte sie ihren Weg fort, hielt aber nur wenige Schritt darauf erneut inne, denn vor ihr, in einigen Metern Entfernung, saß mit einem Mal eine düstere Gestalt in einem purpurfarbenen Kapuzenmantel mitten auf dem Weg. Annas Atem stockte und ein eiskalter Schauer lief über ihren Rücken. Mit dem nächsten Wimpernschlag war die Gestalt aus ihrem Albtraum allerdings schon wieder verschwunden.

Anna schluckte schwer und presste eine Hand auf ihr viel zu heftig schlagendes Herz. Ganz langsam beruhigte sich dieses wieder. Sie musste sich verguckt haben. Niemand hier trug einen derartigen Mantel und gewiss konnte sich auch niemand so geschwind in Luft auflösen. Das hing sicherlich nur mit ihren Kreislaufstörungen zusammen. Die ließen sie Dinge sehen, die nicht da waren. Alles, was sie tun musste, um derartige Halluzinationen für die nächste Zeit zu vermeiden, war, sich in ihre Vorlesung zu setzen und auszuruhen. Entschlossen setzte sie sich in Bewegung. Dieser Tag konnte nur besser werden, denn schlimmer ging es ja kaum.

⛤

Ms Muriel hatte erwartungsgemäß viel Verständnis für ihre Situation, als Lucas und sie pünktlich um viertel vor zwölf zu ihrer Sprechstunde gingen. Sie gab ihnen tatsächlich den gewünschten Aufschub, sodass sie beide nach dem recht kurz ausfallenden Besuch bei der Dozentin ein weiteres Mal unentschlossen voreinander standen und eine kleine Weile brauchten, um die Stille zwischen ihnen aufzulösen.

„Dann … sollten wir wohl einen neuen Termin für die gemeinsame Arbeit am Referat ausmachen“, gab Anna als erste von sich und hatte das elendige Gefühl, dabei rot anzulaufen. Ärgerlich – schließlich bat sie Lucas ja nicht um ein Date.

„Schlag was vor und ich gucke, ob es bei mir passt“, erwiderte er, griff seitlich in seinen Rucksack und holte einen Kalender hervor.

Anna tat es ihm nach, doch gerade, als sie den Blick hob, um ihm den ersten Termin anzubieten, sah sie plötzlich nicht mehr nur ihn vor sich, sondern vielmehr sein schmerzverzerrtes Gesicht in dem Spiegel aus ihrem Traum. Ein verzweifelter Schrei schälte sich aus seiner Kehle und in der nächsten Sekunde schoss seine Hand auf sie zu. Anna machte keuchend einen großen Schritt zurück und griff sich entsetzt an den Hals.

„Anna?“ Lucas – dieses Mal der echte, ohne Spiegel – betrachtete sie besorgt. „Alles okay?“

„Ja, ich … ja …“, war alles, was sie herausbrachte.

„Du bist auf einmal so blass“, klärte er sie weiterhin sehr betroffen wirkend auf. „Geht’s dir heut auch nicht so gut?“

„Doch – ich hab mich nur erschrocken, weil ich …“ Ausrede. Sie brauchte unbedingt eine gute Ausrede. Sie konnte ihm ja schlecht sagen, dass sie halluzinierte. „…, weil ich meine Hausaufgaben für den nächsten Kurs zu Hause vergessen habe.“

„Oh“, erwiderte Lucas. „Das tut mir ehrlich leid.“

„Ja, mir auch, aber ist ja nicht zu ändern“, versuchte sie ihn eilig abzuwimmeln, zog ihre Tasche nach vorn und verstaute ihr Kalender darin. „Ich muss jetzt auch unbedingt los. Lass uns das mit dem Termin telefonisch machen. Ich muss ja nicht noch zu spät kommen, wenn mir schon die Hausaufgaben fehlen."

„O…okay", gab Lucas verunsichert zurück. „Aber …"

„Bis dann", würgte sie ihn kurzerhand ab und eilte los, ohne weiter auf ihn achtzugeben. Das alles war ihr einfach zu gruselig. Wenn heute nur eines dieser merkwürdigen Dinge passiert wäre, hätte sie dem nicht viel Beachtung geschenkt. So gebündelt waren die Vorkommnisse gleichwohl nur schwer zu verdrängen. Und nur aus diesem Grund tat sie etwas, was sie noch nie zuvor in ihrem Leben getan hatte: Sie beschloss, die restlichen Kurse an diesem Tag ausfallen zu lassen und stattdessen zu ihrer Mum Jennifer ins Krankenhaus zu fahren. Sie musste über das, was passiert war, mit einem rationalen Menschen sprechen, der ohne Zweifel eine logisch sachliche Erklärung für alles fand und wieder Ruhe in ihr Inneres brachte.

☆

Nur ungefähr eine Stunde später saß Anna mit Jennifer an einem Tisch in der Krankenhauscafeteria und klammerte sich an ihrer Teetasse fest, während sie ihrer Mum von dem verstörenden Traum und den Visionen erzählte, die sie seither befielen. Jennifer hörte sich alles geduldig an, nickte ein paar Mal verständnisvoll und legte beruhigend eine Hand auf Annas Unterarm, als diese ihren Bericht mit einem unüberhörbaren Zittern in der Stimme beendete.

„Schatz, sag mir mal ganz offen, wie viele Stunden Schlaf du in letzter Zeit am Stück gehabt hast“, forderte sie sanft.

Anna dachte kurz nach. Mit ihren bis in die Nacht gehenden Vorbereitungen für die Seminare, den Spätschichten im Theater und den Albträumen, die sie nachts aufwachen ließen, waren es in der Tat in den letzten Wochen nicht allzu viele Stunden gewesen.

Sie hob unschlüssig die Schultern. „Fünf, sechs Stunden täglich vielleicht“, gab sie zu.

Jennifer nickte, als hätte sie diese Antwort erwartet. „Und wie ich dich kenne, ist diese Antwort noch geschönt. Wenn du dich körperlich so überforderst, muss das irgendwann Folgen haben und in diesem Fall sind das Albträume und Halluzinationen, die dich während eines Sekundenschlafs überfallen.“

„Sekundenschlaf?“, wiederholte Anna skeptisch. „Ich hab beide Male aufrecht gestanden.“

„Das tut nichts zur Sache“, wusste Jennifer. „Menschen können ohne Probleme in jedweder Position einschlafen, wenn sie müde genug sind.“

„Das heißt, ich hab keine echten Visionen oder ähnliches?“

Ihre Mum gab ein leises Lachen von sich. „Von einem Jungen, der in einem Spiegel gefangen gehalten wird? Kann ich mir nicht vorstellen.“

„Ob er da gefangen ist, weiß ich nicht“, gab Anna kleinlaut zurück und kam sich ganz dumm vor, weil sie ihre Visionsgeschichte trotz der logischen Erklärung ihrer Mutter noch nicht so recht loslassen konnte. „Es ist nur so, dass ich … also ich hab doch öfter Träume gehabt, die später wirklich passiert sind …“

„Du meinst Situationen, die du vermeintlich schon mal im Traum erlebt hast?“, hakte Jennifer nach.

„Ja, wir hatten doch schon mal darüber gesprochen.“

„Und was habe ich dir damals gesagt?“

Anna gab ein frustriertes Schnaufen von sich. „Dass es Déjà-vus sind, die jeder mal hat, und ich mir keine Sorgen machen muss, dass ich seherische Kräfte haben könnte, denn so etwas gibt es nicht“, leierte sie herunter.

„Genau!“, bestätigte ihre Mum, drückte ihren Arm und ließ sie los, als wäre das Thema mit dieser Erklärung auch dieses Mal erledigt. Im Grunde war es das ja auch. Nur stellte sich bei Anna ausnahmsweise kein Gefühl der Zufriedenheit ein und ihre innere Anspannung verflog ebenfalls nicht wie gewohnt.

„Du siehst immer noch nicht sehr glücklich aus“, stellte Jennifer fest. „Pass auf: Ich als deine Ärztin verschreibe dir jetzt ein heißes Schaumbad, ein gutes Abendessen – Lizzie hat den Auflauf von gestern in den Kühlschrank gestellt und ich denke, er schmeckt noch genauso hervorragend wie am Vortag – und anschließend zehn Stunden schlafen. Du wirst sehen, morgen fühlst du dich wie ausgewechselt und verschwendest keinen einzigen Gedanken mehr an deinen Albtraum und die angeblichen Visionen.“

Anna atmete tief durch und nickte schließlich brav. Es konnte nicht schaden, den Anweisungen zu folgen, und wenn sie ehrlich war, sehnte sie sich tatsächlich bereits nach ihrem Bett. Ihre Mum war eine verdammt gute Ärztin und wenn sie sagte, dass sie morgen als neuer Mensch erwachte, dann glaubte sie ihr.

Im falschen Film

Wärme. Wohltuende Wärme umfing Anna. Sonnenstrahlen, die auf sie herabschienen, während sie auf einer riesigen Wiese lag. Sie konnte sogar das Gras unter sich riechen. Einzelne Halme kitzelten ihre nackten Arme. Bienen und Hummeln summten um sie herum und Vögel zwitscherten in den Bäumen, deren Blätter im leichten Wind raschelten. Und da war noch mehr. Bunte Farben, die um sie herumtanzten. Die Sonne wurde heller, so hell, dass Anna zunächst die Augen zukneifen musste, doch die Strahlen kitzelten ihre Lider und langsam öffnete sie diese wieder.

Sie kannte diesen Platz gut. Es war ihr sogenannter *Happy Place*, obwohl diese Bezeichnung viel zu alltäglich für diesen paradiesischen Ort war. Anna träumte oft von ihm, sehnte sich sogar am Tag dorthin, weil er einfach wunderschön war. Bunt zusammengewürfelt aus zahlreichen Orten, von denen sie teilweise bis heute nur gelesen, Bilder gesehen oder über die sie Dokumentationen angeschaut hatte. Hier gab es Wasserfälle und riesige, mit den unterschiedlichsten Pflanzen bewachsene Hänge, verwunschene Höhlen und glasklare Seen. Er war die perfekte Mischung aus realen und Traumorten.

Ein weiteres Mal wurden die Sonnenstrahlen heller, fast gleißend und ein seltsames Gefühl durchfuhr Annas Körper. Ziehen. Ein unangenehmes Ziehen. Aber es war nicht so, als hätte sie sich verlegen oder am Tage etwas gezerrt, dessen Nachwirkungen sie bis in ihren Traum verfolgten. Es fühlte sich eher so an, als würde etwas *an* ihr zerren.

Als hätte jemand einen Schalter umgelegt, verstummte der Gesang der Vögel ebenso wie das Rauschen der Bäume. Anna sprang auf. Unversehens wurde es eiskalt um sie herum. Die Strahlen der Sonne verschwanden hinter dunklen Wolken und Donnergrollen war zu hören. Zunächst nur in der Ferne vernehmbar, kam es zügig näher. Die eben noch so zauberhaft anzusehende Natur verschwand. Blitze zuckten vom Himmel und erhellten eine öde Szenerie: eine Steinwüste, ohne Pflanzen, die niemals zu ihren Traumorten gehören würde.

Was zum Henker war hier los? Das war noch nie passiert. Es war furchtbar und bedrohlich. Sie musste weg hier. Aufwachen. Doch wie stellte man das an? Anna kniff sich fest in den Arm und es tat höllisch weh, dennoch blieb sie an diesem grässlichen neuen Platz. Wind kam auf, steigerte sich flugs zu einem Sturm, aber seltsamerweise blies er nicht gegen sie, sondern … aus ihr heraus? Traum hin oder her, das war Wahnsinn. Angst durchfuhr Anna. Sie stolperte ein paar Schritte vorwärts, jedoch wie so oft in Albträumen kam sie kaum voran. Energisch stemmte sie sich gegen die unsichtbare Wand vor sich, versuchte es in alle Richtungen. War sie soeben noch wenigstens schneckengleich vorangekommen, konnte sie sich mittlerweile fast gar nicht mehr fortbewegen.

Wie in zähem Schlamm gefangen, wurde sie immer bewegungsunfähiger.

Unwillkürlich schrie Anna auf, aber der tosende Sturm ließ sie sich selbst kaum hören. Allmählich verstand sie: Die unbekannte Macht zerrte nicht an ihrem Körper, es war, als zerrte sie an ihrem Innersten. Panik bemächtigte sich ihrer Sinne, schaltete vorübergehend jeden logischen Gedanken aus. Und dann hörte sie es. Durch den ohrenbetäubenden Wind hindurch drang ein weiterer Schrei an ihr Ohr. War das eine Art Echo? Nein, der Schrei klang viel tiefer als ihre eigene Stimme. Dazu kamen wie in ihrem anderen Albtraum abgerissene Worte in einer Sprache, die sie nicht verstand, das war jedoch ohne Belang, denn vor ihr war etwas Grauenhaftes aufgetaucht. Eine riesige Windhose, die sich direkt auf sie zu bewegte.

Das konnte nicht wahr sein, das *durfte* nicht wahr sein! Was zur Hölle war denn das für ein beschissener Traum?! Anna strampelte, doch ihre Füße waren wie angewurzelt. Verzweifelt versuchte sie sich einzureden, dass das alles nicht real war, ein Albtraum, aus dem sie früher oder später aufwachen würde, so schrecklich er auch war. Im nächsten Augenblick verpasste ihr irgendetwas einen Stoß. Erneut schrie Anna auf. Das Ziehen wurde stärker und riss sie nach vorne, direkt in das Auge des Sturms hinein.

Anna versuchte, sich an irgendetwas festzuhalten, aber ihre Finger griffen wiederholt ins Leere. Schließlich schlang sie die Arme um den Leib, krampfhaft versuchend, sich zusammenzuhalten, weil sie fürchtete, gleich auseinandergerissen zu werden. Das Äußere der meterhohen Windhose, bestehend aus in unheimlichem Tempo herumwirbelndem angesaugten Staub und Sand, ohne jeglichen Schutz zu durchdringen, hätte ihr eigentlich den Rest geben müssen, gleichwohl spürte sie es kaum. Und schließlich war sie im Innern.

Hier war es ein wenig heller, allerdings schien das nur von einer einzelnen Lichtquelle auszugehen. Sie war groß, länglich, beinahe eiförmig, hatte Schattierungen von schmutzig-bräunlichem rot, rosa, grün und anderen Farben und sie pulsierte. Ein paar Herzschläge lang verharrte Anna und starrte das seltsame Ding an. Seltsame Stille umfing sie und das Ziehen wurde vorübergehend schwächer. Irgendetwas war in dessen Innern, etwas Bekanntes. Das bunte eiförmige Gebilde drehte sich und es wirkte, als würde es sie in diesem Moment ebenfalls wahrnehmen, denn es kam eindeutig auf sie zu. Automatisch wich Anna zurück und verstand erst dadurch: Sie *konnte* sich wieder eigenständig bewegen.

In der nächsten Sekunde warf sie sich herum, gegen die sich in rasanter Schnelligkeit drehende Außenhülle des Sturms. Traum(un)logik hin oder her – wenn sie sich nur ausreichend aufregte, würde dies sie möglicherweise aufwachen lassen. Oder sie würde einen Herzinfarkt bekommen, denn ihr Puls raste, als würde er mit der irrsinnig schnell kreisenden Außenhülle konkurrieren wollten. Sie musste hier weg, raus aus diesem Zustand. Anna holte tief Luft und schrie noch einmal, so laut sie konnte. Gegen den Wahnsinn, gegen die Angst, in der Hoffnung, dass sie das genauso in der Realität tat und eine ihrer Mums kam, um sie zu wecken und zu erlösen.

Nichts dergleichen geschah jedoch. Es gab kein Entkommen. Sie verstummte, öffnete und schloss die Augen rasch hintereinander, hoffte, auf diese Weise aufzuwachen, aber auch das half nicht. Aus dem Augenwinkel sah sie das bunte, pulsierende Riesenei-Gebilde auf sich zu schweben. Gleichzeitig wurde der grässliche Sog wieder stärker und sie schrie erneut, hörte einen weiteren tiefen Schrei, der von dem Ding zu kommen schien. Nun lösten sich einige Schwaden aus der Außenhülle und flogen auf sie zu, drangen in sie und das komische Gebilde ein und der Sog wurde unerträglich. Unaufhaltsam und trotz verzweifelter Gegenwehr wurde sie in den mittig entstandenen Strudel hineingezogen. Dann wurde es schwarz um sie herum.

Anna fuhr hoch. Ihr Herz klopfte wie wild und vor ihrem geistigen Auge konnte sie immer noch die Innenseite der Windhose sehen. Aber sie war nicht real – das sagte sie sich keuchend immer wieder. Hier in ihrem Bett, in ihrem Zimmer gab es nichts, wovor man Angst haben musste.

Sie schüttelte sich, zwang sich zu tiefen, beruhigenden Atemzügen. Was für ein grauenvoller Traum. Sie bekam in letzter Zeit ohnehin zu wenig Schlaf, da musste dieser nicht zusätzlich durch so etwas Unnützes wie Albträume unterbrochen werden. Natürlich hatte sie auch schon früher schlechte Träume gehabt und der letzte war bereits furchtbar gewesen, dieser hatte gleichwohl allen anderen die Krone aufgesetzt.

Ihr Puls beruhigte sich allmählich und ihre Finger streckten sich nach der Nachttischlampe aus, verharrten jedoch auf halbem Wege in der Luft. Anna hatte nichts gegen Dunkelheit und wenn sie das Trost versprechende Licht anmachte, würde sie garantiert nicht wieder einschlafen, sondern nach einem der Bücher neben ihrem Bett greifen und stundenlang lesen. Und trotz des furchtbar aufwühlenden Traumes war sie unheimlich müde und konnte so noch ein paar Stunden Erholung bekommen. Zwei Albträume in einer Nacht waren recht unwahrscheinlich.

Sie musste nicht auf die Uhr sehen, um zu wissen, dass es noch sehr früh war. Meist ließ sie ihr Fester offen und einer ihrer Nachbarn fuhr jeden Morgen pünktlich um vier Uhr mit seiner alten, laut knatternden Vespa zur Arbeit, Anna kurzzeitig aus dem Schlaf reißend. Unabhängig davon, was sie geträumt hatte oder wie müde sie war; sie hörte ihn von Montag bis Freitag, was bedeutete, dass es noch eine Weile bis zum Alarmton ihres Weckers dauern würde.

Sie brauchte Ruhe, musste an etwas Positives denken, sich nochmals an ihren Lieblingsort träumen und hoffen, dass sie diese Gedanken mit in die Traumwelt hinübernahm. Das hatte schließlich oft genug geklappt. Entschieden kuschelte sie sich in ihre Kissen zurück. Hm, die Bettwäsche war erstaunlich glatt und roch anders als sonst. Ob ihre Mums einen neuen Weichspüler gekauft hatten? Wieso fiel ihr das erst jetzt auf? Egal, das war gegenwärtig nicht wichtig, denn sie musste sich ausruhen. Als wäre sie einen Marathon gelaufen, spürte Anna bleierne Schwere in ihren Gliedern und rief geschwind die vertrauten Bilder vor ihrem inneren Auge auf: Den Wasserfall … den See … den verwunschenen Wald … Vogelstimmen … die kitzelnden Strahlen der Sonne …

… die Vögel sangen inzwischen ein Lied, das ihr irgendwie bekannt vorkam. Stopp – das waren keine Vogelstimmen. Irgendjemand – offenbar ein anderer Nachbar als der Vespafahrer oder ein Lieferant auf der Straße vor dem Haus – hatte sein Radio an und die Musik dudelte beständig lauter werdend vor sich hin. Das passte so gar nicht zu der friedlichen Wiese mit ihren Vogelstimmen und Anna wurde unwillig aus ihrem Halbschlaf herausgezogen. Schlaftrunken schaute sie sich um. Im Halbdunkel des anbrechenden Tages sah ihr Zimmer ungewöhnlich aus. Größer und irgendwie … voller. Das mussten die Schatten sein, welche das goldene Licht der langsam aufgehenden Sonne durch ihr Fenster hereinwarf. Moment, seit wann wurde sie von Sonnenstrahlen geweckt? Ihre Nachttischlampe konnte das nicht sein.

Im Hintergrund war die Musik leiser geworden, schwoll nun aber erneut an. Die *Rednex* fiedelten sich weiter durch ihren Song ‚Cotton Eye Joe' und Annas halbwaches Hirn realisierte, dass dieser direkt neben ihr erklang. Oder vielmehr *unter* ihr …

Sie beugte sich zur Seite, tastete auf dem glatten Boden herum und fand ihr Handy dort unter ein paar Kissen. Mit dem Hervorholen wurde die Musik noch lauter und dröhnte unangenehm in ihrem Schädel. Eine ihrer Mums – vermutlich Lizzie, die manchmal im Gästezimmer nebenan schlief, wenn ihre geliebte Jennifer zu laut schnarchte – fluchte halblaut im Nebenraum und Anna drückte genervt auf ihrem Telefon herum, bis der Song endlich verstummte. Mit einem Seufzer ließ sie sich zurücksinken, saß jedoch gleich wieder senkrecht im Bett und starrte auf das Display. Wieso waren da Hundewelpen drauf?? *Ihr* Hintergrundbild zeigte Guatapé – eine traumhafte, inselkettenartige Gemeinde in Kolumbien! Hinzukommend war das Smartphone mit einem Mal so groß, dass sie es nur schwer mit einer Hand bedienen konnte. Wie unpraktisch – und Anna hasste unpraktische Dinge!

Das Telefon war ihr vollkommen fremd, entsperren konnte sie es demzufolge nicht. Ebenso ‚neu' erschien ihr die Bettwäsche, die sie im Licht des Displays erkennen konnte. Einer unschönen Ahnung folgend, hob Anna den Blick ins halbdunkle Zimmer und erstarrte. Das … das war bestimmt nur Einbildung … eine Nachwirkung des vorangegangenen Albtraumes. Ihre Hand tastete nach der Nachttischlampe, doch es gab keine. Verwirrt schaute sie nach rechts und links, entdeckte neben ihrem Bett einen bis dato nicht dagewesenen Schalter und drückte drauf.

Umgehend schloss sie die Augen. Öffnete, schloss und öffnete sie wieder. Ihr Kopf flog herum. Sie befand sich in einem ihr völlig unbekannten Raum und ihre Sicht war ein wenig unscharf. Zunächst stieg Panik in ihr auf, denn es fühlte sich extrem real an, so irre es auch war. Keine Laura-Ashley-Tapete, keine Vintage-Möbel, keine Poster berühmter Schriftstellerinnen an den Wänden. Stattdessen in beige-schwarz-Tönen gehaltene Möbel, das Fenster auf der falschen Seite, nur Deckenlampen, kein Teppich, Plakate von Bands, deren Musik sie weder hörte noch kannte. Ah – und ein nicht sonderlich gut gemaltes Bild von Jane Austen in einem kitschigen, schiefen Goldrahmen.

Wie war sie hierhergekommen? War sie etwa geschlafwandelt und bei jemandem eingebrochen? Oder hatte sie auf dem Heimweg einen Unfall gehabt und ein barmherziger Samariter hatte sie mit zu sich nach Hause genommen, um anschließend einen Arzt zu holen? Oder befand sie sich mal ein weiteres Mal in einem ihrer furchtbaren Albträume? Sie versuchte nicht völlig auszurasten, ruhiger zu atmen, ihren rasenden Puls unter Kontrolle zu bringen. Traum. Es *musste* ein Traum sein, denn alles andere war zu furchtbar, um es überhaupt in Betracht zu ziehen. Dabei hatte sie ja noch gar nicht an die schlimmsten Dinge gedacht, die Grund für ihren unfreiwilligen Tapetenwechsel sein konnten. Und das würde sie vorerst auch nicht, denn sonst würde die damit einhergehende Panikattacke sie zumindest für eine gewisse Zeit vollkommen handlungsunfähig machen.

Allmählich bekam sie Atmung und Herzschlag in den Griff und damit war es an der Zeit, sich die nächste wichtige Frage zu stellen: Wieso träumte sie *immer noch*? Und warum nicht wenigstens von ihrem *eigenen* Bett und … oh … *oh*! Anna wackelte ein bisschen hin und her. Die Matratze war viel bequemer als ihre eigene. Hm … *egal*!

Einmal mehr kniff Anna sich in den Arm und es tat höllisch weh – wach wurde sie dadurch dennoch nicht. Offensichtlich war das die gleiche Stelle wie in ihrem Albtraum gewesen. Lieber nicht hinsehen, denn dank ihrer hellen Haut bekam sie unheimlich schnell blaue Flecke und dieser musste monströs sein.

Gut – wie seltsam dieser Traum auch immer sein mochte, hier herumzuliegen war auf Dauer langweilig. Sie schwang die Beine aus dem Bett und ging zögernd auf die Tür zu. Hoffentlich befand sich dahinter kein Monster oder ein weiterer seltsamer Sturm.

„Sorryyyy, brauch heute fünf Minuten länger im Bad", ertönte es von draußen und eine Tür wurde zugeschlagen.

„Och Mann, Beni, das kannst du gefälligst auch mal vorher sagen!", erwiderte eine ebenso unbekannte Stimme, dann entfernten sich wütende Schritte und eine weitere Tür flog ins Schloss.

Normalerweise hätte Anna sich Sorgen ob der fremden Stimmen machen müssen, doch die Panik, die urplötzlich erneut in ihr aufstieg, hatte einen anderen Grund: Er war männlich, dunkelhaarig, widerlich gutaussehend und guckte sie genauso erschrocken an, wie sie sich fühlte. Lucas de Meath stand direkt vor ihr neben dem Türrahmen. Und ihr Traum fühlte sich spontan *äußerst* real an.

„Was zur Hölle?!", krächzte sie mit außergewöhnlich tiefer Stimme zeitgleich mit ihm los und räusperte sich, während sie einen Schritt zurück machte und sich nach einem Fluchtweg umsah. Ihre Gedanken rasten. War das hier doch kein Traum, so wäre die einzig logische Erklärung in diesem Durcheinander: Lucas hatte sie entführt. Warum auch immer. Das würde auch ihre leicht verschwommene Sicht erklären. Drogen mussten im Spiel gewesen sein. Oder er hatte sie k.o. geschlagen. Ihr Schädel brummte zumindest. Allerdings war das hier weder ein Keller noch ein anderer verlassener Ort, sondern ein ganz normales Zimmer, allem Anschein nach sogar seines und Lucas war vieles, aber nicht dumm. Wiederum andererseits würde Anna niemals freiwillig zu ihm nach Hause gehen – Referat hin oder her! Hätten sie sich treffen müssen, dann an einem öffentlichen Ort wie der Cafeteria oder einem Coffeeshop oder irgendeinem anderen Ort, der das braune Getränk ausschenkte!

Ihre Augen flogen zurück zu ihrem potenziellen Kidnapper und der betrachtete sie mit nachdenklich zusammengezogenen Brauen.

„Was zur Hölle, de Meath?!", blaffte sie ihn im selben Moment heiser an, in dem auch er seinen Mund öffnete. Sie musste raus hier. Anna machte einen entschiedenen Schritt vorwärts, die ausgestreckten Hände erhoben und Lucas imitierte ihre Geste, als hätte er sie vorhergesehen.

„Spinnst du?“, knurrte sie weiter. „Ich hab den schwarzen Gürtel in Karate!“ Das war ein wenig übertrieben, klang aber beeindruckender als ‚Ich kann Selbstverteidigung.‘ Und was zum Henker war mit ihrer Stimme los? Sie klang so gar nicht, wie sie selbst, sondern eher wie ein Kerl.

Okay, Situation checken. Das hier war mit Bestimmtheit sein Zimmer, das da draußen klang nach normalen Menschen. Sie würde einfach hier herausspazieren, denn, obwohl eine verlängerte morgendliche Badzeit ohne vorherige Absprache schändlich war, handelte es sich bei den Besitzern der Stimmen zweifellos nicht um Lucas' Komplizen, sondern um seine Familie oder Mitbewohner.

Mutig machte sie einen Schritt nach vorne, den Lucas postwendend nachahmte, als wäre er ihr Spiegelbild. *Sehr* lustig!

„Ich werde jetzt gehen“, ließ sie ihn wissen, dabei seine synchronen Lippenbewegungen ignorierend, „und du wirst dich mir nicht in den Weg stellen, sonst kreische ich klischeemäßig das ganze verdammte Haus zusammen!!“

Wie sich das mit tiefer Stimme anhören würde, würde sie offenbar nie erfahren, denn im nächsten Augenblick hatte sie bereits zwei schnelle Schritte nach vorne gemacht und die Hände ausgestreckt, um ihren direkt neben der Tür stehenden Widersacher zur Seite zu stoßen. Ihre Handflächen berührten sich und Anna zuckte zurück. Es waren keine menschlichen Finger, die sie gespürt hatte, sondern eine glatte Fläche, die unter ihrem Druck mit einem protestierenden *Krchz* minimal nachgegeben hatte. Das da vor ihr war nicht der ihr am meisten verhasste Mitstudent … das war in der Tat ein verdammter Spiegel!!

Die unweigerlich daraus resultierende Erkenntnis ließ jedoch keinerlei Raum für auch nur den Hauch von Erleichterung. Zum ersten Mal an diesem vermaledeiten Morgen schaute Anna an sich herab. Auf die viel zu großen Hände und Arme mit der leicht sonnengebräunten Haut. Auf nackte Füße in Schuhgröße 45 – mindestens! Abermals hob sie den Blick und erstarrte, weigerte sich, zu akzeptieren, was einfach nicht sein konnte. Instinktiv griff sie nach ihrer Brust und konnte für kurze Zeit nicht mehr atmen. Da war nichts außer fester Muskulatur. Sie hatte ja ohnehin keine allzu großen Brüste, aber ohne Vorwarnung vollkommen flach zu sein, das war zu viel des Guten.

Ihre Knie wurden weich und sie ließ sich an Ort und Stelle zu Boden sinken. Spiegel-Lucas tat es ihr gleich. Natürlich. Denn augenscheinlich *war sie* ja Spiegel-Lucas!

Sie brauchte einige Sekunden, um ihre Atmung und ihren viel zu schnellen Puls in den Griff zu bekommen und das Bedürfnis, hysterisch zu lachen und zu schreien und gleichzeitig dabei zu weinen, in den hintersten Winkel ihres Seins zu verbannen. Wie sagte ihre Mum Jennifer immer: *Angst kann hilfreich sein, durchzudrehen macht jedoch alles nur noch schlimmer. Bleib stark und vertraue auf deinen Verstand, denn er wird sicherlich dazu in der Lage sein, das Problem zu lösen.*

Mit diesem Mantra begann Annas Verstand endlich ordentlich zu arbeiten und fand eilends zu ihrer ursprünglichen Erklärung für diese absurde Situation zurück. Trotz ihres eher rational gestrickten Wesens war sie zwar der Ansicht, dass es einige wenige Dinge zwischen Himmel und Erdboden gab, die sich nicht mit herkömmlicher Logik erklären ließen. Das hier ging allerdings zu weit und *musste* demnach trotz des seltsam realen Gefühls das Gegenteil sein: ein Traum. Aber wieso zum Teufel träumte sie von Lucas de Meath? Wiederholt?!

Draußen wurden erneut Stimmen laut und jemand hämmerte an die Zimmertür, sodass Anna erschrocken aufsprang.

„Luke, verdammt noch mal, steh endlich auf und geh ins Bad, damit ich auch rein kann!“, beschwerte sich ein eindeutig weibliches Wesen. Schritte entfernten sich. „Jesus, wieso habe ich kein eigenes Badezimmer? Und wieso muss das untere unbedingt ab heute renoviert werden?“

Anna war unwillkürlich zurückgewichen, weil sie nicht darauf erpicht war, jemandem … ja, was? Im drittabgefahrensten aller Träume zu begegnen? Theoretisch – denn dieser lief dem ersten und zweiten soeben den Rang ab. Erneut sah sie an sich hinab und wagte schließlich einen weiteren Blick in den Spiegel. Arme heben, senken, nach links und rechts drehen, kindische Grimassen schneiden – ja, das dort gegenüber schien derzeit ihr persönliches Aussehen zu sein. Zumindest, bis sie endlich aufwachte. Noch einmal musterte sie sich gründlich. Schlabbershirt, lange Schlafanzughose, nackte Füße. Haarige Arme und ein paar Bartstoppeln im Gesicht. Iih! Und da war obendrein ein kleiner Pickel an der Nase. Wieso wurde sie derart bestraft? Wieso musste sie unbedingt von –

„LUKE!“, rief dieselbe Stimme wie zuvor und nur einen Atemzug später flog ohne Vorwarnung die Tür auf. Ein überaus hübsches, dunkelhaariges Mädchen von etwa fünfzehn Jahren, das Anna noch nie zuvor gesehen hatte, welches ihr aber trotzdem bekannt vorkam, funkelte sie wütend an. In der Hand hielt es einen pinkfarbenen Rasierer. „Hast *du* den benutzt?!“

Anna schüttelte stumm den Kopf.

Ein anderes Mädchen, mit dunklerer Haut und dickem schwarzen Haar, das ihr bis zu den Hüften reichte, lief auf dem Flur vorbei und schnappte sich den Rasierer. „Das ist meiner. Der ist *pink.* Deiner ist *püppchenrosa*!“

„Oder auch pfirsichfarben“, rutschte es Anna heraus, was ihr einen konsternierten Blick der beiden Mädchen einbrachte.

„Mein Bruder, der Farbexperte. Ab jetzt! Ins Bad“, befahl das Mädchen, das zuvor die Tür aufgerissen hatte. Anscheinend lebte Traum-Lucas so wie Anna noch zuhause.

„Wieso willst du immer unbedingt als letzte gehen?“, wunderte sich die andere junge Frau. Sie musste ungefähr Lucas’ Alter haben und war aus Annas Sicht eindeutig nicht seine leibliche Schwester.

„Weil Luke es im Gegensatz zu dir schafft, seine Haare aus dem Ausfluss zu nehmen, bevor er das Bad verlässt“, stellte das jüngere Mädchen klar. Ja, *sie* ähnelte Lucas trotz ihrer ebenfalls etwas dunkleren Haut schon ein Stück weit, so wie sie die Stirn krauszog und ihre braunen Augen funkelten.

Unverzüglich entbrannte eine hitzige Diskussion über Post-Dusch-Hygiene. Das jüngere Mädchen packte Anna im Verlauf dessen am Arm, schob sie nachdrücklich ins Bad und schloss die Tür von außen. Dann entfernten sich die beiden.

Verwirrt schüttelte Anna den Kopf und schaute sich um. Ausnahmsweise meldete sich ihre Blase nicht, sobald sie die Toilette entdeckte. Aber vielleicht sollte sie lieber vorsichtshalber … Auf gar keinen Fall! Gerade rechtzeitig fiel ihr ein, dass sie ja auch unten herum nicht so beschaffen war wie sonst. Solange sie nicht dringend musste, würde sie diese Hose nicht herunterlassen und im Gegensatz zu vielen anderen Menschen, war sie eine Meisterin darin, lange Zeit einzuhalten. Grund dafür war ihr Ekel vor öffentlichen Toiletten, was die an der Uni genauso betraf wie alle anderen. Außerdem war in einem Traum aufs Klo gehen zu wollen ohnehin sinnlos. Meist kam irgendwas dazwischen und selbst wenn sie es schaffte, änderte das nichts an der Tatsache, dass der eigene Körper in der Realität weiterhin musste.

Sie blickte in den immer noch zu großen Teilen beschlagenen Spiegel über den Waschbecken vor sich. Zwei Waschbecken in einem Raum! Wow! Sie sah sich weiter um. Badewanne *und* Dusche – separat – und sogar ein Bidet! Das Badezimmer war größer als ihr Wohnzimmer! Unschlüssig betrachtete sie die verschiedenen Zahnbürsten und schlug sich dann vor die Stirn. Verplemperte sie hier wirklich Traumzeit mit einem morgendlichen Badezimmeraufenthalt?

Entschieden wandte sie sich um, zögerte allerdings, sobald sie die Türklinke berührte. Womöglich war es doch besser blasentechnisch vorzusorgen. Sollte sie … Unter Umständen war ihr Körper ja gar nicht vollkommen der eines jungen Mannes … Beherzt griff Anna sich in den Schritt und zuckte zusammen. Ja okay, das gehörte definitiv nicht zu ihr. Musste dieser Traum unbedingt anatomisch korrekt sein? Unwillkürlich tastete sie die Stelle noch einmal vorsichtig ab. Nun ja … das war nichts, dessen man sich schämen musste. Vielleicht erklärte das Lucas' enorm hohen Beliebtheitsgrad … oder auch nicht, denn eigentlich war das hier doch nur ihr Traum. Warum stattete sie ihn derart gut aus? Das konnte nur ein Versehen sein. Sie konzentrierte sich kurz auf die Stelle, aber selbst die Vorstellung eines winzigen Cocktailwürstchen änderte nichts an dem, was sie da unten fühlte.

Anna riss sich zusammen, verzichtete auf die mögliche neue Erfahrung eines männlichen Toilettenganges und wusch sich stattdessen lediglich die Hände. Und das Gesicht. Einer Eingebung folgend hielt sie den Kopf unter den eiskalten Wasserstrahl, doch das brachte ihr nur ein unangenehmes Ziehen in selbigem ein. Wacher wurde sie dennoch. Nur *auf*wachen tat sie leider nicht.

Sie griff nach einem Handtuch neben dem Waschbecken, rubbelte sich das halblange Haar einigermaßen trocken, verließ das Bad und folgte dem langen Flur bis zu einer abwärts führenden Treppe. Von unten waren Stimmen und Gelächter zu hören. Dazu roch es nach gebratenem Speck und frischen Brötchen. Prompt knurrte ihr Magen, nichtsdestotrotz wollte sie nur noch hier raus. Wenn sie schon weiterschlief, hoffte sie inständig auf das Glück eines neuen Traumes und möglicherweise kam der, sobald sie das Haus verließ. Schlimmer als das hier konnte der nächste wohl kaum werden.

☆

„Luke, wo um Himmels Willen willst du denn in diesem Aufzug hin??“

Anna hatte es eben erst bis zur Haustür geschafft, die Gott sei Dank vom Fuße der Treppe aus zu sehen gewesen, aber erst nach einem Marsch durch den gefühlt einen Quadratkilometer großen Vorraum zu erreichen gewesen war.

‚Geh einfach weiter‘, sagte sie sich innerlich. ‚Das ist ein Traum, du musst nicht höflich sein.‘ Wenigstens musste sie nicht mehr, was im schlimmsten Fall bedeutete, dass sie gerade zu Hause ins Bett gemacht hatte. Kein erquickender Gedanke, jedoch eine Chance mehr, dem hier zeitnah zu entfliehen.

„Junge?“, erkundigte sich die Stimme nachdrücklich und Anna ließ die soeben heruntergedrückte Klinke wieder los, um sich umzudrehen. Im Vorraum stand ein nicht allzu großer Mann, der in ihrem Traum offensichtlich Lucas’ Vater war – wenngleich er so gar nicht danach aussah, weil *er* indischer Herkunft war und Lucas eben nicht. Aber hatte sie nicht mal im Internet einen Artikel über Mr de Meath gelesen und sogar ein Bild von ihm gesehen? Dann war ihr Traum ja sogar korrekt. Dessen ungeachtet musterte sie den Mann stirnrunzelnd, während sie langsam auf ihn zuging.

Amal de Meath ... berühmter Architekt aus Mumbai ... Patchworkfamilie ... Namen der Ehefrau angenommen ... Zerwürfnis mit der eigenen Familie wegen Scheidung von der ersten Frau und Heirat einer Britin, die bereits einen Sohn mit in die Ehe gebracht hat ... eine Tochter aus erster Ehe ... ein gemeinsames Kind mit der Abgeordneten de Meath ...

Ihr Gedächtnis leistete Höchstarbeit, um die wichtigsten Fakten aus dem Artikel aufzurufen. Den sie selbstverständlich *nur* gelesen hatte, weil sie sich für Architektur interessierte.

„Komm, es gibt Frühstück, die wichtigste Mahlzeit des Tages", sagte der Mann mit einem warmen, sympathischen Lächeln.

„Ja und es schmeckt, obwohl Dad es gemacht hat", erklang eine der Stimmen von vorhin aus einem weiter hinten liegenden Teil des Hauses.

„Sehr witzig", brummte der Angesprochene. „Kommst Du, Sohn?"

Sohn. Also sie. Anna-Lucas. Als würden ihre Füße ihr nicht gehorchen, machten sie kehrt und folgten dem fremden Mann. Es war nicht der erste Traum, in dem Anna jemand anders war, aber der erste, in dem es sich so real anfühlte, dass sie nicht einmal das Haus hatte verlassen können. War sie eventuell doch insgeheim neugierig, warum sie derart ausführlich von Lucas' Familie oder dem, was sie dafür hielt, träumte – in seinem Körper? Ein unangenehmes Gefühl breitete sich ihrem Bauch aus. Ohne Vorwarnung überfluteten sie Bilder ihres vorangegangenen Albtraumes, das Ziehen verstärkte sich und ein leichter Schwindel setzte ein, sodass sie sich mit einem leisen Stöhnen am nächsten Türrahmen festklammerte.

„Luke, alles in Ordnung?", hörte sie eine Stimme durch das Brummen in ihrem Kopf.

„Geht schon", murmelte sie kläglich und die Hoffnung, endlich aufzuwachen, verflog allmählich mit dem Nachlassen der unangenehmen körperlichen Reaktionen.

„Setz dich erst mal“, sagte Mr de Meath und half ihr zu einem der Stühle. Mit dem nächsten Wimpernschlag stand bereits ein kleines Glas Orangensaft vor ihr.

„Brav trinken, du unterzuckertes Mäuschen“, verlangte das ältere der beiden Mädchen am Tisch, anscheinend die Tochter aus erster Ehe.

„Mäuschen!“, prustete die andere los. „Aber Benisha hat recht: Brav trinken. Du musst mich nämlich zur Schule fahren und da würde ich gerne in einem Stück ankommen.“

Anna reagierte nicht auf die egoistische Aussage des Mädchens, denn soeben war der Kopf eines großen Hundes von unter dem Tisch direkt zwischen ihren Beinen aufgetaucht. Zwei große, braune Rehaugen in einem schwarz-braunen Gesicht mit leicht ergrauter Schnauzenpartie betrachteten sie eingehend, während sich die langen, aufrechtstehenden Ohren auf sie ausrichteten. Das Tier gab ein merkwürdiges Winseln von sich und legte den Kopf schräg. Irgendwie wurde Anna das Gefühl nicht los, das es sie als ‚Wolf im Schafspelz‘ erkannte. Hoffentlich kam es nicht auf die Idee, auch mal mit den Zähnen zu testen, wer sie in Wahrheit war.

„Und *du* wolltest ohne Frühstück aus dem Haus.“ Der Vater schüttelte derweil den Kopf. „Was ich mir wieder von deiner Mum anhören darf, wenn sie das erfährt.“

„Na … du …“, sagte Anna mit dünner Stimme zu dem Hund, ohne auf das eben Gesagte einzugehen.

„Joon wartet auf das morgendliche Begrüßungsleckerli und du willst sie mit einem müden ‚Na du‘ abspeisen?“ Lucas’ jüngere Schwester machte fast einen genauso empörten Eindruck wie der Hund selbst, der ein weiteres, noch nachdrücklicheres Winsel-Gurren von sich gab. Der

Luftzug an Annas Beinen verriet, das dieses zusätzlich von erwartungsfreudigem Schwanzwedeln begleitet wurde.

„O ja, ich …“, Anna ließ ihren Blick über den Aufschnitt wandern. „Was mag sie denn besonders gern?“

Zwischen den Brauen der kleinen Schwester bildete sich eine tiefe Falte der Verständnislosigkeit. „Einen halben Leberwursttoast wie immer?“, gab sie kopfschüttelnd von sich. „Sag mal, geht’s dir heut nicht gut?“

„Doch, doch, alles in Ordnung“, log Anna, während sie sich beeilte, der ‚Bestellung‘ des Hundes nachzukommen.

Mr de Meath beugte sich vor und studierte ihr Gesicht. „Hm, ich muss deiner Schwester recht geben – irgendwie siehst du anders aus als sonst. Aber das mag auch am Schlafanzug liegen. Geht’s wieder?“

„Ja, klar!“ Anna stopfte dem nun ausgesprochen zufrieden aussehenden Hund den Toast in die Schnauze und bemühte sich um einen fröhlichen Gesichtsausdruck.

„Sicher?“, hakte Lucas’ Vater zweifelnd nach.

Anna nickte hastig und um dem Mann beim Lügen nicht weiter in die Augen sehen zu müssen, nahm sie einen großen Schluck Saft. Und gleich noch einen und noch einen. Der war frisch gepresst! So etwas gab es bei ihr daheim maximal am Sonntag! Aber vielleicht *war* ja Sonntag und in absehbarer Zeit würde sie mit *ihrer* Familie am Frühstückstisch sitzen. Wenn sie nur endlich aufwachte!

„Junge?“

„Lass ihn, Dad, der bekommt doch längst wieder Farbe“, sagte Benisha, die ältere der beiden Schwestern, und zwinkerte ihr zu. „Ist doch nicht das erste Mal, dass er so was hat, und nach einem guten Frühstück, war bisher immer alles okay und der letzte Check beim Arzt war ebenfalls in Ordnung."

„Hast du denn heute eine Pyjamaparty und keine Uni?", fuhr der Vater betont gefasst in typischer Elternmanier fort und musterte sie dabei nachdrücklich.

„Nein und doooch", begann Anna ausweichend und trank noch mehr leckeren Saft.

„Will jemand meinen Speck? Ich schaff nicht mehr", meldete Benisha sich erneut zu Wort.

‚Ach, was soll's', dachte Anna, nickte und griff danach. Wenn sie schon so irre träumte, konnte sie wenigstens gut essen und hoffentlich würde niemand lange Antworten mit vollem Mund erwarten.

Zu ihrem Erstaunen zog die schwarzhaarige junge Frau ihren Teller umgehend zurück. „Ist wirklich alles gut bei dir? Seit wann isst du wieder Fleisch?"

Anna schluckte. Der Lucas in ihrem Traum war Vegetarier?

„Mann, du bist aber echt durch den Wind, oder?" Alle lachten, so wie man ob einer absurden Situation eben lachte, sogar Anna. Dabei hatte die Bemerkung es recht gut getroffen. Anna war durch die Wind*hose,* um genau zu sein.

Das weitere Frühstück verlief recht ereignislos und kurz darauf fand sich Anna in dem Zimmer wieder, in dem sie aufgewacht war. Ein Versuch, sich einfach zurück ins Bett zu legen, einzuschlafen, um dann in ihrem eigenen Raum aufzuwachen, schlug fehl, weil Lucas' kleine Schwester in ihr Zimmer stürmte und zur Eile mahnte.

Mit einem Seufzen erhob Anna sich, holte frische Kleidung aus dem Schrank, zog sich an und betete innerlich, endlich, *endlich* aufzuwachen.

Unerwartete Hilfe

Es gab einen Moment, in dem eine absurde, traumatische oder sonst wie unwirkliche Situation real wurde. In dem die wacklige Sicherheit des Gefühls, sich in einem in absehbarer Zeit endenden Traum zu befinden, zerbrach – oder zumindest tiefe Risse bekam. So war das auch bei Anna. Nur handelte es sich bei ihr gleich um mehrere dieser Momente, die sie alle zumindest sehr dicht an die Erkenntnis, sich doch in der Realität zu befinden, heranbrachten.

Zunächst hatte Anna sich aus dem auferlegten Fahrdienst herausziehen wollen, aber das hätte zu viele Fragen bedeutet und dem besorgten Gesichtsausdruck des Vaters nach zu urteilen, hätte der sie zweifellos zum nächsten Arzt geschleift. Darauf konnte Anna schon in ihrem eigenen Leben gut und gerne verzichten, was sich als noch schwieriger erwies, wenn der entsprechende Mediziner im selben Haus wohnte.

Irgendwie hatte Anna sogar die Fahrt ganz gut überstanden. Trotz des permanenten Geplappers der kleinen Schwester. Dank eines Nebensatzes – „Und dann habe ich mir gesagt, ‚Nola', hab ich mir gesagt, ‚das machst du auf gar keinen Fall!" – wusste sie inzwischen deren Vornamen. Der Autoschlüssel hatte bereits mit Nola im Wagen gewartet und Anna im eingebauten Navigator des nagelneuen, metallicblauen Renault Mégane unter ‚kürzliche Strecken' die Schuladresse gefunden. Vermutlich fuhr Lucas seine Schwester öfter und stets mit Navi, deshalb hatte dies keinerlei Verwunderung hervorgerufen.

Anders war das bei Anna, die nicht verstehen konnte, wie man einen zwanzigminütigen Fußweg an einem schönen Sommermorgen durch eine sechsminütige Autofahrt ersetzen konnte. Auch aus umweltschutztechnischen Gründen war ein Traum also wünschenswert. Allerdings hatte sie auf diese Weise den Grund für ihre leicht verschwommene Sicht erfahren, da Nola sie entsetzt darauf hingewiesen hatte, doch bitte wie sonst auch ihre Brille beim Fahren aufzusetzen.

„Ich will nicht wegen deiner Eitelkeit im Krankenhaus landen", hatte sie dem noch hinzugefügt und Anna für sich vermerkt, dass anscheinend auch ein hübscher Kerl wie Lucas nicht so selbstbewusst war, wie sie angenommen hatte.

Sofort im Anschluss hatte sie ihre eigene Adresse in den Navi eingegeben. (Alb)-Traum-Lucas wohnte in der Crick Road, einer der reichsten Gegenden Oxfords. Diese Erkenntnis hatte Anna sich fast an ihrer eigenen Spucke verschlucken lassen. Also, sie hoffte, dass es ihre eigene war … alles andere war zu widerlich, um weiter darüber nachzudenken.

Aylesbury, ihr Wohnort, lag etwa vierzig Minuten von Oxford entfernt. Bis zu diesem Zeitpunkt hatte sie sich immer noch an der Möglichkeit eines extrem ausführlichen, unnötig langen und inhaltlich mehr als fragwürdigen Traumes festgeklammert. Dann war sie nach Hause gekommen, ohne jemanden dort vorzufinden. Logisch. Laut Radioansage war heute auch nicht Sonntag und ihre Mums somit bei der Arbeit. Da Anna in Lucas' Klamotten keinen Haustürschlüssel in der Hosentasche hatte, konnte sie das Haus nicht betreten. Aber eben diese Logik war das Problem. Trotz des Irrsinns eines Traums von Lucas de Meath inklusive Familie folgte der bisherige Verlauf desselben vollkommen alltäglichen Regeln. Träume waren für gewöhnlich nicht logisch oder eine genaue Kopie des echten Lebens, sondern viel sprunghafter und surrealer als das, was sie gerade erlebte. Und es wollte. Nicht. Aufhören!

Wieder und wieder drängte sich ihr der vorangegangene Albtraum auf, in dem sie in diese Windhose und irgendwie aus ihrem Körper herausgesogen worden war, doch Anna schob den damit verbundenen, aufkommenden Verdacht, entschieden von sich. Er war zu schrecklich und zu verrückt. So etwas Irres lag nicht im Bereich des Möglichen.

Leider hielt die Gewissheit, an die sie sich so verbissen klammerte, nicht lange an und plötzlich überkam sie eine Welle der Hilflosigkeit und zwar genau in dem Augenblick, in dem sie das Fehlen ihres Wagens bemerkte. Niemand außer ihr fuhr diese geliebte, alte Kiste. Und niemand würde sie stehlen, sie war nicht im Halteverbot geparkt gewesen und somit abgeschleppt worden …

In der Traumwelt passierten oft Dinge, die man relativ gelassen hinnahm und erst in der Retrospektive als fehlerhaft erkannte. Die Abwesenheit ihres Gefährtes versetzte Anna jedoch einen heftigen Stich – der sie leider auch nicht aufweckte. Fassungslos betrachtete sie den leeren Platz, auf dem sie am Vorabend ihr Auto geparkt hatte. Das war alles *zu* real. Absurd, aber es fühlte sich furchtbar echt an. Kurz überlegte sie, dennoch über den Zaun in ihren kleinen Gartenbereich zu klettern und sich auf der dortigen Liege auszustrecken. Möglicherweise gelang es ihr, dort erneut einzuschlafen und anschließend wieder als sie selbst zu erwachen. Eine Stimme riss sie jedoch aus ihren Gedanken.

„Kann ich Ihnen helfen, junger Mann?“

Mr Whiskers, einer ihrer Nachbarn, stand an seinem zwei Häuser weiter stehenden Gartenzaun und beäugte sie misstrauisch. Schlagartig wurde Anna klar, wie die Situation wirken musste. Ein unbekannter junger Mann lungerte hier herum und besah sich genauestens ein Haus, das ihm nicht gehörte. Und Mr Whiskers war *sehr* neugierig, hatte zu viel Zeit und ohnehin seltsam krude Theorien über Annas Familie. Bei ihrem Glück rief er bald die Polizei.

„Ich bin ein Freund von Anna“, gab sie mit der nach wie vor ungewohnt tiefen Stimme zurück, die genauso schlimm war wie die erlogene Beziehung zwischen ihnen beiden.

„Na, da kommst du aber ein bisschen spät, mein Kleiner“, mischte sich Ms Whiskers von ihrem Tomatenbeet aus mit einem freundlichen Lächeln ein und Anna runzelte irritiert die Stirn. Die Whiskers wohnten schon ewig in der Byron Road und im Gegensatz zu ihrem Mann hatte Ms Whiskers Annas Familie liebevoll in der Nachbarschaft willkommen geheißen. Wie diese nette Frau es mit dem Miesepeter aushielt, war Anna ein Rätsel, doch es gab derzeit größere Probleme zu lösen.

„Unsere Anna ist bereits vor einer halben Stunde weg, das fleißige Ding“, ließ Ms Whiskers sie wissen.

BUMM! Annas Herz setzte kurzzeitig aus, dann raste es los und ihr wurde schlecht. So was träumte sie nie! Sie mochte ab und an eine andere Person sein – davon abgesehen nie jemand, den sie auch tatsächlich kannte – aber noch nie war es vorgekommen, dass sie nebenher als sie selbst existierte. Die Grenzen verwischten manchmal und sie konnte erst jemand anders und dann traum-logisch schlagartig wieder sie selbst sein. Parallel und in zwei getrennten Körpern kam das nicht vor. Abermals spürte sie das grässliche Ziehen in ihrer Leibesmitte, sah sie die sich in schwindelerregender Schnelligkeit drehende Windhose. Das fühlte sich alles so real an, zu schrecklich real …

„So schlimm ist das doch nicht, mein Junge“, missverstand die alte Dame ihre Reaktion völlig. Sie trat aus ihrem Garten heraus, einen Korb Tomaten und frisch geschnittener Blumen in der Hand. „Jetzt reiß dich mal zusammen und atme durch.“

Sie holte tief Luft, atmete schwungvoll aus, wiederholte es und bedeutete Anna-Lucas mit der freien Hand, es ihr nachzutun. Und es half in der Tat, der Panik in ihrem Inneren entgegenzuwirken.

Ms Whiskers musterte sie kritisch, bevor sie nickte. „Und da hat er wieder Farbe im Gesicht. Gut, schließlich willst du der Kleinen ja nicht leichenblass gegenübertreten.“

Anna öffnete protestierend den Mund, doch die alte Dame plapperte munter weiter. „Zu meiner Zeit haben wir uns ja ein Deut hübscher gemacht, wenn wir ein Mädel abgeholt haben …“, mit kritischem Blick nahm sie

Annas Kleiderwahl in Augenschein, bevor sie fortfuhr, „sogar der alte Griesgram da drüben“, sie deutete auf ihren Mann, „hat das geschafft, aber nun gut, andere Zeiten, andere Sitten. Was allerdings nie fehl am Platze ist …“, sie schaute hinab in ihren Korb und reichte der perplexen Anna eine atemberaubende blassrosafarbene Rose.

„Die wird gut zu ihrem wunderschönen roten Haar passen.“ Sie nickte auffordernd. Nachdem nichts weiter passierte, schob sie Anna behutsam auf das in der Morgensonne glänzende Auto zu.

„Wie man fährt, hast du aber nicht von heut auf morgen vergessen, oder?“, fügte die ältere Dame nach ein paar Sekunden hinzu, als Anna ein wenig Mühe hatte, die Wagentür zu öffnen. Ihr eigenes Auto hatte nur einen stinknormalen Autoschlüssel, keinen elektronischen Öffner. Die Verriegelung sperrte und entsperrte sich mehrere Male, weil sie frustriert auf dem Öffner herumdrückte, ohne hinzusehen. Wenn das ein Traum war – konnte sie dann bitte schnell und übergangslos in eine neue Episode wechseln?

☆

„Hey Luke, tolles Spiel gestern! Wir sehen uns nachher!“

Anna zuckte zusammen, als jemand ihr im Vorbeigehen fest auf die Schulter klopfte. Wo zum Henker war sie? Ah, der Campus. Wie genau war sie hierhergekommen? Wenn sie sich daran nicht erinnerte, war es vielleicht doch der erhoffte Übergang in …

„Luke, wieso warst du auf Lisa Summers’ Party und nicht auf meiner?“ Ein blondes, schlankes, recht aufgetakeltes Mädchen blickte sie mit Schmollmund an und blieb mit verschränkten Armen vor ihr stehen. Irgendwoher kannte Anna sie. Wahrscheinlich aus einem ihrer Kurse. Hieß sie nicht Joleen oder so ähnlich?

„Ähm“, machte Anna nicht sehr gescheit, doch zu ihrem großen Glück wurde das Mädchen eilig von einer Freundin weitergezogen, bedeutete Anna-Lucas aber noch, sie unbedingt anzurufen, in dem sie Daumen und kleinen Finger ausstreckte und mit der Hand in der Luft herumwedelte.

„Luukiiiiiie? Nimmst du mich nachher wieder in deinem coolen neuen Schlitten miii-hiiit?“, tönte es hell von einer anderen Seite.

„Maaann, hör gefälligst auf, selbst in Schlabberklamotten so gut auszusehen, de Meath, was soll denn der normalsterbliche Rest von uns machen?“, beschwerte sich ein unbekannter Junge scherzhaft im Vorbeigehen.

So war also das Leben als Everybody's Darling, ... Superstar ... *Lucas de Meath*!

Okay, das reichte jetzt. Das war mit Abstand der *ausführlichste* beschissene Traum, den sie je gehabt hatte. Gleich nach dem mit dem seltsamen Sandsturm und dem schrecklichen Spiegeltraum, aber die beiden hatten nicht ganz so lange gedauert und waren weniger realistisch gewesen. Was sie gegenwärtig dringend brauchte, war die Stimme einer vertrauten Person – einfach nur, um nicht durchzudrehen.

Normalerweise war Anna nicht so leicht aus der Bahn zu werfen, reagierte allerdings empfindlich auf dauerhaft zu wenig Schlaf. In solchen Phasen nahm sie auch kleinere Dinge schwer. Nach einer Woche mit ausreichend Nachtruhe hätte sie das hier sicherlich nicht so mitgenommen. In jedem Traum gab es jedoch irgendwo ein Fünkchen Grundlogik und der hier war, wie sie zuvor festgestellt hatte, der absolute König der logischen, realen Träume. Warum sollte sich das nicht zu ihren Gunsten nutzen lassen?

Entschlossen marschierte sie auf einen der Hintereingänge zu. Gleich auf den ersten paar Metern befanden sich zwei Telefonzellen – altmodische Zeugen einer Zeit ohne Smartphones. Anna hatte vorhin ein paar Münzen in der Hosentasche gefunden. Wenn das ein Traum war, galt es vermutlich nicht als Diebstahl und wenn es keiner war, konnte sie es ja zurückgeben. Sie warf die Münzen ein, wählte die altbekannte Nummer und wartete, dabei ihren gesenkten Blick schweifen lassend.

„Hey Cara!“, rief sie dem schwarzhaarigen, schlanken Mädchen zu, das gerade aus einem der Seitengänge kam. „Hier drüben!“

Ihre Theaterkollegin und Freundin schaute sich suchend um und Anna hob eine Hand, um auf sich aufmerksam zu machen.

„Anwaltskanzlei Timmins und Watson, Miles Wilkins am Apparat“, meldete sich eine gelangweilte Stimme am anderen Ende der Leitung.

Caras Kopf ruckte herum und sie starrte Anna an wie ein Reh im Scheinwerferlicht.

„Hi Miles, kann ich meine Mum kurz haben?“, sprach Anna in den Hörer und beobachtete, wie Caras Mund sich öffnete und wieder schloss. Ihre Freundin hob das linke Handgelenk und tippte sich erst nickend und anschließend kopfschüttelnd auf eine imaginäre Uhr, bevor sie die Flucht nach vorn antrat und durch die gegenüberliegende Glastür verschwand.

Annas Mund klappte auf, bevor ihr Verstand langsam seine Arbeit wieder aufnahm.

„Und wer soll das sein, mein Junge?“, ertönte Miles’ üblich genervte Stimme an ihrem Ohr. „Es ist ja nicht so, dass ich den Nachwuchs jeder meiner Kolleg-Gender-Sternchen-innen am zarten Stimmchen erkenne.“

„Na, Ms Matthews natür-“, gab Anna zurück und biss sich auf die Lippen. *Ein* vertrautes Gesicht und *eine* bekannte Stimme und schon hatte sie kurzzeitig vergessen, dass sie weder nach der vergleichsweise durchschnittlichen Anna aussah noch so klang. Cara konnte Lucas nicht ausstehen, natürlich war sie vor ihm davongerannt und Miles, einer der Kollegen ihrer Mum, hatte noch nie mit ihm gesprochen.

„Sehr witzig“, brummte Miles derweil. „Bist bestimmt wieder der Fitzsimmons-Junge. Nun, dann helfe ich dir gerne, indem ich *das* hier tue.“

Es klickte in der Leitung und das Besetztzeichen ertönte.

Anna starrte den Hörer an und biss sich auf die Lippen. Sie hatte kein weiteres Kleingeld mehr. Und selbst wenn – wie würde ihre Mum wohl auf *diese* Stimme reagieren? Wenn sie bei Miles so klang wie Lucas, würde das auch bei ihrer Mum so sein. Annas Herz sank zusammen mit dem verschwindenden kurzen Hoffnungsfünkchen. Der nächste Kontaktversuch eines Lucas-bewundernden Studenten ließ sie mit einem verkrampften Grinsen den Rückzug antreten.

Sie musste hier weg! Für eine andere Person gehalten zu werden, konnte mitunter amüsant oder interessant sein. Speziell, wenn es sich bei einem selbst um einen im Sozialgefüge der Uni eher unscheinbaren Menschen handelte, der mit einem coolen, angesagten Kommilitonen verwechselt wurde. Aber es fühlte sich nicht gut an, wahrhaftig in dessen Haut zu stecken. Ganz im Gegenteil – und das lag nicht nur daran, dass Anna es satthatte, für einen Jungen gehalten zu werden, oder daran, dass sie diesen so gar nicht ausstehen konnte.

Und so floh Anna vor all den bewundernden, sich anbiedernden Leuten und bremste gerade noch rechtzeitig vor der Tür zum Mädchenklo ab. Dort wollte sie sich bestimmt nicht verstecken, obschon der Saft vom Frühstück allmählich seinen Tribut forderte. Letztendlich eilte sie ein weiteres Mal nach draußen und versteckte sich als klägliches Häufchen Elend hinter einem großen Rhododendron.

Was hatte sie denn eigentlich erwartet? Dass mit ihrer Mum zu sprechen, alles zum Guten wenden würde? Hier tatsächlich auf sich selbst zu treffen – oder zumindest ihren eigenen Körper mit einem Lucas irgendwo da drinnen? Und selbst wenn – dann was? Also, außer hoffentlich trotz allem aufzuwachen?!

Bereits nach kurzer Zeit wurde es unbequem hinter dem Busch, weil der Rasen noch ein wenig feucht war. Außerdem führte hinter diesem ein Trampelpfad entlang, den vereinzelt Studenten nutzten. Wieso hatte sie keinen Hoodie angezogen, eine Baseballkappe aufgesetzt oder sich an einem der vielen Orte auf dem Campus versteckt, die weit weniger gut besucht waren?

„Hi Luke“, wurde sie prompt erneut gegrüßt, gab jedoch diesmal nur ein unwilliges Grunzen zurück.

Ein Blick auf das Handy erinnerte sie an ein weiteres Problem: Die Uhr tickte. In nicht allzu ferner Zukunft würde ihr erster Kurs beginnen und den wollte Anna auf gar keinen Fall versäumen, schließlich hatte sie bis heute noch keinen einzigen Fehltag und würde daran jetzt mit Sicherheit nichts ändern. Moment, wenn das ein Traum war … VERDAMMT NOCH MAL! Wie sie dieses ständige auf der Stelle treten hasste! Traum ja oder nein oder vielleicht doch oder auf keinen Fall – das war ja nicht zum Aushalten! Sie musste hier raus, aber was sollte sie machen? Zu drastischeren Mitteln greifen, um zurück in die Realität zu gelangen? Falls das überhaupt ein –

„OH MANN!!", rief sie wütend. „Das kann doch wohl nicht wahr sein!"

Ein paar Mitstudenten sahen im Vorbeigehen kurz zu ihr, aber das war ihr gleich. Im schlimmsten Fall würde ja auch nicht *sie* als durchgeknallt angesehen werden … Dieser Gedanke ließ sie kurz prusten, bevor sie schlagartig wieder ernst wurde.

„Das ist doch komplett irre", flüsterte sie weiter. „Oder war *ich* einfach schon immer irre und leide in Wahrheit unter schlimmen Wahnvorstellungen? Passt ja, so wie ich hier mit mir selbst rede!" Mit dieser Stimme, die nicht mal ein Mann erkannte, der sie seit vier Jahren am Telefon hörte.

Die Welt um sie herum wurde unscharf und Tränen rannen ungefragt ihre Wangen herunter. Nein, nicht nur ein paar Tränen – es waren ganze Sturzbäche.

„Eventuell doch, jein, vermutlich nicht", erklang eine wohlwollende Stimme und Anna wühlte automatisch nach einem Taschentuch in ihrer Tasche, fand allerdings keines. Typisch Mann! Dennoch schielte sie nach oben. Vor ihr stand, der Silhouette nach zu urteilen, eine junge Frau, gegen die Sonne war ihr Gesicht gleichwohl nicht zu erkennen.

„Sorry, wenn ich deinen Monolog störe“, fuhr sie fort und deutete auf das Fleckchen Wiese neben ihr. „Darf ich?“

Anna zuckte die Achseln, rückte aber auffordernd ein Stück zur Seite, wenngleich das bei all dem Platz nicht nötig war.

Die junge Frau setzte sich und erst in diesem Augenblick erkannte Anna in ihr eine Mitstudentin aus einem ihrer Literaturseminare. Eine recht hübsche, schlanke junge Frau mit dunklen, schulterlangen Haaren, sonnengebräunter Haut und mit Jeans und schlichter Bluse eher lässig gekleidet. Ella oder so. Nein, Elli. Aus einer Vorlesung über die Geschichte der Medizin im 18. Jahrhundert, die Anna im letzten Semester besucht hatte. Sie hatten sich bei einer Gruppenarbeit ein bisschen kennengelernt, darüber hinaus jedoch nichts mehr miteinander zu tun gehabt. Natürlich hatte Lucas den Kurs eine Woche später ebenfalls besucht, was Anna ganz schön genervt hatte, weil sie bis dato die einzige fachübergreifend anwesende Studentin dort gewesen war.

„Na, schon durch mit allem und es ist erst Donnerstag?“, fragte Elli und lächelte schief, während sie eine Packung Taschentücher aus ihrer Jackentasche zog, von denen Anna eins mit einem dankbaren Schniefen entgegennahm. „Wär jetzt bestimmt cooler, dir zusätzlich Lupin-mäßig Schokolade anzubieten.“

„‘Iss – dann geht’s dir besser‘“, zitierten beide gleichzeitig und trotz ihrer Lage, fiel Anna kurz in das darauffolgende Lachen ein.

„Wenn ich es auch immer seltsam fand, wenn fremde Männer Kindern Schokolade geben“, setzte die junge Frau hinzu und schüttelte sich. Sie schaute Anna kurz von der Seite an. „Ich weiß, wir kennen uns nicht so richtig – wahrscheinlich erinnerst du dich gar nicht an mich, obwohl wir mal zusammen in einem Kurs waren – aber du siehst aus, als könntest du jemanden zum Reden brauchen. Ich kann ganz gut zuhören, aber womöglich magst du ja auch jemanden anrufen …? Falls dein Handy nicht geht, könnte ich dir kurz meins leihen, sofern es kein Anruf nach Timbuktu ist und … o weh … “

Bei dem Wort ‚anrufen‘ hatte Anna sofort wieder zu weinen angefangen und wurde nun von heftigen Schluchzern geschüttelt. „D-das ge-het niicht.“

Sie begann zu zittern, die Tränen liefen und liefen. Und das Schlimme war: Nicht einmal davon wachte sie auf, obschon es ein Garant dafür war, den sie bislang vernachlässigt hatte. Wenn Anna furchtbar trauriges Zeug träumte und dabei so weinte wie im Augenblick, wachte sie irgendwann auf, immer noch von trockenen Schluchzern geschüttelt. Doch nichts dergleichen geschah, auch wenn der Grundwasserspiegel allein durch ihr wiederholtes Geheule ohne Frage bald vollständig aufgefüllt war.

Anna mochte Körperkontakt zu fremden Menschen gewöhnlich nicht, aber als die junge Frau ihr vorsichtig einen Arm um die Schultern legte, tat es unheimlich gut.

„Magst du erzählen?“, drang deren sanfte Stimme an ihr Ohr und Anna warf alle Zweifel über Bord. Ob real oder nicht, es hatte etwas Erleichterndes, dieses Drama zu teilen, obgleich man sie vermutlich selbst im Traum für verrückt halten würde.

„So“, schloss sie wenige Minuten später schniefend und rückte von ihrer Zuhörerin ab, „und nun kannst du gern die Männer in den weißen Kitteln anrufen.“

Ein leises Lachen ertönte. „Das tue ich auf keinen Fall.“

„Das heißt, du hältst mich für harmlos“, schniefte Anna. „Das ist doch schon mal schön.“

Elli lachte. „Wow, die Mädchen da hinten werfen mir grad echt eifersüchtige Blicke zu. Bist so was wie der Jahrgangsschwarm, was?“

Verdattert sah Anna sie an und anschließend in Richtung des Trampelpfades, an dessen Ende sich zwei Mädchen mehrmals nach ihnen umdrehten und aufgeregt tuschelten.

„Wie? Nein. *Doch*. Er. *Er* ist das“, verbesserte Elli sich schnell und winkte den Mädchen kurz zu, die sie mit offenen Mündern anstarrten und dann noch aufgeregter tuschelnd um die nächste Ecke verschwanden. Lucas de Meath zu sein wurde immer nervtötender.

„Zurück zum Thema“, fuhr Elli fort. „Was ich eigentlich sagen wollte, war: Viel besser noch – ich glaube dir.“

Diese Aussage ließ Anna verblüfft keuchen.

„Was mir aber leidtut, dir mitteilen zu müssen, ist, dass sich das hier nicht nur abstrus real anfühlt – es ist absolut kein Traum. Also, falls du das weiterhin glauben solltest … denn *ich* bin heute Morgen sehr real schön pünktlich aufgestanden, habe mich beeilt, trotz eines Staus pünktlich hier zu sein, und durfte zum Dank feststellen, dass mein Kurs ausfällt. An so was verschwende ich meine Träume nicht – oy, meine Hose. Ist der Boden echt noch feucht?“

Anna hört nur halb hin, denn zu viele Gedanken rasten durch ihren Kopf. Konnte es sein? Konnte das alles wirklich passieren? Und tauchte hier gerade filmmäßig jemand auf, der ihr als wahrscheinlich einziger in weitem

Umkreis Glauben schenkte? Noch viel wichtiger: konnte dieser jemand ihr helfen?

„Wieso?“, stellte sie die drängendste Frage und Elli grinste sie an, mittlerweile neben ihr hockend, sich den Hosenboden abklopfend.

„Vermutlich vom Morgentau.“

Anna blinzelte verwirrt und ihr Gegenüber sog scharf die Luft ein. „Sorry, noch zu früh. Muss der Umgang mit gewissen Leuten sein. Irgendwann färben die ab.“

Mit einem beinahe verschmitzten Grinsen stand sie auf und hielt Anna eine Hand hin, an der sie sich dankbar hochzog. Elli wankte kurz und Anna realisierte, dass sie ja derzeit gut einen Kopf größer als die junge Frau war und somit auch schwerer als zuvor.

„Entschuldige“, sagte sie kleinlaut, doch Elli winkte längst ab.

„Alles gut – du musst dich ja erst einmal an diesen Körper gewöhnen. Wichtig für dich ist zunächst zu akzeptieren, dass du unter Garantie weder träumst noch verrückt bist. Glaub mir, mir ging es mal ganz ähnlich wie dir und es hat auch bei mir eine Weile gedauert, bis ich annehmen konnte, dass es in dieser Welt mehr gibt, als den meisten Leuten bekannt ist – Dinge, die sich mit Wissenschaft und allem anderen, was wir meist im Laufe unseres Lebens lernen, nicht erklären lassen. Glücklicherweise gibt es aber auch Leute, die sich mit solchen Dingen auskennen und helfen können, wenn Probleme dieser Art auftauchen.“

„Probleme dieser Art?“, wiederholte Anna aufgewühlt. „Heißt das, so was passiert öfter? Warst du ebenfalls schon mal im Körper eines anderen?“

„Nein", enttäuschte Elli sie, „ich hatte ein anderes übernatürliches Problem, aber …" Sie hielt inne, zog mit einer entschuldigenden Geste ihr brummendes Handy aus der Tasche und tippte kurz darauf herum, die Brauen kritisch zusammengezogen.

„Ah Mist, ernsthaft?" Genervt überflog sie eine Nachricht. „Ach Mann, so ungern ich dich jetzt allein lasse – ich muss was super Wichtiges erledigen", erklärte Elli ein wenig gehetzt und wühlte in ihrer Jackentasche herum, um einen zerknüllten Flyer daraus hervorzuholen, „aber ich sag dir was … hier", sie riss einen kleines Stück Papier ab und schrieb darauf. „Das ist meine Nummer. Es ist das erste Mal seit langem, dass ich die aufschreibe. Fühlt sich komisch an, aber Visitenkarten habe ich noch nicht – obwohl Manja mich bereits mehrmals ermahnt hat, mir endlich welche zuzulegen. Aber egal – an dein Handy kommst du ja grad nicht ran, oder?"

Anna bestätigte die Annahme mit einem Kopfschütteln. „Danke …"

„Im Haus der de Meaths wird es ja notfalls noch andere Telefone geben", bemerkte Elli, „und –"

„Ich soll dahin zurückgehen??" Anna starrte ihr Gegenüber entgeistert an.

„Irgendwann ja. Du kannst ja schlecht bei deinen Eltern unterkommen, denn die kennen Lucas ja nicht, oder?"

„Nein, nicht so richtig, aber …" Anna fiel es schon wieder schwer, zu atmen, und sie beruhigte sich erst, als Elli ihr tröstend eine Hand auf die Schulter legte.

„Erst mal bist du ja an der Uni", sprach die junge Frau ihr aufmunternd zu. „Geh in die Kurse, von denen du mit Sicherheit weißt, dass er sie hat, also möglichst gemeinsame. Eventuell triffst du ihn dort. Oder geh was essen. Möglicherweise ist er ja auch in der Mensa eures Fachbereichs."

„Ich … ich soll Lucas suchen?"

„Ja, unbedingt. Also eher dich selbst, denn ich gehe eigentlich davon aus, dass er in deinem Körper steckt und ihr nur zusammen herausfinden könnt, was genau zu diesem Tausch geführt hat. Und wenn du ihn gefunden hast, ruf mich an. Wie gesagt: Es gibt Leute, die euch helfen können." Abermals brummte das Handy. „Alle weiteren Erklärungen später, okay? Und halt die Ohren steif! Nicht verzweifeln! Wir kriegen das gemeinsam hin."

Sie klopfte Anna aufmunternd auf die Schulter und hob kurz ihr Handy. ‚Ruf mich an', formte sie mit den Lippen, während sie es ans Ohr hielt.

„Wieso machst du das ohne mich? Spinnst du?!", herrschte sie im nächsten Augenblick die Person am anderen Ende der Leitung an und entfernte sich.

Und dann war er plötzlich da. Der Moment, in dem der Traum – oder dessen Möglichkeit – endgültig zerbrach und zur Realität wurde. Offensichtlich hatte Annas Verstand sich dazu entschieden, diese irrsinnige Situation als gegeben zu akzeptieren.

‚Du bist er, du bist er', hämmerte es in ihrem Kopf. ‚Irgendeine Raum-Zeit-Verschiebung hat sich mit einer der schicksalsbestimmenden Nornen der nordischen Mythologie einen ganz üblen Scherz mit dir erlaubt und nun lachen sich beide irgendwo halbtot.'

Sie wankte leicht und atmete zitternd ein. Es begann zu nieseln und bald fielen die ersten dickeren Tropfen vom Himmel. Hier draußen zu bleiben, schied aus diesem Grund aus, allerdings konnte sie so weder nach Hause noch wollte sie zurück zu den de Meaths. Und Elli hatte ja gesagt, dass sie Lucas oder besser sich selbst suchen sollte, weil ja alles augenscheinlich mit ihm zusammenhing. Infolgedessen schlurfte sie mit einem flauen Gefühl im Bauch zurück in das Unigebäude, da war es wenigstens trocken und warm.

Des Übels Wurzel

Ellis Rat hatte gelautet, in Lucas' ihr bekannte Kurse zu gehen, doch heute war Donnerstag und da hatten sie keine gemeinsamen und Anna somit zunächst keine Ahnung, was sie machen sollte. Sie wusste zwar, dass er in diversen Sportteams war und herauszufinden, wann diese trainierten, war sicherlich nicht weiter schwer, aber sie bezweifelte, dass er dort aufkreuzte. Schließlich war er ja gegenwärtig *sie*, ein Mädchen, das in einem Männerteam nichts verloren hatte – ganz davon abgesehen, dass er gerade wahrscheinlich genauso aufgewühlt war wie sie und nicht die Nerven hatte, Sport zu treiben.

In ihr eigenes Seminar zu gehen, machte gleichwohl auch wenig Sinn, denn Lucas kannte ihren übrigen Stundenplan ebenso wenig wie sie den seinen und würde garantiert nicht dort auftauchen. Und einfach so hinzugehen, um Zeit totzuschlagen und gleichzeitig nichts Wichtiges zu verpassen, war nicht drin. Dazu war der Kurs zu klein, sodass der Professor genau wusste, wer dazugehörte und wer nicht. Betreffend ihrer reinen Weste bezüglich der Fehlzeiten war das ärgerlich. Außerdem hatte sie keinerlei Materialien dabei. Dann wiederum gehörte das Seminar nicht unbedingt zu ihren liebsten Kursen, denn der Professor war im Gegensatz zu Anna ein großer Fan des Frontalunterrichts und sie stellte doch sooo gerne Fragen. Wie sonst sollte man sein Wissen erweitern, wenn man nicht beständig lernte?

Und wenn Lucas doch herausgefunden hatte, welche Kurse sie donnerstags besuchte? War es nicht besser, auf Nummer sicher zu gehen? Anna stimmte ihrer Überlegung mit einem Nicken zu und machte sich auf zum nicht allzu weit entfernten Kursraum.

Cara saß schon an einem der Plätze und hatte ihre Tasche zum Reservieren auf einen weiteren gestellt. Suchend sah ihre Freundin sich um, bis ihre Augen an Anna-Lucas hängenblieb. Automatisch hob Anna eine Hand, ließ sie aber genauso schnell wieder sinken. Cara zog die Brauen zusammen, sich wie zuvor umsehend. Vermutlich blickte sie gleich darauf nochmals zur Tür, Anna hatte allerdings bereits den Rückzug angetreten. Sie war stets pünktlich und wenn sie bis zu diesem Zeitpunkt noch nicht da war … meine Güte, waren das verwirrende Gedanken! Am liebsten hätte Anna laut geschrien, doch sie riss sich zusammen.

„Hey Lu-“, begann ein Junge neben ihr, wurde jedoch mit einer entschiedenen Handbewegung zum Schweigen gebracht und trollte sich tatsächlich.

Was sollte sie jetzt tun? Also, außer auf die Toilette zu gehen, denn da musste sie inzwischen mehr als dringend hin, sonst würde es ein sehr unschönes Malheur geben. So fügte sie sich dem Unvermeidlichen, wartete aber, bis für wenigstens zwei Minuten niemand mehr durch die Toilettentür rein- oder rausgegangen war. Dann eilte sie selbst hindurch und sofort in eine der Kabinen. Gott sei Dank hatte niemand an den Pissoirs gestanden, die für sie aber auch keine Option darstellten.

Mittlerweile war der Druck so groß, dass sie das Gefühl hatte, ihre Blase würde gleich platzen, als sie am Reißverschluss ihrer Hose zu nesteln begann, der ebenso stur war wie der obere Knopf. Verdammt noch mal!! Anna begann, unruhig von einem Bein aufs andere zu treten und hüpfte schließlich sogar auf und ab. Keine gute Idee bei voller Blase. Nervös summte sie irgendeine klagende Melodie und zerrte wiederholt an dem dummen Knopf, der schließlich – endlich – nachgab. Glücklich über den minimalen Erfolg stöhnte sie kurz auf. Mit einer Mischung aus Erleichterung und Verzweiflung riss sie weiter an dem blöden Reißverschluss und schließlich vollkommen entnervt an der Hose. Zu ihrem Glück trug Lucas keine allzu engen Sachen und sie war kurz darauf endlich soweit befreit, dass sie sich … Mist! Hinsetzen stellte auf einer derart dreckigen Toilette keine Option für sie da. Stehen? … Im Zielen war sie gar nicht schlecht, aber anfassen würde sie das Ding da unten auf keinen Fall noch einmal! Zumindest nicht, wenn es nicht absolut notwendig war. Was es ja leider war …

Sie biss sich auf die Lippen und gab ein unwilliges Brummen von sich. Verdammt!! Okay, egal. Hinhocken, oberen Teil der Hose aus Reichweite der Schüssel, beherzt zugreifen und möglichst nach unten halten!

Die unglaubliche Erleichterung, die sie in den folgenden Sekunden durchströmte, ließ sie einen Seufzer ausstoßen. Tat. Das. Gut!

Ihr seliger Blick fiel nach rechts. Dann nach links. Kein Klopapier. Nicht mal mehr ein Halter hierfür – lediglich zwei Löcher in der Wand zeugten von seiner ursprünglichen Existenz. Suchend schaute sie sich um, konnte aber nichts Nützliches entdecken. Mit der freien Hand tastete sie ihre Taschen ab. Das Ergebnis war – nicht überraschend – dasselbe wie bei ihrem Heulkrampf: Kein Taschentuch und das von Elli hatte seine maximale Aufnahmekapazität erreicht. Na toll! Sie biss die Zähne zusammen und tat das, was sie immer verabscheut hatte zu hören: Sie schüttelte lediglich ab. Es war schon seltsam genug, dieses … Ding quasi an sich selbst anzufassen, aber damit rumzuschwenken … uaah! Sie schüttelte sich ebenfalls und verpackte alles so gut wie möglich an Ort und Stelle. Zog ein bisschen hier und dort, bis es einigermaßen bequem war.

Beim Spülen meinte sie, ein leises Quietschen im Vorraum zu hören, doch als danach alles still blieb, wagte sie sich wieder aus der Kabine heraus. Glücklicherweise war noch immer niemand zu sehen. Anna schlurfte zum Spiegel, zog erneut ungeduldig am Schritt ihrer Hose und bewegte anschließend unwillig ihre Hüften hin und her. Irgendwie saß die Unterhose nicht mehr richtig, sie hatte jedoch keine Lust, da unten noch einmal Hand anzulegen. In gewisser Weise kam es ihr auch nicht richtig vor, Lucas' privatesten Bereich so ausgiebig zu befummeln. Den Gedanken, dass es ihm derzeit mit ihrem Körper vielleicht genauso erging, konnte und wollte sie nicht an sich heranlassen.

Sie wusch sich die Hände und starrte in den wasserbefleckten Spiegel vor sich. Dunkle, große Wuschellocken fielen ihr in die Stirn und sie wischte sie zur Seite. In ihrem eigenen Körper hatte sie keinen Pony, weil sie es hasste, wenn ihr etwas ins Gesicht hing. Die Locken waren allerdings störrisch und wollten sich nicht bändigen lassen, weder mit Wasser noch gutem Zureden. So ein Mist! Und warum – verdammt nochmal – war ihre Mund und Kinnpartie so dunkel? Oh – ja klar, das waren nachwachsende Barthaare, schließlich hatte sie sich am Morgen nicht rasiert. Irre, so was überhaupt denken zu müssen.

Anna verharrte und blickte in die Augen ihres Spiegelbildes. Sie waren gar nicht braun, wie sie immer gedacht hatte, sondern grau-blau. Ein bisschen grün und braun war mittels kleiner Pünktchen um die Pupille herum auch noch eingemischt. Dazu waren sie etwas schmaler als ihre eigenen, die Linda, Thomas und deren Freunde in der Grundschule gerne mal als Glubschaugen bezeichnet hatten, aber dennoch recht groß. Wenn man genau hinsah, gaben sie Lucas' Gesicht einen leicht asiatischen Touch – dann wiederum war Anna kein Freund dieser Art Kategorisierungen. Fakt war, dass Lucas sehr gut aussah. Wie es wohl war, so herumzulaufen? Mit Herzen, die einem im Vorbeigehen zuflogen? Also, wenn einem der Körper, in dem man sich befand, auch wirklich gehörte.

Anna schnitt sich selbst eine Grimasse und begann zu lachen, weil diese echt komisch aussah. Super, jetzt alberte sie schon mit ihrem Spiegelbild in einem Uniklo herum. So weit war es mit ihr also in den letzten Stunden gekommen. Ein weiteres Mal betrachtete sie das Spiegelbild. Lucas *sah* süß aus, wenn er lachte. Nicht, dass sie das noch nicht – natürlich unfreiwillig! – bemerkt hatte, aber so von Nahem, wenn sie nicht vorgeben musste, es interessiere sie nicht …

Sie hob die Mundwinkel, versuchte, den erneut kritischen Ausdruck zu vertreiben. Warf den Kopf ein wenig kokett zur Seite. Die Tür ging auf und Anna senkte sogleich den Kopf, trocknete sich die Hände an der Jeans und verließ eilends die Örtlichkeit.

„Na, war's gut?", grinste ein Typ, der sich ein paar Meter von der Tür entfernt eben noch mit einem anderen Studenten unterhalten hatte, sie mit idiotisch wackelnden Augenbrauen an.

Sie hob fragend eine Braue und starrte ihn im Vorbeigehen irritiert an.

„Schon klar, manchmal muss es eben auch hier sein. Schade nur, dass ich kein Handy dabeihatte", fuhr der Typ lachend fort und beugte sich zu seinem verwirrten Freund vor. Nach einer offensichtlichen Erklärung dessen, was Anna nur allmählich dämmerte, lachte dieser ebenfalls und machte einen dummen Spruch, den sie nicht mehr verstehen konnte, weil sie so viel Abstand in so kurzer Zeit wie möglich zwischen sich und die beiden zu bringen versuchte.

Um solch unschöne Erlebnisse nicht allzu oft wiederholen zu müssen, könnte sie einfach nichts mehr essen oder trinken, doch das war eine weder kurz- noch langfristig sinnvolle Option – insbesondere, weil sie bereits sehr durstig und sogar ein bisschen hungrig war und Lucas' Hyperglykämie nicht vergessen hatte. Die Mensa dieses Gebäudes schien auch aus anderem Grund eine gute Option zu sein, schließlich hatte Elli ja vorgeschlagen, Lucas auch dort zu suchen.

Nach kurzem Hadern mit ihrem Gewissen, entschied Anna sich schließlich dazu, Lucas' sogenannte *Bod Card* zu nutzen. Die nach der Bodleian Library benannte Bod

Card war Schlüsselkarte, Bibliotheksausweis, Mensa- und Rabattkarte in einem. Und dem Himmel sei Dank erforderte sie keine PIN-Eingabe. Leider wusste Anna nicht, wie viel Guthaben noch darauf war, und der nächste Automat zur Feststellung dessen befand sich verhältnismäßig weit weg. Früher hatte es vermutlich einmal mehr davon gegeben, aber in Zeiten des Online Bankings luden die meisten ihre Karten per Internet auf – nicht auf solch rückständige Weise wie Anna.

Um eventueller Zahlungsunfähigkeit und den damit verbundenen Peinlichkeiten vorzubeugen, trat sie an eine Kassenmitarbeiterin der Mensa heran und bemühte sich um ein möglichst strahlendes Lächeln.

„Mir ist bewusst, dass Sie nicht zusätzlich die Zeit haben, für jeden Studenten die Arbeit eines Kontostandinformationsdienstes zu übernehmen“, begann sie mit tiefer, einschmeichelnder Stimme, auf eine ähnliche Situation in der Vergangenheit anspielend, an der sie selbst trotz höflicher Nachfrage einen verbalen Einlauf von eben dieser Dame vor sich kassiert hatte. „Wäre es Ihnen unter Umständen trotzdem möglich …“ Sie ließ den Satz unbeendet, lächelte und im nächsten Moment war die Karte auch schon am Scanner.

„Das Guthaben sollte für einen Kaffee reichen“, gab die Dame grummelig zurück, gleichwohl umspielte die Andeutung eines Lächelns ihre Lippen. „Für die nächsten 200 Jahre. Mit Goldstaub.“

Soviel zu Lucas‘ erfolgreichem und ihrem augenscheinlich nicht vorhandenen Charme. Vielleicht sollte sie diesen Körper besser doch behalten.

Beladen mit einem Tablett mit verschiedenen Blätterteigwaren, einem großen Glas Tee sowie zwei Flaschen Wasser, setzte Anna sich nur wenig später an einen der hinteren Tische der geräumigen Mensa. Irgendwie musste sie durch den Rest des Tages kommen und so hatte sie zumindest schon mal einige Vorräte.

Zu ihrem Glück schienen die meisten Lucas-Bewunderer brav in ihren Kursen zu sein, denn niemand sprach sie an. Sie lehnte sich zurück, griff nach einer Tomatenrolle und dann erblickte sie es. Oder besser *sie. Sich selbst.* Die Kinnlade klappte ihr herunter und das salzige Gebäck fiel zurück auf den Teller.

Ihr leuchtendrotes Haar unordentlich zu nennen, war so, als würde man den Grand Canyon als kleinen Hügel bezeichnen. Kein Zopf, keine Hochsteckfrisur, nicht einmal gekämmt war es. Sie konnte die Knötchen fast von hier aus sehen. Das ‚Kleid' über der Jeans war mehr als nur ein bisschen zerknittert – weil es eigentlich ihr Nachthemd war. Und das Schlimmste: Die Anna-Version dort trug keinen BH! Was man deutlich sehen konnte, als sie – oder vielmehr die Person, die aussah wie sie – mit einem erleichterten Gesichtsausdruck auf sie zu kam. Sie. Kam. Auf sich selbst zu. Mit auf und ab hüpfenden Brüsten. Annas Kinnlade klappte noch ein Stück weiter herunter.

Zwei Mitstudenten starrten das rothaarige Mädchen ebenfalls an und einer fing an zu kichern. Er stieß seinen Kumpel an und schaute sich um, ob noch jemand deren Auftritt bemerkt hatte. Und einige hatten durchaus. Großartig! So gut wie niemand achtete jemals auf die richtige Anna und gerade heute wäre das wunderbar gewesen.

„Gott sei Dank!“, sagte ihre ‚Doppelgängerin‘ ein paar Meter von ihr entfernt.

„Wieso? Hast du ‘ne Bürste oder deinen BH erspäht?!“, spottete die junge, aufgetakelte Studentin, die Anna bereits wegen ihres angeblichen Partybesuchs bei einer Lisa am Morgen angesprochen hatte, und Eigentlich-nicht-Anna fuhr wütend zu ihr herum.

„Wenn du ein Leben hättest, Jocelyn, würdest du möglicherweise auch einmal ein wenig indisponiert herumlaufen können und müsstest deine Zeit nicht damit rumkriegen, dir über andere deine überdimensionale Sprechöffnung zu zerreißen!“

Die Angesprochene verstummte und wandte sich mit einem gekünstelten Lächeln dem falschen Lucas zu, ihre Hand vor dem Gesicht hin- und herwedelnd, um anscheinend Beifall heischend auf den derangierten geistigen Zustand des rothaarigen ‚Biests‘ hinzuweisen.

„Na, was?!“, blaffte Anna sie an und Jocelyn wandte sich verdattert ab. So etwas war sie von Mr Strahlemann scheinbar nicht gewohnt. Obwohl Lucas gewöhnlich kein Dauergrinser war. Mitunter wirkte er sogar recht nachdenklich und in seiner eigenen Welt oder sagte wirklich kluge Dinge im Seminar, was Annas Bild des oberflächlichen Schnösels schon vor einiger Zeit ungefragt ins Wanken gebracht hatte. Nicht, dass sie das bisher vor sich selbst oder gar anderen zugegeben hätte.

„Und ihr“, fuhr Anna als falscher Lucas fort, schnippte und wies mit dem Zeigefinger auf die Gaffer, „Show vorbei!“

Der Großteil wandte sich tatsächlich rasch ab, dennoch gab es weitere verstohlene Blicke, wenngleich der zuvor abgeflaute Geräuschpegel sich normalisierte.

Anna gab sich einen Ruck, bevor der Schock ihre Knie noch weicher werden ließ. Ohne weiter nachzudenken, stand sie auf, marschierte auf … *sich* … zu, packte … *sich* … am Arm und zog … *sich* … nach draußen.

Raus aus der Hintertür der Cafeteria, bog sie scharf nach rechts und gleich wieder nach links ab, bis sie auf einen Seitenweg kamen, der selten genutzt wurde, wie sie wusste. Er war schmal und abschüssig gelegen, weswegen das Wasser der gut gesprengten Rasenflächen ihn fast beständig in eine Matschfläche verwandelte. Hinter einem Busch gab es jedoch eine weitere kleine Wiese, die so gut wie nie jemand aufsuchte. Ja, Anna kannte sich gut aus mit den versteckteren Orten der Uni.

„Jetzt mal stopp!", verlangte ihre ‚Doppelgängerin' und Annas Kopf flog zu ihr herum.

„Was … was … was zum Henker ist hier los?!", fasste Anna die tausend Fragen in ihrem Kopf grob und unzureichend zusammen. „Ich … ich meine, nicht, dass es gereicht hätte, mir mit einem total miesen Traum den dringend benötigten Schlaf zu versauen, neiiiiiin, nicht doch!"

„Ich fürchte, das ist kein –", begann ihr Gegenüber, sie ließ es allerdings nicht ausreden.

„*So* weit bin ich auch schon!", schnappte sie. „Und ich kann gar nicht glauben, dass ich das frage, aber: de Meath, nehme ich an?!"

„Ja", kam die sofortige Antwort. „Du … du weißt also…"

War *das* ihre Stimme? Also so, wie sie für anderen klang? Hm, nicht soo übel und quiekig, wie sie bislang angenommen hatte, aber gewiss nicht schön. Für einen Augenblick hielt sie inne und betrachtete … sich. Hatte sie da eine steile Falte zwischen den Augenbrauen, wenn sie sich aufregte? Na toll! Cara oder ihre Eltern hätten ja ruhig mal was erwähnen können! Es reichte allem Anschein nach nicht, dass sie aufgrund ihrer hellen Haut schnell rot wurde.

„*Ich* weiß, dass ich hier ganz übel verarscht werde!", rief sie und blies scharf die Luft aus ihren Lungen. Ein winzig kleines Fünkchen Hoffnung hatte sich in ihr festgekrallt, trotz der vorherigen Erkenntnisse. Ein Fünkchen der Hoffnung, dass sie doch noch aufwachen würde. Soeben machte es ‚puff' und erlosch.

„Anna, wenn du mich …", versuchte Wahrscheinlich-Lucas ein weiteres Mal etwas zu ihren Vorwürfen zu sagen, aber sie hatte sich gerade so schön in Fahrt geredet.

„Ich weiß auch, dass es irgendwie *deine* Schuld ist, denn *meine* kann es nicht sein! Vielleicht hast du mich ja unter Drogen gesetzt! Ha! Das wird es sein! Ich träume gar nicht! Ich halluziniere! Oder … oder ich hatte einen Unfall und liege gegenwärtig im Koma oder habe Fieberträume! Oder … habe nachts das Zeitliche gesegnet und das hier ist meine ganz private Form der Hölle!! Oder –"

„Anna, jetzt lass mich doch mal zu Wort kommen!", sagte Höchstwahrscheinlich-tatsächlich-Lucas nun schon etwas lauter und hob beschwichtigend die Hände. Er legte eine davon auf ihre Hand und es kribbelte. Nein, es kribbelte nicht nur: Wie ein Lauffeuer rann es durch ihren Körper. Empört machte sie einen Schritt zurück. Die neue

Theorie mit dem Koma war doch was. Vermutlich versuchte man gerade ihr Kammerflimmern mit Elektroschocks in den Griff zu bekommen oder ähnliches.

„Das war seltsam“, murmelte ihr Gegenüber.

„Ach, wie gut, dass nur *das* seltsam ist!“, fuhr sie Ganz-bestimmt-Lucas an. So nervtötend konnte nur einer sein.

Er seufzte. „Ich glaube, ich weiß, was hier los ist.“

Anna stutzte. „Du meinst … du liegst auch … im Koma? Aber bereits länger als ich und hast somit im Gegensatz zu mir den totalen Durchblick?“

Was war heute? Der Tag der großen Erkenntnisse? Wieso tauchten plötzlich wiederholt Leute auf, die so viel mehr über ihr Leben und das, was sie durchmachte, zu wissen schienen, als sie selbst? Wie sie schon bei Elli festgestellt hatte, gab es in Filmen oder Büchern oft genau diesen Moment, in dem von irgendwoher ein mysteriöser Fremder auftauchte, der mit der Lösung für die prekäre Situation der Hauptfigur aufwartete. Bei ihr schienen diese wissenden Helfer Schlange zu stehen.

„Nein“, lachte Lucas der Situation völlig unangemessen auf und wurde bei ihren fassungslos hochgezogenen Brauen gleich wieder ernst.

O Gott, war *das* ihr Lachen? Oy. Womöglich hatte er das auch gerade bemerkt.

„Sich selbst vor sich zu sehen und zuzuhören ist *so* abgefahren“, sagte er und Anna hätte ihn am liebsten am Kragen gepackt und geschüttelt.

„Ja, ganz großes Kino!“, gab sie genervt zurück. „Wenn wir uns nun mit dem Wesentlichen beschäftigen könnten und du deine angekündigten Erkenntnisse mit mir teilen würdest …“ Ungeduldig tippte sie mit dem rechten Fußballen auf.

„Ich fürchte, wir wurden verhext“, gab Lucas zurück, so als würde er ihr mitteilen, dass sie wohl die Hefe im Brotteig vergessen hatten. Passierte. Alltäglich. Normal. Keine große Sache.

‚Und *ich* fürchte, du hast gehörig einen an der Klatsche!‘, wollte Anna zurückblaffen, besann sich jedoch eines Besseren. Welche Erklärungen hatte *sie* denn für diese irre Situation? Wenn verrückte Ereignisse verrückte Gründe hatten, klang Lucas’ Erklärung nicht weiter hergeholt als ihre eigenen Versuche. Und Elli hatte ja ebenfalls behauptet, dass es übernatürliche Dinge gab.

„Und das glaubst du, weil …?“ Sie machte eine auffordernde Handbewegung.

„Weil ich einer alten Hexenfamilie entstamme und mich mit derlei Dingen auskenne.“

„Ach sooo“, erfolgte prompt ihre nun doch spöttische Reaktion. „Dann hast du deine Eulenpost auch pünktlich zu deinem elften Geburtstag bekommen?“

O mein Gott, da war sie wieder. Die steile Falte!

„Entspann gefälligst sofort meine … deine Gesichtsmuskulatur!“ Anna war nicht übertrieben eitel, aber dieses Ding da wollte sie nicht sehen. Ihre Tante Erica hatte so eine und sie mochte beide nicht.

Lucas-Anna zog erst irritiert eine Braue hoch und lächelte schließlich entschuldigend. „Ich kann mir vorstellen, wie all das auf dich wirkt, aber wenn du mir zuhören magst, kann ich möglicherweise ein wenig Aufklärung bieten.“

Anna hob zweifelnd die Brauen, nickte jedoch. Was hatte sie noch zu verlieren, außer ihrem Verstand?

„Wie bereits erwähnt, entstamme ich einer Familie von Zauberern – einer sehr alten“, fuhr Lucas-Anna in ernstem Ton fort.

„Älter als Harry Potters Eltern?“, unterbrach Anna ihn spitz.

„Viel älter“, erwiderte er, ließ sich von ihrer Bemerkung nicht aus der Ruhe bringen. „Einer, die bis auf Petronilla de Meath zurückgeht, eine Dienstmagd, die um etwa 1300 in Irland im gleichnamigen County Meath geboren und nach diesem benannt wurde. Mit leider nicht einmal fünfundzwanzig Jahren wurde sie aufgrund ursprünglicher Hexereianschuldigungen angeklagt und letztendlich als erste Frau in Irland auf dem Scheiterhaufen verbrannt, obwohl Hexerei an sich damals noch nicht einmal einen Gesetzesverstoß darstellte. Um sie ungeachtet dieser Tatsache ganz legal umbringen zu dürfen, wurde sie unter anderem der Gotteslästerung angeklagt.“

Ein abfälliges Lachen erklang und Anna schüttelte angewidert den Kopf. Nicht wegen des Lachens oder der immer noch schwer zu glaubenden Geschichte, die er ihr da auftischte. Was für eine furchtbare Zeit das gewesen war. Es hieß nicht umsonst *finster(st)es Mittelalter*.

„Ihre ebenfalls angeklagte Dienstherrin konnte zusammen mit Petronillas Tochter Sarah fliehen und in England unter dem Schutz König Edwards III. ein neues Leben beginnen“, fügte Lucas hinzu. „Die einzelnen Verwicklungen des Falles erspare ich dir an dieser Stelle, du kannst sie aber gerne online nachlesen.“

„Und die Anschuldigungen waren richtig?“, zweifelte Anna an einem anderen Punkt. Im letzten Semester hatte sie eine Vorlesung zum Thema ‚Unterdrückung der Frauen im Rahmen der Zeit der großen Hexenverfolgung in

England‘ besucht. Sie hatte vom Kleinhalten des weiblichen Geschlechtes mit allen nur erdenklichen Mitteln durch das Patriarchat gehandelt. Die Vorlesung war überaus interessant gewesen, allerdings auch furchtbar grausam und Anna hatte infolgedessen so schlimme Albträume gehabt, dass sie den Kurs beinahe vorzeitig abgebrochen hätte.

„Nein“, erwiderte Lucas mit ihrer Stimme.

„Also war sie keine Hexe?“ Und Lucas somit ebenso wenig – was die gesamte Erzählung wie erwartet unwichtig und zur Zeitverschwendung machte.

„Doch“, lautete die überraschende Antwort. „Sie wurde lediglich falscher Dinge beschuldigt. Angeblich waren sie und ihre Dienstherrin, Alice Kyteler, mit dem Teufel im Bunde. Letzterer wurde sogar nachgesagt, zumindest den letzten ihrer insgesamt vier Ehemänner vergiftet zu haben, um sich weiter zu bereichern. Den übrigen Reichtum bekam sie angeblich durch Verbindungen zu einem Dämon – denn Gott bewahre, dass eine Frau klug genug und selbst imstande ist, gut zu wirtschaften.“

Anna kniff die Augen zusammen. Solche Kommentare kannte sie sonst eher von sich … also sich selbst. Sie zuckte die Schultern. Im Augenblick wollte sie sich keine Gedanken über Lucas’ Einstellung zu Frauen machen.

„Weiter“, forderte sie ihn ungeduldig auf. Selbst auf die Gefahr hin, dass Lucas unter Wahnvorstellungen litt, erzählt er eventuell doch noch etwas Brauchbares.

„Meine Mutter ist eine direkte Nachfahrin der de Meath-Linie und von ihr habe ich die Gabe erhalten.“

„Die Gabe“, wiederholte sie tonlos. „Sprichst du von deinen angeblichen Kräften?“

„Ich spreche von meinen *tatsächlichen* Kräften“, berichtigte er sie.

„Ahaaa. Dann hat deiner hübschen Story nach der kleine Nachfolge-Harry somit nicht aufgepasst beim fröhlichen Rumhexen und das Ergebnis ist *das* hier?!“ Anna schnappte wütend nach Luft und wedelte mit ihrer Hand zwischen ihnen beiden herum. Wollte er sie verarschen?!

Er hob abwehrend die Hände. „Ich war das nicht!“

„Natürlich warst du es nicht!“, rief sie. „Weil es so einen Mist wie Hexerei nicht gibt, Lucas!!“

Möglicherweise stimmte ein Teil seiner Familiengeschichte, im schlimmsten Fall glaubte Lucas ernsthaft daran, aber sie hatte gegenwärtig keine Zeit für derartige Kindereien! Es musste eine andere Erklärung geben. Eine wissenschaftliche – auch wenn Elli behauptete, dass es diese nicht für alle seltsamen Dinge gab. Aber Hexerei?! Das war doch verrückt!

Anna verschränkte die Arme und musterte ihn … *sich* kopfschüttelnd von oben bis unten. Mit der neuesten Mode war sie nie gegangen, aber *das* … egal. Ihr Blick fiel auf ihr eigenes Gesicht. Die blauen Augen ruhten auf ihr, ein seltsam gemischter Ausdruck in ihnen, mit dem erneuten Ansatz der Falte des Schreckens. Irritation? Verwirrung? Traurigkeit? Es bestand auch die Möglichkeit, dass Lucas einfach nur ein guter Schauspieler war, doch irgendetwas sagte ihr, dass seine Ernsthaftigkeit echt war. Aber das konnte nicht sein. Es *konnte* nicht sein. Sie straffte die Schultern. *Das* war also der Haken an Mr Supermann. Er hatte einen Knall.

Zum wiederholten Mal tauchte sein entsetztes Gesicht im Spiegel vor ihrem inneren Auge auf, hallte der verzweifelte Schrei in ihren Ohren nach. Was schadete schon ein Versuch? Die paar Sekunden hatte sie gewiss noch übrig.

„Na los“, forderte sie ihn auf, obgleich das Folgende sicherlich Zeitverschwendung war. „Dann zaubere mal was.“

Diesmal verschonte er ihre Gesichtszüge, schüttelte lediglich den Kopf. „Nein, das … geht nicht.“

Klar. „Ach, dazu brauchst du bestimmt deinen persönlichen Zauberstab, oder?“

Erneutes Kopfschütteln. „Mein Athame ist zuhause, solltest du das meinen. Ich würde es niemals mit in die Uni bringen.“

„Dein … *was*?“

„Ein Athame ist eine Art rituelles Messer, das …“

„Danke, überspringen“, winkte Anna eilig ab und ihr Gegenüber sah sie kurzzeitig herablassend an.

„Wir opfern weder Tiere noch Menschen!“, stellte er mit Nachdruck klar. Oha! *Wütend* stand ihrem Gesicht gut. Zumindest besser als dieses Lächeln, bei dem man viel zu viel von ihren zu großen Zähnen erkennen konnte.

„Meine Familie und ich gehören den Wicca an, nicht irgendeinem neumodischen missverstanden satanischen Kult, der glaubt, Angst und Schrecken verbreiten und möglichst blutig agieren zu müssen, um seinem *Meister* zu dienen!“, setzte Lucas deutlich heftiger hinzu, spie die letzten Worte beinahe aus. „Außerdem hat das Athame eine stumpfe Klinge, schließlich ist es kein Bolline!“

Interessiert beugte Anna sich vor, schaute kurz um sich herum, machte dann aber einen Schritt zurück und hob die Schultern.

„Was?“, erkundigte Lucas sich irritiert.

„Ach nichts", winkte sie ab. „Ich habe nur auf das Gewitter gewartet, oder dass sich zumindest der Himmel zuzieht oder kleine Blitze aus meinen, ich meine deinen Augen kommen."

Ein paar Herzschläge lang starrte er sie an. „Du glaubst mir nicht", stellte er nüchtern fest.

Sie lachte abfällig. „Hörst du dir selbst zu??", fuhr sie ihn an. Sie war zwar mit den ‚The *Worst Witch*'-Büchern groß geworden, hatte die ‚Harry Potter'-Reihe nahezu verschlungen und alle Filme gesehen, inzwischen war sie jedoch erwachsen und das hier die Realität. Eine verrückte – zugegeben – aber echte Hexen und Zauberer? Ausgeschlossen.

„Ja", beantwortete er ihre Frage gelassen, „und das fühlt sich überaus seltsam an, bedenkt man, dass ich über Nacht eine Frauenstimme bekommen habe."

Er fand ihre Stimme grässlich. Da waren sie bereits zwei. Anna versuchte, das nagende Gefühl aus ihrem Bauch zu vertreiben. Was Lucas von ihrer Stimme hielt, war nicht weiter von Bedeutung. Generell und speziell in diesem Augenblick, denn sie hatte nun wirklich andere Probleme! Abermals zuckte sie die Schultern.

„Athamabollimist hin oder her – du weißt also ebenfalls nicht, was passiert ist und wie wir *so* enden konnten."

„Athame und Bolline", berichtigte er sie nervtötender Weise. „Und es ist nicht so, dass ich ohne ersteres nicht zaubern *kann*. Ich versuche es nach Möglichkeit zu *vermeiden*. Das Athame bündelt die Kräfte der Gabe, kann sie zielsicher einsetzen. So wird verhindert, dass Außenstehende … Moment, wo willst du hin??"

Anna hatte sich auf dem Absatz umgedreht und marschierte wieder auf die Mensa zu. Dieser Quatsch war nicht mehr zu ertragen und sie nicht verantwortlich für Lucas' desolaten Geisteszustand. Sie würde jetzt das tun, was sie immer tat, wenn sie bei einem Problem nicht weiterkam: Nachforschungen anstellen. Irgendwo im Internet gab es mit Sicherheit Hilfe in einem der zahlreichen Foren. Zusätzlich würde sie im Bestand der umfangreichen Bibliothek stöbern, später diese Elli kontaktieren und somit hoffentlich bald zurück in ihrem eigenen Körper sein. Anna war es gewohnt, die Dinge selbst in die Hand zu nehmen, dazu brauchte sie keinen durchgeknallten Mitstudenten, der ihr nur ein Klotz –

Sie stoppte abrupt, machte sogar einen schnellen Schritt zurück. Es war nicht nur so, dass ihr ganzer Leib mit einem Mal kribbelte, sich die Haare im Nacken aufzustellen schienen und ihr sehr warm wurde, sondern vor ihr hatte sich zudem einer der größeren Büsche urplötzlich zur Seite in den Weg gebogen, als wäre jemand von der anderen Seite dagegen gefallen. Jede Sekunde rechnete sie damit, diese Person zu hören oder zu sehen … doch nichts dergleichen geschah, lediglich die einzelnen Zweige bogen sich langsam zurück.

„Sorry", ertönte ihre eigene Stimme hinter ihr. Im Zeitlupentempo drehte sie sich um, erfasste, wie Lucas-Annas Hände eine leichte Drehung machten, die Arme sich schließlich senkten. Ein kurzer Seitenblick verriet, dass der Busch wieder relativ reglos an Ort und Stelle stand.

Lucas-Anna kratzte sich verlegen am Kopf. „Ich wollte dich nicht erschrecken, aber auch nicht, dass du gehst, und dir Wurzeln um die Füße zu schlingen, erschien mir doch etwas zu radikal. Wenn ein Sturz auch womöglich Verbesserung für meine grässliche Nase bedeuten könnte…"

„Was ist denn an der auszusetzen? Hast du mal meine gesehen?", gab Anna automatisch zurück. Sie besaß jahrelanges Training darin, sich lieber selbst herunterzumachen, bevor andere es taten, denn meist hielt das diese dann genau davon ab.

Lucas schielte, als ob er auf diese Weise seine ‚neue' Nase betrachten wolle, und zuckte verständnislos die Schultern.

Anna musste lachen, wurde aber gleich wieder ernst. „Das … das da eben …", sie gestikulierte vage in Richtung des Busches, „… das habe ich mir eingebildet, oder?"

Statt einer Antwort sah Lucas sich kurz um und streckte anschließend die linke Hand zur Seite aus, die Finger dicht beieinander, Daumen an Zeige- und Mittelfinger gelegt. Es folgte eine schnelle Seitwärtsbewegung und ganz unvermittelt schwebte etwas auf sie zu, was sich als orange-goldene Blume herausstellte. Die filigranen Blätter waren leicht geöffnet und am oberen Rand gezackt. Eine wunderschöne Tulpe.

Anna stockte der Atem, nicht nur wegen des unfassbaren Geschehens, sondern auch, weil das Ganzkörperkribbeln zurückgekehrt war. Dennoch streckte sie zögernd die Hand aus, damit rechnend, dass die Blume sich jeden Augenblick in Luft auflöste, doch das tat sie nicht.

Lucas lächelte sie aufmunternd an. „Lass es nur nicht den Gärtner sehen", schmunzelte er.

Wie gebannt starrte sie auf die Tulpe. „Wie … wie hast du das …?" Sie schluckte. „Da … da sind keine Fäden oder so?“ Mit der freien Hand wedelte sie in der Luft herum, was ihrem Gegenüber ein leises Lachen entlockte.

„Bitte zwing mich nicht dazu, ein Einhorn herzuzaubern, damit du mir glaubst.“

„Du könntest ein Einhorn herzaubern?“, rutschte es ihr begeistert heraus und sie wusste nicht, was sie mehr faszinierte: der Fakt, dass es diese vielleicht wahrhaftig gab und er eins herhexen könnte oder der, dass er wohl ob seiner *speziellen Fähigkeiten* doch nicht gelogen zu haben schien.

„Nein.“ Er zuckte die Schultern.

„Also gibt es keine.“ Anna zog in nur halb gespielter Enttäuschung einen Flunsch. „Ich meine: Bei all dem Chaos hätten ja wenigstens Einhörner herausspringen können.“

„Ich hab nicht gesagt, es gäbe keine“, kam die prompte Erwiderung. „Aber andere und obendrein solch stark magisch begabte Wesen lokal zu versetzen ist …“, er schüttelte den Kopf, „etwas, das gerade entschieden zu weit führen würde.“ Er studierte das Gesicht seines Gesprächspartners. „… und du meintest das nicht ernst“, schloss er. „So sehe ich also aus, wenn ich einen Witz mache. Erschreckend.“

Beide mussten lachen. Schließlich fiel Annas Blick nochmals auf die schöne Tulpe. Sie holte stockend Luft, weil die neue Erkenntnis nur schwer zu verarbeiten war und ihr Weltbild erheblich ins Wanken brachte.

„Du kannst also zaubern“, stellte sie noch einmal klar und erhielt ein Nicken.

„Tanzt du dabei sonst nackt ums Feuer herum?“, konnte sie sich trotz ihrer ernsten Lage nicht verkneifen, ihn zu necken.

„Klar, soll ich gleich anfangen?“, gab er trocken zurück. „Hab das ja grad vergessen – sonst hättest du einen ganzen *Strauß* Tulpen bekommen. Wenn ich besonders schön tanze, kommen sie in allen Farben. Du hast nicht zufällig ein Feuerzeug?“

Anna gab ein Prusten von sich, hatte sich allerdings schnell wieder im Griff, wenngleich es schwer war. „Okay, wenn du tatsächlich zaubern kannst … dann können das auch andere, richtig?“

Lucas nickte.

„Heißt das, uns hat wirklich jemand … verhext?“, brachte Anna fassungslos heraus.

Ein weiteres Mal wurde die Frage mit einem Nicken beantwortet.

„Aber wer? Und wieso hat er das getan?“, fügte sie verwundert an.

„Das weiß ich noch nicht“, frustrierte Lucas sie. „Doch ich arbeite daran, es herauszufinden. Wenn es ein dummer Scherz eines sogenannten Freundes ist, bringe ich denjenigen eigenhändig um – das schwöre ich dir.“

„*Solche* Freunde hast du?“, fragte Anna entgeistert.

Lucas seufzte leise. „Ich hoffe nicht.“

„Okay, warte …“ Anna schloss kurz die Augen, um sich besser auf das wirklich Wichtige konzentrieren zu können. „Wenn du ein Magier bist, dann kannst du uns mit deiner Gabe doch sicherlich zurück in unsere eigenen Körper bringen.“

„Das ist leider nicht so simpel, wie man es sich wünschen würde“, gab er zu ihrem Bedauern zurück.

„Warum nicht?“, wollte sie wissen.

„Mit der Magie ist es so ähnlich wie mit Virusinfektionen“, erklärte er. „Man braucht für jeden Zauber ein anderes ‚Heilmittel‘ und, um das richtige zu finden, muss man erst einmal herausfinden, mit welcher Art von Magie man es überhaupt zu tun hat. Wenn es nicht so wär, hätte ich sonst umgehend meine Arme verschränkt und geblinzelt, um unserem Leid ein schnelles Ende zu machen.“

„Als ‚Bezaubernde Jeannie‘ wärst du und somit ich zumindest besser angezogen“, gab Anna trocken zurück und beide mussten trotz der problematischen Situation, in der sie sich befanden, erneut lachen. „Ich meine, jetzt mal im Ernst: mein Nachthemd als Shirt?“

„Ach, das ist dein *Nachthemd*?“ Erstaunt schaute er an sich herab, betrachtete den hellblauen Stoff. „Sah für mich nach einem dieser Longshirts aus, die meine kleine Schwester immer trägt. Und zur Verteidigung: Es lag über der Lehne deines Schreibtischstuhls.“

„Selbstverständlich tat es das, da sollte es auslüften“, gab Anna zurück. „Sein Nachthemd einfach unter die Bettwäsche zu stopfen, macht für mich wenig Sinn. Aber was bitte ist deine Entschuldigung für das komplette Fehlen meines BHs?“

„Hast du mal versucht, die Dinger zu schließen?“ Er fing ihren Blick auf und nickte. „Klar, doofe Frage. Sorry. Natürlich hab ich mich bemüht, das Ding anzuziehen – selbstredend, ohne dabei viel hinzugucken, was das Ganze nicht unbedingt erleichtert hat. Ich hatte sogar die Idee, ihn vorne herum zuzumachen und im Anschluss rumzuziehen. Als es geratscht hat, hab ich es aber lieber gelassen.“ Er sah sie entschuldigend an. „Kann man bestimmt nähen.“

„Das hoffe ich“, gab sie streng zurück, doch die Vorstellung, wie er mit dem Ding gekämpft haben mochte, ließ ihre Mundwinkel deutlich zucken. Zumindest war er so nicht in Versuchung geraten, ihren alten ‚alle anderen sind in der Wäsche'-BH anzuziehen.

Unverzüglich wurde sie wieder ernst. Dies hier war kein Spaß, obgleich es ausgesprochen guttat, den furchtbaren Druck im Magen kurzzeitig zu mindern.

„Hast du denn trotzdem schon ansatzweise eine Idee, wie wir unsere Körper zurücktauschen können oder …“, sie blies die Wangen auf und entließ die Luft mit einem Seufzen, „ein Zauberspruchbuch, in dem wir nachsehen können oder … jemanden, der uns helfen kann? Was ist mit deinen Eltern? Freunden? Bekannten? Oder irgendwelchen anderen Magiern, die Ahnung von derlei Zauberei haben?“

Lucas sog kurz die Unterlippe ein und zögerte deutlich, dann gestand er ihr etwas wahrlich Ungeheuerliches: „Mein Vater hat keine Ahnung, dass sowas wie Magie existiert.“

„Was?!“, entfuhr es Anna verdattert.

„Das ist eine komplizierte Geschichte und geht nur meine Familie etwas an, deswegen bitte ich dich inständig, nichts an diesem Zustand zu ändern“, sagte Lucas mit Nachdruck. „Kannst du mir das versprechen?“

Anna blinzelte perplex. „Ja, natürlich, aber …

„Was Freunde, Bekannte und andere Magier angeht“, ließ Lucas sie gar nicht erst weiter nachhaken, „müsste uns erst einmal jemand von denen glauben und das halte ich für ausgeschlossen.“

„Wieso?“ Annas Irritation wuchs immer weiter. „Ich meine, die zaubern doch selbst und sind ohne Frage an solch irre Geschehnisse gewöhnt.“

„Ich glaube, du hast da eine falsche Vorstellung von magisch begabten Menschen“, stellte Lucas klar. „Bis auf unsere besonderen Talente sind wir nicht viel anders als normale Menschen und es gibt viele, die ihre Kräfte nur selten oder sogar gar nicht benutzen. Richtig aktiv ist nur ein Bruchteil aller magisch Begabten. Und da es Hexenschulen nur in der Literatur- und Filmwelt gibt, sind von denen wiederum nur wenige mit der Geschichte der Zauberei, alten Flüchen, Sprüchen, magischen Objekten und dergleichen so vertraut, dass man sie zu Rate ziehen könnte – oder sie uns gar glauben würden."

„Aber wir sind doch *da*", wehrte Anna sich dagegen, sich mit ihrem Dilemma vollkommen allein gelassen zu fühlen. „Wir würden direkt vor ihnen stehen und zeigen können, dass wir die Körper getauscht haben."

„Und wie genau willst du das *zeigen*?", hakte Lucas nach.

„Ich … also …" Tja, das war leider eine berechtigte Frage.

„Wir könnten es eben nur *behaupten*, ohne einen Beweis dafür liefern zu können", frustrierte Lucas sie weiter. „Und ich vermute, die meisten würden sofort denken, dass wir sie verarschen."

Und schon wieder hatte er recht. O, wie sie ihn dafür hasste.

„Meine Mum wäre die Einzige, die uns helfen könnte", fuhr Lucas fort und schon glühte ein kleines Fünkchen Hoffnung in Anna auf, „doch sie ist gerade auf einem wichtigen Kongress in New York und ich kann sie zurzeit nicht erreichen."

„Haben Wicca keine übersinnlichen Kommunikationsgeräte?", bemühte Anna sich weiterhin verzweifelt um eine möglichst baldige Lösung ihres Problems.

„Nicht alle Wicca sind Magier“, wurde sie erneut belehrt. „Erfahrene Zauberer haben durchaus einige Zusatzmöglichkeiten des Kontaktierens, leider ist meine Mutter aber sehr weit weg – was das Ganze erschweren würde – und auf diesem besonderen Kongress zusätzlich zeitweilig … abgeschirmt. Näheres kann ich ein andermal erklären. Außerdem hätte ich, wie gesagt, ohnehin zunächst erst mehr Informationen benötigt. In deinem Körper aufzuwachen, legte selbstverständlich den Schluss nahe, dass du in meinem aufwachst, allerdings hätte es auch ein Permutatio Anulus sein können.“

Anna kramte in ihrem Latein-Gedächtnis. „Ein Ring … ein Ringtausch?“

Lucas nickte anerkennend, was ihr schmeichelte. „Es hätten mehr Personen involviert sein können. Das wäre ein großer, komplizierter Zauber gewesen, aber laut einiger Legenden möglich. Mehr als drei Personen waren es diesen Erzählungen nach jedoch nie und alle Beteiligten von damals waren *extrem* begabt und sind längst nicht mehr … aktiv.“

„Somit können es nur zwei sein, denn sonst wären wir nicht im Körper des jeweils anderen“, fuhr Anna fort und überging seine seltsame Formulierung. Die innere Nervosität hatte sie bereits wieder vollkommen im Griff und sie musste sich zwingen, äußerlich ruhig zu bleiben und nachzudenken.

„Was … vielleicht … ach, wahrscheinlich ist es dumm“, brach sie ab, doch der Junge in ihrem Körper sah sie auffordernd an.

„Ich … versteh das bitte nicht falsch, ich hatte diesen Traum von … dir …“

Lucas-Annas Blick war interessiert, allerdings keineswegs spöttisch, wie sie erwartet hätte, und so erzählte sie von den seltsamen Träumen der letzten Nächte und sogar davon, dass sie des Öfteren welche dieser Art hatte.

Ohne sie auch nur einmal zu unterbrechen, hörte er ihr zu und nickte schließlich. „M-hm. Das ergibt alles Sinn und schließt einen dummen Streich leider aus."

Ein wenig mehr Irritation hatte Anna zugegebenermaßen schon erwartet, aber wenn man selbst als Zauberer groß wurde, hatte man offenbar andere Maßstäbe für das, was einen in Erstaunen versetzen konnte.

„Leider?", wiederholte sie, bemüht darum, den ‚Sinn', den Lucas erkannt zu haben meinte, ebenfalls zu entdecken.

„Ja, denn derjenige, der uns das angetan hat, hat mehr bezweckt, als die Lacher auf seiner Seite zu haben", erklärte er.

„Und was genau?", hakte Anna nach. „Was hat jemand davon, uns in den Körper des anderen zu versetzen?"

„Das weiß ich noch nicht", war die frustrierende Antwort. „Aber möglicherweise lässt es sich herausfinden, wenn wir die Details deiner Träume gemeinsam durchgehen. Du konntest die Person mit dem Umhang wirklich nicht erkennen?"

„Nein, aber Lucas …" Sie gab ein kurzes, nicht besonders echtes Lachen von sich. „Es war nur ein Traum!"

„War es nicht", widersprach er ihr. „Konntest du den Spiegel gut sehen?"

„Ja, aber wie ich schon sagte: *Es war nur ein Traum*!", trotzte sie nach wie vor seiner Behauptung, während sich ein flaues Gefühl in ihrem Bauch bemerkbar machte.

„Könntest du ihn mir beschreiben?", überging er ihre Antwort einfach. „Dann kann ich danach in den alten Büchern meiner Familie suchen. Womöglich haben wir Glück und es steht was über ihn drin und …"

„Lucas! Der Spiegel existiert nicht!" Anna schnaufte aufgeregt. „Ich habe *nur* davon *geträumt* und meine Mum hat mir versichert, dass ich keine weissagenden Träume habe, sondern Ähnlichkeiten zu Geschehnissen in meiner Umwelt nur zufällig sind!"

„Leider irrt sie sich darin", musste er sie weiter ärgern.

„Sie ist Ärztin!"

„Jedoch keine Magierin."

„Sie weiß über alles Bescheid, was in einem menschlichen Körper vor sich geht!"

„Aber nicht über das, was im Leib und vor allen Dingen im Geist von speziell veranlagten Menschen passiert."

Anna erstarrte. Eine kalte Pranke packte ihr Herz und drückte es zusammen.

„Dein Talent ist nicht so ungewöhnlich, wie du vielleicht glauben magst", setzte Lucas zu allem Überfluss hinzu.

„Was genau?", stieß sie aus, während ihr Herz weiter zusammengequetscht wurde.

„Du bist allem Anschein nach eine Aurinia", brachte er die nächste Ungeheuerlichkeit heraus, „eine Seherin, das ist gar nicht mal so selten. Hierbei handelt es sich um eine Gabe, die vererbt wird und –"

Sofort gab Anna ein abweisendes Lachen von sich und schüttelte nachdrücklich den Kopf. „Ich weiß, ich habe die roten Haare, aber nein, ausgeschlossen. Ich bin vollkommen normal. Stinklangweilig. Von wem sollte ich auch … egal. Jedenfalls nein."

„Was ich sagen wollte, war –"

„Ganz. Bestimmt. Nicht!", unterbrach sie ihn erneut, während ihr Puls sich bereits beschleunigte. Ihr Leben vor der Adoption zählte nicht, hatte keinen Einfluss auf das, was sie heute war. Das *durfte* einfach nicht sein. Sie war ein vollkommen normaler Mensch und nicht Teil dieses Wahnsinns, in den sie ohne ihr Zutun und schon gar nicht mit ihrem Einverständnis geworfen worden war.

„Da wird man ja nicht unbedingt vorher gefragt", gab Lucas zurück, ohne zu merken, was seine Worte in ihr bewirkten, und zog die Augenbrauen hoch. „Aber das könnte uns in der Tat helfen, wenngleich ich, deiner Reaktion nach zu urteilen, nicht davon ausgehe, dass du gelehrt wurdest, adäquat mit dieser Gabe umzugehen und…"

„Pah, Gabe!", wies sie das Ganze noch weiter von sich und wich automatisch ein Stück vor ihm zurück. Das hier ging in eine Richtung, die ihr überhaupt nicht gefiel. Sie kam notgedrungen damit klar, dass Lucas ein Hexer sein sollte, aber sie selbst, ihre eigene DNA durfte nicht mit solchen Dingen belastet sein. Träumereien waren okay, sie verlor sich beim Lesen gern in der romantisch-dramatischen Welt von Jane Austen, hatte das ein oder andere Mal von *ihrem* Mr Darcy taggeträumt, aber das waren eben Träume und sie ein erwachsener, rational denkender Mensch, der in der Realität lebte. Im Hier und Jetzt. Mit ihren Mums. Sie wollte nichts mit ihren Erzeugern zu tun haben, sich nicht darüber Gedanken machen müssen, welche schrecklichen Veranlagungen diese ihr eventuell vererbt haben konnten.

„Anna“, begann Lucas, der inzwischen doch die Veränderung in ihrem Verhalten registriert hatte, und hob beschwichtigend die Hände, „das ist doch nichts Schlimmes, es –“

„Bin ich aber nicht!“, beharrte sie, nicht trotzig, sondern ängstlich, machte einen weiteren Schritt rückwärts und noch einen. Ihr Herz hatte sich von der Pranke befreit und schlug nun wild in ihrer Brust. Die altbekannte Panik stieg in ihr auf, die ihre Akzeptanz der derzeitigen Situation innerhalb von Sekunden dahinschwinden und sie händeringend nach neuen Erklärungen suchen ließ. Erklärungen, die leider alles andere als beruhigend waren.

Bereits heute Morgen war ihr schwindlig geworden und sie fühlte schon wieder ihre Knie weich werden. Waren das nicht Anzeichen dafür, dass sie krank war? O Gott, wahrscheinlich hatte sie einen Hirntumor im fortgeschrittenen Stadium und seit heute die ersten Halluzinationen. Das kam gar nicht so selten vor – eine ihrer Mums erzählte ständig solche Geschichten aus dem Krankenhaus. Vermutlich war Lucas-Anna gar nicht wirklich da und sie stand hier und redete mit sich selbst oder lag tatsächlich längst im Koma und –

„Anna … ist alles okay?“, drang *ihre eigene Stimme* wie durch eine Wand aus Watte an ihre Ohren. „Hör zu, wir werden eine Lösung finden, gemeinsam. Wir … Anna!“

Unscharf sah sie, dass Lucas nach ihr griff, spürte abermals dieses grässliche Prickeln, als seine Hand ihre Haut berührte. Unwillig machte sie sich los, warf sich herum und lief einfach los, stolperte, fing sich, rannte weiter. Weg von hier, wo immer das war. Sie musste irgendwo anders hin, etwas Vertrautes sehen, dann würde alles gut werden.

Lucas rief ihr etwas hinterher, doch diesmal bog sich ihr nichts in den Weg und ihre Panik spornte sie weiter an. Auf dem Parkplatz entdeckte sie ihren Wagen, versuchte vergeblich, die Tür zu öffnen und merkte erst in diesem Moment, dass ihr bereits die ersten Tränen die Wange herunterrollten. Ihre Finger umklammerten den modernen Schlüssel von Lucas' Auto, drückten ihn. In der nächsten Minute hatte ihr das *Blip Blip* der sich öffnenden Türautomatik den Standort des zugehörigen Gefährtes unweit ihres eigenen gezeigt und sie saß an dessen Steuer, setzte den Wagen mit quietschenden Reifen zurück.

Ruhig. Sie musste atmen. So wie Jennifer es ihr immer vormachte, wenn sie mal wieder eine Panikattacke hatte. Mit zusammengebissenen Zähnen und bebenden Nasenflügeln zwang sie sich, langsamer zu fahren, obwohl sie viel lieber losgerast wäre. Alles würde gut werden, selbst wenn sie krank war. Für alles gab es eine Lösung. Oder Heilung. Sie atmete tief durch , stellte das Radio an und sang jeden Song, den sie kannte, lautstark mit, um die sich wie ein Karussell kreisenden Gedanken zu übertönen.

SP Manja Simmons

Als hätte das Schicksal endlich Mitleid mit ihr, sah Anna kurz nach dem Eintreffen vor ihrem Haus eine ihrer Mütter auf dem Fahrrad um die Ecke biegen. Ein unheimliches Gefühl der Erleichterung durchflutete sie, ließ aber auch die mühsam unter Kontrolle gebrachten Dämme ein weiteres Mal brechen. Lizzie kam seit Beginn ihrer Ernährungsumstellung nach Möglichkeit in der Mittagspause nach Hause, um zwischendurch ‚etwas Frisches, Ordentliches' in den Magen zu bekommen, ‚weil man ja gar nicht wusste, was die in den Läden so alles in ihre Esswaren taten'. Sie nahm sich nur selbstgemachtes Essen mit, wenn sie voraussichtlich ohnehin durcharbeiten musste und es sich neben der Aktendurchsicht oder zwischen zwei Gerichtsterminen in den Mund stopfte.

Allein der Gedanke an ein paar Minuten Gespräch mit einer ihrer engsten Vertrauenspersonen ließ Annas Tränen noch mehr fließen und schaltete ihren Verstand komplett aus. Schniefend befreite sie sich vom Gurt, öffnete die Tür und stolperte auf ihre Mum zu.

„Ich – bin – so – froh, – dass – du – da – bist!", schluchzte sie abgehackt und fiel der perplexen Lizzie um den Hals, kaum dass diese vom Rad abgestiegen war, drückte ihr tränennasses Gesicht nach unten an deren Schulter.

„Ähm …“, erklang die zögerliche Stimme ihrer Mutter stattdessen und sie klopfte Anna zweimal tröstend auf den Rücken, bevor sie ihr ‚Anhängsel‘ an den Armen packte und von sich wegschob. Verunsichert schaute Anna sich um und anschließend wieder ihre Mum an.

„Was … was ist … denn?“, krächzte sie und wischte sich die stetig nachlaufenden Tränen von der Wange.

Lizzie bemühte sich um ein Lächeln, das jedoch nicht über ihre ablehnende Haltung hinwegtäuschen konnte. „Wer sind Sie?“

Anna erstarrte. Wie durch einen dichten Schleier drängte sich die grässliche Wahrheit in ihren Verstand: Ihre Mum erkannte sie nicht. Entgegen ihrer Hoffnung verrieten weder Annas Augen noch ihre Mimik und Gestik Lizzie, wer sie in Wahrheit war. Mit dieser niederschmetternden Erkenntnis begann das Zittern und ihr Körper kurbelte den salzigen Flüssigkeitsausstoß noch einmal kräftig an.

„Na, na …“, machte Liz ein wenig erschrocken und förderte eine Packung Taschentücher zutage, den Sattel des Rades an ihren Rücken gelehnt.

Anna umfasste die Packung krampfhaft, weil sie das Gefühl hatte durchzudrehen, wenn sie sich nicht an irgendetwas festklammern konnte. Nicht jeder verstand sich so gut mit seinen Eltern wie sie, doch ihre beiden Mütter waren nicht nur die warmherzigsten, sondern auch die klügsten Menschen, die sie kannte. Das Gefühl, mit irgendetwas nicht zu ihnen kommen zu können, hatte sie nie gehabt, weil ihre Mums ehrlich, aber auch tolerant und verständnisvoll waren. Möglicherweise war sie aber auch nur ein langweiliges Kind.

Heute, in dieser Situation, aus diesem besonderen Vertrauensverhältnis ausgeschlossen zu sein, war wie ein Schlag in die Magengrube. Anna war schlecht und schwindlig zugleich. Sie hatte das Gefühl, keine Luft zu bekommen. Sie musste atmen, atmen!

„Ganz ruhig“, hörte sie Lizzies beruhigende Stimme. „Wie kann ich Ihnen denn helfen? Soll ich jemanden für Sie anrufen?“

Selbst durch ihre Tränen erkannte Anna, dass ihre Mum eine Hand in ihrer Jackentasche hatte. Lizzie war eine vorsichtige Frau, hatte Selbstverteidigungskurse besucht und Anna konnte wahrscheinlich von Glück reden, dass sie sie nicht kurzerhand KO geschlagen hatte. Darüber hinaus trug sie stets eine kleine Dose Pfefferspray bei sich.

Super, jetzt war ihre Tochter obendrein die Bedrohung, für die man derlei Equipment anschaffte.

„Alles … in Ord…“, begann sie mit dünner Stimme, brachte es aber nicht einmal über sich, dieses Wort auszusprechen. Nichts war in Ordnung! Das war das Schrecklichste, was sie je erlebt hatte!

„Oh“, machte Liz und ihr Gesicht erhellte sich, ließ die Anspannung aus ihm verschwinden. „Du bist doch Annas Mitstudent … Lucas, glaube ich, war es?“

Annas Schultern hoben und senkten sich mit weiteren Schluchzern. Sie nickte, fragte sich jedoch, woher Mom Liz wusste, wie er aussah. Hatten sie und Jennifer ihn etwa heimlich gegoogelt??

„Anna ist leider noch an der Uni“, fuhr Liz sanft fort, „aber vielleicht kannst du sie anrufen? Ich kann dich leider nur für kurze Zeit hereinbitten, weil meine Pause heute dank eines Termins mit einem neuen Klienten erheblich verkürzt ist und ich bald wieder losmuss, aber wenn du einen Tee möchtest –“

„N-n-nein, da-hanke!“, stotterte Anna. Die so ersehnte Zweisamkeit mit ihrer Mum fühlte sich gar nicht gut an. Wenn sie reinginge, würde es ohne Frage schlimmer werden, denn sie müsste ihr einen Anruf bei sich selbst vorspielen und wüsste auch gar nicht, über was sie sonst reden sollte, weil Liz sie ja nicht als ihre Tochter erkannte. Anna war nie gut im Schauspielern gewesen. Oder im Smalltalk. Das hier würde sie nicht nur emotional heillos überfordern.

„I-ich werde mal wieder losfahren … bestimmt treffe ich A-Anna später noch.“ Sie putzte sich die Nase, straffte die Schultern.

„Sicher, dass du fahren kannst?“ Lizzie musterte Anna sorgenvoll, zog die Brauen zusammen und für einen Augenblick flammte erneut Hoffnung in Anna auf. Erkannte Liz sie doch noch? Trotz ihres Äußeren? Sah sie, wer sie in Wirklichkeit war oder spürte es auf einer emotionalen Ebene?

Bittebittebittebittebitte … „Mum?“, musste sie einfach fragen.

„Mum?“, erwiderte Liz irritiert.

„Mum!“, verbesserte sich Anna und fing schon wieder an zu heulen. „Die … werde ich gleich aufsuchen.“ Sie biss sich auf die Lippen, damit zumindest die untere endlich zu beben aufhörte.

„Also, so kannst du auf keinen Fall einen Wagen steuern“, entschied Liz. „Warte hier, lass mich kurz mein Rad anschließen, dann – hey, wo willst du denn hin?“

Anna hatte panisch den Rückzug angetreten. Irgendwie schaffte sie es ins Auto, ohne hinzufallen. Sie musste weg hier!

„Lucas, jetzt warte doch mal!“, rief ihre Mum und machte einen Schritt auf sie zu.

„A-alles okay, i-ich m-muss los!“, rief Anna mit zittriger Stimme zurück. „D-danke, bis s-später.“

Damit startete sie den Motor und wusste nicht einmal, ob ihre Mum sie durch das geschlossene Fenster überhaupt hatte hören können. Was *sie* allerdings hörte, war Mr Whiskers’ knarrige, durchdringende Stimme: „Ganz schön hartnäckig, der Junge, aber auch ein schlimmes Weichei. Also zu meiner Zeit …“

Dann war sie auch bereits zu weit weg, um den antiquierten Ansichten eines alten Machos weiter lauschen zu können. Wenn seine Frau ihn hörte, würde sie ihm einen gehörigen verbalen Einlauf verpassen und vermutlich laut einen ihm peinlichen, ‚unmännlichen‘ Schwank aus ihrer Ehe erzählen, der ihn schnell verstummen lassen würde. Die Vorstellung brachte Anna sogar kurz zum Schmunzeln, trotz der Tränen.

Wohin sie genau fahren wollte, plante sie erst unterwegs. Im Grunde gab es nur eine Person, an die sie sich derzeit wenden konnte. Anna seufzte und hielt zwei Querstraßen weiter, wischte sich die restlichen Tränen ab, putzte sich erneut die Nase und besah sich ihr Gesicht im Rückspiegel des Wagens. Glücklicherweise trug sie in diesem Körper kein Makeup und Lucas’ Haut neigte nicht zu den roten Flecken, die sie immer bekam, wenn sie sich aufregte. Die Augen waren ein bisschen gerötet, würden sich aber in absehbarer Zeit erholt haben, wenn sie sich endlich mal zusammenriss. Diesen Minivorteil war ihr der vermaledeite Körpertausch aber auch schuldig!

An einer der so selten gewordenen öffentlichen Telefonzellen hielt sie an und kramte im Handschuhfach herum. Kein Kleingeld. Mist, sie hätte Liz darum bitten sollen, wenngleich das ohne Zweifel mehr als komisch gewirkt hätte, denn welcher Mensch um die zwanzig hatte heutzutage kein eigenes Handy? Außerdem würde Lucas mit Sicherheit niemanden um Geld anhauen müssen – und besaß offensichtlich kaum Bares. Sein Auto war so sauber und aufgeräumt, dass sich dort sicherlich nicht einmal etwas auf der Fußmatte befand, das dort nicht hingehörte. Anna hatte gern recht, diesmal hätte sie einen Irrtum allerdings mit Kusshand in Kauf genommen. Was sollte sie jetzt tun? Versuchen, ein paar Pence von Passanten zu erbetteln? Jemanden kurz um sein Handy wegen eines Notfalls bitten? Einer Eingebung folgend stieg sie aus und öffnete den Kofferraum. Wie sie selbst hatte Lucas hinten einen kleinen Korb mit verschiedenen Sachen wie einer Küchenrolle, Eisschaber etc. drin und an einer Seite lag ebenfalls eine zweite Jacke, etwas dünner als die, die sie trug. Ein Stoßgebet gen Himmel sendend durchsuchte sie die Taschen und wurde fündig.

„DANKE!“, rief sie erleichtert.

„Immer gerne, mein Junge“, sagte eine Frau mittleren Alters spaßeshalber im Vorbeigehen und Anna verzog peinlich berührt das Gesicht, hob eine Hand zum Dank – oder zur Entschuldigung, sicher war sie sich da nicht – und marschierte auf die Telefonzelle zu. Hoffentlich erreichte sie Elli und hoffentlich konnte diese ihr wahrlich helfen. Hoffentlich, hoffentlich, hoffentlich!!

Der würzige Duft von Zimt, Kardamom, Nelken und Ingwer erfüllte die kleine Küchenzeile und verbreitete Gemütlichkeit. Auf dem Herd dampfte es aus einem bunten Topf und Anna schaute zu, wie eine Handvoll losen Schwarztees in die Mischung aus Milch, Wasser und Gewürzen darin rieselte. Ein Moment der Ruhe, der jüngst so selten geworden zu sein schien. Wie ein Symbol für die Kurzlebigkeit eines solchen Augenblickes riss das laute Klacken des alten Temperaturreglers sie aus ihren Betrachtungen und sie sah zu Elli, die sie mitfühlend betrachtete.

„Das wird schon", sagte diese zum wiederholten Male und blickte zu dem jungen Mann, der mit drei dampfenden Bechern zu ihnen trat. Seine grünen Augen, die einen starken Kontrast zu seiner braunen Haut bildeten, ruhten kurz auf Anna und ihr stockte sogleich der Atem. Wie konnte man(n) *so* schön sein? Da konnte ja sogar Lucas einpacken! Nicht jedem stand der gepflegte Kinn- und Oberlippenbart derart gut, was wohl auch daran lag, dass er vorteilhaft die hohen Wangenknochen des ebenmäßigen Gesichtes betonte.

„Masala Chai nach Art meiner *baba*", sagte ihr neuer Bekannter und stellte ein Gefäß mit dem wunderbar duftenden Getränk vor ihr ab. Seine fragend hochgezogene Braue brachte Anna dazu, ihren Gesichtsausdruck zur Ordnung zu rufen.

„Danke", erwiderte sie leise.

Der junge Mann nickte, setzte sich neben Elli und zog sich seinen Laptop auf den Schoss. Elli hatte ihn als Tristan vorgestellt, ihren Freund, der laut eigener Aussage familiäre Wurzeln im asiatischen, osteuropäischen und mitteleuropäischen Raum vorweisen und damit auch Speisen und Getränke aus all diesen Regionen zubereiten konnte. Dementsprechend groß und überfordernd war die Auswahl für sie gewesen und am Ende hatte sie Elli für sich entscheiden lassen.

Tristan und Elli kannten sich bereits seit der Sandkastenzeit, studierten Medizin und teilten sich die kleine Studentenbude in der Nähe der Uni, in der Anna sich gerade befand. Vor etwa zwei Jahren waren er und Elli selbst in ein seltsames Abenteuer um ein verfluchtes Märchenbuch verstrickt gewesen und seitdem Teil einer Gruppe, die sich mit übernatürlichen Phänomenen beschäftigte. Annas Verstand knabberte anhalten an einer Komposition absurder Fakten – nämlich daran, dass solch irre Dinge *wahrhaftig* passierten, sie Leute kannte, *denen* sie passiert waren, und letztendlich *selbst* zu einer von ihnen geworden war.

„Na toll! Internet ist mal wieder ein Träumchen“, brummte Tristan genervt und richtete seine Augen erneut auf Anna, mit einem Finger auf ihren Becher deutend. „Chai schmeckt nicht kalt.“

Anna nickte verkniffen, nahm den Becher in die Hand und schielte hoffnungsvoll auf den Bildschirm, auf dem sich immer noch keine Webseite öffnete.

„Und … ähm … diese Maja ist also so was wie der Kopf eurer … Truppe?“, fragte sie, um die ihr unangenehme Stille zu durchbrechen und stellte das Gefäß ab, ohne getrunken zu haben.

„Manja“, stellte Tristan richtig, „und ja, aber das große Vorstellungstrara überlassen wir gerne ihr. In all seiner Ausführlichkeit.“ Er grinste ein wenig spöttisch und fing sich einen tadelnden Blick seiner Freundin ein.

„Ohne Manja wären wir heute garantiert nicht hier.“

Das klang ein bisschen spitz und Tristan verdrehte die Augen, nickte aber. „Vermutlich hast du recht. Und einen so coolen Zweitjob hätten wir auch nicht.“

„Eben und jetzt hör auf zu lästern und kümmere dich um die Verbindung. Notfalls müssen wir halt nochmals den Router resetten“, gab Elli zurück und wandte sich ihrem Gast zu.

„Möchtest du wirklich nichts trinken? Es ist echt lecker.“

Unruhig rutschte Anna auf dem Sofa hin und her und schüttelte den Kopf. Geduld war etwas, das ihr nahezu gänzlich abhandengekommen war. Zudem saß der Schock über das Treffen mit Liz noch zu tief. Davon hatte sie nicht einmal erzählen können.

„Oder vielleicht doch einen Keks?“ Elli sah sie besorgt an und wies auf die wirklich gutaussehenden Leckereien, die vor ihr in einer Schüssel auf dem Couchtisch standen.

Ein weiteres Mal verneinte Anna. Wie hätte sie auch etwas runterbekommen sollen? Ihre Innereien waren ein einziger vollkommen verhärteter Knoten. Die anfängliche Erleichterung darüber, dass jemand sie verstand, ihr sogar Hilfe anbot, hatte mit der ungeplanten Extra-Wartezeit deutlich abgenommen.

„Irgendwo haben wir bestimmt auch noch einen Apfel oder Chips …“

„Meine Güte, Elli, jetzt lass ihn doch mal!“, meldete sich der dunkelhaarige junge Mann vom Laptop her zu Wort.

Das ‚ihn‘ ließ Anna kurz das Gesicht verziehen und sofort sog Tristan scharf die Luft ein, als seine Freundin empört mit der Zunge schnalzte.

„Aiiii Saibha! Ich meine natürlich *sie*, ’tschuldigung.“ Mit einem schiefen Grinsen wandte er sich abermals seinem Gerät zu, um endlich die Verbindung zu dieser Manja herzustellen.

Elli schüttelte den Kopf und sah Anna entschuldigend an. „Hier“, sie griff in eine Kiste unter dem Wohnzimmertisch und nahm einen Schokoriegel heraus. „Diesmal hab ich tatsächlich welche da.“

„Ach, *da* versteckst du die immer“, murmelte Tristan und fing sich einen erneuten Seitenblick seiner Freundin ein.

„Ich habe dir *gesagt*, dass die da sind.“

„M-mh“, machte der nicht überzeugt und grinste.

Elli schüttelte den Kopf und schob Anna den Schoko-Erdnussriegel hin. „Außerdem siehst du so blass um die Nase aus …“

Toll, genauso fühlte Anna sich auch. Also nicht blass, denn das war ja kein Gefühl – aber wieder so seltsam unsicher. Physisch. Nicht überraschend, denn zusammen mit Lucas’ blendendem Aussehen hatte sie seinen niedrigen Blutzucker ‚vererbt‘ bekommen, während er sich in ihrem stinknormalen, größtenteils gesunden Körper zurechtfinden durfte.

Mit einem dankbaren Nicken nahm sie nun doch den Riegel entgegen und biss ein Stück ab. Hoffentlich hatte

Lucas nicht hinzukommend eine Erdnuss- oder sonstige Allergie. So was mussten sie beide unbedingt klären.

Die Süße der Schokolade in Verbindung mit der salzigen Erdnusscreme tat gut, denn die ständigen kleinen Schlagabtausche der beiden Gastgeber lenkten Anna nur bedingt ab. Und wieso kam diese Manja, die angeblich helfen konnte, nicht endlich online?!

„Hallo? Hört ihr mich, seid ihr da?“, erklang plötzlich eine weitere Stimme.

„Wurde ja auch Zeit!“, brummte Tristan, klickte etwas an und hob eine entschuldigende Hand in Richtung des Bildschirmes. „So, jetzt solltest du mich ebenfalls sehen können. Und ich meinte zuvor nicht dich, sondern das blöde Netz.“

„Schon klar“, gab die Stimme zurück. „Mal die Verbindungseinstellungen überprüft? Router resettet? Aus- und wieder eingeschaltet?“

„Nein. Aber wie gut, dass ich *dich* habe, die du mir all die Dinge raten kannst, auf die jeder Anfänger kommen würde“, erwiderte Tristan ironisch und schnitt der betreffenden Person eine genervte Grimasse. „Ich dreh mal um, dann kannst du alle sehen. Hat Elli dir die Basics getextet?“

„Natürlich hat sie das. *Sie* ist ja auch vorbildlich und verantwortungsvoll.“

„Mach sie doch zur Soomp-Agentin des Monats und häng ein gerahmtes Bild von ihr in deinem Büro auf“, stichelte Tristan, den Laptop entgegen vorheriger Ankündigung so ausgerichtet, dass Anna die Person auf dem Bildschirm nicht sehen konnte. Der Rest seines Satzes war schwer zu verstehen gewesen, da seine neue Gesprächspartnerin eine ganze Reihe empörter Zischlaute von sich gegeben hatte.

„Wenn du noch einmal unseren Unternehmensnamen auf diese Weise entehrst, Tristan Patal, dann … dann …"

„Bekomme ich kein Bienchen in mein Fleißheft?", gab dieser spöttisch zurück. „Verfluch mich später, Manja, wir haben Besuch und andere Probleme."

„Dir sollte bewusst sein, dass ich dich niemals verfluchen würde, da es gegen meine Prinzipien verstößt."

„Aber du könntest?" Elli zog die Brauen ob der augenscheinlichen Neuigkeiten hoch. Für Anna machte das Gespräch in etwa so viel Sinn wie ein Backrezept. Hierzu musste man wissen, dass sie eine absolute Niete in der Küche war.

„Nein, aber ich kenne jemanden, den ich nach Tristans letztem ungenehmigten Solo-Einsatz sogar fast davon abhalten musste", gab Manja mit einem überaus liebenswürdigen Lächeln zurück, das mit dem nächsten Wimpernschlag verschwunden war. „Darüber reden wir allerdings zu einem anderen Zeitpunkt tatsächlich noch. Und nun hopp!"

Erneut verdrehte der junge Mann die Augen und stellte den Laptop auf einen von Elli zuvor auf dem Couchtisch platzierten Bücherstapel. So konnten sich die beiden Gesprächsseiten per Videochat am besten erkennen und Anna musste sich nicht mehr den Hals verrenken.

„Hi, ich bin Special Protector Manja Simmons, Leiterin und Mitbegründerin der *S.O.o.M.P.*", stellte sich die junge Frau mit einem strengen Seitenblick auf Tristan beim letzten Begriff vor, „der ‚Secret Organisation of Magic Protection'. Leider habe ich noch immer keine Zeit gehabt, uns einen pfiffigen Slogan zu verpassen. ‚*Nous protégeons ceux*' und so weiter ist ja seit der *Teen Wolf*-Serie leider bereits vergeben, davon abgesehen waren diese *Argents* im Großen und Ganzen neben dem heroischen Spruch ganz schön fragwürdig motivierte Zeitgenossen, mit denen man nicht unbedingt in Verbindung gebracht werden möchte."

Die junge, dunkelhäutige Frau mit den großen Augen voller Tatendrang und dem stark gelockten Haar, die Anna auf etwa Mitte Zwanzig schätzte, seufzte und schüttelte den Kopf, bevor sie fortfuhr: „So brauchen wir nun nach wie vor einen guten Spruch, der zusätzlich dringend auf der Website stehen müsste, aber ich war so krass beschäftigt in den letzten Monaten, das glaubt man kaum. Natürlich beschwere ich mich nicht, denn wir *wollen* ja helfen und sind so flott wie möglich und für so viele wie möglich da, was immer besser funktioniert, je größer wir werden. Aber die Konkurrenz schläft eben nicht und da muss man schon dranbleiben, auch marketingtechnisch und vollkommen ohne coolen und dennoch seriösen Spruch neben dem Namen funktioniert das in der heutigen Zeit nicht mehr, da sich ja kaum einer noch die Zeit nimmt, sich erst einmal in Ruhe das Produkt anzuschauen, weil der erste ja nicht immer der beste Blick ist."

Sie lachte und hob ertappt die Schultern. „Und da quatsche ich von Zeit und gebe sie selbst nicht, bitte verzeih mir. Du bist also eigentlich eine junge Frau und im Leib eines männlichen Mitstudenten gefangen und vermutest ihn in deinem, ja?"

Ein paar Herzschläge lang starrte Anna lediglich perplex auf den Bildschirm, versuchte, den eben gehörten Redeschwall zu verdauen. Die Frage war so übergangslos im selben Plauderton wie zuvor erfolgt, dass sie einen Augenblick brauchte, um zu antworten.

„Ja“, gab sie letztendlich lahm zurück. „Also, ich vermute nicht nur, dass Lucas in meinem Körper steckt, sondern ich *weiß* es inzwischen, weil ich endlich mit ihm sprechen konnte.“

Manja beugte sich interessiert vor. „Und wie ist das so?“, fragte sie mit für Annas Geschmack unpassender Begeisterung, berichtigte sich allerdings sofort und fügte mit verständnisvoller Stimme an: „Ich meine: Das ist bestimmt hart, oder? Magst du mir erzählen, was passiert ist, so weit du das weißt?“

Anna nickte langsam. Die ganze Sache wurde immer verrückter. *Eine* irre Situation und innerhalb eines Tages gleich *drei* Personen, die ihr ohne Zweifel Glauben zu schenken schienen. Mit Lucas theoretisch vier, aber der war ja direkt betroffen. War das hier doch irgendein groß angelegter Scherz für irgendeine dumme Sendung, in der sie wildfremde Leute verarschten, um diese im Anschluss einem grölenden Millionenpublikum zu präsentieren? Nein, dazu war das alles wirklich *zu* abgefahren. Oder vielleicht doch nicht? Mit extrem viel Aufwand und Planung hatten komplette Teams schon Leute davon überzeugt, dass in Cafés Möbel durch die Gegend flogen oder Elefanten verschwanden.

„Glaub mir, wenn es so scheint, als würden es nicht einmal Houdini, David Copperfield und die Leute aus ‚Now You See Me‘ zusammen als beste Täuschung der Welt hinkriegen“, sagte Manja sanft und ihre warmen, dunklen Augen ruhten auf Anna, „dann kann man davon ausgehen, dass es echt ist.“

Anna schluckte, vermochte aber nichts zu erwidern.

„Diesen Moment hatten wir alle“, meldete Elli sich zu Wort. „Der Verstand klammert sich mit aller Macht an der Möglichkeit einer normalen, logischen Erklärung fest. Und wenn man vorher nichts mit übernatürlichen Dingen zu tun hatte, fällt es eben besonders schwer, diese als Grund in Betracht zu ziehen.“

Anna nickte. Sie nahm die Teetasse abermals zum dran Festhalten zur Hand und begann, alles von dem Zeitpunkt an zu berichten, als sie an diesem Morgen in einem fremden Bett aufgewacht war.

„Ist ja toll!“, waren Manjas erste Worte nach Darlegung des für sie selbst immer noch absolut absurden Sachverhaltes. Das hübsche Mädchen mit den schwarzen Locken, die von einigen sonnengelb gefärbten Strähnen, wie Anna erst gerade feststellte, durchzogen wurden, starrte sie mit offenem Mund an. Bis jetzt hatte Manja sich einige Dinge notiert, Anna jedoch kein einziges Mal unterbrochen. „Du bist mittlerweile also seit gut sieben Stunden im Leib dieses gutaussehenden jungen Mannes? Muss ja *abgefahren* sein!“

Ein deutliches Räuspern von Tristan ließ Manja verschämt grinsen. „Ui, verzeih, ich weiß, dass das auf andere Art und Weise aufregend für mich als für dich ist. Manchmal geht einfach meine Begeisterung für meinen Beruf mit mir durch. Und einen Fall von Körpertausch hatte ich so noch nicht.“

Na toll! Ein Laie!

„Gewissermaßen bin ich ein wenig wie ein Arzt, der umfassende theoretische Kenntnisse besitzt, aber noch keine praktische Erfahrung zumindest in *diesem* Feld hat“, setzte die Protector hinzu.

„Und ich damit dein Versuchskaninchen“, murmelte Anna bedrückt. Sie versuchte, sich ihre Enttäuschung nicht anmerken zu lassen. Was, wenn, was auch immer die junge Frau plante, schiefging, alles noch verschlimmerte?

„Ich würde niemals Versuche durchführen, weder an Tieren noch Menschen“, stellte Manja klar. „Aber ich bin für Ehrlichkeit und werde dir nichts vormachen.“

Mit einem erneuten Gefühl der Hilflosigkeit ließ Anna ihren Blick schweifen, der schließlich an Elli hängenblieb. Die hob beschwichtigend die Hand. „*Wenn* jemand weiß, was zu tun ist, *dann* unsere Manja. Ich verdanke ihr unglaublich viel“, ihre Augen wanderte kurz zu Tristan, der sie warm ansah, „und ich meinte es, als ich sagte, dass ich ohne sie heute nicht hier wäre.“

„Sie ist die beste Chance, die du in deiner vertrackten Situation hast, also schlag zu“, stimmte Tristan seiner Freundin zu. „Meist macht sie alles richtig und es bleiben keinerlei sichtbare Schäden zurück –“

Diesmal räusperten sich Manja und Elli gleichzeitig nachdrücklich und der junge Mann schaute zu Anna, die sich immer unwohler fühlte.

„Ja, ich seh schon, ist noch ein bisschen zu früh für Witze, sorry, Jung … Mäd …“

„*Anna*“, half Elli ihm mit einem ungläubigen Augenaufschlag.

„M-hm“, machte Tristan nur und eine kurze, gleichwohl unangenehme Pause entstand.

„Gelb kenne ich noch gar nicht“, unterbrach Elli diese mit einem kurzen Fingerzeig auf Manjas Strähnchen und die junge Frau auf dem Bildschirm fuhr sich strahlend durch ihr Haar.

„Sind ganz neu“, sagte sie freudig. „Zu Halloween werden sie orange oder auch mal wieder lila, aber das fällt nur beim richtigen Licht auf und an Halloween ist es stimmungsunterstreichend eher düster. Ich hab ja erst überlegt, ob ich mir eine Seite kurz schneiden und kleine Geister und Kürbisse reinrasieren lasse, aber bei meinen Locken wird das echt schwer und würde viel zu schnell nachwachsen, denke ich, und außerdem …“, sie hielt inne und verengte die Augen, „… frage ich mich, wie das alles wohl passiert ist. Irgendeine Ahnung?“

Manja legte Daumen und Zeigefinger an die Nasenspitze und blickte nachdenklich in die Ferne und erst in dieser Sekunde begriff Anna, dass sie zu ihrem eigentlich viel wichtigeren Gesprächsthema zurückgesprungen war.

„Ach, und wenn ich hier nach dem ‚Wie‘ frage, meine ich genau genommen ebenso das dringend zu erforschende ‚Warum‘ und möchte mich an dieser Stelle auch gleich für unsere kurze Unprofessionalität entschuldigen.“ Sie lehnte sich nach vorne und betrachtete Anna gespannt durch die Kamera, schien deren wachsende Unsicherheit zu bemerken und nickte. „Vielleicht erkläre ich dir erst einmal, wer wir sind sowie unsere Konditionen, was sagst du?“

Anna bejahte mit der entsprechenden Kopfbewegung und Manja sprach weiter.

„Eine offizielle Berufsbezeichnung haben wir nicht, ich nenne unsere Mitglieder aber ‚Protectors‘. Ungebildete Außenstehende – ich bezeichne sie gerne als die ‚Uneingeweihten‘ würden vermutlich ‚Geisterjäger‘ sagen, das trifft allerdings nur bedingt zu, da es wesentlich mehr supernatürliche Wesen da draußen gibt und der Begriff damit entschieden zu einschränkend ist.“

„Es … es gibt … Geister?“, stammelte Anna fassungslos. Das wurde ja immer besser!

Manja nickte. „Die meisten sind jedoch ungefährlich und werden kaum bemerkt. Fälle mit anderen übernatürlichen Wesen und ihrem Wirken trudeln bei uns viel öfter ein. Ich habe seit meiner Kindheit mit ihnen zu tun und es mir schließlich immer mehr zur Aufgabe gemacht, diese und ihre Welt zu erforschen. Zunächst war nur mein bester Freund Ronny eingeweiht und mit dabei. Nach einigen Jahren kam Gaby, unsere Technikspezialistin, dazu, die seitdem allerlei fantastische Geräte erfunden hat, die die *Ghostbusters* vor Neid erblassen lassen würden. Als Mitbegründer ist noch Bernie mit im Boot und seit ein paar Jahren Elli, nachdem sie zunächst meine Klientin war, und Tristan. Oh! Dav, Balian und Trish hätte ich fast vergessen, weil sie erst vor Kurzem zu richtig aktiven Mitgliedern geworden sind. Und meine Cousine Robin und ihren Freund Will werde ich irgendwann ebenfalls soweit haben, dass sie bei uns mitmachen.“

„Das sind … ziemlich viele“, stellte Anna fest und irgendwie wurde ihr gleich leichter ums Herz. Wenn derart viele Menschen eingeweiht waren und helfen konnten, war es doch wahrscheinlich, dass sie zusammen einen Weg fanden, Lucas und sie zurück in ihre eigenen Körper zu befördern.

Manja nickte fröhlich. „Wenn du möchtest, dass wir diesen Auftrag annehmen – wozu wir sehr gerne bereit sind – brauche ich wirklich alle Informationen, die du uns geben kannst. Jedes dir noch so kleine und unwichtig erscheinende Detail. Im Anschluss würde ich ausführlichere Nachforschungen anstellen als die, die ich bis dato bereits erledigt habe. Kosten würden für dich lediglich für meine An- und Abreise sowie gegebenenfalls die Unterkunft anfallen …“

„Quatsch, du kannst bei uns auf der Couch pennen“, mischte Tristan sich ein.

„Super, danke! Also ein Specialsparpreis für dich, ohne versteckte Zusatzpakete“, fuhr Manja an Anna gewandt fort. „Um alles Weitere kümmere ich mich. Leider gibt es gegenwärtig noch einen kleinen Haken an der Sache: Ich kann voraussichtlich erst übermorgen bei euch aufschlagen, weil ich derzeit noch mit einem anderen Fall beschäftigt bin, den ich aber nach Planung bis morgen abschließen kann. Du bist jedoch bis dahin bei Elli und Tristan gut aufgehoben und ich werde meine Recherche zu deinem Fall in jeder freien Minute vorantreiben. Nichtsdestotrotz muss ich dich erreichen können. Meine Nummer gibt Elli dir. Kannst du eventuell an das Handy von diesem Lucas kommen oder dir eins dieser Prepaid-Teile holen?“

Anna war auf dem Weg zur Meisterin im Nicken. „Das kann ich regeln, aber da ist noch etwas anderes.“

Ein wenig stockend erzählte sie von ihren beiden Träumen und wartete anschließend ängstlich auf das unvermeidliche Resultat.

„Ah, das füllt die Lücken aus dem Vorgespräch mit Elli“, bemerkte Manja. „Da erkenne ich doch seherische Fähigkeiten, meine Liebe. Ich hatte gleich so ein spezielles Gefühl als ich dich gesehen habe.“

Annas Herz verkrampfte sich erneut, aber wenigstens blieb dieses Mal die Panikattacke aus – was offenbar daran lag, dass die neuesten Ereignisse es schwer machten, sich weiter gegen die Wahrheit zu sträuben. So konnte sie den Gedanken schon etwas besser an sich heranlassen. Allerdings hatte sie bis jetzt noch keine Zeit gehabt, ausführlich und in Ruhe darüber nachzudenken. Wenn sie diese Fähigkeiten in der Tat besaß, wäre es schön, jemanden zu treffen, der sich persönlich damit auskannte.

„Hast du so was auch?“, fragte sie deswegen vorsichtig. „Solche Träume, meine ich? Bist du eine …“ – Wie hieß das doch gleich? – „… Aurinia… nia?“

Manja winkte ab und zerstörte damit eine weitere Hoffnung an diesem Tag. „Nein. Leider keine Aurinia. Das wäre sicher spannend, aber auch irgendwie erschreckend.“ Nochmals notierte sie etwas. „Was ist denn mit diesem Lucas? Warum ist er nicht ebenfalls hier?“

Alle Augen wanderten zu Anna, die sofort errötete. „Ich … also, ich bin bei unserer letzten Begegnung etwas durchgedreht und weggerannt. Und wir sind nicht gerade die besten Freunde …“

„Tut nichts zur Sache“, erwiderte Manja im geschäftsmäßigen Ton. „Ohne ihn wird das Ganze nicht funktionieren und zweifellos hat auch er ein Interesse daran, zurück in seinen eigenen Körper zu gelangen, nehme ich an. Könntest du ihn herbringen oder uns anderweitig den Kontakt mit ihm ermöglichen? Das ‚Wie‘ und ‚Warum‘ zu erörtern, macht keinen Sinn, solange wir seine Sicht der Dinge nicht kennen.“

„Ja, bestimmt“, sagte Anna zögerlich. Ihr Wunsch nach einem zeitnahen Wiedersehen mit ihrem von Lucas ‚besessenen‘ Leib war gering, sie verstand aber selbstverständlich dessen Notwendigkeit. Aus irgendeinem Grund zögerte sie jedoch, Manja ein weiteres, wichtiges Detail Lucas betreffend mitzuteilen. Irgendwie war das nicht ihre Entscheidung, dann wiederum war sie unfreiwillig in diese seltsame Sache mit hineingezogen worden und das wäre ohne seinen speziellen Hintergrund sicherlich nicht passiert.

„Jaaa?“, hörte sie Manjas auffordernde Stimme und merkte erst in diesem Augenblick, dass auch Tristan und Elli sie anstarrten. Ihr Entschluss stand fest.

„Es gibt da noch eine kleine Sache bezüglich Lucas, die ihr wissen solltet …“

Was sich neckt …

„So und jetzt noch einmal: Du hast ihnen bitte WAS erzählt??“ Mit empört aufgerissenen Augen starrte Anna Lucas an und versuchte dabei zu ignorieren, dass sie sich genaugenommen selbst böse Blicke zuwarf.

Nach einer unfreiwilligen Odyssee durch halb England hatte sie ihn endlich gefunden. Nun gut – nicht halb England, sondern nur einen Teil des Uni-Campus’ plus sein gefolgt von ihrem Zuhause, aber es hatte sich ungefähr so angefühlt. Und ihn gefunden zu *haben*, war ja auch schön und gut, das Problem war eher das *Wo* nebst der zugehörigen Erklärung.

Bei ihrem Eintreffen vor einem gewissen Haus in der Crick Road hatte sie beim zweiten Versuch letztendlich ihren eigenen Wagen erspäht und Lucas’ Auto direkt dahinter geparkt. Noch bevor sie die Haustür erreicht hatte, war diese von einer breit grinsenden Nola geöffnet worden, die sie genüsslich darüber informiert hatte, sie oder vielmehr Lucas hätte Damenbesuch. Ohne auch nur auf eine ihrer unzähligen und nicht besonders leise gezischten Fragen und Bemerkungen zu antworten, hatte Anna dem in ihrer Haut steckenden, auf der Couch lümmelnden Lucas bedeutet, ihr nach oben in sein Zimmer zu folgen. Dabei war sie fast über die schwarzbraune Hundedame gestolpert, die sie empört brummend angesehen, liebevoll gegen Lucas' Hand gestupst und dann schwanzwedelnd hinter Nola hergelaufen war.

„Ich habe ihnen erzählt, ich wäre … ich meine, *du* wärst meine Freundin und dass wir –"

„Dem Grinsen und den Kommentaren deiner Schwester nach zu urteilen, handelt es sich bei unserer Beziehung nicht um eine platonische! Hättest du nicht ‚eine Freundin' oder so sagen können?" Wütend schritt sie im Zimmer auf und ab. „Hast du auch nur einen Gedanken daran verschwendet, dass dein Verhalten und deine unbedachten Äußerungen auch auf mich zurückfallen? Der Aufzug in der Uni heute ließ ja schon ein klares ‚Nein' diesbezüglich vermuten, aber das hier …"

Entschieden schüttelte sie den Kopf. Von seinem breitbeinigen Herumfläzen auf dem Sofa wollte sie gar nicht erst anfangen. Wer setzte sich denn so hin, wenn er das erste Mal zu Besuch war?

Lucas holte tief Luft, doch sie fiel ihm ins Wort. „Inakzeptabel, de Meath, vollkommen inakzeptabel!" Sie tat ihr Bestes, den peinlichen Toilettenvorfall aus ihrem Gedächtnis zu streichen.

„Aber es würde alles viel einfacher machen", konterte er. „Und … ich wollte unbedingt nach Hause, okay? Verstehst du das nicht? Hast du etwa noch nicht versucht, deine Familie zu kontaktieren?"

Anna biss sich auf die Lippen, weil die schmerzhafte Erinnerung daran, nicht erkannt zu werden, sogleich wieder präsent war. Bei ihrem letzten kurzen Abstecher in ihr Zuhause war sie beinahe erleichtert gewesen, keine ihrer Mütter vorzufinden, sonst hätte sie nicht wieder gehen können und sich vielleicht aus lauter Verzweiflung an den Gartenzaun gekettet. Mr Whiskers hätte mit Sicherheit die Polizei gerufen und sie die Nacht in der geschlossenen Abteilung eines Krankenhauses verbringen müssen oder Schlimmeres.

Lucas zog die Brauen hoch. Nicht abschätzig. Fragend. Auf ihr Verständnis hoffend. Sie machte eine vage an ein Nicken erinnernde Kopfbewegung. Klar verstand sie ihn.

„Nachdem du aus der Uni weg bist, hatte ich gehofft, du würdest hierherkommen. Ich bin noch mal kurz bei dir vorbeigefahren, aber da war niemand und ich wollte nicht ungebeten reingehen, weil ich mir dann wie ein Eindringling vorgekommen wäre."

Er schluckte, schien nach den richtigen Worten zu suchen. Super. Da waren sie ja fröhlich umeinander herumgefahren. „Außerdem hat eine nette Nachbarin mich darauf aufmerksam gemacht, dass ein recht aufgelöst wirkender junger Mann zuvor auf eine deiner Mums getroffen sei."

Diesmal schluckte Anna. War das peinlich! Obwohl man sich für Tränen niemals schämen müssen sollte. Dessen ungeachtet zuckte sie die Schultern und ging automatisch zum Angriff über. „O weh. Ich frage mich, was für dich unangenehmer ist: dass ich dort als *du* augenscheinlich die Fassung verloren habe oder dass man *mich* hier für deine Freundin hält. Viel nachgedacht hast du vorher nicht, oder?"

Er zog die Brauen zusammen und Anna hatte sofort wieder das Bedürfnis, eine bestimmte Falte glattzustreichen.

„Das verstehe ich nicht“, sagte er. „Was soll an beidem so schlimm sein?“

Für einen Moment wusste Anna darauf keine Erwiderung. Gut, das mit dem Geheule war eine Sache und Lucas hatte ja keine Ahnung, *was* für einen Nervenzusammenbruch sie gehabt hatte. Aber wie wollte jemand wie er erklären, dass er auf eine Person wie sie abfuhr? Lucas, der jede haben konnte. Annas Verhältnis zu ihrem Aussehen war kein schlechtes, jemand wie Lucas war gleichwohl keinesfalls ihre Kragenweite – oder umgekehrt – und so wie ihr Körper dank ihm heute zu allem Überfluss herumlief … Und das waren nur die Äußerlichkeiten. Jeder aus ihren Kursen wusste, dass sie sich nicht ausstehen konnten.

„Ich persönlich halte es für einfacher, wenn wir uns als Paar ausgeben“, fuhr er fort, als sie nicht antwortete. „In dem Fall hören wir uns zwar den einen oder anderen neckischen Spruch für Frischverliebte an, aber niemand wird es seltsam finden, wenn wir zusammen sind und uns zeitweilig zurückziehen …“

Abgesehen von den tausend Fragen in den Köpfen der Leute nach dem ‚Warum überhaupt‘. Bei logischer Betrachtung sprach hingegen viel für seine Idee und der simple Fakt, dass Anna es verabscheute, für jemanden oder etwas gehalten zu werden, der oder das sie nicht war, war kein ausreichender Grund, nicht einzuwilligen.

„Die alte, dumme ‚Was-sich-liebt-das-neckt-sich‘-Nummer also?“ Gegen das sprichwörtliche Necken war ja nichts einzuwenden. Das Problem hingegen war, dass viele Geschichten mit diesem Thema stattdessen dem Prinzip einer mitunter höchst toxischen Beziehung folgten, die weit über ein paar lustige Sprüche hinaus ging, und dies dann als gut funktionierende Partnerschaft dargestellt wurde.

„Kommt doch immer super an“, bemerkte Lucas und zuckte die Achseln.

„Hm“, machte Anna. „M-hm … das könnte klappen. Wir sollten zuvor allerdings dringend ein paar Dinge klarstellen“, verlangte sie und er zeigte seine Zustimmung mit einer entsprechenden Geste des Kopfes.

„Wir werden uns im Körper des jeweils anderen ab jetzt wie ein Gast aufführen, ein *wohlerzogener*, *höflicher* Gast. Den respektvollen Umgang mit sozialen Kontakten des anderen sollte ich nicht extra erwähnen müssen. Wir müssen uns gegenseitig Informationen über die wichtigsten alltäglichen Dinge im Leben des anderen geben, sonst kann allein schon das nächste gemeinsame Essen mit der Familie ein Desaster werden.“

Einem Teil von ihr fiel es immer noch schwer, überhaupt zu akzeptieren, dass derartige Planungen vonnöten waren, der rationale Teil jedoch versuchte, Ordnung in das Chaos zu bringen, und das tat unheimlich gut.

„Wir könnten uns auch krankschreiben lassen, wenn dir das lieber wäre“, schlug er vor, aber sie lehnte dies mit einer entschiedenen Handbewegung ab.

„Auf gar keinen Fall werde ich aufgrund dieser *Unpässlichkeit* deinetwegen meine Unikurse schwänzen und habe auch keine Ahnung, wie lange das hier“, sie wedelte unbestimmt mit der Hand zwischen ihnen herum, „dauern wird. Das heißt, wir werden Stundenpläne sowie Unterlagen austauschen und ich erwarte, dass du in jedem meiner Kurse so gut zuhören und akkurat mitarbeiten wirst, wie ich es in deinen tun werde.“

Für *seine* Noten zu ackern gefiel ihr gar nicht, doch das war zurzeit eben nicht zu ändern.

„Akzeptiert“, gab er mit einem Schmunzeln zurück, der sie seinen nötigen Ernst an der Sache empfindlich vermissen ließ. „Ich denke, wir ziehen da an einem Strang.“

„Darüber hinaus brauche ich weitere Informationen über deinen Gesundheitszustand“, fuhr Anna fort. „Hast du Allergien gegen irgendwelche Nahrungsmittel?“

Lucas war ebenfalls ein wenig im Zimmer herumgelaufen und kam nun mit einer kleinen Packung zurück, die er aus einer seiner Schreibtischschubladen genommen hatte.

„Nur die hormonstörungsbedingte Hypoglykämie, von der ich dir bereits vor unserem Körpertausch erzählt habe“, erklärte er und hielt ihr eine kleine Box hin. „Das hier solltest du aber zur Sicherheit einstecken.“

Ein weiteres Mal kribbelte es, als sich ihre Fingerspitzen berührten. Lucas nahm dies zum Anlass, ihre Stirn weiter mit Falten zu malträtieren und Anna dazu, sich möglichst weit von ihm zu entfernen. Beim Öffnen der Box erblickte sie einige Traubenzuckerplättchen.

„Hab ich immer dabei, und diese Boxen überall in meinen Sachen verteilt. Das oder Fruchtsaft funktionieren am besten. Schokoriegel und derlei sind nicht so toll, gehen aber notfalls“, fügte er an, ging zurück zum Schreibtisch und setzte sich falsch herum rittlings auf den dortigen Stuhl, die Unterarme auf der Rückenlehne abgestützt.

„Schon klar“, wurde Anna ungeduldig, während sie die Box in die Hosentasche steckte. Seit ihrer Kindheit hatte sie so viel über Medizin im weitesten Sinne gelernt, dass Lizzie manchmal witzelte, das Literaturstudium sei theoretisch ein Zweitstudium.

„Des Weiteren werden wir die Privatsphäre des anderen achten“, fuhr sie fort wichtige Regeln festzulegen, „das heißt, kein Herumwühlen in Schränken und Schubladen oder dergleichen.“

„Dann hast du meine Pornosammlung also schon gefunden?“, zog er sie auf und sie schüttelte angewidert den Kopf. Bärks. Anna hatte nichts gegen eine gute Liebes- oder Sexszene, leider waren die meisten Pornos extrem frauenfeindlich, da sie nur auf die Befriedigung der Männer in ihnen sowie der entsprechenden Zielgruppe abzielten. Angeblich ‚typisch Mann‘ hin oder her – dass Lucas trotz des offensichtlichen Witzes so gewöhnlich sein könnte, versetzte ihr einen Stich, über den sie sich gleich noch mehr ärgerte und sie verschränkte die Arme vor der Brust. Einer recht breiten Brust, wie sie feststellte. Mit nicht zu verachtender, gut trainierter Oberarmmuskulatur unter ihren Fingern. *Anna*! Ihr Blick flog zu Lucas-Anna, doch der spielte mit einem heraushängenden Faden an der Sitzfläche des Stuhles. Ihre langen Haare fielen dabei nach vorne und er strich sie unwirsch zurück. Sie mussten dringen über Haargummis und Spangen reden, bevor er ihr noch die Hälfte davon ausriss.

„Ich erwähne das nicht, um mich selbst zu regulieren, denn für *mich* ist das Schnüffeln in privaten Sachen anderer Menschen seit jeher tabu gewesen“, zog sie seine Aufmerksamkeit wieder auf sich und den ursprünglichen Inhalt ihres Gespräches.

„Du hast ziemlich feste Vorstellungen von mir, oder?“, fragte er amüsiert und zupfte weiter an dem Faden herum. Wie konnte er derart ruhig bleiben? Egal, so konnte sie wenigstens in Ruhe die wichtigsten Vorkehrungen anordnen.

„Ich hätte gerne mein Handy", überging sie seine Bemerkungen. „Zumindest, solange ich hier bin. Auch dafür müssen wir eine Lösung finden. Passwörter austauschen, Infos zu Kontakten. Ich werde meine übrigen Dateien auf meinen Rechner ziehen, bevor du es benutzen darfst oder mir eines dieser Prepaid-Dinger besorgen." Wie Manja vorgeschlagen hatte.

Sie gab einen genervten Laut von sich. Das war so wie in einer dieser Haus- oder Lebenstauschserien, deren Sinn sie nie verstanden hatte. Es gab *so* viel zu bedenken! Anna war ein gut organisierter Mensch – etwas dieser Art überstieg ihre bisherigen Lebenserfahrungen allerdings bei Weitem. Wie bitte bereitete man sich adäquat darauf vor, Heim, Leben, Leib, quasi *alles* miteinander zu tauschen?

„Bevor wir uns all dem widmen …", dozierte sie weiter. „Ich gehe nicht davon aus, dass du bereits eine Lösung hast, aber hoffentlich inzwischen eine Ahnung, wieso der Tausch überhaupt geschah."

„Die habe ich tatsächlich", sagte er zu ihrer großen Freude. „Ich denke, jemand wollte mich … wie soll ich sagen … aus dem Spiel nehmen, mundtot machen."

„In Bezug auf was?", hakte Anna irritiert nach.

„Ist was … Privates", wurde Lucas mit einem Mal sehr abweisend.

Anna bedachte ihn mit einem perplexen Blinzeln. „Privates?", wiederholte sie verärgert, er reagierte jedoch nicht auf ihr Nachhaken.

Wut kochte in Anna hoch, doch noch hatte sie sich im Griff. „Aber wieso wählt er so einen Weg?", fragte sie in der Hoffnung, wenigstens auf diese Frage eine Antwort zu erhalten. „Ich meine, wer auch immer das gemacht hat – hätte man dich denn nicht anderweitig wegzaubern oder dir einen Schweigezauber oder dergleichen verpassen können? Wieso so kompliziert? Und was am wichtigsten ist: Wieso hänge ausgerechnet *ich* mit drin?"

Mussten sie sich gegenseitig verabscheuen? War das die treibende Kraft, um den Zauber wirksam zu machen?

Nachdenklich sah Lucas sie an, holte tief Luft, schwieg aber weiterhin.

„O bitte", fuhr Anna nun doch auf, „du überlegst jetzt nicht allen Ernstes, ob du mir deine kleinen Abrakadabrageheimnisse überhaupt anvertrauen kannst, oder? Und wag es nicht, mir gleich einen Vortrag über meine laxe Bezeichnung zu halten!" Sie hob einen mahnenden Finger.

Lucas hatte kurz die Augen zusammengekniffen, so wie sie es nach Caras Aussage immer machte, wenn jemand einen Begriff oder die englische Grammatik falsch benutzte. Mit einem ertappten Grinsen nickte er.

„Gut. Ich weiß nicht, was das Ganze mit dir zu tun hat, weil ich mich mit den Regeln eines Permutatio-Zaubers nur wenig auskenne. Ich wusste immer, dass er theoretisch möglich ist – und es gibt ja diese unbelegten Geschichten, dass er schon mal erfolgreich ausgeführt wurde – ich hab gleichwohl keine Ahnung, was genau dazu nötig wäre. Sicherlich könnte ich das noch in Erfahrung bringen, obwohl das zurzeit kompliziert ist. Wenn ich meine Mutter erreichen könnte, wäre Vieles einfacher."

„Gibt es denn keine Nachschlagewerke? Ihr habt doch bestimmt eigene Bücher oder dergleichen."

Zum Beispiel so große, dicke, mit goldenem Einband nebst allen möglichen Verzierungen, die in der Luft schwebten und per Telekinese durchsucht wurden. *Klischee, Klischee.* Anna lief abermals auf und ab, schaute dabei aber immer wieder zu Lucas.

„Selbstverständlich haben wir die. Meine Mum hat oben eine versteckte Kammer mit den wichtigsten Werken, nur komme ich da derzeit nicht rein."

Sie horchte auf. „Wieso nicht?"

„Weil ich mittlerweile nicht mehr auf meine Kräfte zugreifen kann und meine Mum ohnehin vor ihrer Abreise einen neuen Zugangszauber auf das Schloss gelegt hat, ohne mir etwas davon zu verraten."

Super Timing.

„Könnte jemand Fremdes das getan haben?", fragte sie.

Er schüttelte den Kopf. „Nein, das hätten wir bemerkt."

„So wie ihr den Permutatio-Zauber rechtzeitig bemerkt habt?", kam sie nicht umhin zu sticheln.

Lucas ließ sich nicht aus der Reserve locken und verneinte erneut. „Jedes Haus und jede Wirkungsstätte eines Magiers oder einer Magierin hat eine Art Siegel. Wird das gebrochen, sehen oder spüren wir das."

„Auch ohne deine Kräfte?"

Er dachte nach. „Hm, guter Einwand. Vermutlich hatte ich heute an der Uni bezüglich meiner Gabe noch Glück und der Kontakt zu meinem Körper war noch nicht vollkommen abgebrochen, aber seit ich daheim bin, geht diesbezüglich gar nichts mehr." Er blickte betrübt drein und ihre Hoffnung, Lucas hätte nur nicht gut genug im Geheimversteck seiner Mutter nachgesehen und vier Augen sähen mehr als zwei, wurde zusätzlich zu so vielen anderen zerstört.

„Okay, egal“, versuchte sie ihre eigene Resignation zu bekämpfen. „Was ist mit meiner vorherigen Frage: Hast du eine Ahnung, wer dahinterstecken könnte?“

„Ich habe einen Verdacht, ja“, gab er zu, diesmal sogar, ohne zu zögern. „Aber dazu muss ich etwas weiter ausholen.“

Anna hob die Handflächen nach oben und führte sie voneinander weg, um ihm zu bedeuten, dass sie ganz Ohr war.

„Schau, meine Mutter ist Vorsitzende des Obersten Aufsichtsrates der Zauberervereinigung Europas, einem Zusammenschluss aller magisch Begabten in diesem Land – unabhängig davon, ob sie Wicca sind oder nicht. Vor ihr hatten nur wenige Frauen diese Position inne.“

„Ah, echte Männersache also, dieses Zaubern“, rutschte es Anna heraus und Lucas schmunzelte.

„Ja, wie so oft gibt es leider auch noch in unserer modernen Welt Leute, für die Gleichberechtigung ein Fremdwort ist, da bildet die magische Seite keine Ausnahme. Dabei waren und sind einige der mächtigsten Zauberer Frauen.“

„Genau darin liegt ja das Problem für die ewig Gestrigen: Frauen und Macht – undenkbar“, fiel Anna ein und er nickte.

„Okay, weiter“, forderte sie ihn auf.

„Nicht nur der Fakt der Weiblichkeit, auch der, dass wir zu den Wicca gehören, ist einigen ein Dorn im Auge. Die Religion ist vielen zu neu.“

„Zu neu? Ich dachte, ihr stammt von einer Dame aus dem Mittelalter ab.“

„Das tun wir auch, aber sie war keine Wicca“, überraschte Lucas sie. „Diese Religion entstand offiziell erst in der ersten Hälfte des 20. Jahrhunderts. Sie weist viele Parallelen zum Kult der Großen Göttin auf, den es bereits zu Urzeiten gab, hat jedoch im Gegensatz dazu zwei gleichberechtigte Gottheiten: männlich und weiblich. Beide sind bei vielen der Älteren nicht unbedingt beliebt. Wie dem auch sei, meine Mutter ist verdammt gut in ihrer Position. Sie ist gerecht, aber auch streng. Aufgrund der Häufung unschöner Vorkommnisse unter ihrem Vorgänger, auf die einzugehen gegenwärtig zu weit führen würde, ist Zauberei seit ihrer Amtseinführung nur erlaubt, um anderen Menschen zu helfen. Sie darf also nicht benutzt werden, um sich selbst das Leben zu erleichtern, sich zu bereichern oder gar über andere, speziell die nicht magisch Begabten, zu erheben.“

„Somit hast du auf dem Campus gegen diese Regeln verstoßen?“, dachte sie laut nach.

„Jein“, sagte er. „Ich wollte ja helfen, außerdem hast du eine Tulpe abgestaubt.“

„Ah ja“, schmunzelte sie nicht vollkommen überzeugt und er hob grinsend die Schultern. Die Erinnerung an das Auftauchen der schönen Blume löste ein angenehmes Kribbeln in ihrem Bauch aus. Wo war die eigentlich jetzt? Konzentration, Anna!

„Mit Sicherheit stoßen ihre Regeln nicht nur auf Applaus“, mutmaßte sie und lag damit richtig, wie Lucas’ Reaktion zeigte.

„Absolut nicht. Einige sind sogar extrem unzufrieden damit, weil sie sich als“, er sprach die beiden folgenden Worte betont ironisch aus, „höhere Kreaturen ansehen. Ich befürchte, ihr Unmut wird weiter um sich greifen und“, er schluckte, „meiner Mutter schaden. *Sehr* schaden.“

Anna betrachtete ihn, ihre Gedanken fuhren Achterbahn. Alles war seltsam, verrückt. Bis zum heutigen Morgen hatte sie nichts von dieser anderen Welt gewusst, nicht einmal geahnt. Und nun saß sie hier, war von jemandem verhext worden, hatte bereits Zauberei live erlebt, erhielt Einblick in diese Parallelwelt, die gleichzeitig mysteriös und in vielem dennoch so normal erschien, und sah sich die ganze Zeit selbst zu. *Sich*, der Person, die man am besten kannte und die doch so fremd war, weil sie es eben nicht selbst war. Hinzu kamen nicht nur Angst, sondern in diesem Augenblick auch Besorgnis und Anteilnahme, denn Lucas wirkte wirklich verzweifelt. Bei all dem weiterhin klar zu denken, fiel mehr als schwer.

„Was genau bedeutet das? Glaubst du, sie würden so weit gehen und ihr etwas antun?“, sprach sie den schrecklichen Verdacht aus.

Lucas schluckte. „Ich bin sogar ziemlich sicher“, bestätigte er ihre Vermutung mit belegter Stimme.

Anna war vor einem in einer Ecke stehenden Hocker stehengeblieben, nahm die darauf liegenden Zeitschriften – keine Sexblättchen – herunter und zog ihn zum Schreibtischstuhl, bevor sie noch einen Marathon durch Lucas‘ Zimmer lief.

„Aber wieso geht deine Mum dann nicht gegen diese Leute vor? Ich meine, ihr habt ja inzwischen den besten Beweis, dass etwas nicht stimmt. Uns.“ Sie nahm auf dem Hocker Platz und war Lucas damit ein ganzes Stück näher als zuvor.

„Weil sie mir bisher nicht geglaubt hat, dass sie in Gefahr ist, und das von uns weiß sie noch nicht.“

„Hast du sie immer noch nicht erreichen können?"

„Doch, die Verbindung war allerdings furchtbar schlecht und sie gerade extrem beschäftigt. Ich versuche es bald noch mal, aber bis dahin …"

Er atmete tief ein und aus, starrte an ihr vorbei, als würde er das Folgende noch einmal vor seinem inneren Auge sehen. „Vor einiger Zeit habe ich auf einer der monatlichen Versammlungen der Zauberer Großbritanniens zufällig ein Gespräch von zwei Männern aus dem Führungskreis belauscht. Es ging um angebliche Attentatspläne einer oder mehrerer anderer Personen. Ein Attentat auf sie!" Er biss sich kurz auf die Lippen.

Ohne nachzudenken streckte Anna die Hand aus und ergriff seinen Arm. Das sofort durch ihre Finger rinnende Kribbeln brachte sie gleichwohl geschwind dazu, diesen Kontakt zu unterbrechen. Lucas schenkte ihr trotzdem einen dankbaren Blick.

„Der Name des oder der Verdächtigen wurde nicht genannt, aber ich weiß, dass ich mich bei allem anderen nicht verhört habe, wie meine Mutter und deren engster Vertrauter jedoch bedauerlicherweise annehmen. Auf mein Drängen hin stellten sie zumindest einen der Männer zur Rede, doch der hat nur gelacht, eine glaubhafte Ausrede erfunden und meine Mum zu ihrem *äußerst aufmerksamen* Sohn beglückwünscht!"

Er schnaubte abfällig und Anna schüttelte mitfühlend den Kopf. Bei allem, was sie bislang gegen Lucas hatte vorbringen können, waren nie Unüberlegtheit oder mangelnde Intelligenz dabei gewesen. Er war alles andere als das wandelnde Klischee eines einfältigen Sportlers und oberflächlichen Frauenschwarms, wie sie zumindest anfangs angenommen und sich ab und an auch später gern eingeredet hatte. Nicht umsonst war er ihr größter Konkurrent in gemeinsamen Kursen.

„Ich begann zu recherchieren“, fuhr er fort, „sammelte heimlich Informationen, um sie davon zu überzeugen, dass ich recht hatte. All das habe ich an einem sicheren Ort deponiert. Leider bin ich noch nicht annähernd so weit, um Ergebnisse präsentieren zu können.“

„Gut, dann bring mich da hin und wir schauen gemeinsam“, schlug Anna sogleich vor, ihre wild durcheinander tanzenden Gedanken zur Ordnung rufend und die unterschwellig brodelnde Panik unterdrückend.

Von seltsamen Träumen zum Körpertausch, von dort aus weiter zu angeblich hellseherischen Fähigkeiten und flugs hinüber zu einem geplanten Verbrechen am Oberhaupt einer Vereinigung, von dessen Existenz sie bis vor etwa einer halben Stunde nichts gewusst hatte – das war alles nur schwer zu verdauen. Ihr sonst so stinknormales Leben war plötzlich ein Chaos, das flehentlich nach Ordnung schrie. Ordnung, die sie dringend brauchte. Und solche ließ sich beispielsweise durch logisches Handeln hervorrufen. Darin war sie doch ausgesprochen gut.

„Das ist zurzeit leider nicht möglich“, gab er als Antwort auf ihre zuvor geäußerte Aufforderung zurück.

„O Mann, ist es ebenfalls in einer Geheimkammer, in die du nicht reinkommst?“

„So in der Art und da ich meine Kräfte derzeit nicht nutzen kann, bleibt diese leider auch für mich verschlossen“, gab Lucas vage zurück und biss sich auf die Lippen. Eine neue Sorge schien hinzugekommen zu sein. „Anna?“ Er suchte ihren Blick. Unsicherheit sprach aus seinen Augen. „All das, was ich dir hier eben erzählt habe, muss unbedingt unter uns bleiben, okay?“

„Ich darf das nicht in meiner Autobiografie erwähnen?“, hakte sie trocken nach, weil sie umgehend ein schlechtes Gewissen plagte.

Aber Lucas lachte nicht, sondern sah sie eindringlich an. „Bitte, Anna! Da ist wichtig. Nichts davon darf nach außen dringen.“

Dieses Mal war es an Anna, sich auf die Lippen zu beißen, was Lucas misstrauisch die Augen zusammenkneifen ließ.

„Was?“

„Ich … “, bemühte sie sich um eine festere Stimme. Sie hatte jedes Recht der Welt gehabt, sich eilends Unterstützung zu suchen! „Ich habe in der Zwischenzeit mit jemandem Kontakt aufgenommen, der uns hoffentlich helfen kann.“

Geschockt starrte Lucas sie an. „Du hast mit jemandem *hierüber* gesprochen?“ Er deutete auf sich und dann sie. „Mit *Außenstehenden*??“

„O bitte entschuldige, dass ich das hier so schnell wie möglich beenden möchte“, fuhr Anna ihre Schutzschilde weiter hoch, begann wieder im Zimmer umherzulaufen, „und offensichtlich auf Hilfe *Außenstehender* angewiesen bin, da du bis dato bezüglich unseres gemeinsamen Problems nicht unbedingt selbst die größte warst!“

„Du bist weggelaufen, bevor wir gemeinsam nach einer Lösung suchen konnten!“, erinnerte er sie in harschem Tonfall.

„Weil ich mit der Situation überfordert war!“, schnappte sie und hasste es, das zuzugeben.

Lucas schnappte ebenfalls und zwar nach Luft. „Hast du ihnen etwa auch von meinen Kräften erzählt?!“

Er schien ernsthaft sauer zu sein, zusätzlich in höchstem Maße besorgt und zu einem anderen Zeitpunkt hätte Anna möglicherweise Verständnis dafür gehabt, doch nun wurde sie lediglich noch wütender. So wütend, dass ihre Knie weich zu werden begannen.

„Moment mal, de Meath! Du wirst das jetzt nicht als Vergehen meinerseits darstellen!“, verteidigte sie sich hitzig. „Begründeter Verdacht und Sorge um deine Mutter hin oder her – *deinetwegen* bin ich in dieser Misere, *deinetwegen* muss ich mich mit Dingen und Personen herumschlagen, für die ich weder zeitliche noch sonstige Kapazitäten habe! Weil *du* irgendwas verbockt, nicht richtig aufgepasst und bei deinen Recherchen die Aufmerksamkeit des oder der Verdächtigen auf dich gezogen ha–“

Anna brach ab, weil ihr nach und nach immer schwindliger geworden war. Und zwar so richtig, beinahe wie am gestrigen Morgen. Sie wankte Richtung Bett und ließ sich mit Pudding-Knien darauf fallen. Dunkle Punkte tanzten vor ihren Augen herum und ein unangenehmes Ziehen ging durch ihren Leib. Haltsuchend krallten sich ihre Finger in die Tagesdecke. Unversehens war Lucas bei ihr, redete beruhigend auf sie ein. Sie hörte es leise knistern und spürte unmittelbar darauf die zitronige Süße eines Traubenzucker-Täfelchens an ihren Lippen.

Na hallo! *So* gut kannten sie sich nun wirklich noch nicht! Unfokussiert griff sie danach, schob es sich selbst in den Mund und Lucas weg. Diesmal kribbelte der Körperkontakt kaum, aber das mochte auch an dem alles überdeckenden Ziehen liegen. Sie durfte bloß nicht wieder umkippen, musste wach bleiben, wer wusste, als was oder wer sie sonst vielleicht als nächstes aufwachte?

In der nächsten Sekunde plätscherte etwas nahe bei ihr. War sie doch ohnmächtig geworden oder eingeschlafen und würde gleich einen ihrer geliebten Seen sehen? Einen guten Traum gegen den Albtraum eintauschen, der ihr Leben innerhalb weniger Stunden geworden war? Das wäre so schön. Ein wenig Ruhe und Frieden und –

„Hier", hörte sie ihre eigene Stimme und nahm undeutlich wahr, dass ihr etwas Längliches entgegengehalten wurde. „Trink was, das hilft auch, den Kreislauf zu stabilisieren."

Widerwillig nahm sie einen Schluck. Es schmeckte bitter, scharf.

„Ja, lecker ist anders, aber glaub mir, es hilft schnell", sagte Lucas sanft.

„Was ist das?", krächzte Anna angewidert. Mittlerweile konnte sie schon viel klarer sehen und blickte direkt in ihr eigenes besorgtes Gesicht.

„Geheimrezept aus Petronillas Zeiten – ich weiß, ungefähr so alt schmeckt es auch. Na komm, runter mit dem alkoholfreien Fusel."

Ein Glucksen kam aus Annas Kehle, bevor sie tapfer weitertrank. Selbst die Süße des Traubenzuckers vermochte den stechenden Beigeschmack nicht zu schmälern, doch das Ziehen schien mit jedem Schluck weniger zu werden und verschwand zusammen mit den Sehstörungen in dem Augenblick, in dem das Glas leer war.

„O Mann, *so* seh ich also aus, wenn das passiert", murmelte Lucas. „Kein Wunder, dass mein Vater immer einen halben Herzinfarkt bekommt." Er betrachtete sie mitleidig. „Geht's wieder?"

„Du hättest nicht einfach langweiligen Heuschnupfen oder so haben können, oder?“, überging sie seine Frage. „Kannst du das nicht weghexen? Dich gesund hexen?“

„So leicht ist das nicht“, gab er nervtötend ausweichend zurück und Anna dachte, dass es mit der Zauberei ja dann nicht so weit her war, behielt dies aber für sich. Stattdessen berichtete sie ihm endlich von dem Treffen mit Elli und dem darauffolgenden mit Tristan und Manja. Bei der Erwähnung des Namens ihrer Organisation meinte Anna Lucas‘ rechte Braue nach oben zucken zu sehen.

„Wie praktisch, dass die genau jetzt auftauchen“, bemerkte er mit leichter Ironie und holte sich ein Tablet, das auf seinem Schreibtisch lag.

„Bitte Anna, versprich mir, so was in Zukunft mit mir abzuklären. Vorher, okay? Ich weiß, ich weiß“, er hob abwehrend die Hände, als sie zu einer Erwiderung ansetzte, „die Situation ist neu und beängstigend, auch für mich, jedoch zweifellos noch mehr für jemanden, der bis heute nichts mit meiner Welt zu tun hatte. Aber wir müssen vorsichtig sein.“

Er ließ sich von Anna noch einmal den Namen von Manjas Organisation geben, tippte auf dem Tablet herum, nickte dann und wann. Anna schielte mit halbem Auge auf den Bildschirm, als Lucas unter anderem die recht simpel gehaltene S.O.o.M.P.-Website studierte. Nach ein paar Minuten legte er das Gerät mit einem entschuldigenden Lächeln zur Seite und strich sich einmal mehr genervt die langen, zerzausten Haare zurück. Anna konnte es nicht mehr mit ansehen.

„Stillhalten“, kommandierte sie, bevor er ihre Haarfülle noch weiter dezimierte. Unter seinen Beschwerden, es würde zu doll ziepen, fuhr sie mit den Fingern durch die langen Strähnen, um sie zu entwirren, dabei das gar nicht mehr sooo unangenehme Kribbeln ignorierend. Als sie erneut einen Knoten entdeckte, zog Lucas ihr die betreffende Strähne aus der Hand, holte sich eine Bürste aus dem Bad und kämmte das Haar durch. Im Anschluss flocht er geschickt einen lockeren Zopf und steckte diesen danach mit einer Klammer fest.

Anna klappte die Kinnlade herunter.

„Zwei Schwestern", beantwortete er mit einem Schulterzucken ihre unausgesprochene Frage.

„Und daran hättest du dich nicht bereits heute Morgen erinnern können?"

„Komisch, da hatte ich irgendwie andere Sorgen – wie du eventuell nachvollziehen kannst", setzte er mit einem Blick auf ihre Shirtwahl hinzu und sah ihr anschließend kritisch ins Gesicht. „Schade, dass *du* keinen Bruder hast, der dir das *Rasieren* beibringen konnte. Du lässt mich aussehen, als ob ich vergessen hätte, mir das Gesicht zu waschen."

Sie schnitt ihm eine Grimasse und schaute zu Boden, bevor sie erneut in seine Augen sah. „Jedenfalls würde Manja auch gerne mit dir reden, wenn du dazu bereit bist."

„Und du vertraust denen so einfach?", stellte er statt einer Zustimmung oder Ablehnung zunächst die Frage, die auch sie sich in den letzten Stunden so oft gestellt hatte.

„Von einfach kann keine Rede sein und vertrauen tue ich selbst dir nicht hundertprozentig", stellte sie klar. Er schluckte, nickte aber verstehend.

„Zumindest noch nicht", fühlte sie sich gezwungen hinzuzufügen, „dazu ist das hier noch zu neu. Allerdings bin ich verdammt noch mal auf Hilfe angewiesen, weil ich allein keine Ahnung habe, wie ich hier je wieder rauskommen soll.“ Im wahrsten Sinne des Wortes.

Verständigungsprobleme

Fünf Minuten später hatten sie Manjas Nummer gewählt und warteten darauf, dass diese abnahm. *Tuuut, tuuut, tuuut, tuu-*

„Jaaaa, hier ist Spe-", meldete sich die junge Frau, dann polterte es laut. „Verdammt, komm zurück, du kleines Schhhhh… önes Telefon! Hey, was suchst du denn da unten? Jaa, komm heeer, gut so … Hallo? Hallo, sind Sie noch dran?"

„Ja, ich bin es, Anna, von heute Nachmittag", antwortete diese. „Alles gut?"

„Na klaaar", sagte Manja und lachte. „Wie schön, dass ich mich so blöd beim Telefonieren anstelle bei jemandem, der schon weiß, dass ich das ansonsten kann und uns bereits engagiert hat. Mal ernsthaft: Hättest du das getan, wenn der EK *so* begonnen hätte?"

Anna erinnerte sich an das Faible für Abkürzungen und kombinierte flink. „Der E… Erstkontakt?", riet sie ins Blaue und erntete eine begeisterte Reaktion.

„Ja genau! Der Erstkontakt! Endlich mal jemand, der mich ver… warte, o Mann, ich muss das hier nur ganz kurz … warte … o nein!"

Es polterte, knarzte und krachte, dann war die Verbindung kurz weg.

„Hörs- du mi- noch?“, ertönte Manjas Stimme nur wenig später abgehackt durch die Leitung. „Kan- d- mich ku- per *Sky* zu-rückr-“ Die Verbindung brach ab.

Lucas sah sie irritiert an. „Alles in Ordnung?“

„Auf einer Skala von Null bis Körpertausch?“, gab Anna zurück und sie mussten beide lachen.

Letztere nahm ein weiteres Mal auf dem Hocker Platz und eine halbe Minute später waren sie über Lucas' Tablet per Videochat mit der Special Protector verbunden.

„Ihr müsst entschuldigen, ich habe gerade einen schlimmen Unfall verursacht“, erläuterte Manja das Geschehene nicht wirklich ausreichend.

„Alles gut bei dir?“, fragte Anna alarmiert.

Manja schüttelte betrübt den Kopf. „Ich habe mein armes kleines Handy überfahren! Gaby versucht ihr Bestes, es zu retten, ich weiß jedoch nicht, ob es überleben wird.“ Sie nahm einen schweren Atemzug und schüttelte erneut den Kopf. „Nun, ich nehme an, du bist Lucas, der in Annas Körper festsitzt?“

Der Angesprochene nickte zögernd und Manja lächelte strahlend. „Wie spannend, dich zu treffen. Du bist mein erster KT, warte, das stimmt nicht, ich habe ja schon Anna vor dir kennenlernen dürfen, also bist du strenggenommen mein zweiter. Und – sweet Jesus – jetzt stelle ich mich wieder zu spät vor, obwohl ich das zu Beginn unseres Gespräches ja eigentlich bereits versucht habe. Egal, oder auch nicht, jedenfalls hallo, ich bin Special Protector Manja Simmons von der S.O.o.M.P. – bekannt für die akkurate Erledigung aller anfallenden Aufgaben, auch wenn das aktuell nicht den Anschein haben mag.

Dass ich aber auch immer so einen schlechten ersten Eindruck mache, ts-ts."

„Die So-", begann Lucas und wurde sofort von Manja unterbrochen.

„S.O.o.M.P – alles einzeln", sagte sie hastig und grinste entschuldigend. „Ich bitte um Verständnis, denn ich vertrage heute keine weitere unnötige Verkürzung der Abkürzung für Secret Organisation of Magic Protection, dazu hatte ich eine zu große Dosis Tristan."

Anna unterdrückte ein Grinsen, als sie an das Gezanke der beiden dachte. „Einer aus ihrem Team", erklärte sie auf Lucas' fragenden Blick hin und Manja nickte. Kurz erläuterte sie ihre Arbeit und Bedingungen, antwortete geduldig auf Lucas' bohrende Fragen diesbezüglich und zückte nach seiner halbherzigen Zustimmung ihrer Hilfe betreffend Notizblock und Stift.

Lucas-Anna lehnte sich mit verschränkten Armen in seinem Stuhl zurück. Ihm war deutlich anzusehen, wie wenig ihm die Angelegenheit gefiel.

Manja setzte gerade selbst zu einer Frage an, als etwas außerhalb des Bildschirms ihre Aufmerksamkeit auf sich zog. Sie beugte sich zur Seite, verschwand halb aus der Reichweite der Kamera und Anna folgte ihrer Bewegung automatisch, bis sie fast mit Lucas zusammenstieß, der sie mit erhobener Braue ansah. Seine ohnehin schon fast greifbare Anspannung verstärkte sich noch.

„Das … oh. Oh!", klang Manjas Stimme aus dem Mikro und unterbrach die unangenehme Stille im Raum. „Stimmt, guter Gedanke! Danke!" Sie zögerte. Nein, es schien eher, als würde sie jemandem zuhören. War da einer ihrer Kollegen mit im Raum? So sehr sich Anna auch anstrengte, konnte sie nichts Weiteres vernehmen, dabei war das Mikrofonsymbol auf beiden Seiten aktiv.

„Natürlich, wie konnte ich das bloß vergessen, Bernie? *Du* hast selbstredend *ausschließlich* wichtige Gedanken." Manja setzte sich wieder aufrecht hin und schnitt eine Grimasse.

„Bernie hat mich eben auf etwas aufmerksam gemacht", ließ sie ihre beiden Zuhörer wissen. „Anna, du hast doch seherische Fähigkeiten –"

„Nein", lehnte die Angesprochene sogleich ab.

Manja runzelte die Stirn. „Doch. Du hast mir von deinen Träumen erzählt, hast du das etwa schon vergessen?"

„Selbstverständlich nicht", gab Anna zurück, „aber das heißt nicht, dass ich eine Seherin bin."

„Doch …", wiederholte Manja mit freundlicher Sturheit, „… wenngleich es dir nicht gefallen mag, wie ich erkennen kann."

Exakt! Für Anna war es bereits schwer genug gewesen, die Existenz magischer Kräfte anzuerkennen. Das mit der Hellseherin musste sie nicht auch noch widerstandslos hinnehmen.

„Ich hab nach unserem Gespräch noch einmal darüber nachgedacht", begründete sie ihre neuerliche Ablehnung dieser Bezeichnung, „und bin zu dem Schluss gekommen, dass ja auch der Zauber, der mich in Lucas' Körper befördert hat, zuvor die Visionen erzeugt haben könnte. Immerhin bin ich gestern sogar ohnmächtig geworden, als ich einen Traumflashback hatte und …"

„Warte!" Lucas berührte sie am Arm und starrte sie erstaunt an. „Du bist am Mittwoch ohnmächtig geworden?! War das so gegen halb acht?"

Sie stutzte. „Ja …", gab sie zögernd zurück.

„Ich hab dir gestern doch erzählt, dass ich blutzuckermäßig nicht auf dem Damm bin“, erklärte er aufgeregt. „Ich bin um exakt dieselbe Uhrzeit aus den Latschen gekippt.“

„Das heißt, jemand hat wahrscheinlich getestet, ob er euch greifen kann“, stellte Manja mit großen Augen fest. „Irre!“

Anna brauchte einen Augenblick, um sich auf ihr eigentliches Anliegen zurückzubesinnen. ‚Irre‘ war das alles in der Tat. Aber dessen war sie sich schon eine Weile bewusst. „Das heißt allerdings auch, dass meine Visionen durchaus von jemand anderem erzeugt worden sein können“, hielt sie an ihrer Behauptung fest.

„Warum sollte der Täter dich warnen wollen?“, hakte Manja stirnrunzelnd nach.

Gute Frage. So ein Mist! „Keine Ahnung“, musste sie zugeben. „Vielleicht war es ja auch jemand anderes, der mir auf diese Weise nur helfen kann.“

Die selbst ernannte Special Protector betrachtete sie einen Moment lang, bevor sie fortfuhr: „Diese Visionen erscheinen hauptsächlich in deinen Träumen, hast du gesagt. Kannst du das *gar* nicht eigenständig steuern und hast es bisher nie versucht?“

Anna schüttelte entschieden den Kopf und Manja imitierte ihre Geste zur Seite hin. „Ja, genau, dann versuchen wir was anderes.“

„Mit wem redest du da eigentlich?“, fragte Lucas und beugte sich vor.

„Oh, das war Bernie, also Mr Brixton, Mitbegründer von S.O.o.M.P. und ein sehr guter alter Freund“, gab die junge Frau mit einem liebevollen Lächeln zurück.

„Bernstein Brixton?“, hakte Lucas mit zusammengezogenen Brauen nach und sowohl Manja als auch Anna sahen ihn verblüfft an.

„Woher kennst du ihn?“, verbalisierte Erstere beider Frage verwundert.

„Kann ich mal live mit ihm sprechen?“, gab Lucas keine Antwort hierauf.

„Wenn du von ihm weißt, weißt du auch, warum das so nicht geht“, erwiderte Manja geheimnisvoll. Sie und Lucas lieferten sich ein kleines, stummes Blickduell. Abermals schaute Manja zur Seite, wandte sich im Anschluss mit einem Grinsen an Lucas.

„Er lässt aber herzliche Grüße an Tinks ausrichten. Und schon ist er wieder weg.“

Ein Lächeln glitt über Lucas’ Gesicht und er richtete sich auf.

„War das die Bestätigung, die du brauchtest?“, erkundigte Manja sich.

Lucas nickte zufrieden und ein großer Teil der Anspannung schien von ihm abzufallen.

„Ist ja toll! Was für ein Zufall! Woher weißt du von ihm? Er erzählt ja so wenig!“, lachte Manja begeistert und auch Lucas grinste, während Anna gar nichts mehr verstand. Und sie konnte es nicht ausstehen, außen vor gelassen zu werden.

„Meine Mum, die er so salopp als Tinks bezeichnet hat, war vor vielen Jahren mit seinem Fall betraut und hat mir mal davon erzählt. Er war einer der Gründe, aus denen sie später ihre neuen Regeln aufstellte, sogar mit ihm zusammen, so weit ich mich erinnere.“

„Wer … ist denn deine Mum?“, fragte Manja und ihre Stimme klang nervös. Oder vorfreudig?

„Sie ist Vor-“

„-sitzende der EZvdmB!! Ist sie doch, oder??“ Manja klatschte begeistert in die Hände, als hätte sie soeben erfahren, dass Lucas der Sohn einer Berühmtheit sei. Was augenscheinlich der Fall war.

„Die bitte *was*?“, hakte er stirnrunzelnd nach.

„Oh, offenbar nennt ihr das anders, das ist nur meine Abkürzung für die Europäische Zentralvereinigung der magisch Begabten!“

„Die offizielle Bezeichnung ist Zauberervereinigung Europas?“, bemerkte Lucas wieder etwas zurückhaltender.

„Entschuldige, meine eigene Bezeichnung rührt daher, dass der liebe Bernie mir immer nur winzig kleine Häppchen über solche Dinge zuwirft und ganz geheimnisvoll tut. Man sollte meinen, dass ich mit Geheimnissen aufgrund meines Berufes besser umgehen könne, aber fehlende Informationen sind ja so ermüdend!“ Sie seufzte, erst genervt, dann andächtig. „Sweet, sweet, supersweet Jesus!!“, hauchte sie, wurde unvermittelt wieder ernst und notierte sich etwas. „ZvE nicht EZvdmB“, murmelte sie dabei, „sooo …“

„Hätte jemand die Güte, mich ebenfalls aufzuklären?“, fuhr Anna ungeduldig dazwischen. Manja konnte sie dieses mysteriöse Getue noch nachsehen, Lucas kam jedoch seiner eigenen Forderung nach Transparenz nicht nach.

„Bitte entschuldige, aber alles Weitere ist top-secret“, sprach Manja Worte aus, die Anna gerade so gar nicht hören wollte. Wirklich ärgern tat sie Lucas’ verschwörerisches Gegrinse.

„Du kommst also aus einer berühmten Zaubererfamilie, wie Anna erzählt hat“, brachte Manja die Aufmerksamkeit betont locker zurück zum eigentlichen Thema. „Haben alle in deiner Familie diese Fähigkeiten?“

Genervt biss Anna die Zähne zusammen. Wieso hatte *sie* nicht danach gefragt?

Lucas schüttelte den Kopf, antwortete jetzt viel offener als zuvor. Irgendwann musste Anna unbedingt mehr Infos bezüglich des kurzen Geplänkels verlangen, zusätzlich zu einer Erklärung, auf was Manjas beziehungsweise *Bernies* Frage nach der Nutzung ihrer ‚Fähigkeiten‘ ursprünglich abgezielt hatte. Zunächst gab es jedoch Wichtigeres.

„Nein“, gab Lucas bereitwillig Auskunft. „Mein leiblicher Vater ist vor meiner Geburt abgehauen, wobei ich bis heute nicht weiß, ob ich oder die Kräfte meiner Mutter dafür verantwortlich zu machen sind. Von denen hatte sie ihm kurz zuvor erzählt. Laut ihrer Aussage hat er *das* nicht verkraftet.“

Anna presste die Lippen zusammen. Wie furchtbar. Auch sie hatte lange Zeit damit zu kämpfen gehabt, dass ihre leiblichen Eltern sie abgegeben, nicht gewollt hatten, und warf Lucas einen warmen Blick zu, den er mit einem traurigen Schulterzucken quittierte.

„Da haben U-s die Möglichkeit, zu E-s zu werden und dann so was. Tut mir leid, Junge“, sagte Manja offen anteilnehmend. „Bedauerlicherweise verstehen manche selbst nach all dieser Zeit nicht, dass die Magie eine wundervolle Gabe ist, eine Bereicherung für ihre Welt, sofern sie richtig eingesetzt wird. Es tut mir sehr leid für dich.“

Lucas nickte. „Danke, aber das ist schon so lange her.“

„Tut aber manchmal immer noch weh“, rutschte es Anna heraus und sie biss sich auf die Zunge. „Adoptiert“, murmelte sie und wich *seinem* mitfühlenden Blick aus.

„Ah“, murmelte Manja und schrieb etwas auf. „Keine Ahnung, wer deine leiblichen Eltern sind?“

Abweisend schüttelte Anna den Kopf. „Nein, und so kann es auch gerne bleiben.“

„U-s und E-s?“, hakte Lucas stattdessen nach.

„Oh“, machte Manja und lachte. Allem Anschein nach waren alle ihre Abkürzungen inoffizieller Natur. „Tristan sagt, ich werde das nie lernen mit meinen Abkürzungen, sorry und ausnahmsweise hat er mal recht, fürchte ich. *Uneingeweihte* und *Eingeweihte*, also die, die die magische Welt nicht kennen und die, die es tun, eventuell sogar dazugehören oder sie trotz allem negieren. Zurück zur Frage nach den Fähigkeiten.“

„Meine Mum, ich und meine jüngste Schwester aus der jetzigen Ehe“, gab Lucas an. „Mein Dad, also strenggenommen mein Stiefvater, und seine Tochter aus erster Ehe haben keine. Und mein Dad ist der einzige, der keine Ahnung von unseren Begabungen hat. Beni hat es vor ein paar Jahren herausgefunden.“

„Sohn, Mutter, Tochter E1 und E1.2, andere Tochter E2, Vater U“, murmelte Manja, fleißig mitschreibend. Ein paar Sekunden vergingen, während der sie immer mal wieder ‚hm … m-hm, m-hm‘ machte und sich nachdenklich mit ihrem Stift gegen die Wange tippte.

„Wenn deine Schwester ebenfalls diese *Gabe* hat“, konnte Anna immer noch nicht umhin, das Wort ab und an mit leichter Ironie auszusprechen, „kann *sie* uns nicht helfen, gewisse Sachen zu erledigen, solange du nicht selbst auf deine Kräfte zugreifen kannst?“

Ha! Auch sie konnte vage sein *und* dabei Abmachungen einhalten!

„Nein, dazu ist sie viel zu unerfahren“, wurde ihr Vorschlag vom großen Bruder abgelehnt. „Sie lernt erst seit etwa einem Jahr mit ihren Fähigkeiten umzugehen, und sie ist noch so jung. Ich will sie nicht unnötig beunruhigen.“

„Absolut verständlich“, sagte Manja, doch Anna zuckte leicht die Achseln, bevor sie nickte. Es war ehrenhaft von Lucas, seine Schwester zu beschützen, und vermutlich hätte Anna genauso gehandelt. Persönlich war sie jedoch eher der Typ lieber ‚geschockt, aber informiert‘ als ‚glücklich, aber ahnungslos‘.

„Du sagtest gerade, Lucas könne derzeit nicht auf seine Kräfte zugreifen, Anna?“, hakte Manja nach und hob fragend die Brauen.

„Irgendwie scheint die Gabe doch stärker an den Leib gebunden zu sein, als wir Magier bislang angenommen haben“, antwortete Lucas für sie. „Also ja – ich kann gegenwärtig nicht zaubern.“

„Interessant …“ Manjas Augen verengten sich und sie tippte ein paar Mal mit dem Stift gegen ihre Lippen. „Hast du stattdessen vielleicht inzwischen Annas seherische Fähigkeiten?“

Lucas verzog grübelnd den Mund. „Wäre gut möglich … Aber bisher habe ich noch nicht so richtig in Annas Körper geträumt.“

„M-hm“, machte Manja und schrieb sich erneut etwas auf. „Behalte das im Auge. Also, überprüfe deine zukünftigen Träume bitte auf mögliche Hinweise, die uns unter Umständen weiterhelfen könnten, ja?“

„Mach ich“, versprach Lucas, während Anna sich darüber zu freuen versuchte, zumindest zeitweilig von ihren verstörenden Albträumen befreit zu sein.

Manja überflog derweil ihre eigenen Notizen und nickte schließlich zufrieden, bevor sie abermals in die Kamera blickte.

„So, kommen wir zu einem der wichtigeren Punkte auf meiner Liste“, sagte sie. „Wer oder was könnte euch das angetan haben? Habt ihr schon Ideen?“

Anna sah Lucas an und der informierte Manja über all das, was er bereits Anna erzählt hatte. Die Special Protector hörte aufmerksam zu, machte sich weitere Notizen und nickte ein paar Mal.

„Na, dann ist die ganze Sache erfreulicherweise doch ziemlich klar“, sagte sie am Ende seines Berichts. „Jetzt müssen wir nur herausfinden, wer gegen Lucas' Mum intrigiert hat. Das kann uns womöglich sein Recherchematerial verraten kann, das ihr schnellstmöglich beschaffen solltet. Außerdem müssen wir in Erfahrung bringen, was er für den KTZ – oy, diesmal denke ich aber dran: Körpertauschzauber – benutzt hat und wie wir diesen möglichst schnell rückgängig machen können.“

Das klang in der Tat simpel und holte Annas Hoffnung auf baldige Erlösung zurück.

„Vielleicht erzähle ich euch erst einmal, was ich in den letzten Stunden trotz des anderen Falls, in dem ich momentan noch ermittle, über KTZs im Allgemeinen herausgefunden habe“, schlug Manja vor. „Lucas, als Mann vom Fach kannst du auch gerne den Anfang machen und ich ergänze.“

Der Angesprochene schüttelte den Kopf. „Das ist leider so gar nicht mein Feld.“

„Gut, mehr Redezeit für mich“, witzelte Manja. „Und das war ein unprofessioneller Kommentar meinerseits.“ Sie räusperte sich und schlug ein weiteres Notizbuch auf.

„Das Wichtigste zuerst: Bis dato war ein KTZ nur eine Legende, keiner wusste, dass er wahrlich möglich ist."

„Hast du nicht vorhin was anderes behauptet?", erkundigte sich Anna bei Lucas, hoffend, dass das nicht erneut eins dieser großen Zauberergeheimnisse war. Sie *brauchten* Manjas Hilfe. Abgesehen von ihrem fatalen Fehlurteil in Bezug auf Lucas, besaß Anna normalerweise eine ganz gute Menschenkenntnis und diese sagte ihr, dass sie der Protector und ihrem Team, soweit sie es kennengelernt hatte, trauen konnte. Je mehr Infos sie austauschten, umso besser für alle und umso größer die Chance auf einen schnellen und hoffentlich positiven Ausgang. Zu ihrer Erleichterung schien Lucas ihr zuzustimmen.

„Ich hab gesagt, dass er *theoretisch* möglich sei und angeblich auch schon gelungen ist – was Manjas Aussage nicht widerspricht", stellte er richtig. „Laut der eben erwähnten Legenden wurde er tatsächlich ausgeführt, aber nur wenige Male, weil der Zauber extrem viel Macht erfordert."

„Interessant", murmelte Manja wiederholt und schrieb etwas auf. „In den alten Schriften, die ich gefunden habe, wird das bestätigt. Ferner heißt es dort, dass ein Lehrling Merlins – und hier kommt dein Traum ins Spiel, Anna – einen ursprünglich von seinem Meister erschaffenen *Spiegel* dazu nutzte, einen seiner Konkurrenten in den Körper dessen Feindes zu versetzen. Dazu brauchte er wohl etwas Persönliches beider Menschen und, wie Lucas bereits erwähnte, große magische Kräfte."

„Merlin? *Der Merlin*??", konnte Anna sich nun nicht mehr zurückhalten. „Es hat ihn echt gegeben?"

„Natürlich hat es ihn gegeben!“, erwiderte Manja und kniff die Augen zusammen. „Sorry. Im Eifer der Erzählungen vergesse ich manchmal, dass nicht jeder sich tagtäglich mit diesen Dingen beschäftigt. Merlin ist so etwas wie mein Lieblingsmagier. Ich erforsche alles, was ich über ihn in die Finger bekommen kann.“

„Gab es … gab es Artus auch? Und die Ritter der Tafelrunde? Und lebt Merlin noch?“

Lucas hatte vorhin behauptet, die für den Ringtausch verantwortlichen Zauberer wären nicht mehr *aktiv*. Was genau hieß das? Tot? Ohne Kräfte? Magische Asketen? Anna hatte so viele Fragen.

„Ich teile meine Erkenntnisse gerne ein andermal mit dir“, wich Manja zu Annas Enttäuschung aus, „das führt im Augenblick allerdings zu weit. Nur so viel: Nein, wir können den größten aller Meister leider nicht persönlich um Hilfe bitten.“

„Okay“, gab Anna frustriert zurück. „Dann … wie sah der Spiegel denn aus?“, wollte sie als nächstes wissen und versuchte, die aufkommende Nervosität zu unterdrücken. Obwohl sie sich weiterhin dagegen wehrte, für sich allein im Stillen, konnte sie diesen Gedanken schon etwas besser an sich heranlassen, vor allem da Lucas sich ja jetzt mit dieser ‚Gabe‘ herumplagen musste: Offensichtlich *hatte* sie weissagende Träume, doch dies war der erste gewesen, der sie selbst und noch dazu ein magisches Objekt betroffen hatte.

„In etwa so, wie du es mir vorhin erzählt hast“, gab Manja bekannt. „Fehlt euch denn irgendetwas Persönliches?“

„Du meinst, außer unseren eigenen Körpern?“

Lucas kicherte ob ihres Kommentars, verneinte Manjas Frage jedoch ebenso wie Anna. „Nicht, dass ich wüsste."

„Darauf kommen wir also später zurück. Bitte schaut nach Möglichkeit aber noch einmal genau nach", erklärte Manja weiter. „Okay, eine Weile nach diesem ersten bekannten Vorfall soll es einer Gruppe von Magiern gelungen sein, mit demselben Spiegel einen Ringtausch zu machen, das heißt, drei Personen miteinander – dies taten sie aber angeblich nur, um rauszufinden, ob es *überhaupt* möglich ist. Durch eigene, früher bereits erfolgte Recherche über die wundervolle Welt der Merlinschen Artefakte weiß ich, dass er ohne jeden Zweifel einen solchen magischen Spiegel besaß, und wie schon erwähnt, ist es *vermutlich* derselbe wie bei euch. Mit Sicherheit können wir das erst sagen, wenn wir ihn sehen."

Ein weiteres Mal herrschte Schweigen. Auch Lucas schien viele dieser Informationen erst einmal einordnen und verarbeiten zu müssen.

„Oh", fiel Manja noch ein, „Merlins Schüler holte den *Konkurrenten* damals übrigens relativ eilig zurück, weil er Angst hatte, dass der Zauber nachhaltiger wirken könnte als geplant."

„Wie kam er darauf?", wollten Anna und Lucas gleichzeitig wissen.

„Perfektes Unisono", sagte Manja anerkennend. „Was die Frage an sich angeht: Laut alter Aufzeichnungen gab es erste Anzeichen hierfür und zwar recht schnell. Plötzlich konnten sich die Tauschpartner an etwas erinnern, was sie nicht selbst erlebt hatten, sondern der jeweils andere und Ambrosius, so hieß Merlins Lehrling, mutmaßte, dass dies durch die anhaltende Distanz zum eigenen Körper verursacht wurde."

„Du sprichst vom ersten Tausch, dem Zweiertausch, oder?", vergewisserte sich Anna. Die Betonung des ‚Konkurrenten' war ihr seltsam vorgekommen, so als wäre da noch etwas Ungesagtes.

„M-hm", machte die Agentin und schaute mit einem Mal ungewöhnlich ernst drein. „Der Ausgang des Ringtausches ist nicht überliefert."

Schön. Noch mehr Vages und Beunruhigendes, das Annas ohnehin aufgewühltem Inneren noch weiter zusetzte. Irgendwo konnten also theoretisch drei Menschen bis an ihr jeweiliges Ende in falschen Körpern herumgelaufen sein. Unter Umständen taten sie es immer noch – was wusste eine U wie sie schon über die durchschnittliche Lebenserwartung eines E-s irgendwelchen Grades!

„… die Sache ist die", drang Manjas Stimme zum wiederholten Mal in ihre Überlegungen, „wenn Ambrosius recht hatte und eine zu große Distanz zum eigenen Körper auf zu lange Zeit dazu führen kann, dass die Seele sich endgültig von diesem trennt, dann solltet ihr dafür sorgen, dass ihr möglichst viel Zeit miteinander verbringt."

„Wie genau meinst du das – ‚endgültig vom Körper trennt'?", wiederholte Anna in der für sie absolut untypischen Hoffnung, doch etwas falsch verstanden zu haben. „Dass … dass wir sterben könnten?"

„Nein, nur dass ihr zu der anderen Person werdet, weil deren Erinnerungen zu euren werden", erklärte Manja ihren Verdacht. „Ihr könnt sozusagen ab einem bestimmten Punkt nicht mehr auf die in eurem alten Gehirn gespeicherten Daten zugreifen, sondern nur noch auf die von eurem Tauschpartner."

Lucas schluckte schwer und Anna atmete zittrig ein. „Aber … im Moment bin ich noch vollkommen ich selbst", äußerte sie. „Also, ich hab noch keine von Lucas' Erinnerungen gesehen." Erleichterung befiel sie, weil er ebenfalls sofort bestätigend nickte.

„Und das ist sehr gut", sagte Manja. „Das heißt, ihr hattet bislang offenbar genügend Kontakt zu eurem eigenen Leib. Ihr solltet das unbedingt weiter so machen. Am besten schlaft ihr zusammen."

„Was?!", stieß Anna entgeistert aus und wieder einmal schoss ihr das Blut ins Gesicht.

„Zusammen – nicht miteinander", stellte Manja klar und konnte sich dabei das Grinsen nicht verkneifen. „Also, in vollkommen platonischer Art und Weise. Es sei denn, ihr habt …"

„Hab schon verstanden", schnitt Anna ihr eiligst das Wort ab, weil sie das Ende des zuletzt begonnenen Satzes auf keinen Fall hören wollte.

„Noch ein kleiner Wermutstropfen", fuhr Manja fort, schlechte Neuigkeiten zu verbreiten, kniff die Augen zusammen und drückte ein paar Tasten an ihrem Keyboard. „Da kam gerade noch ein Hinweis rein, dem ich nachgehen muss. Somit kann ich mich leider hier doch nicht so zeitig loseisen, wie geplant. Aber ihr könnt mich jederzeit kontaktieren und habt in Elli und Tristan gute Unterstützung und ich komme rüber, sobald ich fertig bin mit diesem Fall. Bis dahin passt auf euch auf und … kuschelt schön." Ihr Grinsen war das letzte, was Anna erfasste, bevor die Verbindung getrennt wurde.

Nachdem sie das Gespräch beendet hatten, sagte erst einmal keiner von ihnen beiden etwas. Anna dachte angestrengt über all die neuen Informationen nach, bis Lucas schließlich das Schweigen brach.

„Ja?“ Er sah sie fragend an.

Erst in diesem Augenblick wurde Anna bewusst, dass sie ihn die ganze Zeit angestarrt hatte, ohne ihn wahrhaftig zu sehen. Prompt spürte sie die Röte in ihr Gesicht schießen. Geschwind wandte sie sich ab, stammelte irgendetwas, was keine richtigen Worte waren. Auch Lucas-Annas Gesichtsfarbe nahm deutlich einen anderen Ton an. Er murmelte etwas von wegen, er würde mal endlich was Essbares suchen, und bewegte sich Richtung Tür.

„Warte!“, rief Anna. „Muss … soll *ich* nicht besser gehen? Also wegen …“ Sie machte eine kreisende Handbewegung vor ihrem Gesicht. „Wo der Kühlschrank ist, weiß ich ja noch und ich kann genügend Sachen holen, sodass wir nicht nochmal zum Abendessen runtermüssen.“

Mit einem verlegenen Grinsen trat Lucas einen Schritt zur Seite. „Heißt das, du willst wirklich, dass ich bleibe?“

War das Hoffnung in seinen Augen? Meine Güte, was war denn mit ihr los? Natürlich war das Hoffnung, denn auch er wollte diesen unglückseligen Zustand möglichst bald beenden und würde alles dazu Nötige tun. Einen anderen Grund gab es nicht!

„Scheint doch das Beste zu sein, oder?“ Sie zuckte betont lässig die Achseln. „Du hast ja bestimmt eine Luftmatratze, oder?“

Seinen irritierten Blick nicht vollständig deuten könnend, trat sie den Weg in die Küche an, betend, dass ihr niemand aus Lucas' Familie begegnete, schon gar nicht die neugierige Nola. Sie hatte einfach keine Kraft für noch mehr in Eile ausgedachte Lügen und Ausreden und als sie in der Küche ankam, stellte sie erleichtert fest, dass das Schicksal ausnahmsweise einmal gnädig war.

☆

Nach einem ausgiebigen Abendmahl bestehend aus *Dinke*lvollkorntoast, Käse, Joghurt und Obst fühlte Anna sich bereits deutlich besser. Im Laufe des Essens hatte sie bei ihren Mums angerufen und ihnen – Lucas soufflierend – mitteilen lassen, sie müsse eben diesem beistehen, weil er großen Liebeskummer habe und es ihm immer noch nicht so gut ginge. Zu diesem Zwecke müsse sie auch bei ihm übernachten, da seine Eltern nicht da wären. Auf die Wahl des Abendessens wäre Lizzie sicher stolz gewesen, auf all die Lügen weniger. Anna ignorierte den Knoten in ihrem Magen. Es ging nicht anders, außerdem war es nur halb gelogen, da Lucas' Vater heute später nach Hause kommen würde und seine Mutter ja tatsächlich nicht da war.

Leider hatte Lizzie es sich trotz Annas Protestes nicht nehmen lassen, ihre Tochter bezüglich des Umganges mit einer ‚emotional extrem instabilen Person' zu instruieren und ihr das Versprechen abgenommen, sich regelmäßig bei ihnen zu melden. Selbst nach dem Auflegen hatte Annas Handy noch mehrmals gepiept, als Lizzie und dann auch noch Jen ihr Notrufnummern und Links zu Betreuungseinrichtungen geschickt hatten.

„Mann, ich wusste gar nicht, dass ich *so* ein Fall bin“, bemerkte Lucas trocken und räumte die Teller zusammen.

„Hey, das war kein Vorwurf“, setzte er eilig hinzu, als Anna schon wieder spürbar rot anlief. „Glaubst du, ich hab nicht geheult, bevor ich ins Haus gegangen bin? Mindestens zehn Minuten lang in deinem Auto … ich hoffe, ich habe alle Taschentücher weggeräumt.“ Wenigstens waren *ihr* Wagen und *ihre* Jackentaschen diesbezüglich gut ausgestattet. „Für mich ist das auch nichts, was ich alltäglich erlebe.“

Anna biss sich auf die Lippen. Dass Lucas so offen zugab, die Fassung verloren zu haben, imponierte ihr. Tat er das sonst auch? Anna gab sich nicht der Illusion hin, die einzig Auserwählte zu sein, der der coole Lucas de Meath sein wahres Ich zeigen konnte, denn schließlich waren sie hier nicht in irgendeinem Teenie-Drama. Dennoch fragte sie sich, wie all seine Bewunderer auf ein derartiges Geständnis reagieren würden. Oder lag genau darin die weitreichende Faszination für ihn? Dass er nichts auf Klischees gab und sich ihnen nicht unterordnete?

‚Reiß dich zusammen!‘, fuhr sie sich selbst innerlich an. ‚Du bist nicht hier, um das de Meathsche Mysterium zu ergründen, sondern gemeinsam mit ihm eine Lösung zu finden. Mit Lucas, nicht dem Mysterium! Und das kannst du nur, wenn du dich voll und ganz auf die Sache konzentrierst!‘

„Ich nahm wohl an, dass du mit deinem speziellen Hintergrund *eher* an so etwas gewöhnt bist“, erwiderte sie mit einiger Verzögerung. „Tut mir leid.“

Er schüttelte den Kopf. „Das muss es nicht. Natürlich bin ich in zwei parallelen Welten aufgewachsen, aber wie ich dir bereits in der Uni sagte: Auch die der Magie ist in vielerlei Hinsicht normaler, als man annehmen würde."

„Sag das bloß nie zu einem Potterhead", witzelte sie und er grinste.

„Ich war eher ein Hubble-Head, wenn es den Begriff überhaupt gibt."

„Echt? Ich auch, aber ich sprach ja auch nicht von mir", gab sie zurück, verstummte allerdings, als ohne Vorwarnung Bilder in ihrem Kopf auftauchten, die sie nicht einordnen konnte. Zunächst hielt sie es für einen weiteren ihrer ungewollten Tagträume, doch etwas war anders. Die Bilder und Szenen waren nicht dramatisch, mysteriös oder unheilvoll. Es ging um ein Mädchen im Alter von etwa siebzehn Jahren, das, in eine Schuluniform gekleidet, auf einer Bank saß und in ein recht dickes Buch vertieft war. Obwohl Anna es noch nie zuvor gesehen hatte, wusste sie nicht nur dessen Namen, sondern darüber hinaus noch einiges mehr.

Nein, sie wusste es nicht nur, sie konnte bestimmte Sachen *spüren*. Ihr Herz, das beim Anblick der dunkelhaarigen Schönheit schneller schlug. Nervosität, Unsicherheit, Traurigkeit. Die Gefühle, die das bezaubernde Lachen des Mädchens in ihr auslösten, als es sie entdeckte. Anna wusste mit Sicherheit, dass sie nicht auf Frauen stand und selbst wenn, wäre dieses fremde Küken dort viel zu jung, um ihr Interesse zu wecken!

„Ist alles okay?", nahm sie Lucas' Nachfrage nun wahr. Er hatte sich neben sie gesetzt und betrachtete sie besorgt. „Ist dir wieder schwindlig? Du schienst mit einem Mal so weit weg zu sein …"

„Ja und allzu nah müssen wir ja auch nicht sein", knurrte sie und rückte von ihm ab, weil seine Nähe sie zu sehr verwirrte, sich mit der intensiven Gefühlswelt aus ihrem Tagtraum vermischte.

Sie stand auf. „Wer ist Michelle?“, fragte sie betont ruhig auf ihrem Weg zum Fenster und sah ihn aus sicherer Entfernung an. *Diese* Art von Gefühlen konnte sie derzeit absolut nicht gebrauchen.

Lucas’ Mund öffnete und schloss sich, ohne dass etwas herauskam. Gleichwohl musste es *seine* Erinnerung sein, denn sie hatte nichts mit ihr oder ihren Freunden zu tun.

„Michelle war eine Austauschschülerin aus Paris“, meldete sich Lucas endlich zu Wort, während sich in Annas Kopf die schreckliche Wahrheit ausbreitete.

„Meine erste große Liebe. Ihre zwangsläufige Rückkehr nach Frankreich hat mich ein komplettes Jahr lang aus der Bahn geworfen.“ Er lachte, nicht besonders amüsiert. „Aber wieso weißt *du* davon?“

Seine Augen weiteten sich und im selben Augenblick wie Anna verbalisierte er seine Erkenntnis. „Scheiße, es fängt jetzt doch an!“

Verdächtig

So unvernünftig und sinnlos es auch war: Als Anna am frühen Morgen erwachte, war da trotz der Erkenntnisse des letzten Tages ein winziges Fünkchen Hoffnung in ihr, wieder als sie selbst aufzuwachen. Bedauerlicherweise musste sie schnell feststellen, dass dies nicht so war, denn ihr fehlte nach kurzem Befühlen der Brust nicht nur obenrum das, was die meisten Frauen besaßen, sondern auch untenrum tat sich etwas, das weiblichen Wesen gewöhnlich nicht widerfuhr. Es war noch kein … ‚vollständiges' Problem, sondern eher nur ein … ‚halbes', jedoch deutlich spür- und auch ein wenig sichtbar, wie sie mit einem kurzen Linsen unter die Bettdecke feststellte, was wiederum äußerst peinlich war.

Der Wecker hatte noch nicht geklingelt, aber es war bereits hell genug in Lucas' Zimmer, um beim vorsichtigen Aufrichten im Bett einen Blick auf die Luftmatratze daneben werfen zu können. Die leer war. Decke und Kissen lagen noch darauf. Kurz war Anna erleichtert, Lucas nicht mit einem kleinen Zelt in der Hose begrüßen zu müssen, doch dann fiel ihr ein, dass er vermutlich auf der Toilette oder sogar duschen war. Mit *ihrem* Körper. Den er dafür zwangsläufig berühren musste. An überaus intimen Stellen.

Ihr Gesicht wurde gleich noch wärmer, gleichzeitig stutzte sie, weil der Gedanke sie nicht so abzustoßen schien, wie sie sich vormachte. Anders war die erneute Regung in ihrem Schritt nicht zu erklären. Wie beschämend! Und was sollte sie jetzt tun, damit ihr Problem verschwand – möglichst noch bevor Lucas zurückkam? Sie konnte ja wohl schlecht … Nein, ganz sicher nicht! Wahrscheinlich musste sie nur aufs Klo und danach war alles wieder gut. Allerdings konnte sie das nicht tun, ohne an Lucas vorbeizukommen, was ohnehin nicht …

Die Tür ging auf und sie erblickte sich selbst in einem Bademantel und mit einem um die Haare geschlungenen Handtuch hereinkommen. Erneut ihre eigene Gestalt zu sehen, fühlte sich fast genauso schlimm an wie beim ersten Mal und automatisch schnürte sich ihre Kehle zu und ihre Augen begannen zu brennen.

Lucas schien ebenfalls ein paar Sekunden zu brauchen, um den Anblick seines eigenen Körpers zu verdauen, dann rang er sich ein Lächeln ab und begrüßte sie mit einem leisen „Guten Morgen".

„Morgen", gab sie ebenso leise zurück, während er zu ihr herüberkam. Aus ihrer Sicht eher unauffällig drapierte sie eiligst eines der Kissen auf ihrem Schoss. „Warst du duschen?"

„Ja, ich dachte mir, ich mach das lieber, bevor der Rest der Bande wach ist und mich mit neugierigen Fragen löchert", erklärte er und griff nach den Sachen, die er gestern getragen hatte. „Keine Sorge, ich hab mich bemüht, nicht allzu genau hinzusehen und deinen Körper auch nicht mehr anzufassen, als fürs Duschen nötig war."

„Alles okay“, winkte Anna ab, als wäre ihr das gleich, und hoffte, dass wenigstens Lucas’ Gesichtsfarbe nicht so verräterisch war wie ihre eigene, „manche Dinge sind einfach notwendig.“

„Ich hab auch frische Unterwäsche und ein neues Shirt von meiner Schwester vom Wäscheständer geklaut“, setzte er mit roten Wangen und noch roteren Ohren hinzu. Fast konnte sie es verstehen, dass man sie früher Streichholzkopf genannt hatte. Aber nur fast.

Er hob eine Hand und erst in diesem Augenblick bemerkte sie, dass er darin ein dunkelgrünes T-Shirt hielt. „Ich weiß nicht, ob das deinen Geschmack trifft, aber ich dachte, das passt richtig gut zu deiner Haarfarbe.“

Anna nickte nur beklommen. Das Kissen auf ihrem Schritt war zwar ein guter Sichtschutz, jedoch war es offenbar auch für sie besser, zu duschen, bevor Lucas’ Familie wach wurde. Was hieß, dass ihr nichts anderes übrigblieb, als aufzustehen und an ihm vorbeizugehen.

Die beste Gelegenheit dazu bot sich im nächsten Moment, denn er wandte ihr den Rücken zu, um den Bademantel abzulegen und sich den BH anzuziehen. Den Slip hatte er schon an. Anna schwang rasch die Beine aus dem Bett, stand auf und eilte auf die Tür zu, ein leises „Ich geh dann auch mal duschen“ auf den Lippen.

Aber gerade, als sie die Hand auf die Klinke gelegt hatte, wurde sie von einem etwas verzweifelt klingenden „Anna?“ aufgehalten. Sie schloss die Augen und wandte sich halbwegs um.

Lucas-Anna stand noch mit dem Rücken zu ihr da, sah sie jedoch flehentlich über die Schulter hinweg an, die Hände verdreht am Rücken und darum bemüht, den Verschluss des BHs zu schließen. Zwecklos aus ihrer Sicht, denn so bekam er das bestimmt nicht hin.

„Ich … ich krieg das einfach nicht zu“, stieß Lucas aus. „Das Öffnen ist viel einfacher.“

„Meine Rede“, murmelte Anna, nahm sich ein Herz und trat an ihn heran, um ihm zur Hand zu gehen. Es fühlte sich komisch an, den BH von ‚außen‘ zu schließen und dabei den eigenen Rücken zu betrachten. Ganz schön viele Leberflecke. Musste sie sich Sorgen machen? Ein paar davon waren schon etwas größer.

„Danke!“, gab Lucas mit einem tiefen Seufzer der Erleichterung von sich, als ihr Körper obenrum endlich ordentlich verpackt war, und drehte sich zu ihr herum.

Anna nickte stumm. Ihr Blick fiel automatisch auf ihr Dekolletee. Gar nicht so schlecht …

„Hey!“, mahnte Lucas sie gespielt empört und bedeckte ihre Brust mit beiden Händen.

„Hey!“, erwiderte sie ebenfalls – *ernsthaft* empört und er ließ die Hände gleich wieder fallen.

„Entschuldige“, murmelte er verlegen, griff nach dem T-Shirt, das er zuvor auf das Bett geworfen hatte, und zog es sich flugs über den Kopf. „So – jetzt ist genügend Stoff zwischen deinem Leib und meinen Grabbelhänden.“

Anna konnte nicht anders: Sie musste lachen. Diese ganze Situation war so absurd. Aber das T-Shirt hatte Lucas zumindest sehr gut ausgesucht. Es passte fantastisch zu ihrem roten Haar. Sie sollte sich dringend ein paar Kleidungsstücke in dieser Farbe zulegen, wenn der Irrsinn vorbei war.

„Husch-husch, geh duschen!“, erinnerte Lucas sie an ihr eigentliches Vorhaben und machte dabei die dazugehörige Geste mit den Händen. „Bevor die Monster das

Bad in Beschlag nehmen. Ich würd sagen, du hast noch ungefähr eine halbe Stunde."

Anna nickte willig und hastete sogleich zur Tür, doch als sie diese öffnete, wurde sie ein weiteres Mal aufgehalten.

„Anna? Ich bin nicht sauer, wenn du dein … Problem auf angenehme Weise löst", raunte er ihr mit einem kurzen Blick auf ihren Schritt und einem Augenzwinkern zu. „Der Toilettengang allein reicht eventuell nicht."

Annas Gesicht wurde nicht nur heiß, es stand ihrer Meinung nach sofort in Flammen, denn genau so fühlte es sich an. Dementsprechend antwortfreudig war sie: Sie starrte ihn nur mit geweiteten Augen an.

„Okay – kaltes Wasser und unangenehme Gedanken tun es unter Umständen auch", setzte Lucas hastig hinzu. „Ich dachte nur, dass du vielleicht … ich meine, so eine Gelegenheit bietet sich …" Nun wurde auch er wieder knallrot. „Vergiss es. Du schaffst das schon irgendwie allein."

Sie nickte und schloss die Tür so schnell wie möglich hinter sich. Peinlicher hätte das Ganze nicht werden können. Kalte Dusche – ja das klang nach einer guten Idee.

⛤

Fast genau eine halbe Stunde später war Anna zurück in Lucas' Zimmer – endlich befreit von der schlimmsten Peinlichkeit ihres Lebens. Kalt hatte das Wasser noch nicht einmal mehr sein müssen, denn im Grunde war das Thema bereits durch ihr Schamgefühl so gut wie erledigt gewesen. Die Beschäftigung mit ihren anderen Sorgen hatte ein Übriges getan und so konnte Anna frisch geduscht und einigermaßen gut ausgeschlafen in den neuen Tag starten. Lucas' Bett war megabequem und sie in der Nacht trotz all der Aufregung am Tag geschwind eingeschlafen. Möglicherweise aber auch gerade deswegen.

Lucas war ein Gentleman und sprach Anna nicht mehr auf das morgendliche Dilemma an, sondern konzentrierte sich zusammen mit ihr auf die Planung ihres weiteren Vorgehens. Die Uni zu schwänzen, kam, wie sie am vorangegangenen Abend festgelegt hatten, nicht in Frage. Da Manja sich noch nicht gemeldet hatte und einer Rückverwandlung weiterhin einiges im Weg stand, waren sie sich einig, gemeinsam zur Uni zu fahren. Im Anschluss daran wollten sie sein Geheimversteck mit den Rechercheunterlagen, das Lucas ihr als Box beschrieb, aus einem Spind in der Uni holen („Dort würde nie jemand aus der Zauberergemeinschaft suchen.") und sich danach mit Elli und Tristan treffen. Manja erneut zu kontaktieren, in der Hoffnung, dass die Special Protector bis dahin mit guten Neuigkeiten aufwarten konnte, stand ebenfalls auf dem Plan.

⛤

„Und wie lange seid ihr inzwischen zusammen?", wollte Nola am Frühstücktisch wissen, als sie alle bereits begonnen hatten zu essen. Ohne Frühstück das Haus zu verlassen, war nicht möglich gewesen, da Lucas' Vater genauso großen Wert auf die gemeinsamen Essenszeiten legte wie Annas Eltern. Wer (noch) im Haus lebte, musste sich den dort herrschenden Regeln fügen – auch die Gäste.

Anna verschluckte sich fast an dem Müsli, das sie gerade aß, und Lucas legte ihr beruhigend eine Hand auf den Unterarm. „Erst seit einer Woche“, erklärte er freundlich. „Ich konnte dem Charme deines Bruders einfach nicht länger widerstehen.“

Während Nola und Benisha in lautes Lachen ausbrachen, starrte Anna ihn fassungslos an und schüttelte eilends seine Hand ab, weil sich zum wiederholten Mal ein eigenartiges Prickeln in ihrem Arm ausbreitete. Lucas grinste sie nur breit an.

„Kinder, benehmt euch“, ermahnte Mr de Meath seine Töchter und sah danach seinen Gast, hinter dem sich in Wahrheit sein Sohn verbarg, zugeneigt an. „Ich für meinen Teil bin froh, dass Lucas endlich mal wieder ein nettes Mädchen mit nach Hause gebracht hat. Ich hab mir schon Sorgen gemacht, dass er nie über Michelle hinwegkommt.“

Entsetzen zeigte sich in Lucas' Augen. „Da…mn!“, stieß er aus, weil er sich in letzter Sekunde bewusst geworden war, in wessen Haut er steckte. „Ich … also … das ist kein Thema mehr. Also war es auch nie zwischen uns.“

„Michelle?“, wiederholte Anna stirnrunzelnd, erinnerte sich dann aber gerade noch rechtzeitig. „Die hab ich längst vergessen. Dank meiner Anna.“ Sie ergriff nun selbst Lucas' Hand und drückte sie kurz, ließ jedoch gleich wieder los, weil das seltsame Kribbeln erneut einsetzte. „Ich hab sie ja auch ewig nicht mehr gesehen.“

„Macht sich ja auch schlecht, solange du nicht nach Paris reist“, fügte Nola an, die soeben ein Stück von ihrem Toast an den Hund der Familie verfütterte.

Joon hatte die falsche Anna am Morgen so überschwänglich begrüßt, als wüsste sie, wer wirklich in der Haut der jungen Rothaarigen steckte, und wahrscheinlich war das auch so. Tiere sollten ja eine andere Wahrnehmung haben. Nichtsdestotrotz hatte ‚Anna' jetzt bei den de Meaths den Ruf, eine Hundeflüsterin zu sein, denn der Hund war Fremden gegenüber sonst eher misstrauisch und ließ sich von denen normalerweise gar nicht anfassen. Annas Schaden war das nicht.

„Es gibt auch noch Videochat-Programme", wurde Nola von ihrer großen Schwester erinnert. „Da kann man jemanden ebenfalls ‚sehen'."

„Ja, aber nicht persönlich", erwiderte Nola mit einem Augenrollen.

„Aber ich – *er* hat sie definitiv *nicht* gesehen!", stellte Lucas klar. „Weder digital noch live. Sie spielt keine Rolle mehr in seinem Leben und das nicht erst seit heute. Nicht wahr, Schatz?" Er stieß Anna mit dem Arm an und sie nickte eiligst.

„Schnee von gestern", bestätigte sie.

„Und absolut kein Thema für das gemeinsame Frühstück", fügte Lucas noch hinzu.

Während seine Schwestern irritiert von einem zum anderen blickten, stimmte Mr de Meath ihnen unverzüglich zu. „Ich wollte nur noch anmerken, dass du hier immer herzlich willkommen bist, Anna", sagte er mit einem warmen Lächeln. „Meine Frau und ich sind recht offen, was die Liebesbeziehungen unserer Kinder angeht …"

„Seit wann?!", warf Nola verärgert ein.

„Unserer *erwachsenen* Kinder", verbesserte Mr de Meath sich umgehend selbst und warf Nola dabei einen mahnenden Blick zu. „Ihr könnt auf Lucas' Zimmer tun, was immer ihr wollt, …“

Lucas holte Luft, um seinem Vater das Wort abzuschneiden, schien sich dann jedoch zu besinnen, biss sich auf die Lippen und schloss nur frustriert die Augen.

„… solange es für uns andere nicht sicht- oder hörbar wird, wenn ihr versteht, was ich meine.“ Mr de Meath lachte und zwinkerte Anna und Lucas verschwörerisch zu.

Letzterer nickte mit hochroten Ohren und rang sich ein kleines Lächeln ab, das Anna mit ihrem eigenen, recht verkrampften ergänzte. Auch ihr Gesicht glühte und das obwohl sie ja gar nicht mit Lucas zusammen war und solcherlei Dinge unter Garantie niemals zwischen ihnen passieren würden.

Glücklicherweise fiel Benisha kurz darauf ein, dass sie von ihrem Vater einen Rat bezüglich ihres Studiums brauchte und innerhalb weniger Minuten waren Lucas und Anna von der Aufmerksamkeit der anderen befreit.

„Sorry“, murmelte er neben ihr und sie winkte rasch ab.

„Alles gut“, erwiderte sie ebenso leise. „Jetzt lass uns bloß schnell aufessen und anschließend von hier verschwinden, bevor sie weitere neugierige Fragen stellen.“

Lucas nickte und gemeinsam stürzten sie sich auf ihre Müslischalen, als gäbe es kein Morgen.

⛤

Annas zweiter Uni-Tag in der Haut von Lucas de Meath verlief viel weniger aufregend und anstrengend als der erste. Sie hatten einander am gestrigen Abend und zusätzlich im Auto recht gut auf die Kurse und mögliche Begegnungen mit Freunden und Bekannten vorbereitet und so konnte sie dieses Mal die Grüße der Mitstudenten mit einem Lächeln erwidern und den ein oder anderen sogar beim Namen nennen. Langen Gesprächen entging sie, wie mit Lucas abgesprochen, indem sie vorgab, Halsschmerzen zu haben und nicht viel reden zu können. In den beiden längeren Pausen zwischen den Kursen traf sie sich mit ihm zum Essen, um sich schließlich an einem ihrer versteckten Orte über den bisherigen Verlauf des Tages auszutauschen. Es war schon erstaunlich, was die Not mit einem machte. Früher hatte Lucas' Anblick sie in einen Zustand der angespannten Nervosität versetzt – mittlerweile brachte er ein Gefühl der tiefen Erleichterung mit sich, ließ sie zur Ruhe kommen und vertrieb ihre Unsicherheit.

Eventuell lag es aber auch daran, dass sie jedes Mal nicht ihn, sondern sich selbst auf sich zukommen sah. Was wiederum narzisstisch klang, jedoch nicht war, denn es blieb auf unangenehme Art und Weise seltsam, mit sich selbst zu sprechen und zu interagieren. Es war nur schön, zu sehen, dass ihr Körper gut behandelt wurde und immer noch vollkommen intakt war.

Wie dem auch war – durch ihre gute Vorbereitung verlief der Tag ohne jegliche Zwischenfälle und als Anna mit Lucas ins Auto stieg, nachdem sie die Box aus dem Spind geholt hatten, fühlte sie sich ein ganzes Stück besser als am gestrigen Tag.

„Jetzt heißt es Daumen drücken, dass unsere Freunde von S.O.o.M.P. auf dem Weg zu unserer Erlösung einen guten Schritt weiter sind“, verkündete Lucas und Anna konnte ihm nur zustimmen. Es geschahen noch Zeichen und Wunder und vielleicht waren sie ja bereits am heutigen Abend zurück in ihren eigenen Körpern.

Diesen Optimismus beizubehalten fiel Anna schwer, als sie bei Elli und Tristan eintrafen und diese ihnen gestanden, dass Manja durch den anderen Fall, den sie noch zu bearbeiten hatte, weiterhin aufgehalten wurde. Offenbar konnte sie erst am Samstagvormittag zu ihnen stoßen. Fernerhin nahm die Recherche bezüglich Merlins Spiegel doch mehr Zeit in Anspruch als zuvor angenommen, was wohl hieß, dass die Erlösung zumindest für heute noch nicht auf dem Plan stand.

„Ich wünschte, es wäre anders“, beteuerte Manja über den PC-Bildschirm, als sie endlich eine Verbindung zu ihr herstellen konnten, „insbesondere, da es ja nun doch eine erste EÜ von Annas Seite aus gab, aber hier läuft alles gerade ein wenig aus dem Ruder …“

Sie zuckte zusammen und das Bild wackelte mit dem lauten Rumsen, das im Hintergrund zu hören war. Die junge Frau schien gar nicht zuhause zu sein, denn hinter ihr befand sich eine recht abgewetzt aussehende Blümchentapete, die soeben Feuer fing. Manja schlug die Flammen hastig mit der flachen Hand aus.

„Leute, das hier ist teure Technik!“, rief sie am Fokus der Kamera vorbei. „Passt bitte ein bisschen auf!“ Sie schüttelte verärgert den Kopf und wandte sich ihnen abermals zu.

„Müssen wir uns Sorgen machen?“, erkundigte Tristan sich und ihm war zum ersten Mal in Annas Gegenwart anzusehen, dass er Manja trotz seiner Spötteleien im Grunde sehr gernhatte.

„Ach, was“, winkte die Special-Protector ab, blickte jedoch mit dem nächsten Atemzug erneut eindeutig jemanden außerhalb des Kameraabschnitts an, „ein gewisser Herr, sollte nur mal seine Finger von meinen Geräten lassen und sich im Gefecht lieber auf seine eigenen Kräfte besinnen! Ich verstehe ja eine gewisse Neugierde, aber zu angemessenen Zeiten bitte!“

„Hab alles im Griff!“, hörte man eine männliche Stimme zurückrufen und Manjas PC wackelte zum wiederholten Mal bedenklich.

„Ihr seht, grad ist es ganz schlecht“, entschuldigte Manja sich, „aber ich hab euren Fall auf dem Schirm und auch schon ein paar Dinge über den Spiegel herausgefunden. Ich berichte euch sofort davon, wenn ich wieder ein ruhiges Plätzchen gefunden habe. Toll wäre es, wenn ihr bis dahin Lucas’ Material über die Verschwörung gegen seine Mutter gesichtet und wenn möglich sogar ein paar Verdächtige gefunden habt.“

„Wir kümmern uns darum“, versprach Tristan. „Und grüß Bal von mir. Er schuldet mir noch eine Revanche im Billard und ein Bier.“

„Ihr mit eurem Wettstreit“, erwiderte Manja kopfschüttelnd, jedoch schmunzelnd. „Wir sprechen uns in Kürze.“

Damit brach der Kontakt zu ihr ab und die Verbliebenen aus dem Team ‚Körperrücktausch‘ sahen sich unentschlossen an.

„Das Material?“, fragte Elli und schaute dabei Lucas auffordernd an.

„O ja“, erinnerte der sich, griff nach seinem Rucksack und beförderte sein Geheimversteck für heikle Unterlagen daraus hervor, um es sogleich auf den Couchtisch zu stellen.

„Warum hast du denn gleich die komplette Box mitgebracht?“, fragte Tristan irritiert.

„Weil sie keine normale Box ist und nur mit meiner Magie geöffnet werden kann“, erklärte Lucas. „Jeder magisch Begabte besitzt eine spezielle, unnachahmliche Energiequelle in seinem Kern, mit der er zaubert, und die Box öffnet sich nur mit dieser.“

„Dann ist das sozusagen ein Schloss, das nur mit deinem magischen Fingerabdruck zu öffnen ist“, schloss Tristan und verzog respektvoll die Lippen. „Nicht schlecht.“

„Und du kannst deine magische Energie nicht mehr nutzen, weil du in Annas Körper steckst, die ja keine Magierin ist?“, mutmaßte Elli.

„Richtig“, bestätigte Lucas. „Gestern früh ging es noch, weil wir anfangs vermutlich noch eine energetische Verbindung zu unseren eigenen Körpern hatten. Im Laufe des Tages ist diese allerdings immer schwächer geworden, bis sie vollkommen verschwand.“

„Aber deine magischen Kräfte sind noch da?“, hakte Tristan nach.

„Davon gehe ich aus.“ Lucas suchte Annas Blick und die hob nur hilflos die Schultern.

„Keine Ahnung“, gestand sie. „Ich hab bisher nichts gefühlt.“

„So leicht ist das ja auch nicht", erwiderte Lucas mit einem schiefen Lächeln. „Ich hab fast zehn Jahre gebraucht, um meine Fähigkeiten zu entdecken. Da ich inzwischen jedoch weiß, wo sie schlummern, kann ich dich anleiten."

„Anleiten?", wiederholte Anna entgeistert. „*Ich* soll zaubern?"

Sein Nicken verursachte ein unangenehmes Ziehen in ihrem Magen und ihr Puls beschleunigte sich prompt. Die ganze Sache mit der Zauberei und den übernatürlichen Wesen war noch zu neu, um sich damit wohlzufühlen, geschweige denn selbst diese Art von Kräften zu benutzen. Sie war eine blutige Anfängerin – brachte sie nicht alle Beteiligten in Gefahr, wenn sie auf Lucas' Kräfte zugriff?

„Keine Sorge, ich hab mein Athame ebenfalls heut Morgen eingesteckt", verkündete Lucas, als könne er ihre Gedanken lesen.

„Ich hatte eigentlich gehofft, dass ihr eventuell ein Gerät besitzt, mit dem man magische Boxen öffnen kann", wandte Anna sich an Elli und Tristan, während Lucas ein weiteres Mal in seinen Rucksack griff und eine mit goldenen Ornamenten verzierte hölzerne Schachtel daraus hervorholte.

„Gut möglich, dass das mit einem der Geräte funktioniert", gab Elli zurück, „aber ich denke, es ist einfacher, es auf die Weise zu versuchen, die Lucas vorgeschlagen hat. Wenn das nicht funktioniert, können wir immer noch die Geräte durchtesten."

„Lieber nicht", erwiderte Lucas. „Die Möglichkeit, dass dadurch der Inhalt zerstört wird, ist viel zu groß."

Mit diesen Worten öffnete er die Athame-Schatulle. In ihr lag ein wahrlich wunderschöner zweischneidiger Dolch. Erst auf den zweiten Blick bemerkte Anna, dass nicht die Klinge selbst golden und mit unzähligen mystischen Gravuren und einem Pentagramm verziert war, sondern die Scheide, in der sie steckte. Der Schaft war relativ schlicht gehalten und mit Leder umwickelt, jedoch war auf seinem oberen Ende ein weiteres silbernes Pentagramm aufgesetzt worden. Lucas zog unter Tristans respektvollem „Cool" den Dolch aus der Scheide und Anna entdeckte auf der Klinge ein Wappen und ein paar Runenzeichen.

„Ist das euer Familienwappen?", erkundigte Anna sich und wies auf die beiden ineinandergreifenden Sichelmonde, über die eine Eule schützend ihre Flügel ausstreckte.

Lucas nickte mit einem kleinen Lächeln und einem Hauch von Stolz in den Augen und hielt Anna den Schaft hin. Sie zögerte einen langen Moment, griff aber schließlich beherzt zu. Zu ihrer großen Überraschung fühlte es sich auch nicht anders an, als ein Brotmesser in die Hand zu nehmen. Neben ihr ertönte ein leises Lachen und sie sah Lucas stirnrunzelnd an.

„Das Athame allein hat keine Wirkung", erklärte er, wohl weil man Anna ihre Irritation nur allzu deutlich angesehen hatte. „Du musst meine Kräfte in es hineinleiten. Erst dann passierte etwas."

„Und wie mache ich das?", fragte sie verunsichert.

„Schließ deine Augen", wies er sie an.

Anna zögerte, denn das Ganze war ihr noch immer nicht wirklich geheuer. Was war, wenn doch etwas schiefging und Lucas' Kräfte außer Kontrolle gerieten – trotz des Athames?

„Wenn es dir ein bisschen hilft: Ich habe ebenfalls magische Kräfte und könnte bestimmt eingreifen, wenn etwas nicht so läuft, wie es soll“, äußerte Elli und nicht nur Anna, sondern auch Lucas schauten sie verdutzt an.

„Du bist eine Magierin?“, hakte er erfreut nach.

„Also, ich bin noch nicht so richtig gut ausgebildet, aber ja, ich hab gewisse Kräfte vererbt bekomme. Von einem Urahnen, auf den ich nicht sonderlich stolz bin“, erklärte die junge Frau verlegen. „Dav hat mit mir bislang hauptsächlich Abwehrzauber geübt, weil die für unsere Arbeit bei S.O.o.M.P am wichtigsten sind, doch ich denke, die würden auch hier helfen, falls was aus dem Ruder läuft.“

Lucas nickte. „Auf jeden Fall.“ Er wandte sich wieder Anna zu. „Siehst du? Du brauchst dir echt keine Sorgen zu machen.“

„Dein Wort in Gottes Ohr“, murmelte Anna, holte tief Luft und kam seiner vorherigen Bitte schließlich nach: Sie schloss die Augen. Sie war nach wie vor überaus nervös, aber vielleicht funktionierte es ja trotzdem.

„Versuche tief und ruhig zu atmen“, hörte sie Lucas’ sanfte Stimme und bemühte sich, weiter seinen Anweisungen zu folgen. „Entspanne deinen Körper …“

„Du meinst *deinen*“, konnte Anna sich nicht verkneifen anzumerken und grinste breit, ohne die Augen zu öffnen.

„Lieber nicht“, hörte sie Lucas sagen und wusste auf der Stelle, dass er dabei ebenfalls schmunzelte. „Ich finde, das hat irgendwie so was dominant Forderndes – wenngleich es der Wahrheit entspricht. ‚Komm, Baby, entspanne meinen Körper‘ – nee, das würde der Situation einen falschen Kontext verleihen.“

Anna musste lachen und hörte auch aus Ellis und Tristans Richtung leises Prusten. Der Humor half erstaunlich gut dabei, ihre Nervosität zu bekämpfen, und sie fühlte, wie sich ihre Muskulatur lockerte, ihr Herzschlag sich verlangsamte.

„Fühlst du irgendwo in dei… *meinem* Körper ein kaum wahrnehmbares Vibrieren?“, fragte Lucas, nachdem ein paar Sekunden verstrichen waren.

Anna wollte schon verneinen, als sie in der Tat unversehens das Gefühl hatte, etwas Derartiges im oberen Bauchbereich zu spüren. Ihre Hand wanderte automatisch dorthin, drückte auf die straffe Muskulatur. „Irgendwo da ist was“, gab sie zurück.

„Okay, versuche dich auf diese Stelle zu konzentrieren und gleichzeitig das Athame so deutlich wie möglich zu fühlen“, wies Lucas sie weiter an, dieses Mal mit deutlicher Aufregung in der Stimme. „Anschließend stell dir bildlich vor, wie du beides miteinander verbindest – vielleicht mit einem Seil oder ähnlichem.“

Ein schnödes Seil? Nein. Anna nahm geistig ein Kabel in die Hand, steckte das eine Ende in ihre Leibesmitte und das andere in den Dolch und … Ihr stockte der Atem, denn plötzlich fühlte es sich so an, als würde wahrhaftig ein warmer, kribbelnder Strom von ihrem Bauch durch ihre Brust, den Arm und schließlich in ihre Finger hineinlaufen. Dazu meinte sie noch ein leises statisches Brummen zu vernehmen. Es waren die überraschten Laute von Elli und Tristan, die sie dazu brachten, die Augen aufzuschlagen. Von neuem fiel es ihr schwer, normal weiter zu atmen, denn der Dolch in ihrer Hand leuchtete in einem wunderschönen Gold, als hätte jemand in seinem Inneren ein Licht angezündet.

„Wahnsinn!“, stieß Tristan mit großen Augen aus und Elli gab ein leises Lachen von sich.

„Du klingst schon wie Manja“, merkte sie an, ohne dazu in der Lage zu sein, ihren Blick von dem Athame abzuwenden.

„Die würde ausflippen, wenn sie das hier sehen würde“, erwiderte Tristan.

Anna konnte ihm nur zustimmen, denn auch sie war kurz davor. „S…sieht das immer so aus?“, stammelte sie verängstigt. „Mache ich eventuell was falsch? Nicht dass das Ding gleich explodiert.“

Lucas gab ein belustigtes Glucksen von sich, das Anna umgehend beruhigte. „Da kann nichts explodieren“, beschwichtigte er sie weiter, „und ja, das sieht immer so aus. Wenn wir Magier und Magierinnen ohne ein Athame zaubern, kann man das nicht so gut sehen, weil die Energie sich weiter ausbreitet, aber auf einen kleinen Punkt gebracht wird sie halt sehr deutlich sichtbar.“

„Und was tue ich jetzt?“, brachte Anna mit dünner Stimme hervor. Das Ganze war ihr trotz Lucas’ beruhigender Worte absolut nicht geheuer.

„Du richtest das Athame auf die Kiste und sagst laut ‚oscail do chroí‘“, erklärte Lucas ihr.

„Was ist das für eine Sprache?“, fragte Anna interessiert, um sich von ihren eigenen Ängsten abzulenken.

„Irisch-gälisch“, offenbarte Lucas ihr. „Es heißt: ‚Öffne dein Herz‘ – falls du sichergehen willst, dass ich dich nicht irgendetwas Verwerfliches sagen lasse.“

„Ich vertrau dir“, erwiderte Anna und stellte dabei etwas verwundert fest, dass es tatsächlich so war. Sie war normalerweise äußerst vorsichtig damit und brauchte eine Weile, um sich mit jemandem richtig sicher zu fühlen, aber bei Lucas war das irgendwie anders. Seit sie mit ihm in dieser furchtbaren Situation war oder eher seitdem er ihr beim Zaubern geholfen hatte, hatte sich ihr Bild von ihm deutlich gewandelt und es gab nicht einmal mehr eine Spur von Misstrauen ihm gegenüber in ihrem Herzen.

Lucas' Blick wurde ganz warm und zugeneigt und Anna fühlte ein merkwürdiges Flattern in ihrem Bauch. Für einen viel zu langen Zeitraum schauten sie sich in die Augen und Anna hatte mit einem Mal das Gefühl, als würde sie nicht mehr sich selbst, sondern wirklich *ihn* ansehen.

Ein Räuspern ertönte wie aus weiter Ferne und riss Anna aus ihrer leichten Trance. Tristan und Elli sagten zwar nichts, ihr Schmunzeln sprach gleichwohl Bände.

„Ähm … kannst du die Worte noch einmal wiederholen?“, fragte Anna Lucas und versuchte dabei verbissen, nicht rot anzulaufen.

Er kam ihrer Aufforderung schnell nach und Anna versuchte ihr Glück. Die Aussprache war nicht allzu leicht, dennoch reagierte die Box auf den Zauber und der Deckel hob sich wie von Geisterhand.

„Gott sei Dank!“, stieß Lucas mit einem erleichterten Lachen aus und griff sogleich nach den Unterlagen, die darin zu finden waren.

Verunsichert sah Anna auf den anhaltend leuchtenden Dolch in ihrer Hand. „Was … was mache ich jetzt damit?“

„O ja“, Lucas wandte sich ihr rasch wieder zu. „Löse die Verbindung im Inneren, so wie du sie hergestellt hast.“

Er wartete und sie schloss erneut die Augen, stellte sich vor, wie sie das Kabel herauszog. Es funktionierte, wie sie feststellte, als sie die Lider öffnete. Das Leuchten des Dolches wurde schwächer und erstarb schließlich, sodass sie diesen zurück in Lucas' Hände legen konnte. Obgleich das alles wunderschön anzusehen gewesen war, so war Anna doch erleichtert, das Athame los zu sein und nicht noch weiter zaubern zu müssen. Das war so gar nicht ihr Ding.

„Was genau ist das alles?", erkundigte Tristan sich, als Lucas seine Unterlagen auf dem Couchtisch ausgebreitet hatte.

„Es ist so", begann der Angesprochene, „die beiden Männer, die ich damals auf der großen Versammlung belauscht hatte, gehören nicht zu dem Konvent meiner Familie. Sie sprachen von jemandem, der ebenfalls zu den Wicca, jedoch nicht zu *ihrem* Konvent gehört, den sie aber beide durch die Zusammenkünfte der Zauberervereinigung kennen. Infolgedessen habe ich versucht herauszufinden, wer das sein könnte, indem ich mir Fotos von Versammlungen und gemeinsamen Feiern, Anwesenheitslisten und diversen Briefverkehr zwischen Mitgliedern der Konvente angesehen habe. Zudem habe ich versucht herauszufinden, mit wem aus unserem Konvent diese Männer und ihre Familienangehörigen befreundet sind, weil ich gleich das Gefühl hatte, dass meine Mutter den Kopf der Verschwörung gut kennen könnte. Das hier sind alle wichtigen Unterlagen zu meinen Recherchen und …", er griff nach einer langen Liste mit Namen, „… mein Ergebnis, wer alles in Frage kommen würde."

„Hast du denn schon jemanden aussortieren können?", fragte Anna, während sie die Liste betrachtete. Es waren immerhin noch zwanzig Namen darauf, was es schwer machte, den Schuldigen zeitnah zu finden.

„Einige, aber wenn Manja mit dem Spiegel Merlins recht hat, können wir inzwischen noch mehr ausschließen“, behauptete Lucas und nahm postwendend einen Stift zur Hand.

„Wieso?“, wollte Tristan wissen.

„An solch alte Artefakte kommt man nicht so einfach heran“, erklärte Lucas. „Man braucht Verbindungen zu sogenannten ‚Schatzsuchern‘, Archäologen und Museen und dann noch eine Menge Geld, um diese kostbaren Objekte zu kaufen.“

„Das heißt, der Täter muss wohlhabend sein“, schloss Elli.

„Und ein erfahrener, sehr mächtiger Magier“, fügte Lucas hinzu. „Und das bedeutet …“ Er sprach nicht weiter, sondern begann die Liste durchzugehen und einen Namen nach dem anderen auszustreichen. Bei jedem einzelnen schlug Annas Herz ein kleines bisschen höher. Je weniger es letztendlich waren, desto einfacher wurde es, den Täter und seine möglichen Komplizen ausfindig zu machen. Am Ende blieben jedoch immer noch zwölf übrig.

„Das sind weiterhin zu viele, um sie alle in absehbarer Zeit persönlich zu überprüfen“, stellte Tristan mit leichtem Frust in der Stimme fest. „Zumal die ja auch nicht alle hier in Oxford leben.“

„Gibt es denn nicht noch weitere Ausschlusskriterien?“, hakte Elli nach.

Annas Gedanken überschlugen sich. „Doch!“, fiel ihr ein. „Der Täter muss uns beide kennen. Wir haben doch angenommen, dass er Lucas stoppen wollte, indem er uns die Körper wechseln ließ. Also ging er entweder davon aus, dass wir uns nie begegnen oder dass wir uns nicht ausstehen können und niemals zusammenarbeiten werden."

„Ersteres fällt weg, denke ich, sonst hätte er jemanden gewählt, den ich gar nicht kenne und der möglichst weit weg von mit lebt", nahm Lucas sofort Bezug auf ihre Äußerung. „Unter Umständen funktioniert das mit dem Körpertausch auch nicht auf größere Entfernung."

„Aber unsere beiden Wohnorte liegen ja nun auch nicht direkt nebeneinander", wandte Anna nachdenklich ein.

„Sie sind aber auch nicht wirklich *weit* voneinander entfernt", hielt Lucas dagegen. „Du hast gesagt, dass die verhüllte Gestalt mit dem Spiegel in deiner Vision in einem Wald saß, an einem See. Zwischen Aylesbury und Oxford gibt es einige Seen, die dafür in Frage kämen, vor allem in der Nähe von Thame, was ungefähr auf der Hälfte der Fahrstrecke liegt. Wenn der Täter oder die Täterin dort den Zauber ausübte, war der Abstand zu uns nicht so dramatisch groß."

Anna musste nicken. „Ja, okay, ich verstehe, wenn die Nähe *keine* Rolle spielen würde, hätte er wohl eher jemanden in Australien gewählt."

„Vielleicht *müsst* ihr euch sogar kennen", warf Elli ebenfalls nickend ein.

„Das würde heißen, dass Anna recht hat, der Täter von eurer Rivalität in der Uni weiß und davon ausgeht, dass ihr gar nicht erst den Kontakt zueinander sucht", meldete Tristan sich zu Wort.

„Oder euch gegenseitig beschuldigt und vollkommen durchdreht", fügte Elli an.

„Ja, genau, wäre wahrscheinlich super für ihn oder sie gewesen, wenn man euch in die Klapse einweist und wegschließt“, setzte Tristan hinzu. „Problem aus dem Weg geräumt und das, ohne selbst weiter eingreifen zu müssen und sich verdächtig zu machen.“

„Was für ein perfider Plan“, grummelte Anna. „Das sollte die Liste allerdings deutlich kleiner machen.“

Lucas warf einen Blick darauf und begann weitere Namen auszustreichen. Seine Stirn legte sich dabei in tiefe Falten. Nicht besonders vorteilhaft, wie Anna feststellte. War ihre Stirn schon immer so hoch gewesen? Nicht, dass sie gerade Zeit hatten, über solcherlei Dinge nachzudenken.

Lucas setzte den Stift wieder ab, schüttelte jedoch widerstrebend den Kopf. Kein einziger Name war mehr übrig.

„Oh“, gab Anna wenig geistreich von sich.

Er drehte den Zettel in ihre Richtung. „Kennst du irgendwen von denen? Ich hätte dich das eigentlich gleich checken lassen sollen.“

Anna überflog die Namen, aber ihr kam nicht ein einziger bekannt vor. Sie schüttelte bedauernd den Kopf.

„Irgendwas übersehen wir hier …“, murmelte Lucas.

„Haben die eventuell Kinder in eurem Alter?“, überlegte Elli.

Lucas Kopf fuhr hoch und er sah sie begeistert an. „Ja, natürlich!“ Er begann in den anderen Unterlagen herumzuwühlen. „Ein paar von denen kenne ich persönlich, aber bei den meisten muss ich nachsehen. Wir brauchen die Stammbäume von jedem auf der Liste.“

Anna kniete sich kurzerhand vor den Tisch, sodass sie besser an die Unterlagen herankam, und begann ebenfalls zu suchen. Auch Tristan und Elli gingen ihnen unverzüglich zur Hand. Nur ein paar Minuten später lagen alle Stammbäume vor ihnen und Lucas schrieb die Namen der Personen aus der Liste, deren Kinder die Oxford University besuchten, auf einen anderen Zettel. Am Ende blieben zu Annas großer Freude nur noch drei Personen übrig.

„Na, damit kann man doch arbeiten!“, freute Tristan sich und Anna konnte ihm nur zustimmen.

„Kennst du diese Leute gut?“, wollte Elli von Lucas wissen.

„Nur einen davon“, erwiderte dieser bedrückt und wies auf den Namen Gawyn McDougan. „Er ist der beste Freund meiner Mutter und ich kann mir eigentlich nicht vorstellen, dass er ihr derart in den Rücken fallen würde. Außerdem steht er gewöhnlich voll und ganz hinter ihren Entscheidungen. Dennoch will ich ihn nicht von vornherein ausschließen. Manche Menschen können einen sehr überraschen.“

„Kann ich verstehen“, setzte Anna nachdenklich hinzu, „nichtsdestotrotz würde ich dann doch eher vorschlagen, erst einmal die anderen beiden zu überprüfen …“, sie beugte sich vor, um die Namen besser entziffern zu können, „… Adrian Banks und Sophie Butler. Banks – ist das *der* Mr Banks aus der Immobilien-Werbung?“

„Oh! Ja!“ Ellis Gesicht erhellte sich. „Willst du wie ein König hausen, musst du zu Banks Immobilien sausen.“ Sie und Tristan, der bei der zweiten Hälfte des Slogans in ihren Singsang mit eingestimmt hatte, lachten laut.

„Genau der“, bestätigte Lucas grinsend. „Adrian Banks ist der Wohlhabendste der Drei und auch Mitglied des Obersten Rates. Er leitet nicht nur dieses äußerst bekannte Maklerunternehmen, sondern besitzt auch selbst einige größere Immobilien, darunter das ‚Dark Magic' hier in Oxford."

Tristans Brauen bewegten sich nach oben. „Der neue Nachtclub? Nicht schlecht."

„Warst du etwa schon mal da?", gab Elli entrüstet von sich. „Ohne mich?"

„Ja, letztens mit meiner anderen heißen Geliebten", grinste ihr Freund sie breit an und bekam prompt einen Knuff verpasst.

„Mein Kumpel George war letztens drin und echt begeistert", stellte er weiterhin grinsend richtig, während er sich den Arm rieb. „Und wenn der Club von innen so viel hermacht wie von außen, hat Mr Banks da viel Kohle investiert. Das nötige Kleingeld für das Artefakt hat er damit auf jeden Fall."

„Was ist mit Ms Butler?", hakte Anna nach.

„Sie ist Direktorin der Oxford High School und, wie ich herausgefunden habe, Erbin einer großen Handelsfirma", berichtete Lucas. „Auf den Versammlungen der Konvente wirkte sie meist eher verschlossen und wenig gesellig – aber wir wissen ja: Stille Wasser sind tief."

„Sie hätte auf jeden Fall Zugang zu Unterlagen über deine Familie, würde direkt an deine Schwester herankommen und über sie womöglich auch an etwas Persönliches von dir", warf Elli ein.

„Darüber hinaus geht ihr Sohn in einen meiner Kurse", fügte Lucas an. „Einen, den Anna ebenfalls besucht."

„Echt?" Anna war überrascht. „Wie sieht er denn aus?"

„Groß, blond, schlaksig. Hat eine große Klappe und benutzt das Wort ‚Fuck' recht häufig."

„Ah, ich erinnere mich dunkel", gab Anna zu und übertrieb damit noch nicht einmal. Menschen, die ihr unangenehm waren, strich sie ziemlich schnell aus ihrem Gedächtnis – selbst, wenn sie ihr weiterhin begegneten.

„Ich kann mir allerdings nicht vorstellen, dass der nahe genug an mich herangekommen ist, um mir eine persönliche Sache zu stehlen", fügte sie stirnrunzelnd hinzu.

„Ein Haar oder Ähnliches würde ja bereits genügen", ließ Lucas sie wissen.

Anna rümpfte verärgert die Nase. „Toll. So simpel ist es also, jemanden zu verhexen."

„Deswegen ist meine Mutter ja für härtere Bestrafungen bei Verstößen gegen die Gesetze der Zauberervereinigung", erwiderte Lucas.

„Wer ist denn Mr Banks Kind?", hakte Anna nach. „Haben wir mit diesem auch ein Seminar?"

„Jocelyn Banks", gab er ohne Zögern bekannt und seinem genervten Gesichtsausdruck nach zu urteilen, kannte er diese noch besser.

„Jocelyn …", wiederholte Anna und verengte ihre Augen. Da war doch erst vor Kurzem etwas gewesen … „Ist sie das Mädchen, das sich in der Mensa so über dich – oder eher mich – lustig gemacht hat?"

„Ganz genau", bestätigte Lucas mit einem kleinen Seufzen. „Wir kennen uns von den Treffen des Konvents her und sie … ich will nicht eingebildet klingen, aber sie steht auf mich und versucht seit geraumer Zeit, mich dazu zu kriegen, sie um ein Date zu bitten."

„Und du willst nicht?“, rutschte es Anna heraus, obwohl die Frage vollkommen irrelevant war. „Sie ist doch bildhübsch.“

„Das reicht mir nicht, um mein Interesse zu wecken“, stellte Lucas klar. „Sie ist furchtbar oberflächlich und eingebildet und einfach kein netter Mensch. Ich stehe eher auf die intelligenten, sensiblen Mädchen, die nicht mit dem Strom schwimmen.“

Der Blick in Annas Augen war zu tief, um ihn gelassen hinzunehmen, und so starrten sie sich beide ein weiteres Mal viel zu lange stumm an.

Nochmals war ein leises Räuspern zu vernehmen und gleich darauf ertönte Ellis leicht amüsierte Stimme: „Na, ist doch schön, dass wir *das* schon mal klären konnten. Gehe ich recht in der Annahme, dass ihr es sowohl Jocelyn als auch dem Butler-Jungen zutraut, für ihre Eltern die persönlichen Sachen von euch besorgt zu haben?“

Lucas und Anna nickten einvernehmlich.

„Dann würde ich vorschlagen, dass wir uns an die beiden heranmachen“, fuhr Elli fort. „Möglichst noch heute, denn mir macht das mit deiner EÜ ein wenig Sorgen, Anna.“

„EÜ – heißt das Erinnerungsübernahme?“, hakte Anna nach und versuchte dabei, ihre Angst bezüglich dieser Sache gar nicht erst richtig hochkommen zu lassen.

„Genau“, bestätigte Elli. „Sorry, Manja färbt manchmal ganz schön auf mich ab. Aber zurück zum Thema: Wisst ihr, wie die Kinder der beiden Verdächtigen so ihren Freitagabend verbringen?“

Lucas kratzte sich nachdenklich an der Stirn. „Sean Butler habe ich die beiden Male, als ich freitags im Campus-Pub war, dort gesehen, also ist es sehr gut möglich, dass er heute Abend erneut dort auftaucht. Und Jocelyn ist fast jeden Freitag im Club ihres Vaters – das weiß ich, weil sie mir das bereits mehrfach hat zukommen lassen."

Anna wusste nicht warum, aber irgendwie ärgerte es sie langsam, dass Jocelyn sich Lucas so aufdrängte. Hatte das Mädchen denn gar keinen Stolz?

„Das ist doch super!", freute Elli sich hingegen. „In dem Fall könnt ihr nicht nur Jocelyn aushorchen, sondern vielleicht auch ihren Vater genauer in Augenschein nehmen, sollte er ebenfalls dort sein. Wenn er bei eurem Anblick nervös werden sollte, wäre das schon mal ein sicheres Anzeichen dafür, dass er zumindest über den Körpertauschzauber Bescheid weiß und irgendwie in das Komplott verwickelt ist."

„Äh … *wir* sollen die Banks überprüfen?", hakte Anna irritiert nach und hatte große Mühe, ihren Widerwillen nicht allzu deutlich zu zeigen. „Wir können das doch auch mit Sean machen, schließlich kennt Lucas ihn und könnte mit …"

„Er kennt auch Jocelyn", unterbrach Tristan sie, „und da sie auf ihn steht, sollte es ein Leichtes sein, an Informationen heranzukommen. Alkohol und ein bisschen Flirten kann wahre Wunder bewirken."

„Hört, hört", spöttelte Elli und fing sich eine Grimasse ihres Freundes ein.

Anna sah Lucas an, in der Hoffnung, er würde sich gegen diesen Vorschlag wehren, aber zu ihrer großen Enttäuschung hob er die Schultern und nickte sogar.

„Du hast echt Lust, sie anzubaggern?", konnte sie sich nicht verkneifen, nachzufragen.

„Nö", erwiderte er und seine Mundwinkel hoben sich zu einem breiten Grinsen. „*Ich* muss das ja auch nicht."

Anna öffnete den Mund und schloss ihn gleich wieder. Stattdessen weiteten sich ihre Augen mit der Erkenntnis, die sie überkam. „Shit!“, stieß sie aus und hasste Lucas fast dafür, dass er in lautes Lachen ausbrach.

„Das kriegst du schon hin“, versicherte Elli ihr, während sie ihr tröstend eine Hand auf die Schulter legte. „Jungs flirten auch nicht so viel anders als Mädchen.“

Tja, nur war Anna selbst in ihrem eigenen Körper nie besonders gut darin gewesen.

„Du musst ja nicht gleich mit ihr knutschen“, fuhr Elli fort. „Werde ich mit Sean ja auch nicht machen. Aber man kann eine andere Person auch verbal richtig heiß machen und kommt zusätzlich noch Alkohol ins Spiel, werden Leute – wie Tristan angemerkt hat – meist *überaus* gesprächig.“

„Wa-wa-warte!“, stotterte Tristan verblüfft, so als wäre er erst durch ihre Worte richtig wach geworden. „Ich dachte, *ich* versuche Informationen aus Sean herauszubekommen. So mit einem Gespräch von Kerl zu Kerl, über Sport und Mädchen …“

„Ja, klar, und dadurch wird er dir sein Herz öffnen und dir gestehen, dass seine Mutter eine Hexe ist und zwei Menschen verzaubert hat“, erwiderte Elli mit einem Augenrollen. „*Ich* kümmere mich um ihn und er wird singen wie ein Vögelchen, glaub mir.“

„Na, eher sabbern wie ein Bullterrier“, grummelte Tristan.

„Ooh, Schatz, ist doch für einen guten Zweck“, erwiderte Elli, packte sein Gesicht und drückte einen dicken Kuss auf seine Wange. „Wir müssen alle Opfer bringen.“

Lucas lachte erneut und auch Tristan schmunzelte ein wenig. Nur Anna fand noch nicht die Kraft, um das alles mit Humor zu nehmen. Es war doch bereits schlimm genug, in Lucas' Haut zu stecken, warum war sie nun obendrein gezwungen, in einen Club zu gehen und mit einem Mädchen zu flirten, das sie nicht ausstehen konnte?

„Okay, wenn jetzt alles geklärt ist, würde ich vorschlagen, dass wir uns trennen, um uns auf den Abend vorzubereiten, und erst wieder in Kontakt miteinander treten, wenn wir die Mission erfüllt haben", äußerte Lucas und sah in die Runde. Alle nickten. Auch Anna, denn was blieb ihr anderes übrig? Schließlich wollte sie so bald wie möglich zurück in ihren Körper und – wie Elli so schön gesagt hatte: Dafür musste am heutigen Abend anscheinend jeder ein Opfer bringen.

Dancing Queen

Anna war noch nie gerne Tanzen gegangen. Das lag nicht nur daran, dass sie keine besonders tanzwütigen Freunde hatte, sondern viel mehr an der Tatsache, dass sie dem Besuch von Clubs generell nichts abgewinnen konnte. Dort war es zu laut, zu stickig und zu aufgesetzt fröhlich. Fernerhin konnte sie es nicht ausstehen, beobachtet zu werden, und das geschah zwangsläufig, sobald man auf die Tanzfläche ging, auf der zum großen Teil jungen Frauen zu finden waren. Die männlichen Clubbesucher hingegen hingen meist eher am Rand der Tanzfläche herum und beäugten die Mädchen, dabei mit dem Kopf oder Fuß lässig im Takt der Musik wippend. Hinzu kam noch zu guter Letzt, dass die meisten Gäste innerhalb weniger Stunden vollkommen blau oder zumindest heftig angetrunken waren, sodass man kaum noch ein normales Gespräch mit jemandem führen konnte – wenn das überhaupt bei der laut wummernden Musik möglich war.

Nein, freiwillig hätte Anna bestimmt nicht so bald wieder einen Club besucht. Das letzte Mal war fast ein Jahr her und sie war nur hingegangen, weil Cara ihren Geburtstag im ‚High Hopes', einer anderen angesagten

Diskothek in Oxford, gefeiert und sie nahezu angefleht hatte, doch bitte ausnahmsweise dort zu erscheinen. Im Endeffekt war der Abend gar nicht *so* übel gewesen, dennoch hatte Anna sich nicht richtig wohl gefühlt und war gegangen, als der Großteil der Geburtstagsgäste ihr zu angeschwipst gewesen war. Für sie hatte danach festgestanden, dass sie die wenigen Ausgehabende, die sie sich in ihrer Studienzeit gestattete, nur noch mit Pub-, Kino- oder Cafébesuchen verbringen würde.

Tja, und nun war sie hier – genau genommen gegen ihren Willen. Aber was tat man nicht alles, um in seinen eigenen Körper zurückkehren und diesen Irrsinn hinter sich lassen zu können. Allerdings war ihre Laune durch den Zwang hinter ihrem Handeln nicht sonderlich gut, als sie sich gemeinsam mit Lucas in die Reihe der Tanzwütigen vor dem Club eingliederte und Schritt für Schritt näher an die geöffnete Tür heranrückte. Der Beat der Musik hämmerte ihnen schon hier laut entgegen und das zuckende Licht der Tanzfläche strahlte hinaus bis auf die Straße. Einige der anstehenden Mädchen wiegten sich bereits im Takt der Musik und teilten dabei aufgeregt vermutlich den neusten Klatsch und Tratsch, während die jungen Männer im Grunde dasselbe taten – nur viel lauter und durchsetzt von übermäßig lautem Lachen und etwas, das Anna gerne als Primatengeräusche klassifizierte.

Besonders nervig war es für sie zudem, dass sie oder eher der ansehnliche Körper, in dem sie steckte, ständig angegafft wurde und einige Mädchen sich eindeutig tuschelnd über ihn unterhielten. Ein Armutszeugnis für ihr Geschlecht, denn sie stand hier nur mit grimmiger Miene herum und tat nichts anderes, als gut auszusehen. Lucas-Anna hingegen strahlte die ganze Zeit, wie es eben seine

Natur war, und wurde trotzdem von allen Seiten äußerst kritisch betrachtet. Sicherlich zerrissen sie sich längst die Mäuler darüber, wie ein hübscher Kerl wie Lucas an einem Mauerblümchen wie Anna Interesse haben konnte.

„Hey, Luke, gehst du endlich auch mal wieder richtig abhotten?", rief ihr ein Junge vorn an der Tür plötzlich zu, der sich regelrecht verrenken musste, um Blickkontakt mit ihr aufzunehmen. Sie selbst konnte ihn nur so gut erkennen, weil Lucas ihr vorhin Kontaktlinsen gegeben und beim Einsetzen dieser geholfen hatte. Mit Brille hatte der eitle Kerl sie nicht losgehen lassen wollen und da sie heute nach bestimmten Leuten Ausschau halten wollten, war es nicht in Frage gekommen, ohne Sehhilfe loszugehen.

„Das ist Stevie, der Kapitän vom Fußball-Team", raunte Lucas ihr zu. „Kein enger Freund, aber ganz in Ordnung – wenn er nicht grad besoffen ist."

Anna zwang sich zu einem Lächeln und nickte dem blonden Jungen mit den aus ihrer Sicht zu langen, strähnigen Haaren und dem hippen Vollbart höflich zu.

„Immer nur Pauken kann ja auf Dauer nicht gesund sein", setzte Stevie grinsend hinzu. „Wer weiß schon, wo das am Ende hinführt."

„Ja, nachher kriegt man noch einen guten Abschluss und das will ja niemand", rutschte es Anna glücklicherweise nur halblaut heraus.

Lucas gluckste belustigt und Stevie lief einfach hinein in den Club, ohne ihr weiter Beachtung zu schenken.

„Sag mir bitte, dass wir nicht den ganzen Abend mit dem und seinen hohlen Freunden abhängen müssen", forderte Anna von ihrem Begleiter.

„Nein, natürlich nicht“, gab Lucas mit einem Lächeln zurück, das nichts anderes als bezaubernd war. Sie hatte gar nicht gewusst, dass ihr Gesicht so etwas zustande bringen konnte. „Wir haben schließlich eine Mission! Außerdem werden Stevie, Pete und Tony als erstes zur Bar rennen und dann sind sie bald nicht mehr sehr aufmerksam und haben uns im Nu vergessen.“

Anna versuchte sich ebenfalls an einem Lächeln, das ihr aber nicht so richtig gelang, weil seine Worte ein flaues Gefühl in ihrem Bauch erzeugt hatten. Ihre Mission. Sie sollte sich an Jocelyn Banks heranmachen und versuchen, aus ihr Informationen über ihren Vater und die mögliche eigene Verstrickung in den Körpertauschzauber herauszuholen. *Sie. Anna.* Bedauerlicherweise war sie anders gestrickt als ihre Mütter und Frauen ließen ihr Herz so gar nicht höherschlagen, obwohl sie das als Kind immer gehofft hatte, weil sie unbedingt eine genauso wundervolle Beziehung wie ihre Eltern hatte führen wollen. Da half es auch nicht, dass sie in Lucas' Körper steckte – sie stand einfach nicht auf Mädchen. Schon gar nicht auf solche wie Jocelyn, die für sie eine Tussi im Reinformat war. Eine *gemeine* Tussi, so wie Linda Green aus ihrer Grundschulzeit. Ein Püppchen mit blonden Engelslocken nach außen hin, jedoch ein Teufel im Inneren.

„Nervös?“, musste Lucas sie nun auch noch fragen und Anna bemerkte erst in diesem Augenblick, dass sie fast die Tür erreicht hatten. Nur noch zwei Personen waren vor ihnen und mussten die Security-Leute soeben in ihre Taschen sehen lassen.

Sie schüttelte rasch den Kopf und versuchte einen möglichst coolen Gesichtsausdruck aufzusetzen. „Nö. Dir scheint jedes Mädchenherz sofort zuzufliegen und du sagtest ja, dass Jocelyn dich bereits ein paar Mal angebaggert hat. Was soll da schon schiefgehen?“

„Hey, so beliebt bin ich nun auch wieder nicht“, gab Lucas zurück. „Mit Jocelyn hast du allerdings recht: Sie steht auf mich.“

Wie absurd, das aus ihrem eigenen Mund zu hören. Darüber kam sie wahrscheinlich niemals hinweg.

„Trotzdem sollten wir das Ganze nicht allzu plump gestalten“, setzte Lucas hinzu, als sie gerade mit dem Sicherheits-Check dran waren.

„Auch wenn du das vielleicht nicht glaubst, aber auch *ich* bin des Flirtens mächtig“, zischte Anna zurück, dem Security-Mann dabei aufgesetzt zulächelnd. Zugegeben, sie war darin bislang nicht sonderlich geschickt und von daher wenig erfolgreich gewesen, doch das musste Lucas ja nicht wissen. Wie schwer konnte es schon sein, mit *seinem* Aussehen ein dummes Ding wie Jocelyn aufzureißen?

Der Club war rappelvoll. Trotz der noch nicht *so* späten Stunde war die Tanzfläche in der Mitte des hohen Raumes bereits ziemlich voll und auch an der Bar und den am Rand verteilten Tischen saßen viele Leute. Die laute Musik und die zuckenden Discolichter überforderten Anna ein wenig und so hätte sie wohl eine kleine Weile hilflos im Raum gestanden, wenn Lucas sie nicht kurzerhand auf die recht lange Bar auf der linken Seite zugeschoben hätte. Das mittlerweile beinahe vertraute Kribbeln lief dabei durch ihren Rücken, dort, wo er sie berührte, und verwandelte sich geschwind in ein noch seltsameres Ziehen, das bis in ihr Herz vordrang. Dann ließ er sie auch schon wieder los und nach seinem verwirrten Gesichtsausdruck zu urteilen, hatte er offenbar dasselbe gefühlt. Zeit, um sich darüber auszutauschen, blieb ihnen nicht, denn einer der beiden vielbeschäftigten Barkeeper fragte sie im nächsten Moment, was sie bestellen wollten.

Lucas orderte zwei Bier, bevor Anna auch nur die Chance hatte, den Mund zu öffnen, und sie ersparte es sich ausnahmsweise, sich gegen diese Bevormundung zur Wehr zu setzen. Schließlich war sie ja für die Außenwelt Lucas und der schien nun mal Bier zu trinken. Allerdings alkoholfreies, wie Anna feststellte, als sie kurz an dem Getränk nippte. Löblich, denn sie mussten ja später noch mit dem Auto nach Aylesbury fahren, weil sie diese Nacht bei Anna schliefen.

„Sorry, ich hab dich gar nicht gefragt", stellte er jetzt erst fest und schaute sie entschuldigend an. „Willst du was anderes?"

Sie schüttelte den Kopf. „Wenn du das üblicherweise trinkst, passt es doch, oder? Davon abgesehen schmeckt es gar nicht so schlecht."

„Okay, aber du sagst Bescheid, wenn ich dir doch noch was anderes holen soll, ja?"

„Lucas, wir haben hier kein Date, sondern einen Auftrag zu erfüllen", erinnerte sie ihn. „Du musst nicht für mein Wohlergehen sorgen."

Seltsamerweise wirkte er ein bisschen geknickt, nickte dann aber. Etwas unschlüssig sahen sie sich beide um.

„Komm – wollen wir uns da drüben auf die Plattform setzen?", fragte Lucas und wies hinüber zu der höher gelegenen ‚Etage' des Clubs, auf der noch einige Tische unbesetzt waren.

„Okay“, erwiderte Anna mit einem Schulterzucken, worauf Lucas sich zügigen Schrittes den Weg hinüber zu einem der Tische bahnte.

„Ich denke, hier haben wir einen guten Überblick über den Club“, begründete er seine Platzwahl, als sie ihn eingeholt hatte, und zog für sie einen der Stühle zurück, damit sie sich darauf niederlassen konnte. Ganz der Gentleman – im Körper einer Frau. Was recht seltsam anmutete.

Anna hob kritisch eine Augenbraue. „Muss *ich* das nicht machen?“, hakte sie nach.

Er hielt inne und verzog anschließend das Gesicht. „Stimmt“, bestätigte er und ließ sich mit einem verlegenen Lächeln einfach selbst auf dem Stuhl nieder. „Bin wohl zu gut erzogen.“

Anna gab einen belustigten Laut von sich, bevor sie sich neben ihn setzte, was Lucas mit einem Stirnrunzeln quittierte. „War ich schon mal unhöflich zu dir?“

Sie legte den Kopf schräg und dachte angestrengt nach. Wenn sie ehrlich war, fiel ihr gerade nichts Konkretes ein. Lucas war ihr härtester Konkurrent, was die Studienleistungen anging, aber anders als viele andere aus ihrer Schulzeit war er dabei nie gemein oder gar grob zu ihr gewesen. Ganz im Gegenteil – er hatte selbst ihre manchmal doch recht bissigen Bemerkungen meist mit einer großen Portion Witz und Charme hingenommen. Insbesondere das hatte Anna ja zuvor immer so wahnsinnig gemacht. Er machte es einem verflucht schwer, ihn ernsthaft zu hassen.

„Du kannst mir das ruhig sagen und ich werde mich umgehend dafür entschuldigen“, versprach er mit einem kleinen Lächeln, das auch mit ihrem Gesicht ausgesprochen charmant wirkte.

„Du bist ein Buchdieb“, fiel ihr ein und sie erntete ein verblüfftes Lachen.

„Ich bin ein temporärer Buch*verstecker*“, stellte er schmunzelnd richtig. „Und es tut mir leid, bitte entschuldige. Was habe ich sonst noch verbrochen?“

Das amüsierte Blitzen seiner schönen Augen brachte sie vollkommen durcheinander.

„Das … also … ich …“, stammelte sie und schüttelte schließlich frustriert den Kopf. „Können wir uns einfach auf unsere Mission konzentrieren?“

„Selbstverständlich“, erwiderte er einsichtig und ließ seinen Blick unverzüglich ein weiteres Mal durch den Raum schweifen.

Anna tat es ihm nach. Schnell stellte sie fest, dass sie einige der jungen Leute bereits an der Uni gesehen hatte – ein paar von ihnen sogar in ihren Kursen – was offensichtlich daran lag, dass der Club von den Studentenwohnheimen und auch der Uni aus relativ bequem zu erreichen war. Mr Banks hatte dieses Gebäude mit Sicherheit genau aus diesem Grund gewählt. Studenten waren zwar meist nicht übermäßig wohlhabend, aber sie feierten gern und die umliegenden Pubs boten nur selten Möglichkeiten zum Tanzen. Da gab man schon mal großzügig etwas mehr Geld aus – was die Menge der Gäste bewies.

„Ich kann Jocelyn nirgendwo entdecken“, stellte Anna nach einer kleinen Weile fest. „Bist du sicher, dass sie heute herkommen wollte?“

„Es ist Freitagabend – da ist sie laut eigener Aussage eigentlich immer hier“, erwiderte Lucas, während seine

Augen weiter über die Menschen wanderten. „Obendrein hat meine Quelle das ja auch bestätigt."

Lucas' Quelle war eines der Mädchen aus Jocelyns Clique, mit dem er früher zur Schule gegangen war und immer noch Kontakt hielt. Um sicherzugehen, dass sie nicht umsonst das ‚Dark Magic' besuchten, hatten sie seine alte Freundin angerufen, nachdem sie sich für den Club-Abend umgezogen hatten. Er, beziehungsweise Anna selbst hatte natürlich bei Laura nicht direkt nach Jocelyn gefragt, um sich nicht verdächtig zu machen, aber da diese gewöhnlich immer dabei war, wenn die Clique etwas unternahm, war davon auszugehen, dass Jocelyn auch diesen Abend mit ihr zusammen unterwegs war.

„Es kann ja auch ganz überraschend was dazwischengekommen sein", überlegte Anna laut.

Lucas hob die Schultern. „Klar, möglich ist alles. In dem Fall müssten wir es morgen noch mal versuchen, weil ich auch ihren Vater nirgendwo entdecken kann."

Annas Kinnlade fiel hinunter und sie riss entsetzt die Augen auf, was Lucas dazu brachte, ein leises Lachen von sich zu geben. „So schlimm?", fragte er amüsiert.

Sie seufzte resigniert. „Ich bin einfach kein Club-Mensch", gestand sie.

„Ich auch nicht", überraschte er sie.

„Nein?" Sie schaute ihn irritiert an.

„Dachtest du, ich ziehe jedes Wochenende mit meinen Kumpels um die Häuser und gebe mir die Kante?", hakte er weiterhin belustigt nach.

„Na ja, bei jemandem, der *so* beliebt ist wie du, wär das ja nicht vollkommen abwegig, oder?", gab sie zurück.

„Ich bin nicht beliebt, weil ich ständig Party mache, sondern weil ich ein netter Mensch bin", stellte Lucas klar, „wenngleich du dich beharrlich weigerst, mir das zu glauben.“

„Das … das tue ich doch gar nicht“, widersprach Anna ihm und fühlte prompt, wie sie rot wurde. „Dazu hatten wir zuvor viel zu wenig Kontakt. Du bist mir bisher nur …“ Sie hielt inne.

„Auf den Geist gegangen?“, half er ihr schmunzelnd und das Funkeln in seinen Augen sah viel mehr nach ihm als nach ihr aus.

Sie verzog ein wenig verlegen das Gesicht. „Ja, irgendwie schon. Ich bin es nicht gewohnt, dass jemand mir in den Literaturkursen das Wasser reichen kann. Ich weiß, das klingt eingebildet, doch ich war sonst immer unangefochten die Beste.“

„Ich find nicht, dass es eingebildet ist, die Wahrheit auszusprechen“, äußerte Lucas mit einem Schulterzucken. „Du bist nun mal viel intelligenter und ehrgeiziger als die meisten anderen Studenten.“

Annas Wangen wurden allmählich glühend heiß und sie senkte rasch die Augen, zuckte selbst verlegen mit den Schultern und wusste viel zu lange nicht, was sie darauf erwidern sollte.

„Ich find es toll, jemanden wie dich im Kurs zu haben“, fuhr er jetzt auch noch fort. „Das spornt mich unglaublich an.“

„Dito“, erwiderte sie, ohne aufzusehen, und bemerkte erst jetzt, wie recht er mit seiner Aussage hatte. Ihre Leistungen hatten sich eindeutig weiter verbessert, seit sie mit Lucas konkurrierte. Allerdings machte diese Einsicht es noch schwerer, ihm in die Augen zu sehen. Aber das musste sie auch gar nicht.

„Hey, sieh mal!“, gab er von sich und stieß sie sanft mit dem Ellenbogen an. „Prinzessin Jocelyn ist mit ihrer Eskorte eingetroffen.“

Anna folgte seinem Fingerzeig und nur Sekunden später entdeckte sie die blonde Schönheit am Eingang des Clubs. Gekleidet in ein dunkelblaues, enganliegendes Minikleid aus Samt bewegte sie sich auf ihren farblich darauf abgestimmten Pumps mit wiegendem Hüftschwung am Rand der Tanzfläche entlang auf die Bartheke zu. Ab und an winkte sie jemandem in der Menge, rief dem ein oder anderen etwas zu und bedachte jeden mit einem strahlenden Lächeln, das ihre zweifellos frisch geweißten Zähne im Dämmerlicht des Clubs aufblitzen ließ. Flankiert wurde sie von ‚ihrem Hofstaat‘ – drei hübschen Freundinnen: eine ebenfalls blond, eine schwarzhaarig und eine brünett. Alle trugen äußerst kurze Kleider, jedoch in anderen Farben als Jocelyn.

„Na, dann: Auf sie mit Gebrüll!“, gab Anna angespannt von sich und wollte sich erheben, aber Lucas legte eine Hand auf ihren Arm und schüttelte nachdrücklich den Kopf.

„Lass sie erst mal ankommen und sich ein paar Drinks genehmigen“, raunte er ihr zu, während Anna entgeistert auf seine Hand starrte, weil sich dort einmal mehr ein intensives Kribbeln bemerkbar machte. Eilends ließ er sie wieder los und Anna wusste nicht genau, ob er dasselbe gefühlt oder nur auf ihren verstörten Blick reagiert hatte.

„Wenn sie durch den Alkohol lockerer ist, können wir sie besser über ihren Vater aushorchen, ohne dass sie das bemerkt“, erklärte er. „Außerdem soll *sie uns* entdecken und sich annähern.“

Zu Annas Erstaunen stand er trotz seiner Aussage auf und grinste sie an. „Komm! Wir schwingen das Tanzbein!“ Er wies mit dem Kinn hinüber zur Tanzfläche und Anna fiel nichts anderes ein, als den Kopf zu schütteln.

„Das kannst du vergessen!“, setzte sie dieser Geste mit einem nervösen Lachen hinzu. Es gab da noch einen Grund, warum sie nicht gern in Clubs ging: Sie konnte nicht tanzen – zumindest nicht in der Öffentlichkeit. Dort fühlte sie sich immer furchtbar ungelenk und albern und mied die Tanzfläche meist wie Fische das Land.

„Dort sieht sie uns am besten“, beharrte ihr Begleiter auf seiner Idee. „Und vergiss nicht, dass du Lucas de Meath bist – und der tanzt *immer*!“

„Ich dachte, du bist kein regelmäßiger Clubgänger“, erwiderte sie.

„Bin ich ja auch nicht, aber *wenn* ich mal da bin, bin ich *der* Tatum Channing schlechthin!“, grinste er, ergriff ihre Hand und zog sie ohne größere Schwierigkeiten auf die Beine. Was ihr Körper unter seiner Führung rein kräftemäßig alles so leisten konnte …

„Du musst dir einfach sagen, dass du dich gar nicht blamieren kannst – falls das dein Problem ist“, fuhr er fort, sie zu beruhigen, während sie ihm widerwillig folgte – und auch nur, weil ihre Hand abermals prickelte und sie mittlerweile eine gewisse Neugierde verspürte, wohin das führte.

„Ach ja?“, hakte sie zweifelnd nach.

„Ja“, bestätigte er und ließ sie nun doch wieder los, weil sie die Tanzfläche erreicht hatten. „Denn du tanzt ja in *meinem* Körper. Alles, was du tust, blamiert nur mich und nicht dich.“

Sie hielt inne, legte den Kopf schräg und begann zu lächeln. „Stimmt“, stellte sie fest und fühlte sich in der Tat gleich deutlich besser. „Aber vielleicht hättest du mir das besser nicht sagen sollen.“

„Wieso?“, lachte er zurück und begann sich bereits ein bisschen im Takt der Musik zu wiegen. „Ich habe ja dafür auch *deinen* Körper als Geisel!“

Anna schnappte nach Luft. „Ich warne dich Lu- Anna!“, rief sie, weil er sich tanzender Weise rückwärts auf die Tanzfläche bewegte, ausgesprochen geschmeidig, wie sie etwas neidisch feststellen musste. So konnte sie also auch aussehen, wenn sie tanzte.

„Was? Hast du was dagegen, dass Anna Matthews-Weatherford zur Dancing Queen des Tages gekürt wird?“, lachte er, drehte sich mit gekonntem Hüftschwung und vollführte danach ein paar eher albern anmutende Tanzbewegungen. Anstoß nahm daran keiner außer ihr. Ganz im Gegenteil, die Mädchen in ihrer Nähe lachten sie an und ein Junge kopierte sogar die Moves und begann sich mit Lucas anzutanzen.

Das genügte, um Anna ebenfalls dazu zu bringen, näher zu rücken und sich zumindest ein wenig hin und her zu wiegen. Hm. So peinlich war das gar nicht und es gab einige andere ‚Tänzer‘, die nicht viel mehr machten als sie. Die Musik ging in einen anderen, noch schnelleren Song über und Lucas’ Augen blitzten begeistert auf.

„Das ist ‚Hot‘ von Confetti!“, rief er. Im nächsten Moment hatte er auch schon ihre Hand ergriffen und sie dichter an sich herangezogen.

„Ich liebe diesen Song!“, stieß er aus und begann nun erst richtig loszulegen. Ein gutes Gefühl für Rhythmus hatte er auf jeden Fall. Und einen echt sexy Hüftschwung.

Oder lag das nur daran, dass er augenblicklich in einem Frauenkörper steckte? Wie dem auch war – dem Jungen, der bereits zuvor mit Lucas-Anna getanzt hatte, schien das *sehr* zu gefallen, denn er rückte gleich noch viel näher. Was blieb Anna da anderes übrig, als tanzend dazwischenzugehen und sich nun selbst weitaus ausgelassener als zuvor mit Lucas im Rhythmus der Musik zu bewegen – schließlich wollte sie nicht, dass der fremde Kerl irgendwann anfing, ihren Körper zu begrabbeln. Immerhin hatte Lucas ja auch recht: Wenn, dann blamierte sie nur ihn und nicht sich selbst.

Mit diesem tröstenden Gedanken im Kopf fiel es Anna immer leichter, sich gehen zu lassen und das, was Lucas da vormachte, nachzuahmen. Nicht alle seine Tanzbewegungen waren optisch reizvoll, aber da er diese ihrem Körper zumutete, tat sie das ebenso mit seinem und musste dabei feststellen, dass vor allem diese Albernheiten besonders viel Spaß machten. Bald schon nahm ein breites Grinsen ihr Gesicht ein und ab und an entfuhr ihr sogar ein vergnügtes Lachen. Beim *Tanzen*! Ihre Welt wurde immer verrückter, insbesondere als sie feststellte, dass sie von allein kontinuierlich den Blickkontakt mit Lucas suchte, ja ihn fast brauchte, weil das lebhafte Funkeln in seinen Augen einen guten Teil dazu beitrug, dass sie sich gerade so wohl fühlte, so viel Spaß hatte.

Am Ende wurden es vier Songs, die sie mit ihm tanzte, und wie viele der anderen Tanzenden, einschließlich Lucas, sang sie sogar beim Refrain des letzten mit. Deswegen war die Enttäuschung groß, als der mitreißende Beat verklang und in ein anderes, viel langsameres Lied überging.

„Tut mir leid, Leute“, verkündete der DJ durch die Lautsprecher. „Alec und Ben haben heute Jahrestag und ihr wisst ja: Eine Schmuserunde ist in diesem Fall Pflicht.“

Den beiden jungen Männern zuliebe, die eben noch am DJ-Pult gestanden hatten, verkniff Anna sich ein leises, genervtes Aufstöhnen. Sie sahen so glücklich aus, als sie sich in der Mitte der Tanzfläche liebevoll in die Arme nahmen, um sich anschließend eng umschlungen im Takt der Schnulze hin und her zu wiegen, dass sie deren Glück mit ihrem Verhalten nicht trüben wollte. Leicht war das gleichwohl nicht. Sie war absolut kein Fan vom Schmuserunden, weil sie alle anderen Gäste, die Single waren und nicht von jemandem zum Tanzen aufgefordert wurden, ausschlossen. Man konnte doch auch zuhause kuscheln. Sie selbst würde so was bestimmt nicht …

Eine Hand ergriff plötzlich die ihre und nur einen Herzschlag später befand sie sich in Lucas' Armen oder besser gesagt in ihren eigenen – was sich komisch anfühlte, weil Lucas-Anna einen halben Kopf kleiner war als Anna-Lucas.

„Was wird denn das?“, raunte sie ihm irritiert zu, während ihr Herz deutlich schneller schlug – und das war nicht nur dem Kribbeln zu schulden, dass seine Berührungen in immer stärkerer Intensität auslösten.

„Wir tanzen ein bisschen nach rechts, näher an Jocelyn heran“, flüsterte er zurück.

Oh! Ja! Jocelyn! Die Mission! Wie hatte sie das vergessen können?! Sie folgte seiner Führung, musste dabei aber feststellen, dass sich das Kribbeln unter seinen Händen erneut in starkes Ziehen verwandelte. In ihren Ohren war außerdem ein leises Brummen zu vernehmen und ihr wurde etwas schwindelig. Sie registrierte Lucas' verwirrtes Blinzeln. Wahrscheinlich wurde auch seine Sicht unschärfer … Dann gab es unvermittelt einen Ruck, ein schwarzes Bild und nur kurz darauf schaute sie hinauf in Lucas' Gesicht. Sein *richtiges* Gesicht. Ihr stockte der Atem und sie hob fassungslos eine Hand. Es war ihre eigene! Sie war zurück in ihrem Körper!

Lucas und sie stießen fast zeitgleich ein ungläubiges Lachen aus und ließen sich los. Leider war das ein großer Fehler. Der Sog kam mit aller Macht zurück, sie hatte das Gefühl durch die Luft gewirbelt zu werden und nur einen Wimpernschlag später hatte sie erneut ihren eigenen Körper vor sich. Entsetzt taumelte sie zurück, stieß gegen ein anderes Pärchen und fing sich ein verärgertes „Pass doch auf!" ein, bevor sie die Kontrolle über sich oder eher Lucas' Körper zurückhatte.

„Was … was war das?", stieß sie atemlos aus, als er wieder dicht bei ihr war. Er sah genauso durcheinander aus wie sie.

„Keine Ahnung", erwiderte er. „Aber wir waren eindeutig kurz in unseren eigenen Körpern. Warte mal …" Er nahm sie abermals in die Arme und Anna ließ es ohne Widerwillen geschehen. Das Kribbeln ließ nicht lange auf sich warten und fast noch schneller als zuvor setzte der Sog ein.

Anna versuchte sich zu entspannen, ruhig zu atmen und tatsächlich schien das zu helfen, den Wechsel leichter zu machen. Es dauerte nur wenige Sekunden, bis sie sich wieder in *ihrem* Körper befand und es fühlte sich fantastisch an. Am liebsten hätte sie sich selbst umarmt.

„Jetzt bloß nicht gleich wieder loslassen", raunte Lucas ihr zu. Seine Stirn legte sich kurz in Falten, als er bemerkte, dass *sie ihn* im Arm hielt, und er änderte geschwind die Position seiner Hände, ohne sie dabei vollkommen loszulassen. „So stimmt's wieder für die Außenwelt – obwohl das grad nicht so relevant ist."

„Denkst du, wenn wir das länger machen, bleiben wir irgendwann in unseren eigenen Körpern?", fragte sie hoffnungsvoll und ärgerte sich darüber, dass sie das nicht schon früher ausgetestet hatten. Immerhin hatte sie das Kribbeln bei seinen Berührungen ja bereits gestern bemerkt.

Er dachte kurz darüber nach und schüttelte zu ihrem Kummer schließlich den Kopf. „Zauber sind meist nur auf eine einzige Art und Weise zu lösen – und die ist fast immer weitaus komplizierter, als dass sich zwei Menschen anfassen müssen."

So wirklich daran geglaubt hatte Anna ohnehin nicht, dennoch war sie ein wenig enttäuscht. „Okay, dann lasse ich dich einfach nicht mehr los", beschloss sie nicht ernsthaft.

Lucas' Augen funkelten belustigt, aber da war noch etwas anderes. Der Glimmer eines Gefühls, das aus einer ganz anderen Richtung kam. „So schön es ist, solche Worte aus deinem Mund zu hören – ich denke nicht, dass es eine gute Idee wäre", erwiderte er verschmitzt grinsend.

„Nein? Ich meine, du kannst Jocelyn doch viel besser anbaggern als ich", stützte sie ihre Idee.

„Ja?" Er hob eine Augenbraue. „Du meinst, ihr gefällt es, wenn ich beim Flirten mit ihr zusätzlich dich an der Hand halte?"

Sie hielt inne und gab ein leises Prusten von sich. Die Vorstellung war zu köstlich. „Du kannst ja sagen, dass du meinen Müttern versprochen hast, mich nicht allein zu lassen“, witzelte sie. „Dass du was mit mir hast, glaubt ohnehin keiner.“

„Du meinst, weil bisher niemand das Herz der Eiskönigin gewinnen konnte?“, hakte er mit einem kleinen Lächeln nach, in dem eine Spur von Traurigkeit zu finden war.

„Was?“ Anna blinzelte perplex. „Nein, weil wir beide …“ Sie hielt inne. „*Eiskönigin*?“

„Na ja“, Lucas wirkte ein bisschen verlegen, „in unseren gemeinsamen Literaturkursen gibt es schon ein paar Studenten, die sich für dich interessieren und bereits versucht haben, bei dir zu landen. Du hast sie aber alle ziemlich schroff abblitzen lassen und seitdem nennt man dich im Geheimen die Eiskönigin.“

Anna wusste nicht, was sie dazu sagen sollte. Das waren für sie vollkommen neue und überraschende Informationen, die sie erst einmal verarbeiten musste. Sie konnte sich überhaupt nicht daran erinnern, dass jemals ein Student zu ihr Kontakt gesucht hätte – außer Lucas. Und er sprach ja wohl nicht von sich selbst. Oder etwa doch?

„Ich finde, du bist keinesfalls eine Eiskönigin“, fuhr er fort, als hätte er ihre Gedanken gelesen. „Du bist nur vorsichtig.“

„Wer bitte hat denn jemals Interesse an mir gezeigt?“, brachte Anna nun endlich heraus. Sie hielt sich selbst nicht für hässlich oder ein Mauerblümchen, aber sie war nichtsdestotrotz kein Mädchen, nach dem sich die Jungs gewöhnlich den Hals verdrehten. Was sie nicht weiter störte, denn sie war ja gar nicht daran interessiert, jemanden zu daten.

„Das kann ich dir nicht sagen“, gab Lucas prompt zurück. „Sorry, aber das musst du selbst herausfinden.“

„Ach, komm schon, erzähl mir jetzt nicht was von einem Ehrenkodex unter Männern“, erwiderte sie, während ihre Neugierde weiter wuchs.

„Nö, ich wurde allerdings darum gebeten, nichts weiterzutratschen und dann mache ich das auch nicht.“

„Hast du doch aber längst“, merkte sie spitzfindig an.

„Aber ich hab keine Namen genannt und somit könnte es jeder sein“, konterte er mit einem schiefen Lächeln, das in seinem eigenen Gesicht noch viel hinreißender aussah als in ihrem. *Hinreißend*?! Was war denn auf einmal mit ihr los?! Vermutlich lag das nur daran, dass sie ihm so nah war, seine warmen Hände an Taille und Rücken fühlte und sie ihre eigenen Arme locker um seinen Nacken gelegt hatte … Wann war *das* denn passiert?

„Jeder?“, kam es über ihre Lippen, ohne dass sie etwas dagegen tun konnte. „Auch du?“

Er schüttelte schmunzelnd den Kopf. „Ich verstecke mich doch nicht und stehe zu allem, was ich tue. Was nicht heißt, dass ich deinem Charme nicht seit längerem hoffnungslos erlegen bin.“

Anna gab ein weiteres Prusten von sich und sie war drauf und dran, ihm einen Knuff auf den Arm zu verpassen. Das war eindeutig Ironie gewesen!

„Was?“, hakte er amüsiert nach. „Glaubst du mir nicht?“ Seltsamerweise war da so ein Ausdruck in seinem Gesicht, der viel zu schnell Zweifel an ihrer Ironie-These weckte.

„Ich …“ Sie schloss verwirrt den Mund.

„Ich weiß, dass du nie bewusst mit mir geflirtet hast“, nahm Lucas ihr das Reden ab, „aber unsere kleinen Rivalitäten und Neckereien haben einen gewissen Reiz und irgendwie hatte ich nie das Gefühl, dass da echte Abneigung zwischen uns zu finden ist. Oder siehst du das anders?“

Ein weiteres Mal fehlten Anna für einen viel zu langen Zeitraum die Worte. Wenn sie ernsthaft darüber nachdachte, waren die schlimmsten Gefühle, die sie Lucas jemals entgegengebracht hatte, Genervtheit und Verärgerung und die positivsten … nun, sie hatte offenbar nicht ohne Grund ab und zu von ihm geträumt – auch schon vor ihren Spiegel-Visionen.

Lucas schaute sie weiterhin an, ein wenig verunsichert, jedoch auch hoffnungsvoll und irgendwie verletzlich.

Anna schluckte schwer. „Nein“, gestand sie leise und ihre Augen huschten kurz zu seinen Lippen. „Ich … ich weiß auch nicht, was das genau zwischen uns ist, aber ich…“

Sie sprach nicht weiter, lachte nervös und verlor sich dabei in seinen Augen. Im wechselnden Licht der Discobeleuchtung schienen auch sie unentwegt ihre Farbe zu wechseln, von blau zu grün zu braun … Was gleich blieb, waren die langen, dunklen Wimpern und der zugeneigte Ausdruck. War sein Gesicht näher als zuvor? Beugte er sich etwa vor oder hatte sie seinen warmen Atem schon vorher so intensiv auf ihren Lippen gefühlt? Was zur Hölle geschah hier gerade? Und warum beschleunigte sich ihr Puls, während sie mit einem Mal den starken Drang verspürte, ihm entgegenzukommen, um ihn zu …

„Boah, Lucas!“, durchdrang eine tiefe Stimme die Blase, in der Anna sich soeben noch zusammen mit ihrem Tanzpartner befunden hatte, und fast im selben Augenblick stolperte Lucas nach vorn, rammte Anna mit seiner Brust und schob sie rückwärts in das nächste Schmusepärchen hinein.

„Passt doch auf!“, wurden sie von diesem angeknurrt, während sie noch beide um ihr Gleichgewicht rangen – was dadurch erschwert wurde, dass Lucas’ inzwischen eindeutig besoffener Freund Stevie sich mit einem Arm auf dessen Schultern stützte, um einigermaßen aufrecht stehen zu können.

„Ich dachte, du komms’ ma’ rüber“, beschwerte Stevie sich, „aber nein, stattdessen gehst du hier auf Tuchfühlung mit der heißen Rothaarigen …“ Er grinste debil, musterte Anna auffallend und beugte sich zu ihr vor. „Hi! Ich bin Stevie und wer bis du?“

Anna wich automatisch vor ihm zurück und ließ Lucas dabei gänzlich los, mit dem Effekt, dass sie innerhalb eines Atemzugs zurück in seinen Körper katapultiert wurde und Stevie ihr gleich noch näher war als zuvor. Igitt! Sie verzog angewidert das Gesicht und ihr ‚Anhängsel‘ runzelte irritiert die Stirn.

„Was? Ist die Fahne schon *so* schlimm?“, nuschelte Stevie.

„Schlimmer“, gab Lucas nun wieder mit Annas Stimme zurück. „Würde es dir was ausmachen, uns noch ein bisschen allein zu lassen? Wir haben ein paar wichtige, private Dinge zu besprechen.“

Stevie sah Anna-Lucas verschwörerisch an. „Besprechen, ja?“, hakte er nach. „So nennt man das also bei euch Nerds. Dann wünsch ich noch viel Vergnügen.“ Er grinste breit und wackelte furchtbar albern mit den Brauen, bevor er Anna endlich losließ und sich wankend durch die murrenden Tanzenden schob.

„Und mit *dem* bist du befreundet?“, wandte sie sich verständnislos an Lucas.

„Nein“, erwiderte er. „Wir kennen uns durchs Fußballspielen, wie ich bereits sagte, und sehen uns ab und an auf einer Party oder im Pub. Mehr ist da nicht. Kein Grund eifersüchtig zu sein.“

„Was?!“ Anna gab ein Lachen von sich, das aber zum größten Teil von den Beats der nun wieder recht schnellen Musik verschluckt wurde. Augenscheinlich war die Schmusetanzrunde vorbei. Seltsam – machte sich da tatsächlich ein Hauch von Enttäuschung in ihr breit? Wahrscheinlich lag das nur daran, dass sie damit keine Gelegenheit mehr hatte, Lucas länger als ein paar Sekunden anzufassen und damit wenigstens vorübergehend zurück in ihren eigenen Körper zu kehren.

„Ich bin ganz bestimmt nicht eifersüchtig!“, setzte sie noch rasch hinzu und begann sich bereits über sein immer breiter werdendes Grinsen zu ärgern. „Du kannst befreundet sein, mit wem du willst. Schließlich sind wir ja nicht … also, wir sind ja noch nicht einmal beste Freunde oder so. Und selbst dann würde ich nicht eifersüchtig sein, weil das nicht in Ordnung wär. Du weißt schon … toxische Freundschaften und so …“

Du liebe Güte, warum nur wurde sie immer so nervös, wenn es um ihre Beziehung zu Lucas ging – oder eben um das, was *nicht* zwischen ihnen war.

„Ich verstehe“, grinste er weiter, seine Augen waren dabei jedoch nicht auf sie gerichtet, sondern auf etwas oder jemanden hinter ihr. „Apropos Freundschaften – ich denke, es ist Zeit, dass du etwas Ähnliches zu einer gewissen Person aufbaust."

Anna stutzte, denn für einen kurzen Moment war ihr nicht klar, wovon er sprach – bis er ihr einen kleinen Schubs gab und sie rückwärts mit jemandem zusammenstieß.

„O Gott, tut mir leid!", stammelte sie, sich dabei eilig umdrehend.

„Kein Problem, Lucas", erwiderte ihr ‚Opfer' mit sanft schmeichelnder Stimme und Anna erstarrte, denn sie blickte direkt in Jocelyns große, braune Augen, die von langen, künstlichen Wimpern umrahmt wurden. Mission ‚Jocelyn um den Finger wickeln' hatte offenkundig begonnen.

Liebeshokuspokus

Eines musste man Jocelyn ja lassen: Sie hatte ein solch strahlendes Lächeln, dass man gar nicht anders konnte, als dieses zu erwidern. Und *so* weiße Zähne. Mit Sicherheit gebleicht. Erst vor Kurzem. Mit der gebräunten Haut aus dem letzten Südseeurlaub (oder dem hauseigenen Solarium – so sicher war Anna sich da nicht) fiel das noch stärker auf, als es vermutlich sonst der Fall gewesen wäre.

„Was hat dich denn endlich mal in den Club meines Vaters verschlagen?“, hakte Jocelyn nach, während sie sich weiter geschmeidig im Takt der Musik bewegte. Ein Stück von ihr entfernt tanzten und tuschelten ihre drei Freundinnen und erst beim zweiten Hinsehen bemerkte Anna, dass deren Augen nicht auf sie, sondern jemanden hinter ihr gerichtet waren. Sie warf kurz einen Blick über die Schulter und sah Lucas-Anna von der Tanzfläche verschwinden. Sofort begann ihr Herz schneller zu schlagen. Jetzt hing alles an ihr allein und das war kein gutes Gefühl.

„Ich … ich dachte mir, dass ich mal ein wenig Pause vom Büffeln brauche“, erklärte sie unbeholfen, dabei nur verhalten im Takt der Musik hin und her wippend.

„Und das ist alles?“, hakte Jocelyn mit verführerischem Wimpernschlag nach.

Oje! *Die* ging ja gleich in die Vollen. Was nun? Nicht zu plump sein …

„Nein, ich hatte außerdem Sehnsucht nach stickiger Discoluft, Alkoholfahnen und den Kontakt zu schwitzenden Leibern auf der Tanzfläche“, erwiderte sie so salopp wie möglich.

Auf Jocelyns Stirn bildeten sich ein paar wenige Falten der Verwunderung, dann gab sie ein glockenhelles Lachen von sich, das von einer unangenehmen Alkoholgeruch begleitet wurde. Respekt – für *den* Gestank merkte man ihr erstaunlich wenig von ihrem Schwips an.

Jocelyn gab ihr einen neckischen kleinen Klaps auf den Oberarm. „Ach, Lucas, du bist immer *so* witzig!“ Sie kam noch näher, bedachte Anna mit einem verführerischen Augenaufschlag. „Und ich muss sagen: Ich mag deinen neuen Stil. Hätte nicht gedacht, dass du mit einem Dreitagebart *noch* besser aussiehst. So kann man sich irren.“

Oha! Rasieren – daran hatte sie schon wieder nicht gedacht, aber auch Lucas hatte kein weiteres Wort mehr darüber verloren. Möglicherweise, weil er zu einem ähnlichen Schluss gekommen war wie Jocelyn?

„Kann ich dir vielleicht was Gutes tun?“, fragte diese jetzt. „Daddy erlaubt mir jeden Abend ein paar meiner Freunde zu einem Drink einzuladen.“

„Gerne“, zwang Anna sich zu antworten. Dem meisten Alkohol konnte sie nichts abgewinnen. Cocktails waren allerdings gefährlich, weil sie so lecker waren, Anna sie viel zu hastig hinunterkippte und anschließend meist ebenso schnell beschwipst war. Hoffentlich lud Jocelyn sie nicht zu so etwas ein.

„Wunderbar!“, freute ihr Gegenüber sich und klatschte dabei auch noch albern in die Hände. Nur eine halbe Sekunde später hatte die junge Frau sie bereits an der Hand genommen und zog sie hinter sich her, hinüber zur Bar.

„Was willst du?“, wandte sie sich kurz darauf an Anna und wies auf die Anschlagtafel, auf der die neuesten Cocktail-Kreationen des Clubs zu finden waren. „Als mein persönlicher Ehrengast hast du freie Wahl.“

Oh, war das nicht eine gute Vorlage zum Flirten?

„Ehrengast?“, wiederholte Anna eine Spur tiefer als üblich und selbst ihr lief dabei eine Gänsehaut über den Rücken. Ja, Lucas hatte schon eine äußerst angenehme Stimme, das konnte sie ihm neidlos zugestehen. „Wie komme ich denn zu der … Ehre?“

Och Mensch, wie einfallslos. Und das, wo sie sonst literarisch so bewandert war.

„Das weißt du doch“, erwiderte Jocelyn mit einem verschämten Lächeln, das eindeutig aufgesetzt war.

Was nun? Gott, war sie wirklich *so* schlecht im Flirten?!

„Ja?“, hakte Anna mit einem unsicheren Lächeln nach.

„Ach, komm schon, Lucas, du weißt doch, dass ich dich mag“, erwiderte sie mit einem weiteren kleinen Klaps auf Annas Arm. „Ich lächele nicht jeden so an wie dich.“

Lächeln. Ja, das war ein gutes Stichwort. Anna gab ihr Bestes und trotzdem hatte sie das Gefühl, dabei vollkommen verkrampft auszusehen.

Jocelyn tat es ihr nach, nur war ihr eindeutig anzumerken, dass Annas Wortlosigkeit sie irritierte. Das Lächeln der Blondine zerbröckelte recht bald wieder und stattdessen zeigte sich ein Hauch Frustration in ihren stark geschminkten Augen. Ein Räuspern ihrerseits beendete die Stille zwischen ihnen. „Also, was hättest du denn jetzt gern?“, fragte sie mit einem Nicken in Richtung der Getränketafeln.

Anna ließ ihre Augen kurz über das reichliche Angebot wandern und entschied sich schließlich für einen alkoholfreien Ipanema.

Jocelyn, die ihrem Geruch nach schon mehr als einen Drink intus hatte, quittierte das erneut mit einem verwunderten Stirnrunzeln, nahm Annas Entscheidung jedoch schließlich nach ihrem erklärenden „Ich muss noch fahren“ mit einem Schulterzucken hin.

„Komm, wir gehen irgendwohin, wo es ein bisschen ruhiger und kuscheliger ist“, schlug Jocelyn mit sanfter Stimme vor, als sie ihre Getränke erhalten hatten. Ihr darauffolgender Griff um Annas Handgelenk herum war viel weniger sanft, sondern eher fordernd. Normalerweise hätte Anna sich dagegen gewehrt, aber erstens war sie Jocelyn in Lucas’ Körper rein kräftemäßig deutlich überlegen und zweitens war ihre Mission gegenwärtig wichtiger als alles andere. Lucas schien das genauso zu sehen, denn als sie hinüber zu ihrem Tisch sah, hielt er enthusiastisch beide Daumen hoch und machte danach eine scheuchende Bewegung mit der Hand.

Die Tochter des Hauses führte Anna durch einen längeren Gang, an den Toiletten vorbei auf eine Tür zu, auf der ein Schild mit der Aufschrift ‚Privat‘ hing. Ein eigenartiges Lächeln lag auf ihren vollen Lippen, als sie die Tür öffnete und Annas Augen einen kleinen, gemütlichen Raum enthüllte, der offensichtlich für die Mitarbeiter gedacht war, die mal verschnaufen wollten. Anders war die Couch-Garnitur wohl kaum zu erklären.

„Willkommen in meiner VIP-Lounge“, verkündete Jocelyn strahlend und breitete dabei präsentierend die Arme aus, wobei ein Teil ihres Cocktails über den Rand schwappte und auf den Boden tröpfelte. Das schien sie gleichwohl wenig zu stören – oder sie hatte es einfach nicht bemerkt, weil ihr ‚Schwips‘ nicht mehr als solcher zu bezeichnen war. Höchstwahrscheinlich war auch nicht sie diejenige, die später hier saubermachen musste.

„Deiner?“, wiederholte Anna stirnrunzelnd.

Jocelyn ließ die Arme wieder sinken – dabei nochmals den Boden mit ihrem Getränk berieselnd – und ihr Lächeln verlor an Kraft. „Okay, ich geb’s zu: Es ist nicht direkt *mein* Raum und sicherlich auch nicht mit der richtigen Lounge meines Vaters zu vergleichen, aber wenn ich den Barkeepern Bescheid gebe, kann ich hier für eine Weile ungestört sein.“

Sie bewegte sich nun hüftschwingend auf die Couch zu, ließ sich darauf nieder und klopfte dann auffordernd auf das Polster neben sich. Ihr verführerisches Lächeln war ebenfalls zurück.

„Auch wenn es keine Designercouch ist – das Sofa ist superbequem“, sagte sie mit seidenweicher Stimme und versuchte es abermals mit einem verführerischen Augenaufschlag.

Anna schluckte schwer. Ein wenig mehr Nähe war offenbar nicht zu vermeiden, wenn sie die so dringend benötigten Informationen erhalten wollte. Sie versuchte sich erneut an einem charmanten Lächeln und schlenderte ‚gelassen‘ auf Jocelyn zu, um erst einmal ihr Getränk auf den Couchtisch zu stellen. Ihr Lächeln verkrampft aufrechthaltend, wollte sie sich im Anschluss lässig neben der Gastgeberin niederlassen, doch selbstverständlich musste sie dabei mit einem von Lucas' großen Füßen an einem Bein des Couchtischs hängenbleiben, stolperte und fiel dadurch mehr oder weniger neben Jocelyn auf das Sofa. Aus ihrer Sicht viel zu dicht, die Blondine schien sich allerdings darüber zu freuen, denn sie lachte hell auf und griff sofort nach ihren Armen.

„Hopsala, da hat es aber jemand eilig, mir nahezukommen", raunte sie ihr zu und befand sich im nächsten Augenblick derart auf Tuchfühlung mit Anna, dass diese ihren Kopf zurückzog, bevor ihre Nasen aneinanderstoßen konnten. Dennoch konnte sie auch dadurch keinen richtigen Abstand zu Jocelyn gewinnen, weil die ihre Arme eisern festhielt.

„Keine Angst, wir können es erstmal langsam angehen", schnurrte die Blondine.

„Langsam klingt gut", krächzte Anna.

Jocelyn hob eine Hand und legte sie an die Wange ihrer ‚Beute', die Lider halb geschlossen. „Obwohl das hier schon ein magischer Moment ist und das vollkommen ohne Magie." Ihr Daumen strich sacht über Annas Haut. Die verspannte sich jedoch nur noch mehr – was Jocelyn anscheinend völlig entging.

„Hätte ich nie gedacht, dass du auch ohne Liebestrank mal so … offen für mich wirst", hauchte sie, den Blick eindeutig auf Annas Mund gerichtet. Und dann bewegte sie sich nach vor, spitzte die Lippen und … presste sie auf Annas Finger, die diese rasch zwischen ihre Münder gebracht hatte.

Die zuvor bereits genüsslich geschlossenen Lider des schönen Mädchens flogen auf und eine Mischung aus

Verwirrung und Verärgerung fand sich in ihren großen, braunen Augen ein.

„Liebestrank?“, wiederholte Anna so, als ob ihr Ziehen der Notbremse nur damit zusammenhing.

Jocelyn blinzelte sie unschuldig an. „Hm?“, machte sie nur.

„Du hast grad einen Liebestrank erwähnt“, erinnerte Anna sie mit einem Hauch Ärger in der Stimme. „Wolltest du mich etwa damit dazu bringen, mich in dich zu verlieben?!“

Endlich ließ Jocelyn sie los, rutschte sogar ein Stück auf der Couch zurück. „Denkst du ernsthaft, dass ich so etwas nötig habe?“, erwiderte sie mit schlecht gespielter Empörung und bewegte ihre Hand auf ihren Körper deutend an diesem hinunter und wieder hinauf.

„Nein, eigentlich nicht“, gab Anna zu, „doch man sagt dir auch nach, dass du daran gewöhnt bist, zu bekommen, was du willst, und ausgesprochen hartnäckig sein kannst.“

„Das ist eine sehr positive Eigenschaft!“, verteidigte Jocelyn sich postwendend. „Jede Arbeitsstelle, bei der ich mich nach dem Studium bewerben werde, würde sich die Finger nach …“

„Ich bin aber keine Arbeitsstelle“, sagte Anna mit Nachdruck. „Also: Was hat es mit diesem Zaubertrank auf sich?“

Jocelyn schloss den Mund und senkte den Kopf. Es dauerte eine kleine Weile, bis sie endlich mit der Sprache herausrückte: „Ich war frustriert, Lucas. Ich hab dir so deutlich gezeigt, dass ich was von dir will und du hast mich ständig wie Luft behandelt.“

„Das habe ich nicht“, widersprach Anna ihr und sah Lucas ganz unvermittelt in schneller Abfolge mit Jocelyn in unterschiedlichen Situationen zu unterschiedlichen Zeiten. Ein paar seiner Erinnerungen wurden erneut zu ihren, nun da er nicht mehr in ihrer direkten Nähe war. „Ich war immer nett und höflich zu dir."

„Ja, aber eben nur *das*", schränkte sie ihre vorangegangene Behauptung ein. „Ich bin das nicht gewohnt und ich wurde ein bisschen … übermütig."

„Übermütig?" Anna hob nachdrücklich die Brauen.

„Laura hat mir von diesem Zaubertrank erzählt: Amors Wille", wurde Jocelyn endlich genauer, während sich ihre Wangen ein wenig röteten. Etwas Anstand besaß sie anscheinend doch noch. „Und als ich meinen Vater darauf ansprach, hat er mich in eines seiner alten Zauberbücher sehen lassen und ich hab einen Schnappschuss von dem Rezept gemacht."

„Das hat er dir erlaubt?", hakte Anna verblüfft nach. „Immerhin geht es hier ja um die Manipulation eines anderen Menschen mit Hilfe von Magie und das ist in der Zauberergemeinschaft von heute verboten!" Zumindest hatte Lucas das behauptet,

„Nein, er hat es mir nicht erlaubt", beeilte Jocelyn sich klarzustellen. „Also, nicht so richtig. Ich hab bei ihm ja von einer Freundin gesprochen, die verzweifelt verliebt wäre, und ob es rein hypothetisch möglich wäre, da was mit Magie zu machen. Er hat mir daraufhin erklärt, welche Zutaten man noch ergänzend bräuchte, weil nicht alle in dem Buch drinstanden, also Haare und ein Foto von der Person, die man verzaubern will. Dazu auch Haare von einer Person, die den Angebeteten hasst, weil Liebe und Hass ja so nahe beieinander liegen und das alles muss man dann mit den verschiedenen Tinkturen aus dem Buch zusammenmixen und …"

„Hast du diese Sachen besorgt?“, unterbrach Anna sie aufgeregt, weil sie plötzlich das Gefühl hatte, dem Verantwortlichen für den ungewollten Körpertausch sehr nahe zu kommen. Lucas hatte doch gesagt, dass Haare genügen würden, um den Zauber auszuführen.

Jocelyn schluckte schwer und ihre Wangen wurden noch röter. „Ja, aber …“

„Wer war die Person, von der du zusätzlich Haare geholt hast? Also die, die mich hasst?“

„Na, Anna. Jeder weiß, wie stark sie mit dir konkurriert und dich immer anfeindet, allerdings bin ich mir seit heute nicht mehr ganz so im Klaren, ob das nicht nur Show ist. Und du scheinst sie ja ebenfalls zu mögen, nicht wahr?“

„Das ist keine Show!“, entfuhr es Anna empört. „Also war es nicht. Und ich … *wir* hassen uns nicht. Wir sind nur … also wir haben nur …“ Sie hielt inne, schloss die Augen, um sich auf das wirklich Wichtige zu konzentrieren.

„Eine Affäre?“, half Jocelyn ihr mit trauriger Miene.

„Nein!“, entfuhr es Anna viel zu laut und das nachfolgende Lachen hatte einen leicht hysterischen Touch. Verdammt! „Wie kommst du denn auf so was?!“

„Na, ihr habt euch da auf der Tanzfläche schon ganz schön angeschmachtet“, erklärte Jocelyn.

„Haben wir nicht!“ Du liebe Güte! Hatte es etwa so für alle anderen ausgesehen? „Wir sind nur …“

„Freunde?“, versuchte die Blondine ihr ein weiteres Mal zu helfen und die Hoffnung, die in ihr aufkeimte, zeigte sich nur allzu deutlich auf ihrem puppenhaften Gesicht.

„Ja, so was in der Art“, gab Anna zögernd zurück.

Leider veranlasste das Jocelyn dazu, eine Hand auf ihren Schenkel zu legen und ihr ein verführerisches Lächeln zu schenken. „Sonst wärst du ja wahrscheinlich auch nicht mit mir hergekommen“, säuselte sie. „Man erzählt sich nämlich, dass du nichts für lockere Sachen übrighast und eher der treue Typ bist.“

Es fühlte sich gut an, das zu hören. Allem Anschein nach hatte Lucas ihr bislang nichts vorgemacht und war in der Tat der nette, anständige Kerl, für den er sich. Anna schüttelte den Gedanken rasch ab und mahnte sich zur Konzentration. Insbesondere, da Jocelyn wieder näher heranrückte und sie nun sogar mit dem Daumen streichelte.

„Hat dein Vater gewusst, dass du die Zutaten besorgt hast?“, fand sie zurück zu dem wichtigeren Thema.

Jocelyn blinzelte irritiert. „Ja, er hat mich erwischt und mir alles abgenommen, aber ich hätte den Trank ohnehin nicht gebraut. Selbst ohne seine mahnenden Worte – das musst du mir glauben! Wer will schon in unserem Alter für ewig an einen anderen Menschen gebunden sein. Denn das passiert laut meines Vaters, wenn man den Trank verwendet.“ Sie hielt erschrocken inne. „Nicht, dass das der wahre Grund für die Entscheidung gegen die Verwendung des Tranks war. Ich hab ihn nicht benutzt, weil ich eingesehen habe, dass es falsch wäre, auf diese Weise das Herz einer anderen Person zu gewinnen.“

„Dein Vater gehört auch zum Obersten Rat, oder?“, hakte Anna nach. „Wie ist denn seine Einstellung zu den neuen Regelungen, die Lu- *meine* Mutter eingeführt hat?“

Jocelyns Gesicht verlor abermals an Farbe und ihre Hand verschwand von Annas Schenkel. „Er hält nicht viel davon, doch das heißt nicht, dass er sich nicht an sie halten wird oder gar gegen die alten Gesetze verstößt!", verteidigte Jocelyn ihren Vater. Ihre Sorge um ihn schien echt zu sein. „Gut, er hat mich nicht gemeldet, aber ich hab ja auch nichts Verbotenes getan. Die Planung allein ist ja noch kein Verbrechen!"

„Ja, ja, schon gut. Ich glaub dir ja." Anna hob beschwichtigend die Hände, obwohl die Aufregung in ihr selbst immer weiter wuchs. Harry Banks *musste* der Täter sein! Es passte alles zusammen. Er hatte seine Tochter manipuliert, um an Lucas' und Annas Haare heranzukommen, und das hieß auch, dass sich der Spiegel in seinem Besitz befand. Wenn sie diesen in die Hände bekamen, konnten sie endlich erlöst werden!

„Hör zu – es tut mir leid, dass ich diese Idee überhaupt hatte, aber ich habe sie ja nicht umgesetzt", verfiel Jocelyn in einen Jammertonfall. „Ich war nur so vernarrt in dich – da kann man doch mal auf dumme Ideen kommen. Hast du noch niemals, was Dummes gemacht, weil deine Gefühle verrücktgespielt haben?"

„Doch, auf jeden Fall", beruhigte Anna sie weiter und ergriff eilends Jocelyns Hand, weil die einmal mehr auf ihrem Schenkel hatte landen wollen.

„Hasst du mich jetzt?", klagte ihr Gegenüber weiter und streichelte statt des Schenkels nun Annas Finger.

„Nein, ganz bestimmt nicht", versicherte Anna ihr, während sie vorsichtig versuchte, das grabbelige ‚Händchenhalten' zu beenden. Sie hatte ja inzwischen alle wichtigen Informationen und das Mädchen kam ihr für ihren Geschmack zum wiederholten Mal viel zu nahe. „Jeder macht mal Fehler."

„Eben", stimmte Jocelyn ihr zu und legte obendrein einen Arm um Annas Nacken. „Und ich mag dich einfach sooo gerne.“ Ihre Lippen spitzten sich erneut und kamen so schnell auf sie zu, dass Anna nichts Besseres einfiel, als ruckartig aufzuspringen. Sie hätte ohne Frage kein Problem damit gehabt, den Kuss *irgendeines* Mädchen über sich ergehen lassen zu müssen, aber das hier war Jocelyn Banks, die alles verkörperte, was Anna verabscheute!

„Ich … ich glaube, ich gehe jetzt besser“, verkündete sie, während Jocelyn sie nur mit großen Augen enttäuscht ansah.

„Du hasst mich *doch*!“, stieß diese aus und brachte ihre Stimme sogar dazu, zu zittern und … füllten sich ihre Augen tatsächlich mit Tränen? Eine große schauspielerische Leistung, das musste man ihr lassen.

„Nein, ich muss das alles nur erstmal verdauen“, redete Anna sich geschwind heraus. „Das war doch ein bisschen … viel.“

Jocelyn presste die Lippen zusammen und nickte einsichtig. Mit bewundernswerter Geschmeidigkeit erhob sie sich und kam wieder näher. Anna musste sich nahezu zwingen, nicht zurückzuweichen.

„Heißt das, du könntest dir vorstellen, demnächst mal mit mir auszugehen?“, fragte die blonde Schönheit mit einem gekonnten Hundeblick.

„Ähm … ja, also … ich denke schon“, stammelte Anna. Hoffentlich war Lucas da mit ihr einer Meinung.

„Oh, wie wundervoll!“ Einmal mehr klatschte Jocelyn mädchenhaft in die Hände. „Morgen Abend vielleicht? O bitte sag ja! Meine Eltern haben Karten für dieses furchtbar langweilige Theaterstück im Oxfordian gekauft, aber wenn ich ein Date habe, komme ich womöglich drum herum – oder ich muss es zumindest nicht allein ertragen. Laura hat gesagt, du magst Theater."

„Ja, aber ich … ich kann morgen nicht", erwiderte Anna eilig. Auf keinen Fall würde sie mit diesem Mädchen noch weitere Zeit verbringen. Sollte Lucas sich doch mit ihr beschäftigen, wenn er seinen Körper zurückhatte.

Jocelyn zog einen Flunsch. „Ehrlich?", hakte sie traurig nach.

„Ja, ehrlich", bestätigte Anna und bewegte sich dabei rückwärts auf die Tür zu. Sie musste hier raus. Auf der Stelle. Bevor Jocelyn nochmals anfing, sie zu begrabbeln, um sie doch noch zu überreden. „Ich meld mich kommende Woche bei dir und dann machen wir was aus, okay?"

Die Blondine gab ein frustriertes Seufzen von sich. „Okay", stimmte sie schließlich zu und brachte nun doch wieder ein Lächeln zustande. „Ich verlasse mich darauf, ja?"

„Klaro!", gab Anna zurück, als sie bereits zur Tür hinaus war und eilte sogleich weiter. Möglichst schnell einen großen Abstand zwischen sich und diese Tussi zu bringen, fühlte sich gut an. Noch besser wurde es, als sie Lucas erreichte, der nach wie vor an ihrem Tisch saß und sie erwartungsvoll ansah.

„Wir haben unseren Täter!", raunte sie ihm etwas atemlos zu und seine Augen leuchteten begeistert auf. „Und … du hast nächste Woche ein Date mit Jocelyn. Gleich zwei Fliegen mit einer Klappe geschlagen – super, oder?"

Sie hielt ihre Hand zum High Five hin, aber Lucas schlug nicht ein. Sein erleichtertes Lächeln begann zu bröckeln und die Begeisterung in seinem Gesicht wurde von Entgeisterung beiseitegeschoben.

„Ernsthaft?“, fragte er fassungslos.

„Ja!“, gab sie immer noch viel zu freudig zurück und bot ihm erneut die Hand zum High-Five.

„Yay“, sagte er freudlos und tippte mit den Fingerspitzen kaum merklich gegen ihre Handfläche und irgendwie freute sie sich darüber.

Magisches Komplott

Die Dinge liefen gut. Zumindest aus Annas Sicht. Nachdem sie den Club verlassen hatten, meldeten sie sich sofort telefonisch bei Elli und Tristan, die bestätigten, was sie schon wussten: Ms Butler und ihr Sohn Sean hatten nichts mit der Vertauschung der Körper zu tun und da die Beweislage eindeutig auf Mr Banks deutete, war es nicht mehr notwendig, Gawyn McDougan, den Freund von Lucas' Mutter zu überprüfen.

Elli und Tristan hatten gleichwohl noch andere erfreuliche Nachrichten: Manjas Recherche bezüglich des Spiegels hatte Früchte getragen und sie herausgefunden, dass dieser neben der des Körpertauschs noch eine andere Funktion besaß, die sie wiederum laut eigener Aussage den kompletten Plan des ‚Feindes' hatten durchschauen lassen. Da die Special Protector die Informationen nicht telefonisch weitergeben wollte, fuhren Lucas und Anna zum Haus in der Byron Street, wie sie es ohnehin zuvor geplant hatten, und kontaktierten Manja via Videochat.

Die S.O.o.M.P.-Agentin sah aufgeregt, aber auch besorgt aus. Um sie herum türmten sich einige Bücherstapel und die vielen Teetassen dazwischen bezeugten, dass sie einige Stunden mit der Recherche verbracht und womöglich auch am Vortag nur wenig Schlaf bekommen hatte. Dies war offenbar auch die Ursache für die dunklen Schatten unter ihren Augen. Dennoch machte sie einen energiegeladenen Eindruck wie eh und je.

„Ich sag euch: Es ist einfach nur Wahnsinn!“, waren die ersten Worte, die sie an Anna und Lucas richtete. „Wir haben es hier mit uralter, unglaublich starker Magie zu tun – was im Grunde klar war, denn – puh! – es geht ja schließlich um Merlin! MERLIN! Dass ich mich bereits seit einer ganzen Weile intensiv mit seinen Artefakten beschäftige, sagte ich ja schon, oder? Und die haben es echt in sich, dabei weiß ich noch so wenig über sie und ich …“

„Manja, was genau hast du denn jetzt über den Spiegel herausgefunden?“, unterbrach Tristan, der sich zusammen mit Elli von ihrer gemeinsamen Wohnung aus ebenfalls in das Gespräch eingeloggt hatte, die Special Protector etwas ungeduldig.

Die hielt inne. „Ach so, ja. Also, ich hab mit Bal und Dav gesprochen und zusammen sind die beiden ja ein echtes Dream-Team, wenngleich sie das nicht einsehen wollen – Geschwister halt. Dabei sind sie *so* glücklich, wieder zusammen zu sein nach Balians und Trishs langer Weltreise. Wo die überall waren – unglaublich! Auf jeden Fall hat Bal sich an ein altes Buch erinnert, das seit Ewigkeiten im Besitz der Familie Lennox ist und …“

„Lennox?“, wiederholte Lucas überrascht. „Von denen hab sogar *ich* schon mal was gehört. Ich dachte, da gibt’s keine lebenden Verwandten mehr.“

„Lange Geschichte“, erwiderte Manja mit einem kurzen Abwinken. „Erzähl ich euch ein anderes Mal. Aber ja, Bal und Dav sind echte Lennox-Nachfahren und haben eine Menge Ahnung, was die Anwendung von Magie in alten Zeiten angeht. Deswegen konnten sie mir berichten und zusätzlich über den Bildschirm zeigen – Mann, hat das gedauert, bis die das mit der Kamera kapiert haben", sie schüttelte grinsend den Kopf, „– also, sie konnten mir die Textstelle im Buch schließlich zeigen und dort steht, dass man Merlins Spiegel nicht nur dazu nutzen kann, zwei Menschen die Außenhüllen wechseln zu lassen, sondern auch um den Astralkörper eines Menschen im Spiegel einzusperren."

„WAS?!", stießen Anna und Lucas wie aus einem Mund aus und Elli und Tristan machten ebenso entsetzte Gesichter.

„Ich sah genauso aus wie ihr, als ich die Information erhalten hatte", seufzte Manja. „Es ist wohl so, dass der physische Körper in ein Koma fällt, aus dem er nicht mehr erwacht, solange sein Astralkörper nicht in ihn zurückfährt. Und wenn dieser Zustand zu lange anhält …" Sie sprach nicht weiter, sondern verzog nur bedauernd das Gesicht.

„Heißt das, Mr Banks will uns demnächst *in* den Spiegel transportieren und im Anschluss doch *umbringen*?", brachte Anna mit belegter Stimme hervor.

„Oh! Habt ihr bereits herausgefunden, wer es war?", fragte Manja erfreut.

„Könntest du vielleicht erstmal meine Frage beantworten?!", stieß Anna mit etwas zu hoher Stimme für einen Mann aus und Lucas blinzelte sie verblüfft an. Er hatte offensichtlich nicht gewusst, dass seine Stimmbänder zu solchen Tönen fähig waren.

„Ich denke mittlerweile nicht mehr, dass *ihr* das eigentliche Ziel dieses Spiegelzaubers gewesen seid", bemühte Manja sich darum, sie zu beruhigen. „Wir hatten ja schon spekuliert, dass der Täter Lucas nur ruhigstellen wollte, um ungestört sein Attentat auf dessen Mutter weiterplanen zu können."

„Dann will er *meine Mum* im Spiegel einsperren?!", brachte Lucas aufgewühlt heraus.

„Darauf wollte ich hinaus", gestand Manja. „Denn, wie ich erfahren habe, funktioniert das Ganze nur, wenn sich das Opfer mehr oder minder freiwillig mit dem Spiegel verbindet. Merlin war ein guter Mensch, das belegen viele Quellen. Er hatte es sich mit dem Spiegel ermöglicht, auch auf seinen vielen Reisen Kontakt zu Artus zu halten. Dazu musste er sich lediglich in einen meditativen Zustand versetzen, sodass sein Astralkörper den Weg zum mit einer persönlichen Sache behängten Spiegel finden und dort in Erscheinung treten konnte. Auf die Idee, die Astralkörper gleich zweier Menschen auszutauschen oder gar den von einem Feind dort einzusperren, kamen später erst Ambrosius und ein paar seiner Freunde, die dazu an der alten Magie Merlins herumgepfuscht haben. Pfui, Teufel!"

Manja schüttelte abermals den Kopf, dieses Mal jedoch angewidert.

„Wenn du von ‚Freiwilligkeit' redest, meinst du damit, dass Mr Banks meine Mutter womöglich durch mich dazu bringen will, eine Verbindung zu dem Spiegel einzugehen?", hakte Lucas beklommen nach und Anna konnte die Angst, die ihn dabei packte, fast körperlich fühlen. Vermutlich, weil sie sich in seinem Leib befand und seine Seele diesen ja nicht gänzlich verlassen hatte.

„Genau das vermute ich", bestätigte Manja seine grauenvolle Annahme. „Er hat ja keine Ahnung, dass wir schon über seine Machenschaften Bescheid wissen und wird vor ihr unter Umständen so tun, als würde er nur helfen wollen. Ich kann mir vorstellen, dass er behauptet, man könne euch befreien, wenn sie sich mit Lucas verbindet und mental an ihm zieht, denn genau auf diese Weise kann er ihren Astralkörper ohne große Probleme in den Spiegel befördern und diesen anschließend versiegeln."

„Wie das?", hakte Anna stirnrunzelnd nach.

„Nun, wenn er zur gleichen Zeit eure Seelen wieder in eure richtigen Körper tauscht, könnte er Lucas' Kräfte dabei umleiten und dazu nutzen, seine eigenen zu verstärken", erklärte Manja. „Sich gegen derart gebündelte Magie zu wehren, dürfte selbst dem erfahrensten Zauberer nicht gelingen und Lucas' Mum wird nichts riskieren wollen, weil sie Angst davor hat, ihm zu schaden, denn das wäre in dem ganzen Vorgang sehr wahrscheinlich – ganz davon abgesehen, dass das alles ohnehin bereits lebensgefährlich für ihn werden könnte."

Anna warf einen besorgten Blick auf den Genannten in ihrem Körper. Seine oder besser ihre Gesichtsfarbe war noch blasser, als das gewöhnlich der Fall war, und seine Augen waren geweitet. Anna griff instinktiv nach seiner Hand und drückte sie sanft.

„Hey, das wird nicht passieren", sagte sie voller Mitgefühl. „Wir kennen jetzt den Plan und werden verhindern, dass Mr Banks ihn ausführt. Weder dir noch deiner Mum wird etwas geschehen."

Lucas sah sie an, schluckte schwer und nickte, während auch die anderen ihm zusprachen und Annas Worte bestätigten.

„Das Gute ist, dass ich mit all den neuen Informationen und der Hilfe der Lennox-Geschwister auch herausgefunden habe, wie man euch zurück in eure Körper befördert“, äußerte Manja mit einem aufmunternden Lächeln.

„Wie?“, gaben Anna und Lucas ein weiteres Mal zeitgleich von sich.

„Wir brauchen dazu im Grunde nur euch beide, den Spiegel, der übrigens *so* aussehen soll …“, sie schlug eines der neben ihr liegenden Bücher auf und hielt es in die Kamera, „und die Kraft des Vollmondes.“

Das klang in der Tat nicht *so* schwierig.

„Ach, und einen kleinen Zauberspruch müsst ihr auch noch aufsagen“, fügte Manja hinzu, „und zwar …“, sie blätterte ein paar Seiten weiter und hielt das Buch erneut hoch, „… *den* hier. Das ist die Sprache der keltischen Druiden. Ich vermute irisch-gälisch. Ich bin darin nicht so gut, doch ich denke Lucas’ Familie …“

„Ja, das krieg ich hin“, behauptete Lucas, während Anna nur mit großen Augen die seltsamen Wörter anstarrte, die auf der Abbildung zu finden waren.

„Ihr müsst das zusammen aufsagen, im Licht des Mondes, euch an der Hand halten und in den Spiegel sehen …“ Manja seufzte leise. „Eigentlich ist das wahnsinnig romantisch.“

Anna fühlte, wie ihr schon wieder das Blut in die Wangen schoss, vor allem, weil die Vorstellung Lucas’ Hand im Mondschein zu halten so gar keinen Widerwillen in ihr erzeugte. Ganz im Gegenteil, sie verspürte sogar ein aufgeregtes Flattern in ihrem Bauch.

„Womit ich natürlich nicht sagen will, dass euer Fluch nicht ernst zu nehmen ist“, setzte Manja eilig hinzu.

„Ich … ich kann aber kein Gälisch“, warf Anna rasch ein und mied dabei tunlichst Lucas’ Blick. „Wie soll ich das dann aufsagen?“

„Du lernst es auswendig“, sagte Lucas schlicht. „Ich spreche es vor und du sprichst es nach, bis du es draufhast. So lang ist der Spruch ja nicht und deine schnelle Auffassungsgabe ist doch kaum zu schlagen.“

Er zwinkerte ihr lächelnd zu. Sie gab ein aus ihrer Sicht viel zu albernes Lachen von sich und wurde gleich noch röter. Und das obendrein unangenehmerweise vor den anderen!

„Vollmond haben wir morgen“, überlegte Elli. „Aus diesem Grund sollten wir versuchen, möglichst schnell an den Spiegel heranzukommen. Wann ist denn deine Mutter zurück, Lucas?“

„Morgen Abend“, verkündete der.

„Na, dann passt das ja recht gut zusammen“, freute Manja sich. „Andernfalls hätte man das Ganze um einen Monat verschieben müssen.“

„Einen Monat?!“, stieß Lucas entgeistert aus, während Anna ein ebenso entrüstetes „Auf keinen Fall!“ von sich gab.

„Ich sagte ja auch ‚andernfalls‘“, erwiderte Manja mit einem kleinen Schmunzeln. „Selbst unser hochtechnisiertes Zeitalter hat Grenzen: Den Vollmond kann man nicht einfach jederzeit per App bestellen. So ein App könnten nicht mal Ronny und Gaby im Team erfinden. Nun gut. Ich würde vorschlagen, dass du, Lucas, deine Mutter zu erreichen versuchst und über alles, was wir herausgefunden haben, informierst, dich mit ihr berätst, wie weiter vorzugehen ist. Es gibt in der ZvE sicherlich ebenfalls eine Art Polizei, die Mr Banks und seine möglichen Komplizen in Gewahrsam nehmen kann, oder?“

„Ja, und ein Gericht“, setzte Lucas hinzu. „Wir sind da kaum anders organisiert als das Rechtssystem der gewöhnlichen Menschen.“

„Hoho, gewöhnlich“, murmelte Tristan.

„Immer diese überheblichen Zauberer, oder? Schlimm, schlimm“, lenkte Lucas entschuldigend ein. „Sorry, manchmal übernehme ich dieses Vokabular.“

Tristan winkte grinsend ab und Manja fuhr ungeduldig fort: „Na, siehst du, Lucas. Aus meiner Sicht haben wir damit bereits unsere Pflicht und Schuldigkeit getan und können uns entspannt zurücklehnen, sobald deine Mum da ist – obgleich ich selbst das sehr schade finde. Das Bahnticket muss ich wohl eintauschen.“ Sie seufzte leise. „Aber ihr meldet euch bei uns, sobald ihr deine Mum erreicht habt, okay?“

„Okay“, stimmte Lucas sofort zu. „Und vielen Dank für alles.“

Nur wenig später gelang es ihm zum ersten Mal, seit sie die Körper getauscht hatten, seine Mum in einem Moment zu erwischen, in dem sie nicht unter Stress stand – aufgrund der Zeitverschiebung war es bei ihr erst früher Abend – und zudem ein gutes Netz hatte. Zu Annas Überraschung stellte er sein Handy ohne Zögern vertrauensvoll auf Lautsprecher und schien sich überhaupt nicht für das liebevoll geäußerte „Was ist denn, mein Hase?“ seiner Mutter zu genieren.

„Sitzt du gerade?“, fragte Lucas vorsichtig.

Ein paar Sekunden lang blieb es still am anderen Ende der Leitung. „Ähm … wer spricht denn da?“, fragte seine Mum schließlich irritiert und Anna beugte sich rasch vor.

„Sie ist eine sehr gute Freundin“, erklärte sie mit Lucas’ Stimme, „und wir … also ich … es wäre wirklich gut, wenn Sie … *du* dich erst einmal setzen würdest.“

„Oje, das klingt ja nicht gut“, erwiderte Ms de Meath. Man hörte es rascheln und sie gleich darauf wieder sprechen: „Okay, ich sitze. Raus damit – was hast du angestellt?“

Anna holte tief Luft und erzählte eine Geschichte, die so irrsinnig klang, dass sie diese selbst niemals geglaubt hätte, wenn sie nicht Teil davon gewesen wäre. Als sie geendet hatte, war für eine kleine Weile erneut nichts von Ms de Meath zu hören. Ein tiefes Seufzen war das erste, was sie schließlich vernahmen.

„Ganz ehrlich, Luke, wenn ich dich nicht so gut kennen würde, würde ich denken, dass ihr mir einen Bären aufbinden wollt“, gab Ms de Meath von sich. „Allerdings bist du nun mal mein grundehrlicher, lieber Sohn und da kann ich noch nicht einmal im Ansatz an dieser Geschichte zweifeln – zumal du mich ja auch schon zuvor gewarnt hast und ich die Gefahr damals nicht erkennen wollte.“ Man hörte sie tief Atem holen. „Wie leid mir das tut, kannst du dir nicht einmal im Ansatz vorstellen. Wie geht es euch denn? Kommt ihr mit … den neuen Umständen einigermaßen klar?“

„Wir haben uns ganz gut arrangiert“, erwiderte Lucas und schenkte Anna ein Lächeln, das sie einfach erwidern *musste*. Auffallend war nur der kleine Schauer, der ihren Rücken hinunterlief, weil er sie dabei so warm ansah.

„Gut“, sagte seine Mum, „die Sache ist nämlich die: Es ist gut möglich, dass ich es nicht schaffe, bis morgen Abend zurück zu sein, denn hier haben sich ein paar heikle Probleme ergeben, um die ich mich noch kümmern muss.“

„Aber …“, begann Lucas, konnte seinen Einwurf jedoch nicht ausformulieren, weil seine Mutter bereits weitersprach.

„Ich weiß, dass ihr es eilig habt, zurück in eure eigenen Körper zu gelangen, aber ich kann hier nicht alles stehen und liegen lassen – zumindest nicht, solange kein *akuter* Notfall vorliegt. Und aus meiner Sicht, seid ihr nicht in Gefahr, wenn ihr von nun an die Füße stillhaltet und euch nicht mehr in die ganze Sache einmischt. Und das versprichst du mir jetzt, Lucas!“

„Aber wir …“

„Lucas! Versprich es!“, drängte Ms de Meath ihn. „Ich weiß, dass Mr Banks augenblicklich euer Verdächtiger ist, doch dem muss erst einmal ordentlich nachgegangen werden. Ich kann niemanden aus der Zauberergemeinschaft ohne Beweise eines derartigen Verrates beschuldigen. Das würde mir nur großen Ärger einbringen. Und das bedeutet leider für euch, dass ihr nicht so bald von dem Zauber erlöst werden könnt, wie ihr euch das wünscht. So leid es mir tut. Ich werde unverzüglich meine fähigsten Mitarbeiter darauf ansetzen, aber auch die müssen diskret vorgehen und dürfen nichts überstürzen. Deshalb bitte ich euch eindringlich: Geht nicht allein gegen Mr Banks vor! Versprich mir das, Lucas!“

Lucas presste die Lippen zusammen und suchte Annas Blick. Die schluckte schwer und nickte schließlich. Ms de Meath hatte recht. Wenn sie Mr Banks überführen wollten, durften sie keine weiteren Nachforschungen mehr anstellen. Der Mann musste sich unbedingt in Sicherheit wiegen, damit er keine Beweise vernichtete oder gar noch den Spiegel versteckte.

Es fiel Lucas sichtbar schwer, doch schließlich biss er die Zähne zusammen und fügte sich mit einem leisen „Ich verspreche es“ dem Willen seiner Mutter.

„Ich danke euch“, erwiderte diese seufzend. „Ihr seid unglaublich tapfer und ich glaube ganz fest daran, dass wir den Zauber bald rückgängig machen können – möglicherweise sogar ohne den Vollmond. Habt Geduld. Es wird bald alles gut werden. Und vielleicht bin ich ja doch schon morgen Abend zurück.“

Nachdem Lucas sich von seiner Mutter verabschiedet hatte, riefen sie erneut per Videochat Manja an, die einen genauso enttäuschten Eindruck machte wie sie beide, die Haltung von Ms de Meath allerdings nachvollziehen konnte.

„Keine Sorge – wir kriegen das hin“, machte auch sie ihnen Mut. „Ich setze mich gleich noch mal hin und versuche herauszufinden, ob der Vollmond nicht wirklich von irgendetwas anderem ersetzt werden kann. Das mit der App geht mir nicht aus dem Kopf.“ Sie kratzte sich an selbigem. „Gibt doch für so ziemlich alles eine. Okay, okay, haltet mich nicht für verrückter als ich bin, aber da *muss* es was geben. Ich meld mich, sobald ich was Neues hab. Und euch würde ich raten, euch ein wenig auszuruhen. Wer weiß, was demnächst noch alles passiert.“

Ausruhen. Das war besser gesagt als getan, denn in dem Moment, in dem Manja vom Bildschirm verschwand und Anna aufsah, wurde ihr klar, dass sie eine weitere

Nacht in Lucas' Körper verbringen musste – und das, obwohl die Rückkehr in ihren eigenen bereits zum Greifen nahe war. Sie würde am nächsten Morgen aufwachen und von ihren Müttern wie eine Fremde behandelt werden. Und das voraussichtlich nicht zum letzten Mal. Ein Monat. Das Ganze konnte sich noch über einen Monat erstrecken! Und wer wusste schon, wie viele Erinnerungen von Lucas bis dahin ihre eigenen ersetzt hatten, wie sehr sie dann überhaupt noch sie selbst sein würde.

Anna konnte nichts dagegen tun: Ihre Nase begann zu kribbeln und ihre Augen füllten sich mit Tränen. Sie presste die Lippen zusammen, wollte jetzt nicht auch noch schluchzen.

„Hey", vernahm sie ihre eigene belegte Stimme. „Wir schaffen das ganz bestimmt."

Eine Hand legte sich auf ihre Schulter und sie blickte in Lucas' Augen, die ebenfalls bereits feucht glänzten. Lucas' Augen … seltsamerweise sah sie immer öfter *ihn* dort und nicht sich selbst.

„Ich … ich weiß", gab sie kaum hörbar zurück. „Es ist nur so schwer, das zu …"

„Akzeptieren?", half er ihr. „Das müssen wir nicht."

„Was?" Sie blinzelte verdattert und eine Träne löste sich aus ihren Wimpern.

Lucas fing sie mit einem Finger auf, streichelte in einer fast liebevoll anmutenden Geste ihre Wange, die unversehens zu kribbeln begann.

„A-aber deine Mutter vertraut darauf, dass du dein Versprechen hältst", warf sie geschwind ein.

„Das werde ich ja auch", erwiderte er mit einem Schulterzucken. „Ich *werde* nichts gegen Mr Banks unternehmen. Zumindest nichts Direktes. Ich hole mir nur etwas, das ihm ohnehin nicht gehört, denn für das Besitzen und Nutzen alter, magischer Artefakte braucht man eine Genehmigung des Obersten Aufsichtsrates, die er mit Sicherheit nicht hat."

Anna starrte ihn mit großen Augen an, während ihr ein Licht aufging. „Der Spiegel!", hauchte sie. „Du willst ihn holen, wenn die Banks im Theater sind!"

„Genau!", bestätigte er ihre Vermutung. „Ich sitze hier nicht rum und tue nichts. Nicht wenn ich genau weiß, wo der Spiegel ist."

Anna nickte, wischte sich über das Gesicht und straffte die Schultern. „Ich bin dabei!", ließ sie ihn entschlossen wissen.

„Sicher?", hakte er nach, aber sie sah ihm an, dass er sich darüber freute.

„Hundertprozentig!", bestätigte sie und spürte, wie all ihre Trauer verflog. „Und ich denke, wir haben auch jedes Recht der Welt, etwas zu unternehmen, schließlich kann es jederzeit passieren, dass wir weitere Erinnerungen des anderen übernehmen und irgendwann werden dann unsere eigenen verschwinden. Unwiederbringlich."

Lucas nickte und da war etwas in seinen Augen, das Anna innehalten ließ. „Lass mich raten: Dir ist es mittlerweile auch passiert, oder?", hakte sie mit einem hohlen Gefühl im Magen nach.

Ein weiteres Nicken bestätigte ihre üble Vorahnung. „Vorhin, als du mit Jocelyn in die hinteren Räume des Clubs gegangen bist."

„Was hast du gesehen?", wollte sie wissen. Hoffentlich nichts Peinliches.

„Ein blondes Mädchen mit ihren Freundinnen, die mich gehänselt und geschlagen haben. Und ihren Bruder, der nur danebengestanden und gelacht hat.“

Anna schluckte schwer. „Linda und Thomas Green“, verriet sie.

„Die haben dir die Schulzeit ganz schön schwer gemacht, oder?“, fragte Lucas behutsam und voller Mitgefühl.

„Sie konnten es nicht ertragen, dass ich klüger als sie war“, erwiderte Anna mit einem Schulterzucken. „Sie wollten halt in jedem Bereich die Tollsten sein und als klar war, dass ich die Klassenbeste bin, fing das mit dem Mobben an.“ Nie hätte sie gedacht, dass es ihr so leichtfallen würde, mit Lucas über die schlimme Zeit zu reden.

„Glaub mir, ich weiß, wie das ist“, seufzte er.

Anna schaute ihn überrascht an. „Du?“

Er lachte. „Ich war nicht immer so sportlich wie heute und es ist dir sicherlich nicht entgangen, dass ich leicht kurzsichtig bin. Als Kind hat das hauptsächlich ein Auge betroffen, sodass ich nicht nur eine Brille, sondern auch ein Augenpflaster tragen musste. Füg das zu dem Bild des dicken Jungen mit zu langen lockigen Haaren zusammen, der ebenfalls Klassenbester ist und du hast das perfekte Mobbingopfer.“

Da hatte er recht und fast im selben Augenblick sah sie ihn vor sich. In einem Spiegel auf dem Jungsklo, weinend, mit einem blauen Auge und aufgesprungener Oberlippe, während hinter ihm das Lachen seiner Peiniger ertönte, die soeben die Toilette verließen.

„Das … das tut mir so leid“, hauchte sie und meinte damit nicht nur das, was die anderen Kinder ihm angetan hatten, sondern auch ihre eigene vollkommen falsche Einschätzung seiner Person.

„Muss es nicht“, winkte er ab. „Das hab ich alles hinter mir gelassen. Ab dem Zeitpunkt, ab dem ich anfing, Sport zu treiben, wurde alles besser – und das Witzige an der Sache ist eigentlich, dass ich nur schneller werden wollte, um vor meinen Mobbern weglaufen zu können.“

Er lachte wieder und Anna stimmte mit ein – allerdings nur halbherzig. Die ganze Sache war einfach zu schlimm, um darüber lachen zu können, und sie schämte sich so furchtbar. Wieso nur war sie in diese Vorurteilsfalle geraten? Sie hielt sich doch immer für so offen und umsichtig und trotzdem hatte sie es zugelassen, dass ihr Schultrauma sie jemanden ungerecht hatte behandeln lassen. Nicht alle hübschen, beliebten Menschen waren oberflächlich und gemein oder führten gar ein einfaches, schönes Leben. Genauso wenig hatten es alle Intelligenzbestien immer nur schwer – das wusste sie bereits von Cara, die nie gemobbt worden war, obwohl sie immer Spitzenleistungen in der Schule gebracht hatte.

„Alles gut bei dir?“, wurde sie von Lucas aus den Gedanken gerissen. „Hast du auch noch eine meiner Erinnerungen gesehen?“

„Ja, aber nur kurz“, gab sie zu. „Ich … tut mir leid, dass ich immer so garstig zu dir war.“

„Ach was“, winkte er erneut ab. „Ich hab dich ja auch ein bisschen genervt – manchmal sogar absichtlich – deshalb: Schwamm drüber. Viel wichtiger ist doch, dass sich die Dinge gerade nicht zu unserem Vorteil entwickeln. Also, was die Übernahme der Erinnerungen angeht. Wir sind dadurch gezwungen, so schnell wie möglich zu handeln, und das wird meine Mutter am Ende bestimmt einsehen."

Anna stimmte zu. „Und wenn wir achtsam sind, wird Mr Banks gar nichts merken, was heißt, dass wir die Ermittlungen gegen ihn nicht in Gefahr bringen." Sie hielt inne. „Aber woher weißt du, wo der Spiegel ist?"

„Gut – ich weiß es nicht hundertprozentig", gestand Lucas, „doch ich kann mir nicht vorstellen, dass er ihn woanders als in seinem Haus versteckt hat. Der Mann ist ja nicht nur ein Magier, sondern auch ein viel beschäftigter Geschäftsmann. Der hat meines Erachtens gar keine Zeit sich irgendwo anders ein Geheimversteck zu suchen. Außerdem muss er jederzeit an den Spiegel herankommen, wenn er damit meine Mutter fangen will."

Das waren gute und richtige Gedanken, die Anna zu demselben Schluss kommen ließen. Eine Frage hatten seine bisherigen Aussagen gleichwohl noch nicht beantwortet: „Und wie willst du in das Haus der Banks hineinkommen?"

Ein breites Grinsen schob sich auf Lucas' Gesicht und die Brauen wanderten auf seinen Haaransatz zu. „Kennst du zufälligerweise jemanden, der im Theater arbeitet?"

Auf Kuschelkurs

Anna musste zugeben, dass es ein Segen war, mit jemandem zusammenzuarbeiten, der ähnlich intelligent war wie man selbst. Innerhalb einer halben Stunde stand ihr gemeinsamer Plan und nach einem kurzen Telefonat mit Elli, Tristan und Manja war klar, dass sie auf die Hilfe der drei zählen konnten. Ihre Mitstreiter machten sich wohl ebenfalls Sorgen bezüglich der ersten Erinnerungswechsel und hatten vollstes Verständnis dafür, dass Anna und Lucas ihre Chance auf einen früheren Körperrücktausch nutzen wollten.

Mit dieser neuen, durchaus positiven Entwicklung fiel es Anna deutlich leichter, ihren Eltern erneut als Fremde gegenüberzutreten, als diese kurz nach Mitternacht von ihrem Pärchenabend nach Hause kamen. Leicht wurde es trotzdem nicht, da ihre Sehnsucht, sich in die schützenden Arme ihrer Mütter zu werfen und sich das Leid von der Seele zu reden, unglaublich groß war. Lucas schien das zu spüren. Nach einer kurzen Begrüßung ergriff er ihre Hand und beförderte sie damit ruckartig in ihren Körper zurück, während ihre Mums die erstaunliche offene Zuneigungsbekundung ihrer Tochter mit verblüfftem Stirnrunzeln zur Kenntnis nahmen.

Anna gab ein ersticktes Lachen von sich und hatte mit dem nächsten Atemzug die verdutzte Lizzie im Arm – selbstverständlich, ohne dabei Lucas' Hand loszulassen. „Ich hab euch so vermisst!", konnte sie sich nicht verkneifen auszustoßen, ließ Lizzie los und drückte auch Jennifer kurz, aber sehr fest an sich.

„Öh … wir dich auch", gab diese verwirrt zurück. „Du hättest ruhig mal Bescheid geben können, dass du noch einen Gast dahast, dann hätten wir einen warmen Mitternachtssnack gekocht."

„Wir können doch was bestellen – ich hab nämlich einen Bärenhunger nach dem bisschen Popcorn im Kino", griff Lizzie sofort ein. „Wie lange bleibt Lucas denn noch?"

„Ich wollte fragen, ob er hier schlafen kann", rückte Anna einfach gleich mit der Sprache heraus. „Seine Eltern sind immer noch nicht zurück und ihr wisst ja, dass …", sie sah Lucas kurz an und der machte sogleich ein trauriges Gesicht, „… also, dass es ihm nicht so gut geht."

Lizzie und Jennifer tauschten sich kurz mit einem Blick aus und schließlich nickte letztere, während sie große Mühe hatte, sich ein Grinsen zu verkneifen. „Klar, wir haben irgendwo bestimmt noch eine Luftmatratze – also, wenn ihr überhaupt eine braucht."

„Auf jeden Fall", bestätigte Lucas lächelnd. „Ich weiß schließlich, was sich gehört."

„Das ist schön", schmunzelte Jennifer und lief ihnen voraus ins Wohnzimmer, gefolgt von ihrer mittlerweile ebenfalls verschmitzt lächelnden Frau. „Jetzt müsst ihr euch nur noch einig sein, was es heute Nacht werden soll."

„Was *was* werden soll?“, hakte Anna alarmiert nach und war für einen kleinen Moment gar nicht mehr froh darüber, vorübergehend sie selbst zu sein, denn sie fühlte, wie sie prompt rot anlief.

„Na, das Essen“, gab Jennifer mit einem vollkommen unschuldigen Gesichtsausdruck zurück. „Was dachtest du denn?“

Anna antwortete nicht auf die Frage und gab Lucas einen leichten Stoß mit dem Unterarm, weil der es sich doch glatt erlaubte, ein kaum hörbares Lachen auszustoßen. Das konnte ja eine heiterere Mitternachtsschlemmerei werden.

⛤

Heiter wurde es durchaus, gleichwohl in viel positiverer Hinsicht als Anna angenommen hatte. Ihre Mütter gaben sich den Rest der gemeinsamen Zeit große Mühe, keine verfänglichen Andeutungen mehr zu machen oder allzu neugierige Fragen zu stellen, sodass Lucas und sie entspannt essen und die Unterhaltung am Tisch sogar richtig genießen konnten. Sie sprachen viel über die Uni, aber auch über Lucas' Familie und Interessen, sodass Annas Mums ihn wahrlich kennenlernten und auf jeden Fall einen besseren Eindruck gewannen als bei Lizzies erster Begegnung mit *Anna*-Lucas. Über deren Dramatik er nach wie vor nicht genau im Bilde war.

Ja, er hatte viel Charme, musste Anna nach einer Weile zugeben, wirkte weltgewandt und belesen und supernett. Der ideale Schwiegersohn. Nicht dass Anna so etwas Absurdes in Bezug auf Lucas tatsächlich dachte, aber sagte man das nicht im Volksmund, dass jemand ein Schwiegermutterliebling war? Sie konnte überdeutlich sehen, wie er die Herzen ihre Mütter gewann, wie der Ausdruck in ihren Augen wärmer und das Lächeln noch aufrichtiger wurden.

Anna würde mit Sicherheit noch eine ganze Weile die Nachwirkungen dieses Nachtmahls zu spüren bekommen – in Form von neckischen Bemerkungen und neugierigen Blicken, insbesondere von Jennifers Seite aus. Allerdings störte sie das im Augenblick nur wenig. Sie war einfach nur glücklich, dass Lucas es ihr ermöglichte, den Abend mit ihren Müttern in ihrer eigenen Gestalt zu verbringen. Deswegen die ganze Zeit irgendwie im Körperkontakt mit ihm bleiben zu müssen, war ein Preis, den sie gerne zahlte und der ihr im Grunde inzwischen auch gar nicht mehr unangenehm war. Sein warmer Schenkel an ihrem fühlte sich überraschend gut an und da der Kontakt unter dem Tisch stattfand, war er noch nicht einmal für ihre Eltern zu sehen. Überhaupt tat seine körperliche Nähe ihr ausgesprochen gut und verleitete sie am Ende des doch recht langen nächtlichen Kennenlernens, nachdem sie sich von ihren Mums verabschiedet hatten, um schlafen zu gehen, zu einer für sie wirklich ungewöhnlichen Bitte.

„Lucas“, begann sie, als er bereits dabei war, die Luftmatratze, die Jennifer ihnen – natürlich nicht ohne süffisant zu grinsen – gebracht hatte, aufzurollen, „… würdest du vielleicht …“, sie stockte, fühlte ein weiteres Mal Hitze in ihr Gesicht schießen, „… also könntest du dir eventuell vorstellen …“ O Gott, sie konnte das nicht sagen.

Er schaute sie fragend an und erhob sich, als sie weiterhin nichts hervorbrachte. „Soll ich bei dir im Bett schlafen?“, las er ihr den unausgesprochenen Wunsch von den Lippen ab. „Damit wir in unseren eigenen Körpern einschlafen können?“

Sie schluckte schwer und nickte schließlich sehnsüchtig. In ihrem Haus, bei ihren Eltern zu sein und zusätzlich endlich wieder ihr eigenes Bett zu haben, war wunderbar. Es vermochte jedoch nicht, das zutiefst unangenehme Gefühl zu überdecken, wortwörtlich im falschen Körper zu stecken.

Seine Züge erhellten sich und ein kleines Lächeln erschien auf seinen Lippen. „Okay“, sagte er. „Ich werde mich auch bemühen, dir nicht die Decke wegzuziehen.“

Sie musste lachen, beugte sich zu ihrem Bett hinab und warf ihm ihren Pyjama zu. „Anziehen!“, kommandierte sie, um über ihre Verlegenheit hinwegzutäuschen.

„Ja, Ma’am.“ Lucas salutierte brav und verabschiedete sich ins Badezimmer, ließ eine etwas nervöse, fast aufgeregte Anna zurück.

Das alles fühlte sich irgendwie falsch und doch in gewisser Weise so richtig an, dass die Schmetterlinge in ihren Bauch einen wahren Wirbelsturm erzeugten. Ihre Finger zitterten sogar ein wenig, als sie sich umzog und anschließend die Bettdecke zurückschlug, um schon mal in ihr Bett zu klettern. Die Zähne hatte sie bereits nach dem Essen geputzt und die Nerven, sich noch zu waschen, hatte sie nicht mehr, zumal sie dann auch abermals Lucas’ Leib hätte begrabschen müssen.

Es dauerte nicht allzu lange, bis er zurück war und mit einem verschämten Lächeln ans Bett herantrat. So auf die Distanz gesehen, sah ihr Körper in dem seidigen Pyjama doch recht ansehnlich aus, stellte sie fest, bevor Lucas zu ihr unter die Decke krabbelte. Glücklicherweise besaß sie ein Kingsize-Bett, in dem genügend Platz für zwei Personen war – sogar, wenn man sich beim Schlafen *nicht* berühren wollte. Gut, es waren gegenwärtig maximal zehn Zentimeter, die sie trennten, aber wenn man sich sehr umsichtig bewegte, konnte man es durchaus vermeiden, auf Tuchfühlung zu gehen. Was sie ja ausnahmsweise *nicht* wollte. Gott, war das alles kompliziert und verwirrend.

Lucas schien es genauso zu gehen, denn für einen viel zu langen Zeitraum lagen sie nur nebeneinander und schauten sich unschlüssig an.

„Wie … wie willst du denn schlafen?“, fragte Lucas schließlich leise. „Also, ich meine, Löffelchen würde sich anbieten.“

Annas Herz machte ein paar wilde Sprünge. Er hatte recht. Auch aus ihrer Sicht machte das am meisten Sinn, weil sie auf diese Weise den Kontakt ihrer Körper nicht so rasch verlieren würden wie, wenn sie sich beispielsweise lediglich an den Händen hielten. Es war nur so furchtbar intim. Dennoch nickte sie stumm und drehte sich auf die Seite, das Gesicht zu ihm gewandt. Lucas zögerte noch.

„Was?“, fragte sie etwas atemlos.

„Die Frage ist, was du lieber sein möchtest: Kleines oder großes Löffelchen“, erklärte er leise und seine Mundwinkel zuckten dabei ein bisschen. Anscheinend amüsierte die Situation ihn mehr als sie. Womöglich war es doch keine so gute Idee gewesen, ihn um diesen speziellen Gefallen zu bitten.

„Ich …“ Sie brach ab, schüttelte den Kopf. „Ach vergiss es, wir sollten …“

„Nein, Anna, warte!“ Seine Hand legte sich auf ihre und innerhalb eines Herzschlags war sie zurück in ihrem eigenen Körper, atmete ganz automatisch erleichtert auf. Wie schnell das mittlerweile ging … War das ein gutes oder ein schlechtes Zeichen?

„Ich wollte mich nicht darüber lustig machen“, erklärte Lucas nun mit seiner eigenen sanften Stimme. „Ich kam mir nur so albern dabei vor, das auszusprechen. Aber wie soll man die Position sonst beschreiben? Und jeder hat ja seine Präferenzen.“

Seine Worte brachten sie zum Schmunzeln und sie nickte verständnisvoll.

„Und? Was soll es sein?“, hakte er vorsichtig nach und sandte einen kleinen Schauer durch ihren Leib, weil sein Daumen dabei ganz zart ihren Handrücken streichelte.

Sie schluckte schwer, ergriff stumm seine Hand und drehte sich herum, sodass sein Arm sich automatisch um ihre Körpermitte legte. Auch über Lucas’ Lippen kam kein Ton mehr. Stattdessen zog er sie noch dichter an sich heran. Mehr platonischen Körperkontakt konnte man wohl kaum herstellen, denn Anna hatte das Gefühl, nun vollkommen von Lucas eingewickelt zu sein und das eigentlich Erschreckende daran war, dass es sich unglaublich gut anfühlte. Sie fühlte sich wundervoll gewärmt, geborgen, beschützt.

„Okay so?“, vernahm sie nach einer kleinen Weile Lucas’ etwas heisere Stimme und sein warmer Atem blies dabei auf äußerst angenehme Weise über ihre Wange und ihren Hals.

„Mehr als das“, gab sie zurück, ohne nachzudenken, weil sie zu sehr damit beschäftigt war, einen anderen

Grund für die Gänsehaut zu finden, die sich auf ihren Armen bildete.

„Dann wünsche ich dir wunderschöne Träume", murmelte Lucas dicht an ihrem Ohr, damit für weitere kleine Schauer sorgend.

„Ebenso", flüsterte sie. Es war vielleicht am besten, ihre unerwarteten Reaktionen auf Lucas' Nähe zu ignorieren und die Augen zu schließen, denn müde war sie theoretisch schon. *Sehr* müde. Und das Schöne war, dass sie auch diese Nacht von weiteren Albträumen oder Zukunftsvisionen verschont werden würde, denn derzeit war eher Lucas mit ihrer ‚Gabe' gestraft. Zu ihrem Leid befiel sie mit diesem Gedanken postwendend ein schlechtes Gewissen, vor allem, da sie ihn noch gar nicht danach gefragt hatte, ob er in der letzten Nacht etwas Beunruhigendes in seinen Träumen ‚gesehen' hatte.

Sie schlug die Augen wieder auf, räusperte sich leise. „Lucas?"

„M-hm", kam es schläfrig zurück.

„Gestern Nacht … hast du da gut geschlafen?"

„Ja, die Luftmatratze aus meiner Campingausrüstung ist ziemlich bequem."

„Das meine ich nicht. Es geht mir um die Albträume, die mich manchmal befallen."

„Du willst wissen, ob ich eine Vision hatte?"

Das Wort störte sie immer noch, doch hier, in seine Armen, konnte sie es hinnehmen und nickte.

„Ehrlich gesagt, bin ich mir nicht vollkommen sicher", sagte er. „Ich hab schon was geträumt und kann mich auch halbwegs daran erinnern, aber es waren keine schlimmen Träume."

„Müssen sie ja auch nicht immer sein“, gab sie leise zurück. „Zum Beispiel hab ich letztes Jahr davon geträumt, meine Zulassung zum Studium in Oxford an meinem Geburtstag zu erhalten, und genau das ist dann auch passiert. Ich saß wie in meinem Traum am Tisch vor meiner Geburtstagstorte und meine Mum Lizzie kam mit dem Brief herein. Sie trug exakt dieselbe Kleidung und sagte auch genau dasselbe wie im Traum. Später hielt ich es einfach nur für ein Déjà-vu.“

„So einen detaillierten Traum hatte ich allerdings nicht“, erwiderte Lucas. „Ich hab lediglich den Spiegel gesehen und uns darin. Wir sahen glücklich aus.“

„Das ist doch toll“, freute Anna sich. „Dann geht die ganze Geschichte vermutlich wirklich gut für uns aus.“

„*Wenn* es eine Vision war und nicht nur ein Wunschtraum“, musste ausgerechnet Lucas ihre Freude wieder eindämmen.

„Ich dachte, du glaubst an meine seherischen Fähigkeiten“, gab sie etwas knurrig zurück.

„Glaubst *du* denn inzwischen daran?“

Anna antwortete nicht gleich. Die Sache war nicht so leicht. Ihre weissagenden Träume waren bisher eher ein Störfaktor gewesen als etwas, das sie zu schätzen gelernt hatte. Logische Erklärungen für diese hatte sie infolgedessen meist nur allzu gern angenommen, da sie ja keine Ahnung davon gehabt hatte, dass es Magie, Zauberer und Hexen und damit auch Seherinnen wahrhaftig gab. Nun zu wissen, dass übersinnliche, unerklärliche Phänomene existierten und manche Menschen ‚besonders‘ veranlagt waren, half nicht dabei, diesen Umgang mit ihrer Gabe sofort abzustellen. Lediglich Lucas’ warme Nähe und der

Gedanke, dass auch er ‚besonders‘ war, machten es leichter, sich überhaupt mit diesem Thema zu befassen.

„Es fällt mir noch schwer“, gestand sie schließlich leise. „Vor allem, weil ich das nicht von meinen Eltern vererbt bekommen habe, sondern von Menschen, mit denen ich nichts zu tun haben will.“

„Das verstehe ich“, äußerte er genauso leise und sein Daumen streichelte dabei behutsam ihren Handrücken, was eine ungemein beruhigende Wirkung auf sie hatte.

„Mein Geburtsname lautet Lennor-May“, ließ sie ihn wissen und es überraschte sie, wie gut es ihr tat, mit Lucas darüber zu reden. „Sagt dir das was? Also, ist der Name irgendwie in eurer Community bekannt?“

„Hm“, machte er. „Das klingt wie eine Abwandlung von Lenormand. Marie Anne Adélaide Lenormand war eine französische Wahrsagerin des 18. Jahrhunderts, die eigene Karten zum Weissagen entwickelte, welche neben dem Tarot auch heute noch dafür benutzt werden. Meine Mutter mag die sogar lieber als die Tarotkarten. In der Zauberergemeinschaft ist Madame Lenormand recht bekannt, da sie nicht nur Wahrsagerin, sondern auch eine sehr begabte Magierin war.“

„O Gott!“, gab Anna frustriert von sich und ihr Magen zog sich zusammen.

„Das heißt nicht, dass du, solltest du wirklich von dieser Frau abstammen, zusätzlich magische Kräfte hast“, erriet Lucas sogleich, was in ihr vorging. „Das halte ich sogar für ausgeschlossen, weil diese Art von Begabung sich bis zum Alter von sechzehn Jahren zeigen muss.“

„Und auf welche Weise?“, hakte Anna etwas ängstlich nach, obwohl seine Worte sie bereits beruhigten.

„Bei mir ist bedauerlicherweise ein Buch in Flammen aufgegangen, über das ich mich furchtbar geärgert hab", gab Lucas bekannt. „Meine kleine Schwester hat mental einen Stuhl umgeworfen, auf dem ich saß – ebenfalls in einem Wutanfall – und bei meiner Mum flog ein Schokoriegel auf sie zu, den ihr Bruder zuvor oben auf einem Schrank in Sicherheit gebracht hatte. Also, du hättest es auf jeden Fall gemerkt, wenn du eine solche Begabung besitzen würdest."

Anna atmete erleichtert auf. „Muss gruselig sein, so was zu erleben." Bis auf die Sache mit dem Schokoriegel vielleicht.

„Ja, das ist es", gab Lucas zu. „Wenn man allerdings jemanden an seiner Seite hat, der einem alles erklären und helfen kann, mit dieser Gabe umzugehen, wird es schnell besser. Und irgendwann lernt man, diese besonderen Fähigkeiten zu schätzen. Sie können nämlich ausgesprochen hilfreich sein."

Anna dachte über seine Worte nach. Hilfreich waren einige ihrer weissagenden Träume bislang auf jeden Fall bereits gewesen. Sie hatten unter anderem verhindert, dass Cara sich beim Fahrradfahren ein Bein brach, Lizzie die Küche abfackelte und Jennifer beim Anbringen einer Sattelitenschüssel vom Dach fiel. Vielleicht sollte sie das Ganze tatsächlich nicht so negativ sehen.

„Du weißt eine ganze Menge über diese Sachen", stellte Anna vorsichtig fest.

„Und wenn du Fragen bezüglich deiner Gabe hast oder Hilfe brauchst, bin ich immer für dich da", erriet Lucas umgehend die Bitte, die in Wahrheit hinter ihrer Äußerung stand.

„Danke“, kam es berührt über ihre Lippen und sie drückte kurz die Hand, die immer noch ihre hielt. „Und solltest du dank meiner Gabe einen schlimmen Traum haben, kannst du mich auf der Stelle wecken.“

„Okay“, gab er müde zurück

„Dazu sollte ich uns aber auch endlich mal schlafen lassen, oder?“, fügte sie schmunzelnd an.

Er gab einen belustigten Laut von sich, drückte seine Nase in ihr Haar und atmete tief ein und wieder aus. Allem Anschein nach wollte er ihren Vorschlag ohne weiteren Kommentar in die Tat umsetzen und so schläfrig, wie auch sie sich jetzt fühlte, war das eine sehr gute Idee. Sie schloss erneut die Augen, atmete wie er tief durch und befand sich bald auf dem Weg ins Traumland. Eines, das wunderschön war und in dem Lucas mittlerweile eine ziemlich große Rolle spielte. Tja, was konnte sie schon dagegen tun.

Garderobentheater

Einen Plan zu haben, half sehr dabei, sich einigermaßen auszuschlafen, insbesondere wenn man das im eigenen Zuhause und dazu noch im eigenen Körper tun konnte. Anna musste aber auch zugeben, dass sie wahrscheinlich nicht so geschwind ins Reich schöner Träume gedriftet wäre und nicht so *gut* geschlafen hätte, wenn sie dabei nicht in Lucas' Armen gelegen hätte. Irgendwann in der Nacht hatten sie sich zwar losgelassen und die Position verändert, da sie jedoch weiterhin zumindest mit einem Teil ihrer Körper stets den Kontakt aufrechterhalten hatten – als sie erwachte, ruhte ihre Stirn an seiner Schulter und ein Arm auf seiner Brust – waren sie in ihren eigenen Körpern geblieben. Ein wundervolles Gefühl, das Anna dazu gebracht hatte, den jungen Mann in ihrem Bett für eine Weile voller Zuneigung zu betrachten. *Und* zum wiederholten Mal festzustellen, wie unverschämt hübsch er war.

Kein Wunder, dass sie von ihm geträumt hatte – auf äußerst angenehme Art und Weise. Was dazu führte, dass sie mal wieder furchtbar rot anlief, als er müde die Augen aufschlug und ihr mit einem gekrächzten „Guten Morgen" sofort ein kleines Lächeln schenkte.

„Morgen“, erwiderte sie und rang sich mit Mühe dazu durch, ihren Arm von seiner Brust zu nehmen. Innerhalb eines Atemzugs befand sie sich in *seinem* Körper und sah hinauf in ihr eigenes Gesicht.

Lucas blinzelte verdattert und Anna richtete sich eiligst auf. Hopsala! Augenscheinlich war sie nicht die einzige, die anregende Träume gehabt hatte. Und wer musste die Sache nun wieder im wahrsten Sinne des Wortes ausbaden – oder eher ‚ausduschen‘?

„Es ist bereits recht spät“, merkte sie mit einem Blick auf ihren Wecker an, schwang die langen Beine aus dem Bett und erhob sich, „hast du was dagegen, wenn ich zuerst ins Bad gehe?“

Er schüttelte den Kopf. „Frühstücken wir noch oder sausen wir gleich rüber zu Elli und Tristan?“

Anna dachte kurz nach. Ihre Mütter waren nicht daran gewöhnt, dass sie das Haus an einem Samstagmorgen ohne Frühstück verließ, womit es im Grunde besser war, dem morgendlichen Ritual zu folgen. Allerdings würde sie sich dann den Anspielungen und neugierigen bis amüsierten Blicken ihrer Eltern aussetzen müssen, was durchaus unangenehm werden konnte. Davon abgesehen war, die Nacht mit einem jungen Mann zu verbringen, ohnehin sonderbar für sie. Unter Umständen fanden Liz und Jennifer es deshalb gar nicht so überraschend, wenn sie und Lucas vorgaben, in einen Coffeeshop zu gehen.

„Also, ich hätte schon Hunger“, setzte Lucas mit einem gekonnten Hundeblick hinzu.

„Okay“, gab Anna ihm schließlich nach. „Wir wollen ja auch nicht, dass *ich* wieder unterzuckere.“

Lucas hielt begeistert den Daumen hoch und Anna machte sich schmunzelnd auf den Weg zum Bad. Sie wurde das Gefühl nicht los, dass sie ihn vermissen würde, wenn sie endlich zurück in ihren eigenen Leben waren.

⛤

„Ich fürchte, deine Mütter denken langsam, dass du krank bist“, sagte Lucas mit einem kleinen Lachen, als sie am späten Vormittag zusammen das Studentenwohnheim betraten, in dem Elli und Tristan wohnten.

„Wieso?“, reagierte Anna mit Erstaunen.

„Na ja“, erwiderte er. „Ich esse kein Fleisch und bin laut Aussage von Liz ungewöhnlich schweigsam. Hast du ja selbst gehört.“

Leider hatten sie dieses Mal am Frühstückstisch nicht direkt nebeneinander sitzen können, da Annas Mums früher wach gewesen waren und dadurch die Sitzordnung verändert hatten. Und unter dem Tisch zu füßeln, war Anna dann doch zu komisch vorgekommen. Ein paar Stunden hielt sie es schon ohne ihren eigenen Körper aus.

„Das ist *in der Tat* ungewöhnlich“, erwiderte Anna schmunzelnd. „Auch für dich.“

„Was soll ich denn erzählen?“, verteidigte er sich. „Wirklich viel weiß ich ja nicht über dich – trotz unseres kurzen Austauschs vorgestern – und nachher sage ich noch etwas, was die beiden in Aufruhr versetzt. Im eigenen Körper ist es viel leichter, die Leute um den Finger zu wickeln.“

Anna bedachte ihn mit einem echauffierten Blick. „Du hast meine Mütter nicht um den Finger gewickelt“, stellte sie klar.

„Du meinst nicht, dass sie bereits unsere Hochzeit planen?“, hakte er amüsiert nach.

Anna gab ihm einen Klaps auf den Oberarm, was Lucas mit einem Lachen quittierte. Verdammt! Jetzt verhielten sie sich schon wie Elli und Tristan. Dabei waren sie doch gar kein Paar und würden sicherlich auch nie eins sein. Das schmerzliche Ziehen in ihrer Brust, das dieser Gedanke erzeugte, ignorierte Anna geflissentlich.

„Jetzt mal im Ernst“, sagte Lucas. „Deine Mütter sind echt klasse. Ich hab mich in einem fremden Haus noch nie so wohl und aufgenommen gefühlt.“

Anna strahlte und konnte fühlen, wie ihre Zuneigung zu Lucas gleich noch weiter zunahm. Nicht gut. „Deine Familie ist aber auch nicht übel“, erwiderte sie. „Und wie du bei unserem gestrigen Frühstück dort zweifelsfrei festgestellt hast, fällt es mir genauso schwer wie dir, mich in die Gespräche einzubringen, wenn ich nicht in meinem eigenen Körper stecke.“

Er nickte lächelnd.

„Allerdings ist das ja auch kaum möglich bei deinen lebhaften Schwestern und deinem ebenso redseligen Vater“, setzte sie grinsend hinzu. In Wahrheit hatte es ihr viel Spaß gemacht, Lucas’ Familie zu beobachten und zuzuhören – solange es nicht um ihre Beziehung zu ihm gegangen war. Sie waren allesamt unglaublich sympathisch und warmherzig.

„Ja, die können manchmal ganz schön anstrengend sein“, gab Lucas grinsend zu, während er die Hand hob, um gleich darauf an Ellis und Tristans Wohnungstür zu klopfen.

„Aber auf eine sehr nette Art und Weise“, warf Anna lächelnd ein und errötete ein weiteres Mal, weil Lucas sie schon wieder so warm ansah. Wegsehen konnte sie dennoch nicht. Da war etwas in seinen Augen, das ihr Herz schneller schlagen und die Schmetterlinge in ihren Bauch wild herumflattern ließ.

„Liegt anscheinend in der Familie", hörte sie sich selbst sagen. Ihre Augen richteten sich dabei auf seine Lippen. Die hatten sich in ihrem Traum verdammt gut auf ihren angefühlt, genauso wie seine Berührungen … Nur waren es da tatsächlich *seine* Lippen und Hände gewesen und nicht ihre eigenen – was derzeit mehr als verwirrend war.

„Bin ich nicht mehr der verhasste Konkurrent?", gab er leise zurück und als sie aufsah, bemerkte sie, dass auch seine Augen auf ihren Lippen ruhten – zu lange, um zufällig zu sein.

Anna schluckte und brachte ihn damit dazu, ihr wieder in die Augen zu sehen. „Ich sagte doch schon, dass ich dich nie gehasst habe", erinnerte sie ihn sanft. Zuvor hatte sie gar nicht bemerkt, wie dicht sie nebeneinanderstanden, so dicht, dass sie die Wärme seines oder besser *ihres* Körpers fühlen konnte.

„Aber du hast mich auch nicht gemocht", sagte er mit einem derart intensiven Blick, dass Annas Puls sich noch weiter beschleunigte.

„Ich … ich kannte dich ja nicht", stammelte sie leise, ihn weiterhin anstarrend wie ein Reh im Scheinwerferlicht.

„Heißt das, daran hat sich etwas geändert?", fragte er unverhohlen hoffnungsvoll.

Anna öffnete den Mund, bewegte die Lippen, brachte jedoch nichts heraus. Es war nicht so, dass sie die Antwort auf die Frage nicht kannte – ganz im Gegenteil, sie war sich schlagartig bewusst, welcher Natur ihre Gefühle für Lucas waren – aber die Erkenntnis schockierte sie so sehr, dass ihre Stimmbänder ihr nicht mehr gehorchten.

„Ich denke schon“, ertönte eine tiefe Stimme direkt vor ihnen.

Zeitgleich mit Anna fuhr Lucas erschrocken zusammen und starrte mit großen Augen in Tristans Gesicht. Der junge Mann grinste sie breit an und Elli, die neben ihm stand, versetzte ihm schmunzelnd mit dem Ellenbogen einen Stoß in die Seite. Wann hatten die beiden die Tür geöffnet? Wie peinlich!

„Kommt doch erstmal rein“, forderte Elli sie auf, ergriff kurzerhand Annas Handgelenk und zog sie hinter sich her.

Sie hatten kurz vor dem Frühstück mit der Studentin telefoniert und ihr geschildert, was gestern noch passiert war, um sie anschließend zu fragen, ob sie ihnen bei ihrer Mission helfen würden – trotz der mahnenden Worte von Ms de Meath. Viel Überredungskunst hatte es nicht gebraucht, denn nach Tristans Aussage, hatten die beiden in ihrer Funktion als S.O.o.M.P-Protectoren-Azubis bereits des Öfteren an der Grenze des Legalen gekratzt und keine Probleme damit, für die Erlösung ihrer neuen Freunde in das Haus eines gefährlichen Magiers einzubrechen.

Auf dem Tisch im Wohnzimmer lagen ein paar merkwürdig aussehende Geräte und auf Lucas’ Frage hin, worum es sich dabei handelte, erklärten Tristan und Elli, diese gehörten zur Ausrüstung eines jeden Mitarbeiters und könnten bei ihrer Mission vielleicht eine große Hilfe sein. Das bestätigte auch Manja, als sie erneut per Videochat mit ihr in Kontakt traten.

„Es kann nie schaden, einen EmF, eine Wbk und einen HfE, egal welchen Typs, dabei zu haben, wenn man sich in Gefahr begibt", erklärte sie abkürzungsfreudig wie eh und je. „Das sind vielseitig nutzbare Geräte bester Qualität, die mir und anderen schon in einigen Situationen das Leben gerettet haben. Ohne die solltet ihr das Haus nicht verlassen. Und jetzt legt los: Was genau habt ihr vor?"

Anna holte tief Luft und begann zu berichten, was Lucas und sie sich noch am gestrigen Abend ausgedacht hatten: Lucas hatte sich bereits an diesem Morgen für den Dienst am Abend gemeldet und würde Anna kurz nach Vorstellungsbeginn durch die Hintertür des Theaters hereinlassen, sodass sie, während er Wache hielt, einen der Hausschlüssel der Banks – möglichst den von Jocelyn – aus ihrer Jackentasche klauen konnte. Im Anschluss würde er vortäuschen, sich den Magen verdorben zu haben, und Cara darum bitten, einen Ersatz für sie einzufordern oder die Schicht allein weiterzumachen. Glücklicherweise hatte Anna etwas bei ihr gut, weil sie fast immer für ihre Freundin einsprang, wenn die krank war oder andere Probleme hatte.

Kurz hatte Anna auch überlegt, Cara in alles einzuweihen, doch Lucas' Argument, dass sogar sie selbst eine lange Zeit gebraucht hatte, um ihre Situation zu akzeptieren, war einfach unschlagbar gewesen. Schließlich wollte sie nicht ausgerechnet von ihrer besten Freundin in die Irrenanstalt eingeliefert werden.

Nach dem Schlüsselklau würden sie gemeinsam mit Elli und Tristan ins Haus der Banks einbrechen, den Spiegel holen und hoffentlich vor Ende des Theaterstücks mit allem fertig sein. Jocelyns Schlüssel würden sie im Fundbüro der Universität abgeben und da diese bereits des Öfteren ihren Schlüsselbund verlegt hatte, würde das noch nicht einmal auffallen.

Natürlich würde Mr Banks irgendwann bemerken, dass der Spiegel weg war, aber zu diesem Zeitpunkt waren sie hoffentlich beide längst erlöst und Lucas' Mutter hatte genügend Beweise zusammen, um den Mann anzuklagen und einzusperren.

„Ich muss sagen: Das könnte ein Plan sein, den ich gemacht habe", lobte Manja sie, nachdem Anna alles offenbart hatte. „Lucas, hattest du irgendeinen warnenden Traum oder Ähnliches?"

O ja! Warum hatte sie selbst schon wieder nicht daran gedacht, ihn danach zu fragen? Ärgerlich! Doch Lucas schüttelte den Kopf, nachdem er kurz in sich gegangen war.

„Na, dann: Haut rein!", forderte Manja das Team auf. „Und schaltet mich bitte über das langwellige Satellitentelefon, das ebenfalls zu eurer neuen Ausstattung gehört, dazu, sobald ihr im Haus seid. Damit habe ich einen optimalen Empfang. Verstecke zu finden, in denen Zauberer ihre wichtigeren Utensilien aufbewahren, ist manchmal ganz schön verzwickt. Da können ein Paar Augen mehr gut helfen. Tristan kann sich ja zusätzlich die Stirnkamera aufsetzen."

„O bitte nicht", jammerte dieser prompt. „Kann das nicht Elli machen?"

Die knuffte ihren Freund erneut, was Im Grunde gar nicht nötig war, denn Manja schüttelte bereits den Kopf. „Du bist größer und ich hab dadurch einen besseren Überblick."

„Gut, aber kommandier mich nicht wieder rum wie dein persönliches Reittier!", mahnte er sie.

„Würde ich *nie* machen“, erwiderte die Special Protector. Tristans Gesichtsausdruck nach schien er da allerdings anderer Meinung zu sein.

Um Punkt acht Uhr war es schließlich soweit. Die Theaterbesucher befanden sich alle im großen Saal. Lucas hatte Zeit, einen dringenden Toilettengang vorzutäuschen und Anna hereinzulassen. Er wirkte angespannt, wenn nicht sogar nervös, als er die Tür zum Hinterhof öffnete, und wies Anna zur Eile an.

„Deine Freundin ist ganz schön anstrengend“, raunte er Anna über die Schulter zu, während sie gebückt hinter ihm herschlich, sodass sie zumindest von vorn nicht sofort zu entdecken war. „War nicht leicht, mich von ihr loszueisen. Meine Güte, was die alles zu erzählen weiß…“

„Hat sie gemerkt, dass du irgendwie … anders bist?“, fragte Anna beunruhigt hinter seinem Rücken. Meine Güte war das anstrengend, so gekrümmt zu laufen. Warum war Lucas nur so ein langer Lulatsch? Die Quadratlatschen, mit denen sie klarkommen musste, machten die ganze Sache nicht gerade einfacher. Ein paar Mal war sie ihm schon in die Hacken getreten.

„Nee, ich glaub nicht“, war die beruhigende Antwort. „Bin ja eh kaum zu Wort gekommen.“ Er gab etwas von sich, das wie unterdrücktes Lachen klang. Ja, das Mitteilungsbedürfnis der guten Cara war mitunter auch für Annas Geschmack zu groß, daher nahm sie Lucas seine amüsiert-verzweifelt gemeinte Bemerkung vor allem in der jetzigen Situation nicht übel.

Endlich hatten sie die kleine Kammer erreicht, in der die Angestellten ihre Sachen ablegen konnten und die einen direkten Zugang zur Garderobe besaß.

„Okay, du weißt, was zu tun ist?“, flüsterte Anna und konnte es sich nur mit Mühe verkneifen, über Lucas Schulter zu spähen, als der irgendjemandem kurz zuwinkte.

„Klar – ich lenke Cara ab und du krallst dir den Schlüssel“, raunte er ihr zu. „So schwer zu merken, ist das ja nicht. Die Sachen der Banks hängen alle auf Haken 35, Reihe J.“

Anna nickte, obwohl er das nicht sehen konnte, und schob sich rasch durch die Tür ins ‚Angestellten-Loft‘, wie sie den winzigen Raum gerne scherzhaft nannten. Die Tür auf der anderen Seite stand ein wenig offen, sodass sie Cara und Lucas laut und deutlich hören konnte.

„Weißt du, wer mich vor zwei Minuten angerufen hat?“, fragte ihre Freundin soeben aufgeregt. „Thomas! Kannst du dir das vorstellen?! Der hat vielleicht Nerven! Bittet mich glatt um ein Date!“

Anna verzog das Gesicht. Hoffentlich patzte Lucas jetzt nicht, denn er hatte keine Ahnung, dass Thomas keineswegs Caras Ex war, sondern der von ihrer Schwester, der sich schon an sie herangemacht hatte, als er noch mit dieser zusammen gewesen war. Nichtsdestotrotz schlich Anna sich an die Tür heran und öffnete sie noch ein Stück weiter, um vorsichtig hinaus zu lugen. Lucas und Cara standen beide in der Nähe des Tresens, er jedoch mit dem Gesicht zur Garderobe, sodass Cara diese im Rücken hatte.

„Ist halt ein Idiot wie eh und je", antwortet Lucas und nickte dabei. Allerdings waren seine Augen kurz zu Anna gewandert und sie wusste auf der Stelle, dass es eine Aufforderung an sie gewesen war, zur Tat zu schreiten.

Das Herz schlug ihr bis zum Hals, als sie sich geduckt vorwärtsbewegte. Das Theater war wie jeden Samstag gut besucht und dadurch war es nicht allzu einfach, geräuschlos an den anderen Jacken und Taschen vorbeizukommen. Lucas hatte die Sachen der Banks jedoch vorsorglich möglichst nahe an die Angestelltenkammer herangebracht, sodass sie diese schnell erreichte. Jocelyns Sachen auszumachen, war nicht weiter schwer. Rosa Tigermuster war sicherlich nichts, was ihre Mutter oder der Vater gern auf ihren Jacken sahen.

„Ja, aber das ist doch echt ein neuer Frechheitsrekord, oder?", regte Cara sich derweil weiter auf. „Der hat sie doch nicht mehr alle!"

Anna nickte zustimmend, während sie ihre Finger behutsam in die linke Jackentasche gleiten ließ. Nichts. Verdammt! Rechts sah es leider auch nicht besser aus. Bis auf eine Dose Pfefferminzbonbons war diese ebenfalls leer. Zu ihrem großen Erschrecken klapperte die Dose, als sie ihre Hand aus der Tasche zog. Anna ging ruckartig in die Hocke und das war gut so, denn Cara hatte ausgezeichnete Ohren und drehte sich blitzschnell herum.

„Was war das denn?", fragte sie hellhörig.

„Ich hab nichts gehört", behauptete Lucas und packte Cara sogleich an den Oberarmen, um sie zu sich herumzudrehen. Ein mitfühlender Ausdruck fand sich auf seinem Gesicht ein. „Mann, das alles muss dich ja tierisch aufregen. Können wir ihm das nicht irgendwie ein für alle Mal austreiben?“

Lucas’ Ablenkungsversuch funktionierte. Cara war sofort zurück in ihrem Gespräch und sichtbar dankbar für das verständnisvolle Ohr, das die falsche Anna ihr bot. Lautlos erhob die Richtige sich wieder. An dem Kleiderhaken der Banks hingen zwei Handtaschen und die mit den vielen Strasssteinen gehörte vermutlich nicht den Eltern. Anna atmete leise ein und wieder aus, versuchte ihren Puls besser zu kontrollieren und ein Zittern der Finger zu vermeiden. Beinahe lautlos zog sie den Reißverschluss der Tasche auf und spähte hinein ins Dunkle. Erleichterung machte sich in ihr breit, denn gleich oben auf lag ein dickes Schlüsselbund, an dem sich unter Garantie auch der Hausschlüssel befand. Eine lange Suche blieb ihr also erspart. Nur – wie sollte sie das schwere Ding da geräuschlos herausbekommen?

Sie schaute hilflos hinüber zu Lucas, wies auf die Tasche und an ihr Ohr, in der Hoffnung, dass er ihr Problem verstand. Kurz verengten sich seine Augen, dann räusperte er sich gleich mehrmals. Anna runzelte die Stirn. Wie sollte ihr *das* helfen? Doch Lucas war noch lange nicht mit seinem eigenen kleinen Theaterstück fertig. Ein erster Huster drang aus seiner Kehle. Ein weiterer folgte und danach bekam er einen derart heftigen Hustenanfall, dass Cara ihm voller Sorge den Rücken klopfte. Anna reagierte, ohne zu zögern. Mit der ganzen Hand ergriff sie den Schlüsselbund, holte ihn aus der Tasche und stopfte ihn hastig in ihre Jeans. In der nächsten Sekunde war der Reißverschluss wieder zu. Hoffentlich bemerkte Jocelyn das fehlende Stück nicht so bald.

Lucas hatte sich vornübergebeugt und hustete weiterhin erbärmlich, während Cara klopfte und klopfte und bereits nervös Ausschau nach Hilfe hielt. Verdeckt unter ihrem Körper gab er jedoch Anna den Wink zu verschwinden. Sie eilte los, durch die Tür der Kammer und auf der anderen Seite wieder hinaus. Zu ihrem großen Glück war sich niemand in dem Gang, der zur Hintertür führte, und nur etwa eine halbe Minute später befand sie sich auf dem Angestelltenparkplatz im Hinterhof. Sie lachte ungläubig, aber tief erleichtert auf. Geschafft! Teil eins ihres Plans hatte funktioniert! Es war kaum zu glauben. Nun musste sich nur noch Lucas bei ihr einfinden und sie konnten sich gemeinsam auf den Weg zum Haus der Banks machen, wo Elli und Tristan schon auf sie warten würden.

Verdeckt von einem größeren Auto, jedoch mit freiem Blick auf die Tür lehnte Anna sich an die Wand und wartete. Die Minuten vergingen schleppend langsam und Nervosität machte sich in Anna breit. Hatte Cara doch noch was gemerkt und hielt Lucas jetzt fest? Was sollte sie in einem solchen Fall machen? Reingehen und nachsehen oder lieber verschwinden, sodass sie wenigstens mit Elli und Tristan den Plan weiter ausführen konnte? Aber war der in einem solchen Fall nicht ohnehin im Eimer? Wenn die Banks darüber informiert wurden, dass jemand ihren Hausschlüssel gestohlen hatte, riefen sie gewiss die Polizei, die dann zum Haus fuhr und …

Die Hintertür des Theaters öffnete sich und heraus trat Lucas. Er war allerdings nicht allein. Die überaus besorgt aussehende Cara begleitete ihn und versuchte ihn sogar zu stützen. Anna duckte sich geschwind hinter das Auto und lugte anschließend vorsichtig um es herum. Das durfte ja wohl nicht wahr sein! Cara, ihre liebe, stets hilfsbereite Freundin, torpedierte vollkommen ahnungslos ihren strengen Zeitplan.

„Ich schaffe es auch ohne Hilfe bis nach Hause“, hörte Anna Lucas sagen und sah, wie er sanft, aber bestimmt Caras Hand wegschob. „So schlimm ist es nicht. Ich wollte da drinnen nur kein Malheur anrichten.“

„Soll ich nicht besser doch deine Mums anrufen?“, ließ Annas Freundin sich nicht so leicht abschütteln. „Mit dem Bus bist du um diese Uhrzeit lange unterwegs. Und du musst ja erstmal bis zur Haltestelle laufen, die auch nicht unbedingt in der Nähe ist.“

„Die frische Luft tut mir schon jetzt gut“, erwiderte Lucas. „Mich ein bisschen zu bewegen, ist eigentlich eine ganz gute Idee.“

„Du bist aber total blass“, sorgte Cara sich weiter und hielt Lucas erneut am Arm fest.

„Das bin ich immer“, murmelte die echte Anna verärgert in ihren nicht vorhandenen Bart. Sie war schon so oft für krank gehalten worden, obwohl sie es nicht war, dass es allmählich nervte. Und Cara musste das theoretisch wissen.

„Du solltest besser wieder reingehen“, sagte Lucas rasch. „Die Garderobe ist im Augenblick vollkommen unbewacht und …“

„So schnell wird da nichts passieren“, winkte Cara ab und griff in ihre Hosentasche, um ihr Handy herauszuholen.

Shit! Wenn sie Annas Eltern anrief, würden die sich mit Sicherheit postwendend auf den Weg machen und Lucas konnte ihnen wirklich nicht mehr bei der Ausführung ihres Plans helfen. Einen zeitnahen Plan B hatten sie auch nicht, lediglich den, der ‚einen Monat warten' hieß.

Anna dachte nicht länger nach, lief schnurstracks um das Auto herum und auf die beiden zu, dabei einen äußerst besorgten Gesichtsausdruck aufsetzend.

„Anna!", rief sie auf die erstaunten Blicke hin. „Was machst du denn für Sachen?!"

Lucas schaltete erstaunlich flink. „Hast du meine Nachricht also doch rechtzeitig bekommen", erwiderte er mit einem erleichterten Seufzen. Cara hingegen schaute nur vollkommen verwirrt von einem zum anderen.

„Ja, na klar und da ich grad in der Nähe war, hat es nicht lange gedauert, herzukommen", erklärte Anna.

„Nachricht?", wiederholte Cara stirnrunzelnd. „Wann hast du *die* denn geschrieben?"

„Als ich vom Klo kam", sagte Lucas eilends.

„Und ihr zwei, ihr …"

„Wir sind ein … ein Paar, ja", nahm Anna ihrer Freundin die Worte aus dem Mund. Es war komisch, das auszusprechen, fühlte sich aber auch verdammt gut an.

Cara musterte den falschen Lucas auffallend lange und skeptisch. Kein angenehmes Gefühl, so missbilligend betrachtet zu werden. Wenn Anna wieder sie selbst war, musste sie unbedingt klarstellen, dass sie beide sich furchtbar geirrt hatten und er in Wahrheit ein herzensguter Mensch war.

„Er bringt mich sicher nach Hause", versicherte Lucas und legte dabei einen Arm um Annas Schultern. Sie reagierte schnell und umfasste seine oder eher ihre eigene Taille. Du liebe Güte, war sie schmal gebaut!

„Du brauchst dir also keine weiteren Sorgen zu machen", fügte Lucas hinzu, während bereits der vertraute

Sog einsetzte, der sie beide immer zurück in … Ja, mit dem nächsten Wimpernschlag befand sie sich schon in ihrem eigenen Körper, wankte ein Stück nach vorn, wurde jedoch von Lucas gehalten.

„Sicher?", fragte Cara zweifelnd.

„Ja, sicher", bestätigte diesmal der echte Lucas und auch Anna nickte bestätigend.

Ihre Freundin musterte sie ein weiteres Mal eindringlich und holte schließlich tief Luft. „Na gut", gab sie endlich nach. „Aber du rufst mich an, sobald du zuhause bist – ja? Nicht nur für ein Krankheitsupdate, wenn du verstehst, was ich meine." Sie starrte auffällig zu Lucas hinüber, grinste breit und zwinkerte Anna kurz zu, bevor sie sich abwandte und durch die Hintertür zurück ins Theater ging.

„Puh!", stieß Lucas aus. „Das war knapp. Warum bist du nur so beliebt?!" Er sah Anna gespielt vorwurfsvoll an und sie musste lachen.

„So ein Blödsinn", brummelte sie.

„Kein Blödsinn – die Wahrheit", korrigierte er sie. „Die hat dich echt gern."

Anna zuckte die Schultern, freute sich aber innerlich über diese Einsicht. Sie musste dringend mal wieder mit Cara ausgehen. In der Not zeigten sich die wahren Freunde und obwohl Anna Cara immer als ihre beste Freundin bezeichnete, war der Kontakt zu dieser doch nie so eng gewesen, wie das in Freundschaften anderer Mädchen der Fall war.

„Okay, weiter im Takt", wurde Lucas wieder ernst und lockerte den Griff um ihre Taille. „Wir haben noch viel …"

„Warte!“, stieß Anna aus und krallte ihre Finger in seine Schulter. „Können wir … können wir noch eine Weile so laufen?“

Er betrachtete sie von der Seite und sein Gesicht kam ihrem aufgrund ihrer halben Umarmung dabei *sehr* nahe. „Du meinst, falls sie noch mal rauskommt, um nach uns zu sehen?“

„Nein, weil ich …“, sie hielt inne, seufzte leise. „Es ist einfach so schön, wenigstens für ein paar Minuten am Tag im eigenen Körper zu sein, findest du nicht?“

Seine Lippen hoben sich zu einem warmen Lächeln. „Das ist es“, stimmte er ihr zu und schob seinen Arm wieder fester um ihren Rücken herum.

Ihre Haut kribbelt dort, wo seine Hand auflag, und dieses Mal konnte es unmöglich mit ihrem Körpertausch zu tun haben. Ja, es war schön, zurück im eigenen Körper zu sein, aber ebenso schön war es, den von Lucas’ erneut ähnlich intensiv zu fühlen wie in der Nacht. Wenigstens für eine kleine Weile.

Mission Possible

Die Banks waren reich. Das wusste jeder, der in Oxford lebte oder dort studierte. Doch abgesehen davon, dass Anna nie die Verbindung zwischen Jocelyn Banks und den Banks-Immobilien gezogen hatte, war ihr zusätzlich nicht bewusst gewesen, *wie* reich sie tatsächlich waren. Vielleicht war es auch nicht richtig, dies an der Größe und dem Prunk eines Hauses zu messen, aber einen kleinen Hinweis auf das Vermögen lieferte dieses offensichtlich schon.

Aus Annas Sicht lebten Jocelyn und ihre Familie in einer Art Schloss. Einem modernisierten Schloss wohlgemerkt, denn es waren nur ein paar der alten Grundmauern des ehemaligen Herrenhauses erhalten worden, während der Rest durch riesige Fenster, eine moderne Fassade sowie ein ebenso modernes Dach ersetzt worden war. Die prunkvollen Säulen rechts und links neben dem Eingang fielen ebenfalls als Neuerung ins Auge, genauso wie der Springbrunnen, zu dem eine gepflasterte Auffahrt führte.

„Bleibt außerhalb des Lichtkegels der Laternen", wies Elli ihr ‚Team' an, das sich erst vor ungefähr einer Viertelstunde am hohen Zaun des Grundstücks eingefunden hatte. Glücklicherweise war Jocelyns Schlüssel mit einer

Fernbedienung für das Öffnen des Tores und das Ausschalten der Alarmanlage bestückt gewesen, sodass sie das ‚Reich' der Banks ohne Probleme hatten betreten können. Da sie allerdings nicht wussten, ob noch Personal im Haus tätig war oder gar dort wohnte, benutzten sie gar nicht erst den Weg zum Hauptgebäude, sondern schlichen im Schutz der Dunkelheit und der üppig bepflanzten Gartenanlage auf dieses zu. Ziel war es, sich dem Gebäude von der Seite zu nähern und im Anschluss mithilfe der Wärmebildkamera aus Tristans Ausrüstung festzustellen, ob sich Personen im Inneren befanden.

„Wachhunde gibt's hier aber keine, oder?", fragte Tristan leise, als sie bereits dicht heran waren.

„Kann ich mir nicht vorstellen", sprach Lucas Anna aus der Seele. „Die Banks sind nicht besonders tierlieb. Und Jocelyn hat sogar Angst vor Hunden. Ich bin ihr mal mit unserer Joon begegnet und sie hat sofort das Weite gesucht."

„Na gut, hoffen wir, dass du recht hast", sagte Tristan und blieb stehen, um die Wärmebildkamera auf das Haus zu richten.

Anna drückte ganz fest die Daumen und nutzte die Zeit, Cara eine knappe Nachricht zu schicken, dass sie zwar zuhause, jedoch zu müde sei, um noch zu telefonieren. Dann stellte sie ihr Handy auf lautlos. Ihr Herzschlag beschleunigte sich, als Tristan zufrieden nickte und sich zu ihnen umwandte. „Das Haus ist menschenleer – wenn nicht irgendwo ein Vampir lauert." Er grinste breit und Elli verdrehte die Augen, bevor sie sich abermals an die Spitze ihrer Einbruchsgruppe setzte.

„Was denn, keine Nachfrage, ob es die *auch* gibt?", brummelte er in gespielter Enttäuschung.

„Tristan“, knurrte Elli zwischen zusammengebissenen Zähnen und diesmal verdrehte er die Augen.

Anna versuchte ihr Bestes, die Bemerkung inklusive der darin liegenden Möglichkeit zu ignorieren.

Dieses Mal war es nicht nötig, geduckt und versteckt heranzuschleichen, dennoch hielt Annas Nervosität weiter an. Sie war normalerweise ein grundehrlicher Mensch und hatte sich noch nie eines Verbrechens schuldig gemacht. Sicherlich hatten sie gute Gründe für ihr Handeln, aber das machte es nicht weniger zu einem Verbrechen, für das sie, wenn sie entdeckt wurden, durchaus eingesperrt werden konnten.

„Warte!“, entfuhr es Tristan, als Elli schon den Schlüssel ins Schloss der Haustür gesteckt hatte. „Können wir fest davon ausgehen, dass das Ausschalten der Alarmanlage draußen die im Haus ebenfalls deaktiviert hat?“

Elli hob unschlüssig die Schultern. „Soll ich noch mal auf die Fernbedienung drücken?“

„Nein, nachher schaltest du damit die Außenanlage wieder ein“, riet Lucas ihr davon ab. „Wenn ich mich recht erinnere, hat meine Mutter dieselbe Alarmanlage in unserem Haus installiert wie die Banks. Damals hat sie Mr Banks nämlich um Rat gefragt. Und diese Anlage wird, sollte sie angeschaltet sein, grundsätzlich aktiviert, sobald man die Tür öffnet und kann nur von innen durch die Eingabe des richtigen Codes deaktiviert werden.“

„Toll!“, stieß Anna aus. „Und woher bekommen wir den Code auf die Schnelle?“

„Gar nicht“, murmelte Elli, während sie bereits ihr Handy zückte und wahrscheinlich Manja anrief.

Annas Annahme stellte sich als richtig heraus, denn nur kurz darauf ertönte die aufgeregte Stimme der Special Protector aus dem Lautsprecher des Handys: „Und? Seid ihr drin?"

„Noch nicht", musste Elli eingestehen. „Sag mal, ist eines der Geräte, die wir dabeihaben, dazu fähig, eine Alarmanlage im Haus außer Gefecht zu setzen, ohne dass diese noch eine Meldung an den Wachdienst schickt?"

„Hm", machte Manja, dann kam erst einmal für eine Weile nichts.

„Manja?", hakte Elli ungeduldig nach.

„Ja, warte, ich frag gerade Ronny und Gaby per Chat."

Es dauerte noch ein paar quälend langsam vergehende Minuten, bis sie Manja wieder Luft holen hörten. „Ich sage ja, immer: Unsere Techniker und deren Geräte sind einfach nur fantastisch! Was die alles so möglich machen können – unglaublich! Letztens konnte ich eine PG-Erscheinung mit einem EmF abwehren und sichern. Einen PG! Mit einem EmF! Stellt euch das mal vor!"

„Manja! Die Alarmanlage!", erinnerte Elli sie ungeduldig.

„O ja! Ihr nehmt das H75-13K und justiert es auf die Einstellung EA", erklärte die Special-Protector rasch, während Elli die Anweisungen eiligst in die Tat umsetzte. „Anschließend möglichst dicht an die Tür dranhalten, aktivieren und … Daumen drücken."

„Daumen drücken?", wiederholte Anna entgeistert. „Das ist ein Scherz, oder?"

„Ja, na klar", lachte Manja, setzte aber leiser hinzu: „Nein, nicht wirklich."

„Was?!", stieß nun auch Lucas entsetzt aus, doch es war schon zu spät. Das Gerät, das Elli in der Hand hielt, summte und piepte laut, gleich danach wurde es wieder still.

„Na ja, das Schlimmste, was euch jetzt noch passieren kann, ist, dass der Alarm nicht deaktiviert wurde und er losgeht, wenn ihr die Tür öffnet“, sagte Manja schlicht. „Und dann könnt ihr ja immer noch wegrennen. Ich würd’s riskieren.“

Elli, die bereits wieder ihre Hand am Schlüssel hatte, sah nun vor allem Lucas und Anna an. „Sagt ihr, was ihr machen wollt“, forderte sie die beiden auf.

Anna suchte Lucas’ Blick und erkannte umgehend dieselbe Entschlossenheit in seinen Augen, die sie verspürte. „Tu es!“, sagte sie zu Elli und hielt den Atem an, als diese den Schlüssel herumdrehte und die Tür öffnete.

Zumindest ertönte schon mal kein lautes Signal. Das Display der Alarmanlage befand sich gleich in der Nähe der Tür und als Anna herantrat, konnte sie mit Freude feststellen, dass es in der Tat deaktiviert war. Sie gab ein erleichtertes Lachen von sich und drückte kurz Lucas’ Hand, der sie bis über beide Ohren anstrahlte.

„Und?“, ertönte Manjas Stimme aus Ellis Handy. „Es ist aus, oder? Ich *liebe* meine Kollegen! Sie sind kleine Genies – auch wenn sie das immer in ihrer viel zu großen Bescheidenheit bestreiten.“

Anna zuckte erschrocken zusammen, als das Deckenlicht plötzlich anging – und sie war nicht die einzige. Lucas schnappte sogar nach Luft und Elli schüttelte fassungslos den Kopf. Nur Tristan schaute gelassen von einem zum anderen, während er die Hand vom Lichtschalter nahm.

„Was?“, fragte er in die Runde. „Haltet ihr es für ’ne bessere Idee, mit Taschenlampen hier rumzuwedeln? Da wird doch ein Nachbar viel eher die Polizei rufen, als wenn hier ganz normal das Licht an ist.“

„Ich gebe Tristan ausnahmsweise recht“, ertönte sogleich Manjas Stimme. „Zudem hilft es uns sehr, nicht sprichwörtlich im Dunkeln herumtappen zu müssen.“

Anna atmete tief ein, um ihren Puls zu verlangsamen, sah sich kurz in der großen Eingangshalle des Hauses um und schließlich auf ihre Armbanduhr. Es war bereits viertel vor neun und sie hatten ihrer Ansicht nach nicht mehr viel Zeit.

„Ich würd vorschlagen, dass wir uns aufteilen“, äußerte Lucas und erhielt einstimmiges Nicken von allen Seiten.

„Könnt ihr mich bitte mit dem Satellitentelefon anrufen, damit ich durchgehend dabei sein kann?“, forderte Manja und Elli kam ihrer Bitte sofort nach.

Nur eine halbe Minute später ertönte erneut die Stimme der Special Protector: „Warum hab ich nur meine Bahnfahrkarte so schnell eingetauscht? Jetzt, wo der andere Fall endlich abgeschlossen ist, wäre ich so gern richtig dabei. Aber das hier ist besser als gar nichts, oder? Tristan – hast du die Kopfkamera schon aufgesetzt?“

Der Angesprochene verdrehte genervt die Augen und seufzte tief, bevor er dem Drängen der Special-Protector nachgab und sich ein Gebilde auf den Kopf setzte, das stark an eine Kopftaschenlampe erinnerte.

„Okay, dann übernehmen Tristan, Elli und ich die Räume oben und ihr sucht hier unten nach Mr Banks Zauberkammer“, bestimmte Manja.

„Zauberkammer?“, wiederholte Anna lachend, in der Annahme, dass Manja nur einen Witz gemacht hatte, ihr Lachen blieb allerdings das einzige. „Was? Ernsthaft?“

„Meine Mutter hat doch auch so was“, erklärte Lucas mit einem Schulterzucken und Anna erinnerte sich dunkel daran, dass er so etwas ihr gegenüber irgendwann erwähnt hatte. „Das ist nur eine Art Büro, wo wir Magier wichtige Bücher über Zauberei, Zutaten für Zaubertränke und magische Objekte aufbewahren. Da steht kein riesiger dampfender Kessel in einem Turmzimmer, das mit toten Tieren und diversen Kräutern und Wurzeln ausgestattet ist. Sieht schon alles moderner aus.“

„Okay, also suchen wir einfach nur eine Art Büro?“, hakte Anna nach. „Das dürfte ja nicht so schwer sein.“

„Na ja, die Banks feiern mit Sicherheit ab und an große Partys und nicht jeder ihrer Freunde wird wissen, dass sie Magier sind“, warf Manja ein. „Deswegen dürfte der Raum eher abgelegen sein und wurde womöglich sogar mit einem Zauber getarnt.“

„Heißt das, er könnte unsichtbar sein?“, fragte Anna ungläubig.

„Für Normalsterbliche zweifellos.“

„Und wie sollen wir ihn dann finden?“

„Nun, Tristan und Elli sind mit Geräten ausgestattet, die Magie sichtbar machen, und du hast Lucas an deiner Seite.“

Anna musterte den Genannten stirnrunzelnd. „Heißt das, du hast eine Art … Enttarnungsblick drauf, oder wie?“

Lucas gab ein leises Lachen von sich. „Nein, aber magisch begabte Menschen können die Magie anderer in gewisser Weise fühlen. Und da du in meinem Körper steckst…“

„Oh“, machte Anna und sah sich gleich genauer um.

„Mit deinem Körper geht das im Übrigen aber genauso gut, denke ich“, setzte Lucas hinzu.

Anna stutzte und wies irritiert auf ihre Brust, obwohl diese ja gar nicht ihre eigene war. „Mit meinem Körper?“, fragte sie erstaunt. „Aber ich bin keine Magierin.“

„Nein, was er meint, ist, dass du, wie auch ich längst vermutet habe, seherische Fähigkeiten besitzt“, kam Manja ihm zur Hilfe. „Und Seherinnen nehmen Magie ebenfalls ganz gut wahr. Also ja, auch ihr beide solltet dazu in der Lage sein, eine versteckte Zauberkammer zu finden. Also los: Auf geht’s! Allzu viel Zeit haben wir nicht mehr.“

Das ließ Anna sich nicht zweimal sagen – trotz ihrer Schwierigkeiten, das eben Gesagte zu verarbeiten. Während Elli und Tristan unter Manjas Kommando die Treppe ins obere Stockwerk erklommen, eilten Lucas und sie in den ersten angrenzenden Raum. Dabei handelte es sich um das riesige Wohnzimmer, dessen Couchlandschaft man nur als traumhaft bezeichnen konnte. Im Grunde war die komplette Einrichtung wunderschön und Anna zugegebenermaßen mehr als beeindruckt und eventuell sogar ein bisschen neidisch. Sie selbst brauchte nicht viel, um glücklich zu sein, aber viel Geld zu haben und im Luxus zu leben, war trotzdem nicht zu verachten.

„Am besten gehst du einfach nur dicht an den Wänden entlang“, riss Lucas sie aus ihren Gedanken. „Und zwar immer dort, wo genügend Platz für eine versteckte Tür ist. Du wirst es fühlen, wenn irgendwo Magie wirkt.“

Sie nickte stumm und tat, was er vorgeschlagen hatte. „Wie fühlt es sich denn genau an? Magie zu … ertasten, meine ich.“

Er dachte kurz nach, dabei langsam an einer der anderen Wände entlanglaufend. „Es ist theoretisch ganz ähnlich, wie wenn wir uns berühren“, erklärte er. „Es kribbelt und die Härchen auf deinen Armen stellen sich auf. Hinzukommend ist da ein leises, statisches Brummen, das lauter wird, je näher du der Quelle der Magie kommst.“

„Das hab ich auch gefühlt und gehört, als wir deine Box aufgemacht haben“, erinnerte Anna sich.

„Ja? Na, siehst du, dann weißt du, worauf du achten musst“, gab Lucas lächelnd zurück.

Anna erwiderte sein Lächeln und ihr Herz machte ein paar wilde Sprünge, weil sie bemerkte, dass er sie kurz musterte – so als hätte er Interesse an ihr. Interesse, das über bloße Freundschaft hinausging. Sie wandte sich rasch ab und schüttelte sich selbst innerlich. Jetzt war nicht die Zeit, über derartige Dinge nachzudenken.

Es dauerte nicht lange, bis sie das Wohnzimmer abgelaufen hatten und zu dem Schluss kamen, dass es hier keine versteckte Kammer gab. Bedauerlicherweise gab es diese auch nicht in der Küche oder im Gästebad oder im Büro. Die kleine, wunderschöne Bibliothek, auf die Anna all ihre Hoffnung stützte, beherbergte ebenfalls keinen Zugang zu einem solchen Raum und Anna wurde allmählich nervös. Es war bereits viertel nach neun und das Theaterstück um spätestens halb elf vorbei. Viel Zeit blieb ihnen nun wirklich nicht mehr, um den Spiegel zu finden.

„Vielleicht hatten die anderen ja mehr Glück“, versuchte Lucas ihr Mut zu machen, als sie zurück zur Eingangshalle liefen.

Das hatten sie leider nicht. Als Tristan und Elli die Treppe herunterkamen, machten sie einen genauso hoffnungsvollen Eindruck wie Lucas und Anna – und jeder wusste dadurch auf der Stelle, dass das jeweils andere Team keinen Erfolg mit seiner Suche gehabt hatte.

„Die Geräte konnten nicht den Hauch von Magie ausmachen“, berichtete Manja über das Sattelitentelefon, während Tristan frustriert den Kopf schüttelte. „Was allerdings schon wieder schwer verdächtig ist. Jemand, der sein magisches Schaffen derart versteckt, hat oft ein dunkles Geheimnis.“

„Dunkel …“, wiederholte Anna nachdenklich. „Haben solch alte Häuser nicht auch einen Keller?“

„Davon gehe ich aus“, erwiderte Lucas, „aber ich hab keine Kellertür gesehen und wenn die magisch versteckt worden wäre, hätten wir sie aufgespürt.“

„Hm“, machte Manja. „Und wenn sie nicht magisch, sondern menschlich versteckt wurde?“

„Gut möglich“, überlegte nun auch Elli und sah sich um. „Worauf müssen wir achten?“

„Feine Linien in den Wänden, im besten Fall Schleifspuren auf dem Boden“, erklärte Manja. „Meist dort, wo sie nicht groß auffallen.“

Lucas berührte Anna am Arm und die wusste sofort, woran er dachte. „Die Wand mit den Klinkersteinen!“

Sie eilten los, hinein in den Flur, der, anders als die meisten Wände, nicht tapeziert war, sondern, wie sie gesagt hatte, mit Klinkersteinen verziert worden war.

„Die Linien müssen eine Türform ergeben, oder?“, fragte Tristan, während sie alle gemeinsam die Wand absuchten.

„Ja“, antwortete Manja. „Kannst du den Kopf etwas ankippen und danach langsam von links nach rechts bewegen?“

Tristan schnaufte missgestimmt. „Dann gucke ich den Boden an und bin keine große Hilfe mehr!“, ließ er die Special Protector wissen.

„Doch, du bist *mir* eine Hilfe“, erwiderte Manja fröhlich.

„Da!“, stieß Elli aus, bevor Tristan kontern konnte, und wies auf eine unauffällige durchgehende Linie zu ihrer rechten Seite. Und tatsächlich – wenn man dieser folgte, ergab sie ein Rechteck in der Wand, durch das ein Mensch wunderbar passen würde.

„Und wie öffnen wir das ohne Magie?“, fragte Anna aufgeregt.

„Mechanisch“, merkte Manja an.

„Ja, das ist klar“, murrte Tristan, „aber kann eines deiner Geräte so was öffnen?“

„Es gibt wahrscheinlich irgendwo einen Schalter“, überlegte Lucas laut und schaute sich dabei bereits suchend um.

„In Filmen ist es oft einer der Steine in der Wand, den man eindrücken muss“, warf Elli ein und für kurze Zeit trat Stille ein, denn ihnen allen war wohl bewusst, dass es ewig dauern würde, jeden einzelnen Stein abzutasten.

„Vielleicht sollten wir erst einmal alle anderen Möglichkeiten ausschließen“, schlug Manja vor. „Tristan, dreh dich mal so um die eigene Achse, dass ich den Flur im Detail sehen kann.“

Ellis Freund verdrehte genervt die Augen, kam dann jedoch der Aufforderung Manjas nach. Auch Anna und die anderen sahen sich gründlich um. Im Flur befanden sich nicht allzu viele Gegenstände: eine schmale Kommode, zwei Gemälde und eine riesige Topfpflanze am Boden. Nach einer kurzen Absprache machte sich Tristan daran, die Kommode gründlich zu untersuchen, während Elli sich nach der Pflanze bückte und Lucas und Anna sich jeweils einem der Gemälde widmeten.

Anna tastete als erstes den Rahmen ab, konnte dort allerdings keinen Knopf oder Ähnliches finden. Sie blickte hinüber zu Lucas und hielt inne. Er stand vor dem Gemälde, starrte es stirnrunzelnd an und legte sogar den Kopf schräg.

„Was ist?“, wandte sie sich an ihn und trat näher heran.

„Wenn ich mich nicht täusche, ist das eine Kopie eines alten deutschen Gemäldes“, erklärte er und wies auf einen Priester, der in der Mitte einer ihm zu Füßen knienden Gruppe mittelalterlich gekleideter Menschen eine Predigt abzuhalten schien, „aber der da …“, er wies auf das Gesicht des Mannes, das etwas verblichen war, „… sieht aus wie Mr Banks.“

„Bist du sicher?“, fragte Elli und trat zusammen mit Tristan ebenfalls heran.

„Das Gesicht sieht ein wenig … abgenutzt aus“, stellte Manja fest, die offenbar durch die Kamera an Tristans Kopf einen relativ guten Blick auf das Gemälde hatte. „Los! Drück drauf!“

Lucas zögerte. „Die Sache ist die: Wie ich Anna schon mal erklärte, haben wir Magier eine spezielle Verbindung zu unseren privaten Zauberkammern, sodass wir es sogar ohne einen Schutzzauber merken könnten, wenn diese in unserer Abwesenheit geöffnet werden.“

„Schließt das Wort ‚könnten‘ die Möglichkeit ein, es *nicht* zu merken?“, hakte Manja nach.

„Das passiert selten, aber ja – wenn man abgelenkt ist, könnte einem ein Einbruch auch entgehen.“

Für einen Moment legte sich Stille über ihre Gruppe. Jeder von ihnen war sich bewusst, welches Risiko sie eingingen, wenn sie die Kammer öffneten.

„Also, ich finde, ein Theaterstück ist eine ziemlich gute Ablenkung“, merkte Tristan schließlich an. „Und selbst wenn Mr Banks es bemerkt, er braucht *mindestens* vierzig Minuten vom Theater hierher. Und vorher muss er noch seine Sachen von der Garderobe abholen und zum Auto laufen. Das gibt uns ungefähr eine Stunde Zeit. Das dürfte reichen, um da reinzugehen, den Spiegel zu finden und damit abzuhauen, oder?“

„Streng genommen schon“, stimmte Elli ihrem Freund zu und sah anschließend Lucas an. „Aber gibt es nicht eventuell irgendeinen Zauber oder so, mit dem man die Verbindung der Kammer zu ihrem … Besitzer stören kann?“

„O ja, ja, jaaa!“, ertönte Manjas Stimme über das Satelitentelefon. „Ich meine keinen Zauber, doch ihr habt da ein kleines, neues Gerät in eurer Ausstattung, einen EB, der die energetische Verbindung zwischen zwei Magiern empfindlich stören kann. Bal und Dav waren unsere Testpersonen und da hat es relativ gut funktioniert – obwohl die beiden *überaus* starke Kräfte haben. Das Gerät soll vermeiden, dass mehrere Zauberer ihre Kräfte bündeln und dadurch wahnsinnig gefährlich werden können, aber möglicherweise wirkt es auch auf die Verbindung von Objekten und Magiern.“

„Möglicherweise?“, wiederholte Anna beunruhigt.

„Oder ihr brecht die Mission ab“, fügte Manja sehr viel weniger enthusiastisch an. „Mehr Möglichkeiten habt ihr leider nicht. Eure Entscheidung.“

Anna blähte die Wangen auf und ließ die Luft hörbar entweichen. Ein Lachen entwischte ihr, weil Lucas genau dasselbe getan hatte, doch dann wurden sie beide gleich wieder ernst.

„Was sagst du?“, fragte sie ihn und wusste fast im selben Augenblick, dass er mit ihr abermals einer Meinung war.

„Jetzt sind wir schon hier“, sprach er aus, was sie dachte, „und wenn die Zauberkammer wahrhaftig hinter dieser Tür liegt …“

„… ist die Erlösung zum Greifen nah“, beendete sie diesen Satz. „Davon abgesehen, haben Manjas Geräte uns heute schon mal einen wundervollen Dienst erwiesen.“

„Hört, hört“, freute Manja sich und jedem einzelnen war bewusst, an wen diese Worte in Wahrheit gerichtet waren.

„Ja, die Ausrüstung ist spitzenmäßig“, fühlte Tristan sich sogleich verpflichtet zu sagen, während er bereits in seinem Rucksack herumwühlte und schließlich ein etwa handtellergroßes, flaches Gerät daraus hervorbrachte.

„Ist es das hier?“, fragte er und hielt den Kopf so, dass auch Manja sehen konnte, was er in der Hand hielt.

„Ist es nicht wunderschön?“, bestätigte die Special Protector seine Frage auf ihre eigene Art und Weise. „Das Design ist von Ronny und ich bin ja so stolz auf ihn. Ronny, hab ich gesagt, Form und Funktion in so wundervoller Weise zu kombinieren, das kriegt nur einer hin …“

Das Piepen des Gerätes ließ Manja verstummen. Ein leises Summen folgte und Anna fühlte ein seltsames Vibrieren in Lucas’ Körper, nur ganz sacht, aber es war eindeutig, dass das kleine Ding eine recht starke Wirkung hatte.

„Du kannst doch nicht einfach wild auf den Knöpfen eines Gerätes herumdrücken, das du noch nie bedient hast", tadelte Manja ihren Mitarbeiter. „Da könnte sonst was passieren."

„Ich hab auf ‚On' gedrückt", stellte Tristan klar. „Ob das besonders ‚wild' war, wage ich zu bezweifeln."

Manja holte hörbar verärgert Luft. „Na schön, da das ja nun nicht mehr zu ändern ist – ich würde das Gerät in die Pflanze stellen, damit es nicht so schnell gefunden wird, falls doch noch jemand hier auftaucht, *bevor* ihr aus der Kammer heraus seid. Aber vergesst nicht, es nachher wieder mitzunehmen, mein kleines Schatzilein!"

„Jawoll, Chef", gab Tristan zurück und tat, wie ihm geheißen.

„Und jetzt?", fragte Anna an Lucas gewandt.

„Machen wir die Tür auf", verkündete er. Mit dem Zeigefinger berührte er das Gesicht von Mr Banks' Alter Ego auf dem Gemälde und nur eine halbe Sekunde später war ein Surren zu vernehmen, das schließlich von einem mechanischen Klicken abgelöst wurde. Gleich darauf öffnete die Tür in der Wand sich fast lautlos und gab den Blick auf eine gut beleuchtete Treppe frei.

„Fantastisch!", freute Manja sich. „Los, Tristan, ab da runter!"

„Kein Reitpferd, Manja!", beschwerte der sich umgehend. „Das sagte ich doch bereits."

Anna unterdrückte ein Lachen, schob sich rasch an ihm vorbei und war damit die erste auf der Treppe. Der Keller machte keinen sonderlich gruseligen Eindruck, dennoch donnerte ihr das Herz in der Brust, als sie ihrem Ziel Stufe um Stufe näherkam. Der Raum, den sie betrat, war groß, aber nicht so riesig, dass er unter dem gesamten

Haus entlangführen konnte – was wohl hieß, dass es neben diesem noch einen ‚offiziellen' Keller mit harmloser Ausstattung geben musste. ‚Gefährlich' war die Einrichtung hier selbstverständlich auch nicht. Sie bestand hauptsächlich aus Büromöbeln, in denen jedoch keine Ordner und Akten untergebracht waren, sondern stattdessen Reagenzgläser, Fläschchen und Gläser mit bunten Inhalten und viele antik aussehende Bücher. An einer der Wände hing eine große, alte Flagge mit einem Familienwappen, das einen zweiköpfigen Löwen zeigte. Und dann gab es noch ein modernes Whiteboard mit Magnetfunktion, an dem ein paar Zettel hingen.

„Dreh dich mal langsam um die eigene Achse", konnte man Manja aus dem Sattelitentelefon sagen hören.

Tristan seufzte genervt, kam jedoch weiterhin den Anweisungen der Special Protector nach.

„Den Kopf ein bisschen höher … jaa … danke … Joa, ganz nett, aber echt wenig beeindruckend. Fast enttäuschend."

Anna musste ihr zustimmen. Wie eine echte Zauberkammer wirkte das hier nicht.

„Ich würde vorschlagen, wir teilen uns noch einmal auf und suchen an verschiedenen Stellen", sagte Lucas und bewegte sich dabei bereits auf eine Kommode zu.

Anna näherte sich dem Whiteboard und studierte kurz die daran hängenden Zettel. Einer davon sah wie ein Einkaufszettel aus, ein anderer war eine Abrechnung und der dritte ein Rezept. Gleichwohl schien nichts davon mit Merlins Spiegel oder dem Körperwechselzauber zu tun zu haben. Aus einem Instinkt heraus, drückte sie unten auf den Rand des Boards und stellte fest, dass dieses wie viele seiner Art drehbar war. Kurzerhand drehte sie es einmal um die eigene Achse und erstarrte. Auf der anderen Seite war das Board über und über mit alten Schriftstücken, Zeichnungen des Spiegels und einem Zettel mit Runenschrift bestückt und in seiner Mitte hing ein Foto von Lucas' Mum, über das jemand ein dickes, rotes Kreuz gemalt hatte.

„Heilige Scheiße!“, stieß Anna etwas atemlos aus und das genügte, um den Rest ihres Teams an ihre Seite zu bringen.

„Ist das …“, begann Tristan.

„Mr Banks' Masterplan“, beendete Elli seinen Satz mit großen Augen.

„Wahnsinn!“, konnte man auch Manja hören.

Lucas hingegen brachte keinen Ton heraus. Er war erstarrt, doch in seinen Augen funkelte bereits eine unbändige Wut.

Spieglein, Spieglein in der Truhe

Fotos machen. Das war das erste, worüber sie sich alle einig waren. Eine bessere Gelegenheit, um zu beweisen, was Mr Banks vorhatte, würde sich sicherlich nicht ergeben und deswegen fotografierte nicht nur Lucas alles, was auf dem Board zu finden war, sondern auch die übrigen taten es ihm nach.

„Was ist?“, fragte Anna Lucas, weil der bereits eine Weile nachdenklich auf seiner Unterlippe herumbiss.

„Ich überlege, ob ich die Bilder gleich an meine Mutter schicke“, verriet er ihr. „Dann kann wirklich nichts mehr schiefgehen. Allerdings weiß sie in dem Fall sofort, dass wir hier sind.“

Anna dachte kurz über seine Worte nach. Sich doppelt und dreifach abzusichern, war immer eine gute Idee und wie oft hatte sie schon über Filme und Serien gemeckert, in denen die Hauptfiguren dies nicht taten und am Ende dadurch so richtig in Schwierigkeiten gerieten.

„Ich würd’s machen“, sagte sie schließlich. „Ich meine, wir sind ohnehin gerade kurz vor dem Ziel. Was soll sie noch machen, um uns aufzuhalten? Sie kann höchstens anrufen, aber du musst ja nicht rangehen."

„Sie wird sauer sein", wusste er.

„Ja, aber das war von vornherein klar", erwiderte Anna. „Ob du nun die Aufnahmen schickst oder nicht – das macht aus meiner Sicht keinen Unterschied."

„Außer den, dass wir zusätzlich abgesichert sind", setzte auch Elli hinzu.

„Tu es", sprach Tristan ihm ebenfalls zu und aus Ellis Satellitentelefon ertönte ein lautes: „Hau rein"!"

Lucas blähte die Wangen auf und ließ die Luft hörbar entweichen, bevor er seinen Plan in die Tat umsetzte oder besser gesagt es *versuchte*. Seine dunklen Brauen zogen sich zusammen und er hob sein Handy weiter nach oben, drehte sich um die eigene Achse.

„Mist! Kein Netz!", gab er frustriert von sich. „Sieht's bei euch besser aus?"

Anna kramte ihr Handy heraus und musste zu ihrem Bedauern den Kopf schütteln. Nicht *ein* Balken war zu sehen. Den anderen ging es leider genauso. Manja war klug gewesen, alle ihre Mitarbeiter mit einem Sattelitentelefon auszustatten, sonst hätten sie spätestens mit Betreten des Kellers den Kontakt zu ihr verloren. Bedauerlicherweise konnte man damit nicht fotografieren.

„Okay, dann … suchen wir einfach weiter nach dem Spiegel", schlug Lucas vor, während er sein Handy in der Hosentasche verschwinden ließ. „Ich kann die Bilder ja auch schicken, wenn wir wieder draußen sind. Ist eventuell ohnehin besser. Wo fangen wir an zu suchen?"

„Ihr braucht nicht zu suchen", ertönte Manjas Stimme. „Elli, du kannst das EmF benutzen. Das Gerät nimmt verborgene magische Quellen wunderbar wahr – zumindest, wenn man in der Nähe davon ist und ich denke, wenn Mr Banks den Spiegel irgendwo im Haus versteckt hat, dann hier."

Die Angesprochene kramte sogleich das Gerät aus Tristans Rucksack und aktivierte es. Ein paar Lichter begannen zu blinken und Elli lief langsam durch den Raum. Es dauerte nicht lange, bis die Lichter heller wurden und das Gerät anfing zu piepen. Annas Puls beschleunigte sich prompt und gemeinsam mit den anderen folgte sie Elli hinüber zu einer der Wände.

„Also, wenn ich das recht verstehe, befindet sich etwas Magisches in der Wand", analysierte Elli die Meldung des Gerätes. „Und zwar genau … hier." Sie legte ihre Hand auf die Stelle und schreckte gleich wieder zurück, denn die gab nach, bewegte sich ein Stück nach innen und schließlich zur Seite.

In dem recht tief gehenden Loch dahinter befanden sich nur wenige Dinge: Zwei kleine Lederbeutel, ein altes Buch und eine längliche Truhe.

„Die Truhe!", stieß Lucas aus. „Davon hängt doch ebenfalls ein Foto am Whiteboard!" Er griff beherzt zu und zog das anscheinend recht schwere, metallene Ding mit etwas Mühe aus dem Geheimfach. Tristan kam ihm rasch zur Hilfe und gemeinsam trugen sie die Truhe zum einzigen Tisch im Raum.

Für einen langen Moment betrachteten Anna und ihre Mitstreiter beeindruckt das antike Objekt. Es war relativ flach, dafür aber recht lang und mit unzähligen verschnörkelten Gravuren und metallischen Beschlägen verziert. Im Deckel befanden sich ein paar Symbole – keltische Runenzeichen, wenn Anna sich nicht irrte.

Lucas atmete hörbar ein, griff nach dem Deckel und versuchte ihn zu öffnen. Doch so leicht schien das nicht zu sein. Er drückte, zog und schob, ohne dass sich etwas tat.

„Seht ihr da irgendwo einen Öffnungsmechanismus?“, wandte er sich an den Rest ihrer kleinen Gruppe.

Einvernehmliches Kopfschütteln war die Antwort.

„Da ist auch kein Schloss oder ähnliches zu sehen“, merkte Anna an. „Vielleicht hat Mr Banks die Truhe auf dieselbe Weise verschlossen wie du deine Box.“

Der Gedanke war grauenvoll, denn in diesem Fall würden sie das Ding niemals ohne Mr Banks’ Zauberkraft öffnen können.

„Das hier ist aber nicht *seine* magische Truhe, sondern die von Merlin“, stellte Lucas richtig. „Das heißt, auch der Zauber, der sie verschließt, ist der von Merlin. Und da Mr Banks sie öffnen konnte, müsste es uns ebenso möglich sein.“

„Die Runenschrift!“, fiel Manja ein. „Ist das dieselbe wie auf dem Zettel am Whiteboard?“

Anna eilte umgehend hinüber, nahm den Zettel vom Board und hielt ihn anschließend zum Vergleich an den Deckel der Truhe. „Ja“, stellte sie begeistert fest. „Und Banks hat sie schon übersetzt.“

„Sonst wäre er wohl kaum an den Spiegel herangekommen“, sagte Manja. „Was hat er geschrieben? Ich kann’s grad nicht so richtig sehen, weil Tristan immer vergisst, seinen Kopf im richtigen Winkel zu halten.“

„Entschuldige, dass ich ein menschliches Wesen und kein ferngesteuerter Roboter bin!“, knurrte der Genannte.

„Das war doch keine Beschwerde, sondern nur eine Erklärung“, erwiderte Manja in einem beinahe mütterlichbesänftigenden Tonfall. „Du machst das ansonsten super!“

„Müssen wir die Truhe denn genau jetzt öffnen?“, erkundigte Anna sich eilends, bevor Tristan genügend Atem gesammelt hatte, um zu kontern. „Wäre es nicht klüger, sie einfach mitzunehmen und das Haus so schnell wie möglich zu verlassen?“

„Theoretisch schon, aber dafür müssten wir absolut sicher sein, dass der Spiegel da drinnen ist“, erwiderte Manja. „Andernfalls könnte die ganze Aktion umsonst gewesen sein.“

Das war leider ein gutes Argument.

„Also, wie lautet die Zauberformel, um die Truhe zu öffnen?“, fragte Manja.

Anna reichte Lucas den Zettel und er begann zu lesen: „Die magische Kraft des Lebens verbindet sie alle: Allheiler, Idun, Freyr und … Yggdrasil?“ Er hob überfordert die Brauen. „Yggdrasil ist der Weltenbaum, soviel ich weiß, und Freyr …“

„Das ist doch die nordische Göttin der Liebe, oder?“, warf Manja ein.

„Nein“, widersprach Lucas ihr überraschend. „Freyr ist ihr Bruder. Er ist der Gott der Fruchtbarkeit und der Jagd und während sie in der Zauberei mit dem Mond symbolisiert wird, ist sein Zeichen die Sonne.“

„Eine Sonne?“, wiederholte Elli. „Hier ist eine zu finden!“ Sie wies auf eine der Verzierungen an der Seite und tatsächlich sah diese nach einer vereinfachten Darstellung der Sonne aus.

„Seht ihr auch irgendwo den Weltenbaum?“, hakte Manja aufgeregt nach. „Verdammt! Wär ich doch nur bei euch!“

„Ja, hier ist er“, ließ Tristan sie wissen.

„Idun ist die Göttin der Jugend und Unsterblichkeit“, wusste Lucas und Anna blickte ihn bewundernd an. Sein Wissen war enorm – obschon es streng genommen nicht verwunderlich war, denn seine Familie praktizierte schließlich fortwährend Magie. „Sie hütet die goldenen Äpfel, über die die Götter ihre ewige Jugend beziehen.“

„Einen Apfel haben wir hier!“, verkündete Anna erfreut. „Und was genau ist der Allheiler?“

Lucas schürzte nachdenklich die Lippen. „Also, wenn ich das richtig in Erinnerung habe, heißt keiner der Götter so, sondern es geht dabei um die Mistel.“

„Die Pflanze?“, fragte Tristan verdutzt.

„Ja, klar!“, stieß Manja begeistert aus. „Misteln waren für die Kelten heilige Pflanzen. Das Gleiche gilt für Eichen, in deren Kronen sie oftmals zu finden sind, und ihnen wurden und werden immer noch Zauberkräfte nachgesagt. Für die keltischen Druiden war sie eine der wichtigsten Zutaten für ihre Zaubertränke.“

„Nicht nur für keltische Druiden“, warf Lucas ein. „Auch die modernen Magier und Magierinnen nutzen sie heute noch für ihre Tränke und Salben.“

„Wie muss ich mir das eigentlich vorstellen?“ Anna musterte Lucas schmunzelnd von der Seite. „Gibt es einen großen Kessel und Zaubermützen?“

„Eher Reagenzgläser, Bunsenbrenner und Laborkittel“, erwiderte er augenzwinkernd.

„Auf der Truhe ist keine Mistel zu finden“, brachte Elli sie zu ihrer eigentlichen Aufgabe zurück.

„Nicht?“ Manja war überrascht und Anna ging es genauso. Sie betrachtete die Truhe eingehend, konnte allerdings auch keine Verzierung finden, die an einen Mistelzweig erinnerte.

„Und was heißt das für uns?“, fragte Tristan. „Brauchen wir etwa eine echte Mistel, um die Truhe zu öffnen?“

„Gut möglich“, überlegte Manja.

„Und wo kriegen wir die auf die Schnelle her?“, fragte Anna angespannt.

Lucas’ Augen verengten sich ein wenig und er sah hinüber zu dem Geheimfach in der Wand. Natürlich! Da waren doch zwei geheimnisvolle Lederbeutel gewesen!

„Denkst du, was ich denke?“, wandte er sich an Anna, als er bemerkte, dass sie ebenfalls hinüber zu dem Fach starrte.

Sie antwortete nicht auf seine Frage, sondern lief zusammen mit ihm los. Jeder von ihnen nahm einen der Beutel in die Hände und öffnete ihn. In Annas befanden sich ein paar Kristalle, Lucas aber holte in der Tat einen kleinen Mistelzweig aus seinem Beutel.

„Fantastisch!“, freute Manja sich, als sie mit ihren ‚Schätzen‘ zurück am Tisch waren und diese dort ablegten. „Oh – und ich weiß auch, was mit den Kristallen zu tun ist. Ihr müsst sie nach den Himmelsrichtungen ausgerichtet um die Truhe herum verteilen. Das sind Sonnenkristalle. Sie speichern magische Energien und das ist sicherlich das, was mit ‚magischer Kraft des Lebens‘ gemeint war.“

„Da! Auf dem Tisch!“ Anna wies auf die verschiedenen Gravuren im Holz, die erst beim zweiten Hinsehen zu bemerken waren. Es gab unzählige Symbole und geometrische Formen, die sich teilweise überlagerten, dennoch konnte sie das Kompasszeichen sofort erkennen und wies darauf.

Lucas schob die Truhe in die Mitte davon und Anna legte die Kristalle eiligst auf die Buchstaben der verschiedenen Himmelsrichtungen. Den Mistelzweig legte er oben auf den Deckel der Truhe.

„Und jetzt?“, fragte Elli stirnrunzelnd. „Sollte das Ding nicht aufgehen?“

„Vielleicht braucht es ja noch eine magische Anregung oder so“, überlegte Tristan.

„Gar keine schlechte Idee“, kam aus Manjas Richtung. „Lucas … ich meine Anna – kannst du vorn, dort wo normalerweise ein Schloss sein würde, deine Finger ranhalten und deine … Energie hinleiten oder so? Wie bei Lucas’ Box?“

Anna schürzte nachdenklich die Lippen. „Da hatte ich zwar das Athame zur Unterstützung, aber ich kann’s versuchen“, gab sie zurück, wenngleich die erste Erfahrung mit von ihr ausgeführter Zauberei schon recht gruselig gewesen war.

„Du schaffst das“, machte Lucas ihr Mut, hielt dann aber inne. „Warte … das geht ja auch anders.“

Sie runzelte die Stirn, doch als er ihre Hand ergriff, ging ihr ein Licht auf. Es dauerte nicht lange und sie befand sich in ihrem Leib, schaute Lucas mit ihren eigenen Augen an und strahlte.

„Händchenhalten hilft beim Zaubern?“, fragte Tristan grinsend.

„Wenn man dadurch zumindest kurzzeitig in seinen eigenen Körper zurückkehren kann auf jeden Fall“, gab Anna zurück und versuchte dabei das Flattern in ihrem

Bauch zu ignorieren, das durch Lucas warme Finger zusätzlich ausgelöst wurde.

„Was?!", stieß Manja begeistert aus. „Ist ja irre! Wann habt ihr das denn festgestellt?"

„Später", winkte Lucas rasch ab und berührte kurzerhand die Truhe so, wie Manja es zuvor beschrieben hatte. Anna sah, wie er die Augen schloss und tief einatmete. Nur kurze Zeit später begann ihre Hand deutlich zu kribbeln und wärmer zu werden – ein eindeutiges Zeichen dafür, dass er seine magischen Kräfte einsetzte. Bald schon zeigte sich auch außerhalb ihrer Körper eine Wirkung. Unter Lucas' Fingern begann ein goldenes Licht zu glühen, das über die Truhe zu den drei wichtigen Symbolen wanderte und schließlich in die Mistel drang. Ein paar schnelle Herzschläge lang leuchteten alle am Zauber beteiligten Objekte hell auf, dann erstarb das Licht, ein leises Klicken ertönte und der Deckel der Truhe hob sich lautlos.

Anna, die die ganze Zeit über die Luft angehalten hatte, ließ diese mit einem erleichterten Lachen heraus, denn im Inneren der Truhe, gebettet auf purpurnem Samt, lag wahrhaftig der Spiegel, den Manja ihnen auf der Zeichnung gezeigt hatte und den sie aus ihrem Traum kannte.

„Wahnsinn!", war auch sogleich die aufgeregte Stimme der Special-Protector zu vernehmen. „Ein weiteres Artefakt aus Merlins Händen! Ich kann es kaum glauben!"

Lucas ließ Annas Hand los und innerhalb eines Atemzugs befand sie sich wieder in seinem Körper, konnte dadurch direkt auf das antike, magische Objekt hinabsehen. Es war wunderschön. Goldene Pflanzenornamente umrahmten die spiegelnde Fläche, die einen leichten Rotstich besaß und am unteren Rand waren ein paar weitere Runenzeichen zu finden.

„Okay, wenn das der richtige Spiegel ist, schnappen wir ihn uns und dann nichts wie raus hier!“, meldete sich Tristan zu Wort und griff zu, ohne auf die anderen zu warten.

„Nicht!“, rief Manja, aber es war bereits zu spät.

Allerdings geschah nichts weiter, als dass Tristan verwirrt die Stirn runzelte und der Rest ihrer Gruppe erschrocken innehielt.

„Was denn?“, hakte Tristan ungeduldig nach.

„Also, dass du so unvorsichtig bist, obwohl deine Ausbildung ja relativ weit vorangeschritten ist!“ Manja schüttelte auf dem Display des Sattelitentelefons vorwurfsvoll den Kopf. „Viele magische Gegenstände werden zusätzlich durch einen Schutzzauber gesichert. Auf dir könnte jetzt ein übler Fluch lasten!“

„Könnte“, erwiderte Tristan. „Tut er aber nicht, denn Mr Banks hat den Spiegel ja längst benutzt und vor, das weiterhin zu tun. Somit konnte ich davon ausgehen, dass der Spiegel ohne Weiteres berührt werden kann.“

„*Das* hast du dir vorher durchdacht?“, fragte Manja zweifelnd und auch Elli machte nicht den Eindruck, als würde sie ihrem Freund glauben.

„Na klar“, behauptete der trotz allem, jedoch bereits schmunzelnd. „Und nun sollten wir wirklich los – sonst laufen wir den Banks’ direkt in die Arme, falls sie den Einbruch doch schon bemerkt haben.“

Wo er recht hatte …

Unverzüglich kam Bewegung in ihre Gruppe, aber gerade als sie die Treppe erreichten, ertönte von oben ein

Rumpeln und schließlich etwas, das wie schnelle Schritte klang.

„Scheiße!“, stieß Lucas aus und hastete die ersten Stufen hinauf. Doch es war zu spät. Die Tür, die eben noch offen gestanden hatte, schloss sich und danach war ein eigenartiges metallisches Klacken zu vernehmen. Anschließend entfernten sich die Schritte wieder.

Lucas, der die Tür endlich erreicht hatte, versuchte sie mittels des Knopfes an der Seite zu öffnen, aber es tat sich nichts. Voller Sorge sah er hinab zu Anna, deren Gedärme sich beinahe schmerzhaft verknoteten.

„Wer … wer war das?“, stammelte sie verängstigt.

„Niemand, der uns wohlgesonnen ist“, erwiderte Lucas und kam wieder zu ihr und den anderen herunter.

„Sind die Banks etwa doch bereits zurück?“, warf Elli aufgebracht ein.

Lucas schüttelte den Kopf. „Das glaube ich nicht. Tristans ausgerechnete Stunde Zeit, die uns bleibt, wenn Mr Banks den Einbruch bemerkt, ist noch nicht rum und der Mann ist ein mächtiger Magier – der wäre hundertprozentig zu uns runtergekommen. Aber ich denke, dass er jemanden hergeschickt hat, um uns hier einzusperren, bis er da ist.“

„Jemanden aus der Zauberergemeinschaft, der mit ihm zusammenarbeitet?“, brachte Anna ängstlich hervor.

Lucas hob unschlüssig die Schultern. „Keine Ahnung. Unter Umständen auch nur einen Nachbarn, der gar nichts mit der Sache zu tun hat. Im Grunde ist es nicht weiter von Belang. Viel wichtiger ist es, einen Weg hier raus zu finden.“

„Das sehe ich genauso“, meldete sich Manja zu Wort. „Es ist auch gut möglich, dass Mr Banks die Sache nicht eigenhändig klärt, sondern stattdessen die Polizei ruft und was wollt ihr denen sagen? Die Wahrheit wohl kaum."

„Nicht hilfreich, Manja", stieß Elli jetzt schon beinahe verzweifelt aus.

„Kannst du die Tür nicht mit deiner Magie öffnen?", wandte Tristan sich an Lucas.

„Wir befinden uns in der Kammer eines Zauberers – die Tür da oben ist unter Garantie nicht mit einem *normalen* Mechanismus geschlossen worden", erklärte Lucas, während er durch den Raum lief, sich dabei gründlich umsehend. Es gab zwei schmale Fenster, die man zur Not erreichen konnte, wenn man hochgehoben wurde, aber leider befanden sich davor ein paar sehr stabil aussehende Gitter.

„Was genau suchst du?", wollte Anna wissen.

„Zauberer sind misstrauische, bedachtsame Menschen", ließ Lucas sie wissen. „Wir sind im Laufe der Menschheitsgeschichte so oft verfolgt, eingesperrt und getötet worden, dass wir immer irgendwo einen Fluchtweg einbauen. Ich gehe fest davon aus, dass Mr Banks für den Notfall vorgesorgt hat."

„Also suchen wir erneut eine versteckte Tür?", fragte Tristan und machte sich bereits auf die Suche, bevor Lucas seine Frage beantwortet hatte.

„Ja, oder eine Klappe im Boden oder Ähnliches."

Annas Augen wanderten hastig über die Wände. Ihre Angst vor Mr Banks war groß, größer als die vor der Polizei. Der Mann schien zum Äußersten zu gehen, um an sein Ziel zu gelangen. Wer wusste schon, was er tat, wenn ihm klar wurde, dass sein Plan bekannt und die Studenten in seinem Haus das größte, wenn nicht sogar einzige Hindernis auf seinem Weg zum Erfolg waren.

„Was ist mit dem Regal?“, schlug Manja aus der Ferne vor. „Kann man das vielleicht verschieben?“

„So was gibt’s doch in jedem drittklassigen Film“, wollte Elli ihren Vorschlag abtun, aber Anna ging schnurstracks darauf zu und betrachtete den Boden dort. Ihr Herz machte ein paar erfreute Sprünge.

„Da sind Spuren am Boden!“, stieß sie aufgeregt aus.

Innerhalb weniger Sekunden waren alle anderen bei ihr und suchten nach dem Schalter, der das Regal bewegte.

„Warum sich etwas Neues ausdenken, wenn man auch auf bewährte Methoden zurückgreifen kann?“, merkte Manja dabei an. „Tristan, versuch doch mal die Zaubererskulptur zu bewegen.“

Der Genannte griff ohne Zögern zu. Es genügte nur ein Ankippen der Figur und das Regal glitt mit einem leisen Surren zur Seite, um eine kleine Kammer zu enthüllen. Darin befanden sich nur ein paar leere Kartons … *und* an einer der Wände eine Leiter aus Stahl!

Erleichterung erfasste Anna und auch dieses Mal war sie die erste, die sich in die Kammer hineinwagte.

„Da oben in der Decke ist eine Klappe“, verkündete sie freudestrahlend, „und ich wette, dass sich diese mit dem Schalter hier öffnen lässt.“ Sie wies auf einen roten Knopf neben der Leiter, dachte nicht lange nach und betätigte ihn.

Über ihr ertönte ein Brummen und schließlich öffnete sich die Klappe knirschend. Erde rieselte zu ihnen herunter, bevor der Mond sein kühles Licht in die Kammer warf und frische Luft hereinströmte. Die Freiheit war zum Greifen nahe.

„Na los, rauf da!“, forderte Lucas sie lächelnd auf.

Mehr brauchte es nicht, um sie dazu zu bewegen, nach der Leiter zu greifen und diese in Windeseile zu erklimmen. Als sie oben angekommen war, sog sie den Geruch der Freiheit tief in ihre Nase und sandte ein Dankeschön an das Universum. Nun würde es nicht mehr lange dauern, bis sie zurück in ihrem Körper war. Sie konnte es kaum erwarten.

Es war das Knacken eines Astes, das sie aus ihrem Zustand der Glückseligkeit riss und herumfahren ließ. Im ersten Moment konnte sie nichts entdecken, doch dann nahm sie Bewegungen zwischen den Bäumen und Büschen des Gartens wahr. Ihr Atem stockte und ihr Herz sprang ihr in den Hals, als sie nicht nur eine, sondern gleich drei dunkle Gestalten auf sich zukommen sah.

„Na, wen haben wir denn da?", ertönte eine tiefe, hämische Stimme. „Lucas de Meath, der Sohn unserer lieben Ratsvorsitzenden, in der Nacht als Einbrecher unterwegs. Wenn das mal keine Schlagzeile wert ist!"

Duell der Magier

Anna hatte Mr Banks nie persönlich kennengelernt, ihn nur ab und an in einem seiner Immobilien-Werbespots oder in einer Zeitung gesehen. Ungeachtet der schlechten Lichtverhältnisse wusste sie jedoch sofort, dass er der Mann war, der sich da breitbeinig, kaum fünf Meter von ihr entfernt, aufbaute. Es waren die selbstbewusste Haltung und das Lauern in seiner Stimme, die ihr verrieten, wer er war, und nur wenig später gab das Licht des Mondes preis, dass die anderen Personen an seiner Seite zwei Frauen waren. Blond, schlank, hochgewachsen und die Handtasche der einen glitzerte verräterisch.

„Sie wissen ganz genau, *wen* Sie da vor sich haben, Mr Banks", ertönte Lucas' oder besser Annas Stimme neben ihr und schon stand er an ihrer Seite. Auch die Gegenwart der anderen Mitstreiter konnte sie hinter sich spüren. Ein gutes Gefühl, das ihren Puls ein bisschen dichter an sein übliches Tempo heranbrachte und es ihr ermöglichte, wieder freier zu atmen. Sie war nicht allein, hatte den Banks' etwas entgegenzusetzen, denn im Grunde waren ja nicht sie und die anderen die Verbrecher, sondern der gefährliche Mann vor ihnen.

„Ja, das sagte ich doch bereits“, erwiderte dieser jetzt mit einem hämischen Lächeln, das man selbst im Licht des Mondes recht gut erkennen konnte. Augenscheinlich hatten die Banks’ einen Familientermin beim Zahnarzt gemacht, denn auch Ms Banks’ Zähne konnte man aufblitzen sehen, als sie sich an ihre Tochter wandte.

„Schatz, gehst du bitte schon mal rein?“, forderte sie diese auf. „Tante Ruth ist bereits da und wird sich um dich kümmern. Wir können das hier allein regeln und kommen bald nach.“

„Ach! Jocelyn ist also wirklich ahnungslos?“, hakte Lucas nach. „Ist ja auch schlimm, vom eigenen Vater derart benutzt zu werden. Das würde ich auch versuchen zu vertuschen.“

„Was?“, gab die Genannte irritiert von sich und sah verwirrt ihren Vater an. „Wovon spricht sie da?“

„Tu bitte, was deine Mutter gesagt hat“, gab Mr Banks zurück. „Das hier geht dich nichts an. Es ist besser, wenn du dich da raushältst.“

„Ja, lass dich weiter wie ein dummes kleines Schäfchen behandeln, Jocelyn“, entfuhr es Anna. „Als Frau sollte man früh lernen, dem Patriarchen im Haus zu gehorchen. Stell bloß keine unangenehmen Fragen.“

„Halt die Klappe, Unwissende!“, zischte Mr Banks in ihre Richtung. „Du weißt nicht, mit wem du dich anlegst!“

„Dad!“ Jocelyn starrte ihn entgeistert an. „Was zur Hölle geht hier vor sich?!“

„Schatz, komm, wir gehen rein“, mischte Ms Banks sich ein und ergriff den Arm ihrer Tochter, doch die schüttelte sie verärgert ab und bewegte sich einen großen Schritt von ihren Eltern weg.

„Ihr sagt mir auf der Stelle, was hier los ist!“, verlangte sie und schaute danach verunsichert zu Anna, Lucas und ihren Begleitern hinüber. „Oder *ihr* tut es.“

„Diese jungen Leute haben uns bestohlen – *das* ist hier los“, erklärte Mr Banks rasch. „Sie haben nur nicht damit gerechnet, dass wir dieses grauenvolle Theaterstück früher abbrechen und bereits in der Nähe sind, wenn sie ihren dreisten Einbruch begehen.“ Er gab ein hämisches Lachen von sich. „Dein Tantchen hat sie unten im Keller eingesperrt, weil sie in ihrem hohen Alter nicht die Kraft hat, sie mit Magie zu fesseln, aber, wie du siehst, konnten sie den Fluchtweg finden – was ihnen letztendlich auch nicht geholfen hat. Wir sorgen jetzt dafür, dass sie uns unseren Besitz wiedergeben, bevor wir Meldung bei Ms de Meath machen.“

„Meine Mutter weiß schon über alles Bescheid“, erwiderte Lucas und brachte Jocelyn damit noch mehr durcheinander, weil er ja immer noch in Annas Körper steckte. „Wir haben genügend Beweise für Ihr Komplott gefunden, um Sie für immer wegzusperren und aus der Zaubergemeinschaft zu verbannen.“

Mr Banks gab ein verächtliches Lachen von sich. „Das glaube ich kaum“, erwiderte er und machte einen drohenden Schritt auf ihn zu. Doch Lucas wich nicht zurück, reckte ihm sogar trotzig das Kinn entgegen.

„Ach ja? Ich glaube, dass Sie Angst haben, weil Sie genau wissen, was da unten in Ihrer Kammer zu finden ist“, sagte er mutig.

„Dad?“ Jocelyn klang beinahe weinerlich. „Was erzählt sie da? Und woher weiß sie über die Gemeinschaft Bescheid? Sie gehört doch gar nicht dazu!“

„Geh ins Haus, Jo!“, fuhr Mr Banks seine Tochter an.

Sie zuckte erschrocken zusammen, kam seinem Befehl aber weiterhin nicht nach. Ein Funken Bewunderung für sie glühte in Anna auf. Der eigenen Familie die Stirn zu bieten, war nicht immer leicht.

„Nein!“, trotzte sie ihm nun auch verbal. „Ich will wissen, was das alles soll!“

„Sie wollen uns schaden, Jo!“, mischte Ms Banks sich abermals ein. „Das merkst du doch! Erst beklauen sie uns und dann drohen sie damit, uns mit ihren Lügengeschichten Schwierigkeiten zu machen.“

„Wir haben gar nichts gestohlen“, behauptete Lucas selbstbewusst.

„Und was hat dein Freund da unter seiner Jacke?“, erwiderte Mr Banks spöttisch. „Etwa ein Stützkorsett?“

„Ja, das brauche ich für eine bessere Körperhaltung“, ließ sich Tristan nur allzu bereitwillig auf die Lüge ein.

„So ein Blödsinn!“, knurrte Mr Banks. „Du lügst und obendrein so schlecht.“

„Hey, *Sie* hatten die Idee“, erinnerte Tristan ihn, „und da Sie der *König* der Lügen sind, dachte ich mir, ich probier’s mal.“

„So eine Frechheit!“, stieß Ms Banks aus. „Mein Mann ist kein Lügner!“

Jemand zupfte von hinten an Annas Jacke. „Dreh dich nicht um“, raunte Elli ihr zu. „Kannst du unauffällig Lucas’ Hand nehmen, damit er zurück in seinen Körper geht?“

„Klingt Verräter besser?“, provozierte Tristan die Banks’ weiter.

Ms Banks schnappte empört nach Luft und ihr Mann blähte die Brust auf wie ein verärgerter Hahn.

„Okay – was genau soll mein Vater getan haben?“, wandte Jocelyn sich aufgeregt an Lucas und Anna. „Raus damit!“

„Kind! Das tut doch nichts zur Sache!“, keifte Ms Banks, während Anna nickte, um endlich Ellis Frage zu beantworten. Unauffällig trat sie dichter an Lucas heran.

„Diese Leute sind gefährlich“, behauptete Ms Banks, „und du musst jetzt *unbedingt* ins Haus gehen, damit sie dich nicht auch noch bedrohen!“

„Lucas“, zischte Elli hinter ihm. „Kannst du Mr Banks mit Magie angreifen, wenn du zurück in deinen Körper gehst, damit Tristan mit dem Spiegel abhauen kann? Ich werde dich unterstützen, so gut ich kann.“

„Ich will erst wissen, was ihr ihm vorwerft!“, beharrte Jocelyn auf ihrer Frage und machte einen Schritt auf Anna zu. Mr Banks packte sie am Arm und zog sie zurück. Offenbar hatte er in der Tat ein wenig Angst um seine Tochter.

„Mir reicht es jetzt!“, grollte Mr Banks und Anna griff instinktiv nach Lucas’ Hand. Keinen Moment zu früh, denn nur Sekunden später spannte Mr Banks seinen ganzen Leib an und stieß beide Hände weit geöffnet nach vorn.

„Abwehrzauber!“, rief Lucas, der gerade erst zurück in seinen Körper gekehrt war, und streckte ebenfalls seine freie Hand nach vorn aus, zeitgleich mit Elli. Zunächst unsichtbar flammten die beiden Energieschübe beim Aufeinanderprallen in einem grellgelben Licht auf und ließen dabei sogar ein paar Funken in den Himmel steigen. Anna fühlte die starke Ladung überall auf ihrer Haut. Sämtliche feine Härchen stellten sich auf und ihr ganzer Körper kribbelte.

„Warte, Tristan!“, rief Elli alarmiert, weil ihr Freund den Anschein erweckte, ihren eigentlichen Plan noch ausführen zu wollen. „Du kannst nicht aus dem Schutzschild heraus! Die stürzen sich sofort auf dich!“

Tristan stoppte ab und stellte sich direkt hinter seine Freundin, die einen sehr angestrengten Eindruck machte. Sie stand nach wie vor mit ausgestreckten Armen da und hielt zusammen mit Lucas die Energiewand aufrecht, die sie vor den Angriffen von Mr und inzwischen auch Ms Banks schützten. Beide vollführten seltsame Bewegungen mit den Händen und feuerten Zauber über Zauber auf sie ab, die jedes Mal erst farblich sichtbar wurden, wenn sie auf den Schutzschild prallten. Fühlen konnte Anna sie allerdings auch, denn die Luft um sie herum vibrierte und knisterte bedrohlich.

Warum nur hatte sie selbst keine magischen Kräfte? Als Normalsterbliche konnte sie überhaupt nichts tun und das fühlte sich einfach nur furchtbar an. Ewig konnten Lucas und Elli den Schutzschild bestimmt nicht aufrechterhalten. Sie schwitzten bereits und wirkten extrem angespannt. Wie es um die Kräfte der Banks’ stand, konnte Anna durch das grelle Licht der Zauber nicht richtig erkennen, aber sie stellte fest, dass Jocelyn sich nicht nur aus dem Kampf heraushielt, sondern sogar fassungslos zusah.

„Jo!“, rief Anna ihr zu. „Bitte hilf uns! Wir haben nur versucht, den Zauber zu brechen, den dein Vater auf uns gelegt hat, um Lucas’ Mutter zu schaden.“

Jocelyn wandte sich aufgebracht ihrem Vater zu. „Dad! Ist das wahr?“

Mr Banks ließ die Arme sinken und seine Frau tat es ihm nach. Dennoch wagten Lucas und Elli es nicht, den Schutzschild fallen zu lassen.

„Tristan“, vernahm Anna Manjas Stimme aus dem Sattelitentelefon, das immer noch angeschaltet war. „Nutz das H75-13K. Damit kannst du die Angriffszauber destabilisieren oder gar auflösen, wenn sie nicht extrem stark sind. Dann kostet es Elli und Lucas nicht so viel Kraft, den Schutzzauber weiter zu halten.“

Versteckt hinter Anna und Lucas griff Tristan mit einer Hand umständlich in seinen glücklicherweise seitlich hängenden Rucksack und holte eiligst das Gerät heraus.

Indessen hatte Mr Banks sich tatsächlich ernsthaft seiner Tochter zugewandt. „Niemandem ist etwas Schlimmes widerfahren“, versicherte er ihr, deutlich schwerer atmend als zuvor. Das bedeutete, die Angriffe hatten auch ihn geschwächt. Ein tröstender Gedanke.

„Wir brauchen dringend eine neue Führung“, kam Ms Banks ihrem Mann zur Hilfe. „Da waren wir uns doch alle einig.“

„Was wollt ihr damit sagen?“, fragte Jocelyn mit dünner Stimme.

„Wie wäre es, wenn wir uns unauffällig Richtung Tor bewegen?“, flüsterte Tristan hinter Anna.

Ein Blick über die Schulter ließ sie feststellen, dass er das von Manja genannte Gerät aktiviert und auf die Banks ausgerichtet hatte, während er mit einer Hand weiterhin den Spiegel unter seiner Jacke verborgen hielt. Sie waren für den nächsten Angriff gewappnet. Nichtsdestotrotz hielt Anna seinen Vorschlag für eine gute Idee. Je näher sie dem Tor und damit der Möglichkeit zur Flucht kamen, desto besser.

„Dein Vater hat einen guten, humanen Weg gefunden, Ms de Meath zum Rücktritt zu bewegen“, erklärte Ms Banks weiter. „Das Schicksal hat uns ein Artefakt Merlins in die Hände gespielt, das wir dazu nutzen können. Und dieses Artefakt versuchen deine Freunde hier zu stehlen.“

„Aber … aber es ist verboten, Magie gegen andere Menschen einzusetzen“, stammelte Jocelyn aufgewühlt.

„Genau dieses Gesetz hat dir doch immer missfallen“, versuchte Ms Banks ihre Tochter weiter für sich zu gewinnen. „Du hast selbst gesagt, dass es immer wir Magier waren, die im Laufe der Geschichte durch die Unwissenden leiden mussten, und es schon erlaubt sein sollte, Magie wenigstens zur Selbstverteidigung auch gegen Normalsterbliche einzusetzen. Wir tun gerade nichts anderes hier – wir verteidigen uns nur.“

„Aber *ihr* habt doch eben angegriffen!“, hielt Jocelyn dagegen.

„Ja, weil diese jungen Leute uns schaden wollen“, brachte Mr Banks die nächste Ungeheuerlichkeit hervor, „so wie Ms de Meath der ganzen Zauberergemeinschaft schadet.“

„Das ist eine unverfrorene Lüge!“, entfuhr es Lucas aufgebracht. „Meine Mutter hat immer das Wohl aller Menschen im Auge – das unsrige *und* das der Unwissenden! Und die meisten Magier sind mit ihrem Führungsstil ausgesprochen zufrieden!“

„Das glaubst aber auch nur du!“, blaffte Mr Banks zurück. „Es gibt einige, die so denken wie wir! Sie trauen sich nur nicht, das Maul aufzumachen. Unter meiner Führung würde es allen besser gehen!“

„Und warum ist die letzte Wahl dann nicht zu Ihren Gunsten ausgefallen?“, konterte Lucas.

Anna zog unauffällig an seiner Hand, die ihre immer noch fest umklammerte. Es war besser, wenn er Mr Banks nicht noch mehr reizte, sodass dieser sich von neuem seiner Tochter zuwenden konnte, denn nur so konnten sie sich unauffällig auf das Gartentor zubewegen.

„Weil deine Mutter betrogen hat“, stieß der Mann erbost aus, „– da bin ich mir ganz sicher und ich werde es auch beweisen, sobald sie versucht euch zu erlösen und dadurch …“

Er brach ab, gerade rechtzeitig, um seiner Tochter nicht sein Vorhaben zu offenbaren. Die schien jedoch allmählich die Nerven zu verlieren.

„ICH WILL ENDLICH WISSEN, WAS DU GETAN HAST!“, schrie sie und stampfte sogar dabei mit dem Fuß auf.

„Dein Vater hat Annas und meine Seele mit Hilfe von Merlins Spiegel und der Haare, die du von uns für den Liebestrank gesammelt hast, vertauscht, um meine Mutter zu erpressen“, antwortete Lucas, bevor die Banks’ sich ein weiteres Mal herausreden konnten. „Wir befinden uns seit ein paar Tagen im Körper des jeweils anderen und können nur kurzzeitig zurück, wenn wir uns so wie jetzt über längere Zeit berühren.“

„Was?!“ Jocelyns Stimme überschlug sich unangenehm. Sie sah ihren Vater aufgelöst an. „Sag, dass das nicht wahr ist!“

Mr Banks’ Brust hob und senkte sich unter dem tiefen Atemzug, den er nahm, dann schüttelte er den Kopf.

„Der Zauber schadet ihnen nicht", erwiderte er, „also reg dich nicht künstlich auf!"

Jocelyn schnappte ein paar Mal nach Luft, ballte schließlich die Hände zu Fäusten und schloss die Augen, vermutlich um sich selbst zu beruhigen.

„Kind, das ist doch alles gar nicht weiter dramatisch", wandte ihre Mutter sich mit Säuselstimme an sie und Mr Banks machte ebenfalls einen Schritt auf seine Tochter zu.

Anna und die anderen bewegten sich synchron und so unauffällig wie möglich in die entgegengesetzte Richtung, dabei Familie Banks nicht aus den Augen lassend.

„Wenn wir zusammenhalten, wird niemandem etwas passieren", redete nun auch Mr Banks auf Jocelyn ein. „Alles wird am Ende sehr viel besser sein als zuvor und … Hey! Bleibt stehen!"

Verdammt! Der Mann hatte ihren Rückzug bemerkt und schoss ohne Vorwarnung einen weiteren Zauber auf sie ab. Tristans Gerät war jedoch immer noch aktiv und verstärkte den Schutzschild, den Lucas und Elli weiter aufrechterhalten hatten. Dieses Mal war das Zusammentreffen der Energien noch deutlicher zu erkennen. Gelbe Flammen und weiße Blitze erhellten die Nacht und schossen in den Himmel. Der Aufprall war so heftig, dass Elli und Lucas zurücktaumelten und dabei gegen Tristan und Anna stießen, die sich nur mit Mühe auf den Beinen halten konnten.

„Durchhalten! Durchhalten!", rief Lucas Elli zu, die bereits drohte, in die Knie zu gehen. Ihr Gesicht war vor Anstrengung verzerrt und auch Lucas' Wangenmuskeln zuckten nervös. Sogar Anna fühlte sich langsam geschwächt, was offensichtlich daran lag, dass sie mit ihm energetisch verbunden war.

„Gebt mir den verfluchten Spiegel!", schrie Mr Banks vollkommen außer sich und kam dabei sogar auf sie zu, die Hände vorgestreckt und unaufhörlich seine Zauberkraft auf sie einpeitschen lassend. „JETZT! SOFORT! Oder ich schwöre, dass ihr es bereuen werdet!"

„DAD!", kreischte Jocelyn. „HÖR AUF!"

Trotz des grellen Lichts der Zauber erfasste Anna, wie Ms Banks ihre Tochter mit beiden Armen umschlang und versuchte sie wegzubringen. Doch sie sah noch etwas anderes: Von der Seite, scheinbar aus dem Nichts heraus, näherten sich weitere dunkle Gestalten im Eiltempo.

Großer Gott! Bekamen die Banks etwa Verstärkung? Dann waren sie geliefert. Gegen so viele Zauberer hatten sie noch nicht einmal mit der Unterstützung von Manjas Geräten eine Chance.

„Adrian Banks – stopp diesen Wahnsinn auf der Stelle!", dröhnte eine tiefe Stimme zu ihnen herüber und der Angesprochene ließ ruckartig die Hände sinken, stolperte sogar entsetzt ein paar Schritte zurück. Das hieß wohl, dass es keine Verstärkung für ihn war, und so wie Lucas sich verhielt, kannte er den Sprecher sogar. Er ließ Hand und Schultern sinken und gab einen tiefen Seufzer der Erleichterung von sich, bevor er fast zur selben Zeit wie Elli geschwächt in die Knie ging. Anna hielt eisern seine Hand fest und hockte sich neben ihn. Ihre Augen wanderten jedoch schnell zu den Neuankömmlingen zurück.

Es waren fünf Personen, die sich ihnen im Licht des Mondes näherten. Zwei Männer und drei Frauen. Und sie machten alle einen fassungslosen bis wütenden Eindruck

– soweit Anna das aus der Entfernung und im Mondschein erkennen konnte.

„Lucas ist mit seinen Freunden in unser Haus eingebrochen, um uns einen wertvollen magischen Gegenstand zu rauben“, verteidigte Mr Banks sich prompt. „Als wir sie aufhalten wollten, haben sie uns angegriffen. Wir haben uns nur verteidigt.“

Lucas schnappte entrüstet nach Luft, aber das war gar nicht nötig.

„Wir haben Nachricht von Ratsherrin de Meath erhalten, die ihren Sohn in großer Gefahr wähnte und uns herschickte“, erklärte der große, bärtige Mann an vorderster Front grimmig. „Auf unserem Weg hierher sandte sie uns mehrere, stichhaltige Beweise für ein Komplott gegen sie. Ein Komplott unter deiner Führung, Adrian!“

Dann waren die Bilder also doch noch gesendet worden! Wahrscheinlich in dem Augenblick, in dem sie aus dem Keller geklettert waren und ihre Handys wieder einen Netzzugang gehabt hatten.

„Das … das ist nicht wahr“, stammelte Mr Banks und wich dabei weiter zurück. „Das ist eine infame Lüge!“

„Wir sind hier, um dich und deine Frau in Gewahrsam zu nehmen“, verkündete eine der Frauen seiner Worte zum Trotz und die Gruppe bewegte sich weiter auf Mr Banks zu, „zumindest solange, bis die Sache geklärt ist.“

Mr Banks starrte schwer atmend zu Anna und den anderen hinüber und sie fühlte, wie Lucas sich erneut anspannte und auf einen weiteren Angriff vorbereitete, selbst aus der sitzenden Position heraus, in der er sich gerade befand. Ihr Herz hämmerte bis hinauf in ihre Kehle, während sie den gefährlichen Mann nicht aus den Augen ließ. Diesem Mistkerl war alles zuzutrauen – insbesondere, da man ihn nun in die Ecke gedrängt hatte.

„Dad", gab Jocelyn, die sich aus dem Griff ihrer Mutter befreit hatte, kläglich von sich. „Bitte geh mit Mr McDougan mit. Denk an deine Familie – wenn du jetzt kämpfst, machst du alles nur noch schlimmer. Und ich brauche dich und Mum."

Ihre Worte zeigten Wirkung. Nicht gleich, aber nach ein paar Sekunden des Verharrens auf allen Seiten, ließ Mr Banks schließlich die Schultern sinken und nickte einsichtig.

„Gut. Ich gehe mit", gab er nach und ließ es zu, dass der Mann, den Jocelyn als Ms de Meaths besten Freund Gawyn McDougan identifiziert hatte, ihm etwas anlegte, das wie modifizierte Handschellen aussah.

„Aber ich habe nicht gelogen!", setzte er vorwurfsvoll hinzu. „Der Junge da hinter Lucas hat ein magisches Objekt bei sich, das mir gehört. Durchsucht ihn, dann werdet ihr es sehen."

„Sie haben uns *wirklich* bestohlen", schluchzte Ms Banks, der man ebenfalls Handschellen anlegte. „Ihr werdet es sehen."

„Wir kümmern uns darum", versprach McDougan. Er übergab Mr Banks an einen seiner Begleiter und kam auf Anna und ihre Verbündeten zu, während eine der anderen Frauen rasch hinüber zu Jocelyn lief. Die hatte inzwischen vollends die Nerven verloren und einen Weinkrampf, der ihren ganzen Körper durchschüttelte.

Mr Banks schaute hinüber zu ihnen, als er abgeführt wurde, voller Hass und Verachtung, und auch die weinende Ms Banks ließ es sich nicht nehmen, ihnen einen überaus vorwurfsvollen Blick zuzuwerfen. Anna schenkte ihnen jedoch keine Beachtung, stattdessen wanderten ihre Augen zurück zu Jocelyn, für die sie nichts anderes empfinden konnte als unendliches Mitleid.

Zauber! Zauber! Sei's gewesen

Das war die dümmste Idee, die du jemals in deinem Leben gehabt hast, Lucas!", waren die ersten Worte, die McDougan an den Jungen an Annas Seite richtete. Der hatte sich mittlerweile genügend erholt, um wieder stehen zu können. Verständnislos schüttelte McDougan den Kopf. „In Mr Banks Haus einzubrechen, ist nicht nur in unserer Gemeinschaft eine Straftat."

„Es war Notwehr", verteidigte Lucas ihr gemeinsames Handeln eilends. „Wenn wir nicht heute gehandelt hätten, müssten wir einen weiteren Monat im falschen Körper verbringen und das hätte größeren Schaden angerichtet, als Mum und dir momentan bewusst ist. Wir hätten unsere eigenen Körper vielleicht für immer verloren."

McDougan legte den Kopf schräg und betrachtete Anna und Lucas genauer. „Aber … du bist doch gerade du selbst", merkte er an.

„Ja, weil ich ihre Hand halte", erwiderte Lucas und erst in diesem Moment wurde sich Anna wieder dessen bewusst. Trotzdem ließ sie seine Finger nur verzögert los, als er diese öffnete. Der Weg zurück in Lucas' Körper war wie gewohnt kurz und brachte sie – ebenfalls wie immer – zum Wanken, nur nicht mehr so deutlich wie zu Anfang. Man gewöhnte sich irgendwann vermutlich an alles.

McDougans Augenbrauen wanderten in die Höhe und er schnalzte mit der Zunge, so als hätte auch er etwas gefühlt. „Das ist ein Ding!", bestätigte er ihre Vermutung. Anscheinend waren Zauberer generell sehr empfänglich für magische Vorgänge. „Ich muss zugeben, dass ich den Geschichten über derartige Zauber nie Glauben geschenkt habe. Ich dachte immer, nichts und niemand hätte solche Macht."

„Das liegt daran, dass die Existenz von Merlins Artefakten von vielen Menschen angezweifelt wird", ertönte Manjas Stimme aus dem Satellitentelefon, das Elli offensichtlich immer noch eingeschaltet hatte.

„Wer genau spricht da?", fragte McDougan erstaunt.

Etwas verlegen trat Elli auf ihn zu, während Manja den Mann mit einem fröhlichen „Hallöchen!" begrüßte.

„Ich bin Special-Protector Manja Simmons von der S.O.o.M.P", setzte sie erklärend hinzu. „Das ist die …"

„… Secret Organisation of Magic Protection", beendete zu ihrer aller Überraschung McDougan ihren Satz.

Die geschockte Stille hielt nicht lange an. „Sie kennen uns?!", brachte Manja etwas zu hoch hervor. Ihre Freude darüber war nur allzu offenkundig. „Endlich werden wir bekannter! Das ist ja so fantastisch!"

„Ja, ich habe von euch gehört", bestätigte der Mann schmunzelnd, „was wohl auch daran liegt, dass ich sozusagen der ‚Außenminister' unserer Gemeinschaft bin. Ich habe meine Augen und Ohren überall."

„Und jetzt müssen Sie noch sagen, dass sie nur Gutes von uns gehört haben“, erwiderte Manja weiterhin hörbar aufgeregt.

„In der Tat“, schmunzelte McDougan. „Insbesondere die überraschend wieder aufgetauchten Lennox-Geschwister haben nur in den höchsten Tönen von Ihnen und Ihrer Organisation gesprochen.“

Manja gab ein unterdrücktes Quietschen von sich. „Ich *liebe* sie! Also nicht Sie, sondern die beiden und einen von beiden noch mehr als den anderen, aber das tut gegenwärtig nichts zur Sache. Es ist so: Der heutige Einsatz musste unbedingt stattfinden, weil wir, wie Lucas schon anmerkte, große Sorgen wegen der Unberechenbarkeit des Zaubers und diverser, bereits belegter Nebenwirkungen hatten. Und ganz ehrlich – es ist auch *sehr* schwer, im Körper eines anderen Geschlechts zu stecken. Was man da zu sehen und gezwungenermaßen auch zu fühlen bekommt …“ Sie seufzte theatralisch, während Anna unweigerlich das Blut ins Gesicht schoss. „Und dann wird es ja *noch* viel schwieriger, wenn man denjenigen oder diejenige, in deren Leib man steckt, sehr mag und …“

„Wir mussten unbedingt handeln“, unterbrach Lucas sie eiligst und Anna war ihm unendlich dankbar dafür „Nicht nur wegen unseres Körpertauschproblems, sondern auch weil meine Mutter in großer Gefahr war und wir befürchteten, dass Mr Banks alle Beweise vernichten und den Spiegel verstecken könnte, wenn er mitbekommt, dass wir ihm auf der Spur sind. Wir durften dieses Risiko nicht eingehen.“

„Zudem ist gerade heute Vollmond“, fügte Manja hinzu. „Unsere Recherche hat ergeben, dass dieses Licht gebraucht wird, um den Zauber zu brechen.“

„Wo ist denn dieser Spiegel, der angeblich von Merlin gefertigt worden sein soll?“, erkundigte sich McDougan.

„Nicht angeblich – es steht *fest*“, verbesserte Manja ihn, während Tristan vortrat und seine Jacke öffnete, um das Artefakt hervorzuholen.

McDougans Augen weiteten sich und er streckte seine Hand danach aus, doch Tristan wich ihm umgehend aus.

„Langsam!“, mahnte er den Mann mit erhobenem Zeigefinger und wandte sich seinen Mitstreitern zu. „Sind wir denn ganz sicher, dass wir ihm trauen können?“

Als ob das Universum ihn gehörte hatte, klingelte plötzlich Lucas' Handy. „Meine Mum“, sagte er nach einem flüchtigen Blick auf das Display und schaltete den Lautsprecher an.

„Lucas?“, brachte Ms de Meath aufgebracht heraus. „Geht es dir gut?“

„Ja, Mum, alles okay“, beruhigte ihr Sohn sie. „Gawyn und ein paar andere sind bei uns und haben die Banks' in Gewahrsam genommen.“

Diese Auskunft genügte Ms de Meath offenbar, um postwendend in den Muttermodus zu fallen. Sie begann so schlimm zu schimpfen und zu fluchen, dass sogar McDougan sein Gesicht verzog, und ging erst auf Lucas' wiederholt eingeworfene ‚Mums‘ ein, als sie mit ihrer Tirade fertig war.

„Du bist auf Lautsprecher“, sagte er schlicht.

Stille trat am anderen Ende der Leitung ein. Dann ertönte ein Räuspern. „Gawyn?“

„Ja, meine Liebe“, erwiderte der Angesprochene grinsend.

„Das bleibt unter uns, ja?“

„Aber natürlich.“

Man konnte hören, wie Ms de Meath tief einatmete. „Gut – schieben wir das mit den Konsequenzen für ein furchtbar unvernünftiges, riskantes Verhalten erst einmal auf“, sagte sie. „Gehe ich recht in der Annahme, dass ihr Merlins Spiegel gefunden habt?“

„Ja“, gab Lucas bekannt.

„Und ihr wisst bereits, wie der Zauber zu brechen ist?“

Abermals konnte Lucas ihre Annahme bestätigen.

„Nun gut, ich denke, in diesem Fall solltet ihr mit Gawyns Hilfe euer Glück versuchen“, verkündete Ms de Meath zu Annas großer Erleichterung. „Ich werde nicht vor morgen früh zuhause sein und es wäre dann doch schön, meinen *richtigen* Sohn in die Arme schließen zu können – obwohl du das eigentlich nicht verdient hast, Lucas.“

„Typisch Mütter“, brummte Tristan im Hintergrund und bekam ausnahmsweise keinen Knuff, sondern ein verständnisvolles Nicken von Elli. Auch sie schien sich allmählich erholt zu haben.

„Alles okay?“, erkundigte er sich sanft.

Sie seufzte leise. „Ja, jetzt weiß ich wieder, warum ich so ungern zaubere.“

„Dafür, dass du es so selten nutzt, war das doch eine ganz passable Vorstellung“, gab Tristan sich weiterhin locker, aber Anna entging nicht der besorgte Blick, mit dem er seine Freundin betrachtete.

„Wir werden unser Bestes geben“, versprach McDougan derweil Ms de Meath und Anna wandte sich nochmals ihm und Lucas zu. „Ich glaube fest daran, dass wir das hinbekommen.“

Das genügte, um Ms de Meath dazu zu bewegen, sich zu verabschieden. Ein paar Herzschläge lang standen sie alle unschlüssig da und sahen sich an. Keiner wagte es wohl, den Anfang zu machen, denn ein jeder wusste um die Schwierigkeiten beim Auflösen des Zaubers. Es war Manja, die sich als erste zu Wort meldete.

„Na, dann legen wir los, oder?“, fragte sie mit hörbarem Enthusiasmus über das Satellitentelefon.

„Dürfte ich fragen, was zu tun ist?“, erkundigte sich McDougan.

„Nun, für uns andere recht wenig“, erwiderte Manja. „Einer muss den Spiegel so halten, dass sowohl Anna als auch Lucas darin zu sehen sind *und* das Licht des Mondes sich in ihm bricht und im Anschluss müssen die beiden zusammen einen irisch-gälischen Zauberspruch aufsagen.“

McDougan schien beeindruckt. „Wie habt ihr das herausgefunden?“, fragte er, während Tristan den Spiegel unter seiner Jacke hervorholte und versuchte, damit das Licht des Mondes einzufangen.

„Wir von S.O.o.M.P. lösen ja nicht zum ersten Mal einen Fall, in dem es um Magie geht“, erklärte Manja. „Ich hab schon als Kind Flüche gebrochen und Zauber rückgängig gemacht und inzwischen ist unser Team im RAA ausgesprochen flink und unglaublich erfolgreich.“

„RAA?“, wiederholte McDougan stirnrunzelnd.

„Recherchieren – Auswerten – Anwenden“, übersetzte Elli schmunzelnd. „Manja liebt Abkürzungen.“

„Wieso auch nicht?“, erwiderte die Genannte. „Sie können eine wahnsinnige Zeitersparnis sein …“

„… oder die Dinge deutlich verzögern, weil andere nichts damit anfangen können und man erstmal alles erklären muss“, murmelte Tristan – glücklicherweise so leise, dass Manja es nicht hören konnte.

„Davon abgesehen sind die Artefakte Merlins meine Leidenschaft“, setzte sie hinzu, „weshalb ich bei der Bearbeitung dieses Falls wunderbar auf die hierzu nötige Lektüre zurückgreifen konnte – was den Lösungsprozess deutlich beschleunigt hat. Und das ganze Team von S.O.o.M.P. ist einfach nur großartig – von der Technikabteilung bis hin zu den Protectoren nur die besten Leute!“

McDougan nickte erfreut. „Wir sollten uns unbedingt mal zusammensetzen und über alles austauschen“, schlug er begeistert vor. „Edwina träumt schon seit Jahren davon, mehr mit wissenden Normalsterblichen zusammenzuarbeiten, und Ihre Organisation scheint ja bestens dafür gerüstet zu sein.“

„Das wäre fantastisch!“, jubelte Manja. „Sehr gern! Wer meldet sich denn bei wem und wie …“

„Manja, können wir uns vielleicht erst einmal darauf konzentrieren, uns zu erlösen?“, unterbrach Lucas sie ungeduldig und wies auf den Spiegel, den Tristan endlich im richtigen Winkel hatte ausrichten können. Anna und Lucas spiegelten sich in ihm genauso wunderbar wie das Mondlicht.

„O ja, natürlich!“, gab die Angesprochene sofort nach. „Wartet … ja, also hier steht, das Mondlicht soll auf eure Gesichter geworfen werden, sodass ihr die Augen schließen müsst. Dann sollt ihr euch an den Händen fassen und gemeinsam den Spruch aufsagen.“

Anna suchte Lucas’ Blick und streckte ihre Hand in seine Richtung aus, die er sogleich ergriff und zuversichtlich drückte. Wie immer transportierte die anhaltende Berührung sie flugs in ihre eigenen Körper zurück und Anna war mittlerweile derart daran gewöhnt, dass sie dabei kaum noch zurückwankte.

„Wir schaffen das“, versprach Lucas ihr mit einem warmen Lächeln, das sie nur allzu gern nickend erwiderte. Mit dem warmen Druck seiner Finger glaubte sie ganz fest daran.

Sobald das Licht des Mondes in ihr Gesicht fiel, schloss Anna die Augen und brachte ihren Verstand dazu, rasch innerlich die Worte aufzurufen, die sie gemeinsam mit Lucas im Zuge der letzten Übernachtung auswendig gelernt und auf dem Weg zum Haus der Banks noch einmal in ihrem Gedächtnis aufgefrischt hatte.

„Ich denke, ihr könnt jetzt starten“, vernahm sie Manjas Stimme aus dem Off und holte tief Atem. Vollkommen synchron mit Lucas begann sie den Zauberspruch aufzusagen und schon nach dem Aussprechen des ersten Wortes fühlte sie, dass etwas mit ihr und um sie herum passierte. In ihrem ganzen Leib begann es zu kribbeln wie nie zuvor und ihr wurde furchtbar warm. Ein lautes Knacken und Knistern war in unmittelbarer Nähe zu vernehmen, so als würde irgendwo eine elektrische Leitung mit Wasser in Berührung kommen. Selbst durch die geschlossenen Augenlider konnte Anna das grelle Leuchten des Spiegels erkennen. Leise ‚Ohs‘ und ‚Ahs‘ waren aus den Mündern der anderen zu vernehmen, während das einzige entzückte Quietschen unter Garantie aus dem Satellitentelefon kam.

Wie damals in ihrem ‚Traum‘ hatte Anna auf einmal das Gefühl in einen Wirbelsturm hineingerissen und danach mit einer unglaublichen Kraft in ihren Körper zurückgedrückt zu werden. Sie schnappte nach Luft, wankte nun doch zurück und riss instinktiv die Augen weit auf. Vor ihr befand sich ein gleißend helles Licht, das sich nur Sekunden später in den Spiegel zurückzuziehen begann, bis es in einem kleinen Punkt in dessen Nebelschwaden verschwand. Auch diese seltsamen Gebilde zogen sich geschwind zurück, bis der Spiegel nur noch das wiedergab, was andere seiner Art gewöhnlich zeigten: das, was sich direkt vor ihm befand und das waren in diesem Fall Anna und Lucas.

Sie beide atmeten schwer wie nach einem Dauerlauf, sahen etwas aufgelöst und durchgerüttelt, aber gesund und munter aus. Ein weiteres Mal suchte Anna Lucas' Blick. Sie war verunsichert, fast nervös. Was war, wenn der Zauber trotz des ganzen magischen Tamtams ungebrochen war? Lucas schaute hinab auf ihre vereinten Hände und anschließend wieder Anna an.

„Wir werden es wohl nur herausfinden, wenn wir uns loslassen", beantwortete er ihre unausgesprochene Frage, die bislang auch keiner der anderen Anwesenden zu stellen gewagt hatte.

Mit schnell klopfendem Herzen blähte Anna die Wangen auf und ließ die Luft entweichen. „Okay", sagte sie mit dünner Stimme und nickte ihm zu.

Auch Lucas atmete tief ein, bevor er seine Finger öffnete und sie ihre Hand wegziehen konnte. Für einen langen Moment wagte Anna es nicht zu atmen, aber ihre Ängste waren unbegründet. Es gab kein Ziehen in ihrem Inneren, kein Kribbeln oder sonstige Regungen, die fast immer einsetzten, wenn sie in Lucas' Körper zurückkatapultiert wurde. Sie blieb, wer sie war: Anna Matthews-Weatherford, eine junge Studentin aus Aylesbury.

Lucas gab ein ersticktes Lachen von sich, das fast im selben Augenblick auch aus Annas Kehle drang. Ihre Augen füllten sich mit Tränen der Freude und schon hatte Lucas sie in seine Arme gerissen, wirbelte sie lachend herum. Nur um gleich darauf innezuhalten und sie erneut loszulassen. Doch abermals war nichts von dem Zauber zu spüren. Sie konnten sich berühren, ohne Angst zu haben!

„Wir sind erlöst!“, stieß Anna unter Tränen aus und gab ein Geräusch von sich, das wie eine Mischung aus Lachen und Schluchzen klang. Im Grunde war es auch genau das, ein Lachschluchzer der tiefen Erleichterung und unbändigen Freude. Dieses Mal war sie es, die sich in Lucas’ Arme warf und ihn so fest drückte, wie sie nur konnte. Er erwiderte die Umarmung voller Inbrunst und kurz fühlte es sich so an, als hätte er ganz flüchtig seine Lippen auf ihre Wange gedrückt. Anna war das gleich. Sie war einfach zu glücklich, um sich Gedanken darüber zu machen – ganz davon abgesehen, dass eine derartige Zuneigungsbekundung ihr so gar nicht missfiel.

Auch die anderen waren in lauten Jubel ausgebrochen – insbesondere Manjas Gejauchze war überaus deutlich zu vernehmen – und als Lucas und Anna einander wieder losließen, wurden sie von ihren Freunden ebenso herzlich gedrückt.

„Bei Merlins Bart – das war ein Spektakel!“, freute Manja sich derweil. „Ich *liebe* meinen Job! Wo bekommt man sonst so was zu sehen?“

„Ich werde die wunderbare Nachricht gleich an deine Mutter weitergeben“, verkündete McDougan, während er bereits sein Handy zückte, und sich damit ein Stück von ihnen entfernte.

„Mann, was für ein Abenteuer“, gab nun auch Elli kopfschüttelnd von sich. „Das kann sich ja schon fast mit unserem eigenen messen.“

Sie stieß Tristan mit dem Ellenbogen an, der aber nicht vollkommen bei der Sache zu sein schien. Seine Aufmerksamkeit ruhte auf dem Spiegel, den er immer noch in beiden Händen hielt, jedoch so, dass dessen spiegelnde Fläche zum Boden zeigte. Wahrscheinlich aus Angst, ansonsten noch versehentlich jemanden damit zu verzaubern.

„Was machen wir denn jetzt hiermit?“, wandte er sich an den Rest der Gruppe. „Wenn ihr mich fragt, sollte der Spiegel unbedingt weggeschlossen werden – ist ja nicht so, dass er deaktiviert wurde.“

„Da stimme ich dir zu“, meldete sich Manja eilends zu Wort. „Keines von Merlins Artefakten sollte unbeaufsichtigt in die Hände eines Magiers oder einer Magierin geraten. Wir haben hier bei S.O.o.M.P. einen sehr sicheren Safe, in dem der Spiegel in Zukunft aufbewahrt werden könnte. Aber wir können das nicht allein entscheiden, denn er war ja im Besitz eines der Mitglieder der ZvE.“

„Ich denke, Edwina wird bereit sein, sich mit euch zusammenzusetzen, um eine optimale Lösung für das Problem zu finden“, ertönte McDougans Stimme hinter ihnen und der Mann trat zurück in ihren Kreis. „Sie dankt euch aus tiefstem Herzen für euren mutigen Einsatz und will alle Helfer kennenlernen, sobald sie wieder im Land ist.“

„Meine neuen Bahntickets nach Oxford sind so gut wie gekauft“, verkündete Manja fröhlich. „Von meiner Seite aus steht dem also nichts im Wege.“

„Das freut mich“, erwiderte McDougan und sah Lucas an. „Ich hab deiner Mutter allerdings auch versprochen, dich nach Hause zu bringen und nicht zu gehen, bis sichergestellt ist, dass dein Vater und deine Schwestern da sind, um auf dich aufzupassen.“

„Ich bin fast zwanzig Jahre alt, Gawyn“, erinnerte Lucas den großen, bärtigen Mann.

„Was nicht bedeutet, dass du auch schon innerlich erwachsen geworden und ein vernunftgesteuerter Mensch bist – wie man ja heute gesehen hat“, konterte McDougan schmunzelnd.

Lucas seufzte geschlagen und suchte den Kontakt zu Annas Augen. „Ich denke, ich hab keine andere Wahl, als mich abführen zu lassen wie ein Straftäter“, sagte er und sie musste lachen. „Sehen wir uns morgen? Es gibt da noch ein paar Dinge, die ich unbedingt mit dir besprechen muss.“

Anna nickte, ohne nachdenken zu müssen. Jetzt, da sie Lucas’ Körper endgültig verlassen hatte, fühlte es sich seltsam, ja fast schmerzhaft an, sich von ihm räumlich trennen zu müssen. Möglicherweise ging es dabei aber auch nicht nur um seinen Körper.

Ein wunderschönes Lächeln zeigte sich auf seinen Zügen und Annas Herz machte ein paar ungestüme Sprünge. „Toll! Dann komme ich morgen Vormittag bei dir vorbei?“

Erneut nickte sie, dieses Mal ebenfalls lächelnd. Für einen kurzen Moment wirkte es so, als würde Lucas sich vorbeugen wollen, um ihr einen nochmals Kuss auf die Wange zu drücken, doch stattdessen nickte auch er ein weiteres Mal und wandte sich von ihr ab. Vielleicht hatte sie sich auch getäuscht – was nichts daran änderte, dass ein Gefühl der Enttäuschung von ihr Besitz ergriff.

„Stopp! Wartet!“, hielt Tristan McDougan und Lucas auf. „Was … was soll ich denn jetzt mit dem Spiegel machen, bis Ms de Meath da ist?“

„Nehmt ihn mit und versteckt ihn an einem sicheren Ort“, schlug McDougan vor. „Ich möchte ihn derzeit weder in der Nähe der Banks’ noch in der eines anderen Zauberers sehen. Und die Arrestzellen befinden sich leider in unserem Hauptsitz.“

„O…okay“, gab Tristan wenig erfreut zurück und wandte sich sogleich zu Elli und Anna um, da McDougan und Lucas bereits weiterliefen. „Greift zu! So einen schönen Spiegel bekommt man nicht alle Tage angeboten!“

„Wir wohnen in derselben Wohnung, Tris“, erinnerte Elli ihren Freund schmunzelnd.

„Stimmt“, stellte er fest und hielt den Auslöser des ganzen Unglücks darauf Anna hin.

Die hob prompt abwehrend die Hände hoch. „Das Ding fasse ich bestimmt nicht an!“, keuchte sie. „Bist du wahnsinnig?!“

„Ich wünschte, *ich* könnte ihn euch abnehmen“, seufzte Manja verzückt durch das Satellitentelefon, „aber leider ist das Beamen ja noch nicht erfunden.“

„Gib schon her“, nahm Elli sich ein Herz und den Spiegel aus Tristans Händen. „Mimose.“

„*Du* hast ihn ja nicht gehalten, als der Spuk losging“, verteidigte er sich. „Glaub mir, das war alles andere als angenehm.“

„Gib mir deine Jacke.“ Elli machte eine ungeduldige, wedelnde Bewegung mit der Hand und nach einem kurzen Stirnrunzeln kam Tristan ihrer Aufforderung nach.

Sie wickelte den Spiegel in die Jacke ein und verknotete diese mit den Ärmeln um ihn herum. Tatsächlich konnte man dadurch nicht mehr feststellen, was sich unter dem Stoff befand. So konnte es auch gut und gern ein etwas größerer Laptop sein.

„Und jetzt?“, fragte Tristan, während er sich die Arme um die Brust schlang. Anna konnte ihn verstehen. Mittlerweile war es doch ein wenig kalt geworden.

„Jetzt gehen wir nach Hause, verstecken den Spiegel und schlafen uns ordentlich aus“, verkündete Elli. „Und morgen treffen wir uns alle noch mal und sprechen über das, was passiert ist, und das, was noch passieren wird.“

Weder Tristan noch Anna hatten etwas dagegen einzuwenden und so machten sie sich endlich auf den Weg zum Gartentor. Nur wenige Meter davor kam ihnen Jocelyn entgegen, das Haar zerzaust und das Gesicht durch die zerlaufene Mascara entstellt. Sie weinte inzwischen nicht mehr, sah aber so unendlich traurig und verloren aus, dass Anna sich gezwungen fühlte, stehenzubleiben und sie anzusprechen.

„Geht’s dir einigermaßen gut?“, erkundigte sie sich vorsichtig.

Jocelyn schüttelte den Kopf. „Ich hasse es immer, allein in diesem riesigen Haus zu sein – und nun ist alles noch viel schlimmer.“ Sie presste die Lippen zusammen, anscheinend um nicht erneut in Tränen auszubrechen.

„Ich dachte, deine Tante wartet da drinnen auf dich“, erwiderte Anna.

Jocelyn gab ein trauriges Lachen von sich. „Die bleibt nicht lange oder sie ist bereits eingeschlafen, wie immer, wenn sie bei uns zu Besuch ist. Sie ist nicht nur ‚magisch‘ nicht mehr ganz fit, wenn du verstehst, was ich meine, und hat von alldem hier draußen mit Sicherheit nichts mitbekommen.“

„Kannst du eventuell bei einer deiner Freundinnen übernachten?“, versuchte Anna, deren Mitleid immer größer wurde, ihr weiter zu helfen.

„Und was soll ich ihr sagen?“, fragte Jocelyn mit erstickter Stimme. „Sieh mich doch an – jeder sieht sofort, dass etwas Schreckliches passiert ist – zudem ist es schon fast Mitternacht. Niemand klopft um diese Uhrzeit an die Tür einer Freundin, wenn es kein Notfall ist. Sie würden unangenehme Fragen stellen und von den dreien weiß nur Laura darüber Bescheid, dass in meiner Familie Hexerei betrieben wird, und ihre Eltern stehen absolut hinter Ms de Meath. Sie wären über das, was meine Eltern getan haben, entsetzt. Ich wäre eine Aussätzige, eine … eine Verräterin …“

Ein herzzerreißendes Schluchzen drang aus Jocelyns Kehle und sie begann wieder zu weinen. Instinktiv legte Anna einen Arm um ihre Schultern, streichelte sie beruhigend.

„Magst du vielleicht mit zu mir nach Hause kommen?“, schlug sie vor. „Wir haben eine recht bequeme Luftmatratze und ich kann meinen Müttern erzählen, dass du Liebeskummer hast und deine Eltern verreist sind. Das hat bei Lucas auch funktioniert – also, als ich noch Lucas war.“

Jocelyn betrachtete sie ungläubig. „Das würdest du für mich tun?“, brachte sie bewegt hervor.

Anna nickte mitfühlend.

„Aber … aber meine Eltern haben dir und Lucas doch so etwas Schlimmes angetan und ich war auch nicht gerade nett zu dir …“

„Wir konnten es ja rückgängig machen und dich trifft keine Schuld am Verrat deiner Eltern. Warum soll ich dich hier aus Rache allein zurücklassen? Noch mehr Tränen und Leid machen die ganze Geschichte sicherlich nicht besser.“

Jocelyns Gesicht erhellte sich deutlich und sie nahm das Taschentuch, das Anna rasch aus ihrer Jackentasche holte, dankbar an. „Danke“, gab sie leise von sich, nachdem sie sich ein paar Mal lautstark und so gar nicht tussimäßig die Nase geschnäuzt hatte. „Du bist echt nett. Tut mir leid, dass ich dich bisher immer so unfreundlich behandelt habe.“

„Alles gut – das hat mir nichts ausgemacht“, winkte Anna ab, während sie bereits weiter auf das Tor zuliefen, an dem Elli und Tristan auf sie gewartet hatten.

„Anna …“, wandte Jocelyn sich erneut an sie, bevor sie in Hörweite der anderen beiden waren. „Sag mal … als ich damals mit Lucas im Hinterzimmer des Clubs war und versucht habe, ihn zu küssen …“

„Jup – das war ich“, beantwortete Anna die ungestellte Frage.

Jocelyn gab ein beschämtes Stöhnen von sich und barg ihr Gesicht in den Händen. „O Gott!“, stieß sie gedämpft aus. „Wie peinlich!“

Aber Anna konnte nichts anderes tun, als darüber zu lachen.

Stunde der Wahrheit

„Man könnte meinen, du bist heute Morgen direkt vom Bett in eine Badewanne der Glückseligkeit und Fröhlichkeit gefallen.“ Mum Jennifer musterte Anna, die ihr gegenüber am Frühstückstisch saß, überaus gründlich. „Ich frage mich, was der Anlass dafür ist.“

„Darf ich nicht mal einfach so gute Laune haben?“, fragte Anna vergnügt zurück und biss ein weiteres Mal beherzt in ihr Toastbrot mit Marmelade. Sie konnte ihren Eltern ja wohl schlecht erzählen, welch ein Genuss es war, endlich wieder und vor allem anhaltend in ihrem eigenen Körper aufzuwachen.

„Hmm … na, ich weiß nicht …“ Jennifer schürzte nachdenklich die Lippen. „Es gibt gute Laune und absolute Glückseligkeit. Für letzteres gibt es fast immer einen guten Grund. Das Gefühl der Glücksseligkeit überkommt mich zum Beispiel immer, wenn deine Mum und ich …“

„Ja, ja, schon gut – ich kann mir denken, wie der Satz weitergeht“, unterbrach Anna sie blitzschnell. „Und nein, ich hatte keinen Sex mit Jocelyn. Sie ist nur eine Freundin. Punkt.“

Jocelyn hatte das Haus relativ früh verlassen, um zu ihren Eltern auf den Hauptsitz der Zauberervereinigung Großbritanniens zu fahren. Es gab für sie noch viele unangenehme Dinge zu regeln, dennoch hatte sie Annas Angebot, sie zu begleiten, dankend abgelehnt.

„Du hast schon so viel für mich getan, obwohl das Handeln meiner Eltern dir das Leben so schwer gemacht hat", hatte sie gesagt. „Ruh dich lieber von all den Strapazen aus. Wenn ich wirklich Hilfe brauche, melde ich mich."

Obgleich Anna nach wie vor großes Mitleid für Jocelyn verspürte, war sie erleichtert gewesen, als diese die Tür hinter sich geschlossen hatte. All die schrecklichen Dinge der letzten Tage hinter sich lassen zu können, fühlte sich wahnsinnig gut an und Anna hatte voller Freude ein wundervolles Frühstück für ihre Mütter und sich gezaubert, mit Kaffee, Tee, Obst, Pfannkuchen, Omelette, Würstchen, Porridge und Toast. Ihre Mums hatten ganz große Augen gemacht und sich wahnsinnig gefreut und es war ein gemütlicher, harmonischer Start in den Tag geworden – bis Mum Jennifer die Frage nach dem Anlass gestellt hatte. Aber so schnell ließ Anna sich nicht aus ihrer wiedergefundenen Ruhe bringen.

„Dann hat sich das mit Lucas womöglich … weiterentwickelt?", musste Jennifer nun obendrein nachhaken.

Anna rollte mit den Augen. „Nein, auch mit ihm habe ich mich nicht in den Laken gewälzt."

Mum Lizzie gab ein Prusten von sich und musste prompt den Schluck Tee, den sie soeben genommen hatte, zurück in die Tasse spucken.

„Darauf wollte ich doch gar nicht hinaus", grinste Jennifer, während sie ihrer erbärmlich hustenden Frau auf den Rücken klopfte. „Ich meinte damit, ob ihr eure Schwierigkeiten aus dem Weg räumen konntet. Bisher habt ihr euch ja nicht so deutlich dazu geäußert, wie eure Beziehung gestrickt ist. Allerdings hatten wir beide das Gefühl, dass zumindest er schon *sehr* mit dem Herzen dabei ist."

„O ja, Anna, du musst uns versprechen, dass du den armen Jungen nie wieder so zum Heulen bringst", fügte Lizzie krächzend hinzu. „Ich wusste gar nicht, was ich machen soll – zumal er ja gleich an meinem Hals hing, als wäre ich seine Vertraute. Hat er dir das erzählt?"

„Ja, er … er war an dem Tag nicht er selbst", erwiderte Anna der Wahrheit gemäß.

„Unsere Tochter, die Herzensbrecherin", seufzte Jennifer.

Anna schüttelte vehement den Kopf. „Nein, nein – *ich* war nicht daran schuld. Das hatte andere, persönliche Gründe."

„Du sprachst am Telefon von Liebeskummer", erinnerte sich Lizzie.

„Ja, aber keinen, den *ich* verursacht hab", stellte Anna klar. „Er wollte sich bei mir aussprechen und weil ich nicht da war, hat er sich halt an eine Person geklammert, die mir nahesteht."

„Geklammert trifft es ganz gut", merkte Jennifer grinsend an. „Wäre schön, wenn das erst wieder vorkommt, wenn er unser Schwiegersohn ist."

„Ha, ha", machte Anna und warf einen kleines Stück Toast nach ihrer Mutter, das sie in der Luft fing und sich sogleich in den Mund schob.

„Jetzt mal im Ernst – seid ihr zwei mittlerweile zusammen oder nur Freunde?“, hakte Jennifer nach und auch Lizzie schaute Anna aufmerksam an.

Tja, was sollte sie dazu sagen? Was sie ihren Eltern im Nachhinein erzählen würden, hatten Lucas und sie noch gar nicht besprochen. War es nicht auch komisch für alle Außenstehenden, wenn sie die gerade erst begonnene Beziehung – welcher Art diese auch sein mochte – bereits als gescheitert darstellten?

„Also, ich … wir …“, stammelte Anna und entschloss sich dazu, noch ein letztes Mal zu lügen. „Ich denke, wir sind schon … irgendwie … ein … Paar.“

„Das heißt, es gab noch kein richtiges Liebesgeständnis?“, hakte nun sogar Lizzie nach.

Anna schüttelte den Kopf und fühlte abermals, wie die Wärme in ihr Gesicht schoss. Nur war sie dieses Mal in ihrem eigenen Körper, was hieß, dass man das besonders gut sehen konnte.

„Mach dir keine Sorgen, das dauert nicht mehr lange“, versicherte Jennifer ihr.

„Wie kommst du darauf?“, erkundigte Anna sich alarmiert.

„Ach, komm schon, du hast ohne Frage selbst bemerkt, wie verliebt der Junge dich ansieht“, erwiderte ihre Mum. „Du hast sein Herz in der Tasche – glaub mir!“

Anna war sprachlos. *Sie* war doch in den letzten Tagen Herrin über Lucas’ Körper gewesen. Hatte sie ihn etwa die ganze Zeit über verliebt angesehen – oder zumindest danach ausgesehen? Allerdings waren sie beim Nachtimbiss in ihrem Elternhaus in ihre *eigenen* Körper geschlüpft.

Ihr Herz klopfte sofort schneller und sie verspürte ein vertrautes Flattern in ihrem Bauch. Jennifer hatte gesehen, wie der *echte* Lucas die *echte* Anna ansah und schloss daraus … Jetzt machte ihr armes Herz sogar ein paar eindeutig erfreute Sprünge.

„Auf jeden Fall sind wir froh, dass es dir wieder richtig gut geht und du etwas mehr Zeit in dein Privatleben investierst", sagte Mum Lizzie. „Mit all diesen … inneren Konflikten, an denen du uns nicht beteiligen wolltest, warst du schon etwas … anders. Vor allem am Donnerstagmorgen."

Die Sorge, die immer noch aus Lizzies Augen sprach, veranlasste Anna dazu, ihre Hand auf die von ihr zu legen und sie sanft zu drücken.

„Ich verspreche euch, dass ich nie wieder so komisch sein werde", sagte sie nachdrücklich und bedachte auch Jennifer mit einem liebevollen Blick. „Ich bin wieder ganz ich selbst und werde das für immer bleiben."

Jennifers Hand legte sich auf Annas und ihre Mütter nickten bewegt, bevor sie einander losließen. Fast zur gleichen Zeit gab Annas Handy ein Brummen von sich. Es war eine Nachricht von Lucas, die ein bestimmtes, ohnehin schon überbeanspruchtes Organ einmal mehr erfreut hüpfen ließ.

‚Bin vor eurer Gartentür', stand da. ‚Können wir vielleicht draußen quatschen? Ich würd mich drinnen nicht so wohlfühlen.'

Sein Besuch war keine Überraschung, da er diesen nicht nur in der gestrigen Nacht angekündigt, sondern auch noch am Morgen gefragt hatte, ob es in Ordnung war, wenn er bald zu ihr kam. Trotzdem wurde Anna ganz kribbelig und nervös.

„Ich … also, Lucas ist draußen und wir … wir wollen ein bisschen im Garten was … bereden“, stammelte sie, sich bereits erhebend. „Ist das okay?“

„Aber immer doch“, grinste Jennifer, während Lizzie nur mit einem wissenden Lächeln nickte.

Anna hastete in den Flur, riss ihre Jacke vom Kleiderhaken und war nur eine halbe Minute später auf dem Weg zum Gartentor. Lucas stand wie angekündigt direkt davor und sah in seinem dunklen Mantel, dem legeren weißen Hemd und dunklen Jeans mal wieder unverschämt gut aus. Dieses Mal konnte sie das jedoch nicht ignorieren. Ganz im Gegenteil – ihr ohnehin bereits ungewöhnlich schneller Puls beschleunigte sich noch weiter und die Schmetterlinge in ihrem Bauch vermehrten sich ohne Unterlass. Möglicherweise lag das aber weniger an Lucas’ gutem Aussehen, sondern vielmehr daran, *wie* er sie anschaute: so zugeneigt und interessiert. Vielleicht lag Jennifer mit ihrer Behauptung gar nicht so falsch.

„Hi“, begrüßte er Anna und seine Brust weitete sich, als würde er erst in diesem Moment weiteratmen.

„Hi!“, gab sie ebenfalls etwas atemlos zurück. Das war auch schon alles, was ihr einfiel. Leider erging es ihm nicht anders. Stattdessen starrten sie sich nur an, als hätten sie sich ewig nicht gesehen und müssten den Anblick des anderen erst einmal in sich aufsaugen.

Das war doch idiotisch! Anna schüttelte sich innerlich und holte tief Luft. „Du hättest ruhig reinkommen können“, sagte sie, während sie kurzerhand die Gartentür öffnete und eine einladende Geste mit der freien Hand machte.

„Ich wollte nicht unhöflich sein“, gab er mit einem schiefen Lächeln zurück und folgte ihr am Haus vorbei in den Hintergarten. „Ich bin für deine Mütter ja trotz unseres Mitternachtsschmauses noch ein Fremder – auch wenn sie das für mich längst nicht mehr sind und irgendwie …“ Er gab ein frustriertes Schnaufen von sich. „Ich komme mir irgendwie wie ein Betrüger vor, der sie an der Nase herumgeführt hat.“

„Das bist du aber nicht“, versicherte Anna ihm. „Ebenso wenig wie ich. Ganz im Gegenteil – wir sind die Opfer eines fiesen Komplotts gewesen, vor dem wir deine Mutter glücklicherweise bewahren konnten.“

Er nickte zustimmend, sah aber nichtsdestotrotz ein wenig unglücklich aus, sodass Anna instinktiv seine Hand ergriff und sie behutsam drückte. „Hey, es ist nicht schlimm, dass du noch Probleme mit den verrückten Dingen hast, die uns widerfahren sind. Mir geht es genauso, aber … wir sollten einfach das Gefühl genießen, wieder wir selbst zu sein, und versuchen, nach und nach zu vergessen, was passiert ist.“

Lucas schürzte nachdenklich die Lippen, doch das Nicken, das sie erwartet hatte, kam nicht. Stattdessen schaute er hinab auf ihre vereinten Hände. Anna ließ ihn reflexartig los und lachte verlegen. „Macht der Gewohnheit“, erklärte sie.

Auch auf seinen Lippen zeigte sich wieder ein kleines Lächeln. „Ja“, stimmte er ihr leise zu und der Blick seiner Augen wurde dabei so tief, dass Anna der Atem stockte. Für einen kurzen Augenblick dachte sie, er wolle sich hinunterbeugen, um sie zu küssen, aber dann wandte er sich ab und ließ sich auf der kleinen Holzbank nieder, auf der Anna im Sommer schon so manch schöne Lesestunde verbracht hat. Enttäuschung machte sich überdeutlich in ihr breit und brachte die erschreckende Erkenntnis mit sich, dass an Mum Jennifers Behauptung wahrscheinlich doch nichts dran war.

„Ich soll dich herzlich von meiner Mutter grüßen und mich vielmals entschuldigen, dass wir dich in dieses Drama mit reingezogen haben“, verkündete Lucas nun etwas fröhlicher. „Sie will dich unbedingt kennenlernen – möglichst noch heute Abend. Wenn sie kochen könnte, würde sie ein wundervolles Mahl für dich und die anderen vorbereiten, da sie darin allerdings eine absolute Versagerin ist – ihre Worte, nicht meine – würde sie etwas Leckeres von ihrem Lieblingsrestaurant herankarren lassen.“

„Oh, das ist sehr lieb“, erwiderte Anna überrascht. „Darf ich mir das noch überlegen? Ich bin nicht sicher, ob ich es bereits so früh verkrafte, mich aus den schützenden Armen meiner Mütter zu lösen.“

„Verständlich“, gab Lucas mit einem kleinen Lachen zurück. „Aus meiner Sicht hast du alle Zeit der Welt.“

„Wann ist deine Mum denn nach Hause gekommen?“, wollte Anna wissen.

„In den frühen Morgenstunden. Es war halb fünf, um präziser zu sein, und das weiß ich so genau, weil sie mich aus dem Schlaf gerissen und geknuddelt hat, als wäre ich wieder sieben Jahre alt und gerade von meiner ersten Klassenfahrt zurück.“

Anna gab ein Prusten von sich. „Ich dachte, sie wollte dir die Ohren langziehen.“

„Das hat sie dann später, zu einer etwas annehmbareren Zeit gemacht“, grinste Lucas. „Keine Sorge, so schlimm war es nicht. Sie hat mir nur noch einmal klar gemacht, dass wir als magisch begabte Menschen besonders vorsichtig sein und immer verantwortungsvoll handeln müssen und so weiter und sofort. Von einer Bestrafung wie Hausarrest hat sie abgesehen, da ich zwar noch unter ihrem Dach lebe, aber ein junger Erwachsener bin, der sicherlich begreift, was er falsch gemacht hat, und aus seinen Fehlern die richtige Konsequenzen zieht. Meine kleine Schwester fand das wie üblich total ungerecht und jetzt redet sie nicht mehr mit meiner Mum und mir – du kennst sie ja."

„Ein bisschen", erwiderte Anna schmunzelnd. Wenn sie ehrlich war, vermisste sie Lucas' Familie schon ein wenig – obgleich sie ihre eigene für kein Geld der Welt würde eintauschen wollen.

„Gibt es auch bereits Neuigkeiten von den Banks'?", fragte sie.

„Mehr oder weniger. Gawyn hat noch in der Nacht einen Durchsuchungsbefehl erhalten und sie haben alle Beweise aus Mr Banks Zauberkammer mitgenommen. Ich denke, damit können sie ihn für eine lange Zeit hinter Gitter bringen. Inwieweit Ms Banks in die ganze Sache involviert war, muss sich noch herausstellen. Ich vermute, sie könnte durchaus mit einem blauen Auge davonkommen und das wäre Jocelyn ja nur zu wünschen. Ist sie eigentlich noch da?" Lucas richtete sich etwas mehr auf und spähte hinüber zum Haus.

„Nein, sie ist heute früh am Morgen gegangen, um zu eurem Hauptsitz zu fahren", erklärte Anna.

„Oh, dann muss das eine deiner Mütter gewesen sein", bemerkte Lucas.

„Was?!" Anna wandte sich entsetzt um, konnte aber niemanden an einem der Fenster entdecken.

„Sie ist schon wieder weg“, gab Lucas mit einem Lächeln bekannt. „Offenbar wollte sie nur sicherstellen, dass wir hier keinen Unsinn machen.“

Annas Herz machte einen kleinen Hüpfer. „Unsinn?“

„Na, du weißt schon …“, erwiderte er verlegen. „Vielleicht halten sie mich für keinen so guten Fang …“

„So ein Quatsch!“, entfuhr es Anna, ohne nachzudenken, „wenn *du* kein guter Fang bist – wer dann?“ Sie hielt erschrocken inne, während Lucas’ Augen erfreut aufleuchteten.

„Ich meine, sie … sie konnten dich ja nun wirklich gut kennenlernen und mochten dich sehr“, ergänzte sie eilig.

„Anna, ich war du“, erinnerte Lucas sie schmunzelnd. „Natürlich mochten sie mich.“

„Das meine ich nicht und beim mitternächtlichen Essen warst du schon du selbst und sie waren ganz begeistert von dir … also, finde ich, weil ich … also du … wir …“ Sie brach hilflos ab und hielt gleich darauf den Atem an, weil Lucas ihre Hände ergriff.

„Mir ist das eigentlich auch egal“, gestand er ernst, „denn ehrlich gesagt möchte ich nur, dass *du* mich magst.“ Er sah sie fragend an und was sie in seinen Augen fand, überraschte sie. Da war so viel Unsicherheit und Angst, aber auch Hoffnung und Sehnsucht.

Anna schluckte schwer. Im Grunde war die Antwort auf diese ungestellte Frage sonnenklar, dennoch konnte sie sich noch nicht dazu überwinden, sie auszusprechen. Ein kleiner Teil von ihr wehrte sich noch gegen ihre eigenen Gefühle, versuchte ihr einzureden, dass das mit ihnen nicht gutgehen konnte und sie sich nur selbst daran hindern würde, ihren Lebenszielen näherzukommen.

Ein Hauch von Enttäuschung zeigte sich in Lucas' Augen, doch er schien noch nicht aufgeben zu wollen. „Du hast das nie gemerkt, oder?", fragte er mit einem schiefen Lächeln. „Dass ich mich rettungslos in dich verknallt habe und zwar genau in dem Moment, in dem du mir im Literaturkurs zum ersten Mal gezeigt hast, dass man sich besser nicht unvorbereitet mit einer Anna Matthews-Weatherford anlegt. Ich war erschrocken und fasziniert zur selben Zeit und fühlte mich zu dir hingezogen wie noch nie zuvor zu einem Mädchen."

Annas Herz machte keine Hüpfer mehr. Es hämmerte wie wild gegen ihren Brustkorb, während sich dieser mit wundervoller Wärme füllte und die riesige Schmetterlingsfamilie in ihrem Bauch Purzelbäume schlugen. Lucas de Meath hatte sich in sie verliebt. LUCAS DE MEATH hatte sich in SIE verliebt!

„Du hast mich vollkommen aus dem Konzept gebracht", gestand er weiter, „aber anstatt dir das zu sagen und dir zu zeigen, dass ich dich mag, hab ich mich auf diese wachsende Rivalität zwischen uns eingelassen. Ich fand es unglaublich reizvoll, auf diese eher ungewöhnliche Weise herauszufinden, wer du bist – und um dieses kämpferische Funkeln in deinen Augen wieder und wieder zu sehen. Ich hab deswegen sogar bewusst nach Kursen gesucht, in denen du dich eingetragen hast, und hab diese dann ebenfalls besucht. Ja, ich weiß, das hat schon was von Stalking, doch ich konnte einfach nicht anders." Er seufzte leise. „Es tut mir wahnsinnig leid und mittlerweile verstehe ich mich selbst nicht mehr. Normalerweise kann ich Körbe ganz gut verkraften, aber den von dir wollte ich mir nicht holen."

„Körbe?“, brachte sie in einer leicht schrägen Tonlage hervor. „*Du* bekommst Körbe?“

Er hob die Schultern und nickte. „Joa … in der zweiten Klasse zum Beispiel wollte Laureen Holly nicht ihr Pausenbrot mit mir teilen und löste unsere Verlobung auf, weil ich nicht aufhörte zu betteln.“

Anna musste lachen. „Das zählt nicht“, behauptete sie und lief dabei rot an, weil Lucas sie nun auch noch so verliebt betrachtete. Dieses Mal entschied sich ihr Herz doch wieder für ein paar aufgeregte Hopser.

„Verachtest du mich jetzt?“, hakte er leise nach.

„Wegen der geplatzten Verlobung?“, stellte sie sich bewusst dumm. „Nö. Das ist mir auch schon passiert.“

„Ach?“ Lucas hob verwundert die Brauen.

„Er hieß Tobias Mullroy und ich weinte ihm bittere Tränen nach“, erklärte Anna, froh darüber die bislang recht ernste Konversation auflockern zu können.

Lucas bemühte sich, eine mitfühlende Miene aufzusetzen. „War es auch ein Pausenbrot, das euch auseinanderriss?“

„Nein, das Weihnachtsgebäck meiner Mutter, das ich heimlich in der Pause ohne ihn aß“, gestand Anna beschämt.

Beide mussten lachen – bis sie feststellten, dass Annas Hände immer noch von Lucas gehalten wurden. Ruckartig wurden sie wieder ernst und ein paar Sekunden lang schien es sogar ihm schwerzufallen, den Blick erneut zu heben.

„Du musst nicht gleich etwas zu all dem sagen“, gab er leise von sich und seine Augen fanden nun doch wieder zu ihren zurück, abermals mit dieser sichtbaren Angst vor Abweisung in ihnen. „Ich konnte es nur nicht länger für mich behalten und dachte, es ist besser, es möglichst zeitnah zu wagen, bevor wir aus lauter Verlegenheit in unsere alten Muster zurückfallen und es keine Chance mehr gibt, mehr aus dem zu machen, was … was zwischen uns entstanden ist. Denn ich fühle irgendwie, dass da etwas ist, … dass du mich vielleicht zumindest als einen Freund wahrnimmst?“

Der Hundeblick, der seinen Worten folgte, war zu süß, um ihm widerstehen zu können, und riss erfolgreich die letzte Mauer ein, die Anna um ihre Gefühle aufgebaut hatte. Sie entzog Lucas ihre Hände, aber nur, um damit seinen Kopf zu umfassen, ihn an sich heranzuziehen und ihre Lippen auf seine zu pressen. Es fühlte sich wahnsinnig gut und einfach richtig an. Seine Lippen waren warm und weich und liebkosten die ihren sofort auf so zärtliche und doch drängende Art und Weise, dass sie jegliches Gefühl für Raum und Zeit verlor. Ihr ganzer Leib kribbelte und vibrierte und dieses Mal war keine Zauberei daran schuld, sondern nur die intensiven Gefühle, die der Kontakt zu seinen Lippen und seinem Körper erzeugte, an den er sie so himmlisch dicht herangezogen hatte.

Etwas atemlos und mit erhitzten Wangen lösten sie sich schließlich voneinander, zumindest so weit, dass sie sich in die Augen schauen konnten. Annas Herz hämmerte wie wild und ihr war ein wenig schwindelig, dennoch war sie so glücklich wie noch nie zuvor in ihrem Leben.

„Heißt das, du magst mich auch?“, wagte er es doch tatsächlich schmunzelnd zu fragen.

„Nein, in meiner Familie zeigt man den Leuten auf diese Weise, wie sehr man sie hasst“, gab sie sarkastisch zurück.

Lucas machte ein betroffenes Gesicht. „Oh, dann werde ich mich diskret zurückziehen“, sagte er und machte in der Tat Anstalten, sie loszulassen.

„Wag es nicht!“, drohte sie ihm, schlang ihre Arme fest um seinen Nacken und küsste ihn erneut. Sie fühlte sein Lachen, das aber sogleich erstickte, weil sie ihm so hingebungsvoll zeigte, wie sehr sie ihn mochte, dass kein weiterer Zweifel mehr Bestand haben konnte.

Epilog

Es war seltsam: Manche Dinge waren gleichermaßen neu und aufregend, bargen jedoch zur selben Zeit etwas unheimlich Vertrautes in sich.

Anna lehnte sich zur Seite, bis ihr Kopf an Lucas' Schulter zu liegen kam. Wie selbstverständlich beugte er sich zu ihr herunter und hauchte einen zarten Kuss auf ihr Haar, der ein angenehmes Kribbeln durch ihren Körper sandte. Niemand hätte ihr noch vor nur einer Woche erzählen können, dass sie sich in Lucas de Meaths Gegenwart einmal so gut, so geborgen fühlen würde. Allerdings schien der Beginn der Woche ein halbes Leben lang her zu sein. So viel war passiert. Schlimmes und Gutes. Neue Freunde hatten sich gefunden und für Anna, die bis dato eigentlich nicht das Gefühl gehabt hatte, dass ihr etwas fehle, hatte sich noch etwas mehr gefunden. Jemand, um genau zu sein.

Es war Montagnachmittag und Lucas und sie saßen einmal mehr in der kleinen Studentenbude von Tristan und Elli. Zum ersten Mal, seit sie die beiden kannte, hatte Anna Zeit und Muße gehabt, sich in Ruhe umzusehen. Es war erstaunlich, wie viel man auf so verhältnismäßig kleinem Raum unterbringen, wie viel Gemütlichkeit man schaffen konnte. Der Großteil der Einrichtung war laut

Ellis Aussage bereits vorhanden gewesen, doch überall gab es kleine Extras, die den Räumen eine persönliche Note verliehen.

„Froh, wieder du selbst zu sein?“, schmunzelte Elli, die gerade ein paar Tassen heißen Tee auf den Couchtisch vor ihnen stellte und sich dann auf einen der beiden Stühle setzte, die Tristan aus der Küchenecke herangeholt hatte.

Anna nickte. „Wenngleich es mich mit dem Tauschpartner zweifellos schlimmer hätte treffen können.“

„Ähm … dito und … danke, … denke ich“, gab Lucas zurück und alle lachten.

„Es hätte ja auch Jocelyn sein können … ich mein ja nur …“, gab Anna zu bedenken und Lucas’ Zustimmung bestand in einem nachdrücklichen Nicken.

„In einer Parallelwelt durchaus!“, mischte sich Manja ein, die neben ihnen auf der Couch saß. Die Special Protector war am gestrigen Nachmittag zu ihnen gestoßen und obwohl Anna sie zuvor nur über den Bildschirm kennengelernt hatte, hatte es sich so angefühlt, als würde sie eine gute Freundin wiedersehen.

„Parallelwelten gibt es also auch?“, stöhnte Anna auf.

„Es gibt so ziemlich alles“, lächelte Manja wissend und Anna schüttelte den Kopf.

„Ich werde mich nie wieder darüber beschweren, dass mein Leben ereignislos ist, denn genau jetzt hätte ich für eine Weile gerne ein bisschen Normalität. Ganz langweilige Normalität, bitte.“

„Ooh, das heißt, ihr werdet keine neuen Mitglieder bei S.O.o.M.P.?“, erkundigte Manja sich und machte tatsächlich einen etwas enttäuschten Eindruck.

Anna und Lucas sahen sich kurz an. Anna hatte für ihren Teil zugegebenermaßen erst einmal andere Bedürfnisse als die nach weiteren magischen Abenteuern. Für Lucas wiederum war das ja ohnehin Teil seines Lebens. Wenn sie ehrlich war, hatte sie noch gar nicht so weit gedacht. Einen Freund zu haben, der Zauberer war, und auch andere Leute mit speziellen Fähigkeiten zu kennen, war etwas, an das sie sich erst einmal gewöhnen musste – genauso wie an den Umstand, dass sie selbst eine Seherin war. Glücklicherweise wurde sie gegenwärtig von weiteren Visionen verschont und träumte nur von schönen Dingen.

„Manja verspürt immerzu diesen unwiderstehlichen Drang, die Soomp-Family zu vergr-“ Weiter kam Tristan erst einmal nicht, weil ihm ein Kissen an den Kopf flog.

„-ößern“, schloss er dessen ungeachtet und die Werferin blickte ihn mit einer Mischung aus Entrüstung und Belustigung an.

„S-O-o-M-P – al-les ein-zeln!“, wiederholte Manja mit Nachdruck. An der richtigen Aussprache ihres Unternehmens schien ihr wirklich etwas zu liegen, wofür Anna volles Verständnis hatte. Namen waren schließlich alles andere als Schall und Rauch.

Tristan öffnete provozierend den Mund, doch eine Hand legte sich sofort darüber und Elli sah ihn mit hochgezogenen Brauen an. Tristan ergriff ihre Hand, hauchte einen Kuss darauf und blieb überraschenderweise still.

„Also, ich würde schon gerne mit dir“, nahm Lucas den eigentlichen Gesprächsfaden wieder auf, in die Runde sehend, „*euch* in Kontakt bleiben.“

„Das will ich ja auch!“, bekräftigte Anna. „Allerdings so auf normale freundschaftliche Art.“ Die anderen schauten sie an, verstehend, aber auch teils abwartend … hoffend? Genau deuten konnte sie es nicht. Und seit wann war ‚normal' ihr Lieblingswort?

„Erstmal", fügte sie hinzu. „Auch wenn ich euch gar nicht genug danken kann – diese neuen … Dimensionen meines Lebens sind", sie rang um die passenden Worte, „also an die muss ich mich erst mal gewöhnen."

„Das ist mehr als verständlich", antwortete Elli.

„Klar", sagte auch Tristan und machte eine abwinkende Geste, „der Blutschwur und dein Eintrag ins BdE – also das Buch der Eingeweihten, mit dem du deine Seele dem Unheiligen weihst, laufen ja nicht weg."

Anna verschluckte sich beinahe an ihrer eigenen Spucke, während Lucas' Kopf mit einem schallenden Lachen in den Nacken flog. Normalerweise war sie nicht so schnell zu erschrecken, aber die letzten Tage forderten immer noch ihren nervlichen Tribut.

„Tristan!", wies Elli ihren Freund erneut zurecht, doch der zuckte nur grinsend die Schultern.

„Sorry", entschuldigte er sich nicht besonders überzeugend. Elli und Manja hatten es bestimmt nicht leicht mit ihm. Trotz seiner manchmal recht forschen Art hatte Anna ihn ebenfalls längst in ihr Herz geschlossen. Wo traf man schon auf zuvor wildfremde Leute, die einem quasi umsonst das Leben retteten und dabei halfen, aus einer solchen Misere herauszukommen? Anna war nie der Typ für einen großen Freundeskreis gewesen, aber nun gleich drei auf einmal dazubekommen zu haben, fühlte sich gut an.

„Diverse Blödeleien mal beiseitegeschoben – mein Angebot, für dich mehr über deine Gabe und deine wahrscheinliche Verwandtschaft mit Madame Lenormand herauszufinden, bleibt natürlich bestehen“, wandte Manja sich an sie.

Im Laufe des gestrigen Tages und abends bei den de Meaths hatte Anna mit der Special-Protector zum ersten Mal ernsthaft und ohne Ablehnung über ihre Seher-Gabe gesprochen und Manja sogar ihren Geburtsnamen verraten. Manja hatte sich sehr zusammengerissen, aber Anna hatte ihr dennoch angemerkt, wie begeistert sie über diese Informationen gewesen war und dass sie am liebsten gleich zur Tat geschritten wäre. Doch die Special Protector war ein feiner Mensch und hatte offenbar gespürt, dass Anna noch eine gewisse Zeit brauchen würde, um sich mit diesem unbekannten und bisweilen recht gruseligen Teil ihrer Vergangenheit auseinanderzusetzen.

„Danke“, erwiderte Anna mit einem kleinen Lächeln. „Eines Tages werde ich sicherlich darauf zurückkommen, aber bis dahin brauche ich, wie ich bereits sagte, noch ein bisschen Ruhe.“

„Ja, klar“, gab Manja sich einsichtig, konnte jedoch nicht verbergen, dass sie ein klein wenig enttäuscht war.

„Und du willst *den* wirklich im Zug heim transportieren?“, wandte Tristan sich mit kritischem Gesichtsausdruck an die Special-Protector, vermutlich, um sie von ihrem Leid abzulenken. Er deutete auf das fest verschnürte und mit Decken und anderem Material gut gepolsterte Paket, das neben ihr an der Couch lehnte. So gut wie möglich hatten sie den wertvollen Spiegel reisefertig gemacht.

„Aber nein, wo denkst du hin?“ Manja lachte und winkte ab. „Ich schicke ihn mir einfach mit der Post, da wird schon nichts schiefgehen. Ich meine, es gehen ja nie Sendungen verloren und eine Extra-Sendungsverfolgung mit Versicherung und allem Pipapo brauch ich wohl kaum, die ist ja immer so teuer und, wie gesagt, unnötig und … *hab dich.*“

Tristans Gesichtsausdruck hatte in den letzten Sekunden fast jede erdenkliche Variante von ‚erleichtert‘ über ‚ungläubig‘ bis hin zu ‚entsetzt‘ durchlaufen. Nun entfuhr ihm ein entrüstetes ‚Poah‘ und er verdrehte genervt die Augen.

Manjas Grinsen wurde breiter, als Tristan anklagend mit einem Finger auf sie wies.

„Ausnahmsweise muss ich meinen CO2-Fußabdruck vergrößern und mich von Ronny mit dem Auto abholen lassen“, fügte sie an, „denn dieses Schätzchen hier lasse ich so schnell nicht wieder aus den Augen. Außerdem wäre die Zv bestimmt nicht erfreut, wenn ich ihn unnötigen Gefahren aussetze, speziell, wo er doch schon so viel durchhat, nicht wahr, mein Kleiner?“ Sie tätschelte das Paket vorsichtig.

„Und flugs ist eine renommierte, Jahrhunderte alte magische Vereinigung auf nur noch *zwei* Buchstaben reduziert worden“, neckte Tristan sie und Anna und Lucas lachten. „Vergiss bloß nicht, das in die upgedatete Version des AKBs zu packen.“

„Es heißt nicht AKB, hör endlich auf, dir für alles deine eigenen Abkürzungen auszudenken“, beschwerte sich Manja, aber ihre Mundwinkel zuckten verdächtig.

„O nein, bitte nicht kündigen“, bat Tristan vollkommen unbeeindruckt, „was mir da alles entgeht: ein völlig ungefährlicher Job, Bombenstundenlohn, dreizehntes Gehalt, Weihnachtgeld, Altersvorsorge …“

Erneutes Lachen erfüllte den Raum.

„Na ja, also zu verachten ist die Bezahlung ja nicht“, stellte Elli klar und Manja nickte zufrieden.

„Wie finanziert ihr euch überhaupt, wenn ihr bis auf die Kostenerstattung für Unterkunft und Anfahrt keinerlei Einnahmen habt?“, dachte Anna laut nach. Das Geld für die Fahrkarte hatte sie Manja bereits überwiesen. „Falls es okay ist, so was zu fragen.“

„Aber klar, du sollst ja wissen, worauf du dich gegebenenfalls einlässt“, gab Manja ihre Hoffnung auf ‚Familienzuwachs‘ allem Anschein nach noch immer nicht auf und zwinkerte ihr kurz zu. „Wir haben großzügige Spender, die uns finanzieren. Für mich kam es nie in Frage, Leuten, die in Not sind, obendrein Geld abzuknöpfen. Doch selbst die gutgemeintesten altruistischsten Motive nützen allein leider nichts in unserer materiellen Welt. Durch besagte Spender, deren Kreis sich stetig vergrößert“, sie sah kurz dankbar zu Lucas, „ist es uns allerdings nicht nur möglich, unsere Ausgaben für technisches Equipment und dergleichen zu decken, sondern auch eine kleine Aufwandsentschädigung an unsere Mitarbeiter zu zahlen.“

„Na, so mickrig, wie ich getan habe, ist sie ja gar nicht“, brummte Tristan und Manja grinste.

„Dein Foto kommt diesen Monat trotzdem nicht an die Wand.“

Tristan verdrehte die Augen.

„Es war auf jeden Fall die richtige Entscheidung, dir den Spiegel mitzugeben“, kam Lucas schließlich an Manja gewandt auf das vorherige Gesprächsthema zurück und legte einen Arm um Annas Schultern. „Hätte mich auch gewundert, wenn meine Mum einen anderen Vorschlag gemacht hätte. Bei dir in eurem Tresor wird er vor machthungrigen … Vollidioten sicher sein."

Anna konnte hören, wie er seine Zähne fest aufeinanderbiss, und nahm an, dass er Jocelyns Eltern und deren Verbündete nur aus Höflichkeit nicht noch mit weiteren Schimpfworten bedachte. Sie griff nach seiner Hand und verschränkte ihre Finger miteinander. Der lange bereits vermutete Verrat an seiner Familie und speziell seiner Mutter hatte ihn schwerer mitgenommen, als er es sich anmerken lassen wollte. Dankbar drückte er ihre Finger.

„*Die* wünschen sich gerade, mehr Hirn und weniger Größenwahn in ihren Köpfen gehabt zu haben", gab Manja nach einem verständnisvollen Nicken zurück. „Aber ich bin immer noch total geflasht, weil sie das tatsächlich machen. Also die ZV mit dem Spiegel. Natürlich auch, dass sie von uns wussten und weiterhin mit unserer Organisation zusammenarbeiten und uns sogar in vielerlei Hinsicht unterstützen wollen, aber … o Mann! Ich meine, Merlins Spiegel. *Merlins*!" Sie seufzte, legte die Handflächen aneinander und in ihren Augen schimmerte es verdächtig. „Das allein ist doch schon der Wahnsinn!"

Sie strahlte Elli an, die den begeisterten Blick erwiderte.

„Na ja, so ganz original ist er ja nicht mehr, wenn er von seinem Lehrling und dessen Nachfolgern derart verändert wurde", sagte Tristan, der das mit der Empathie dringend noch üben musste, wie man den Gesichtern der Übrigen entnehmen konnte.

„Du bist ein uB der seltenen Klasse 5!", schnaubte Manja nicht ernsthaft verärgert und wischte sich über die Augen.

„Ein bitte was?", fragte Anna.

„Ein unfassbarer Banause!“

„Hey“, beschwerte sich Tristan, „wieso darfst *du* dir ständig neue Abkürzungen ausdenken?“

Eine Antwort bekam er nicht, denn von draußen ertönte lautes Hupen.

„Wenn das Ronny ist, kann er von Glück sagen, dass da unten keine Apfelbäume stehen, solange Elli in der Nähe – aua!“ Tristan rieb sich den Arm und Manja rannte mit einem aufgeregten „Ronny ist viel zu höflich zum Hupen“ ans Fenster.

„Dav! Und dabei hasst sie das Fahren so sehr“, hauchte sie ergriffen und war im nächsten Moment schon zur Tür hinaus.

„Hach, die junge Liebe!“, machte Tristan, während Elli bereits Manja folgte, und erhob sich. Seine Augen wanderten zum verpackten Spiegel, der nach wie vor an der Couch lehnte.

„Mann, bin ich froh, dass unsere Chefin mit dem Auto fährt!“, fügte er kopfschüttelnd, jedoch schmunzelnd an, klemmte sich den Spiegel unter den Arm und verließ mit einem „Wir sind gleich zurück“ an Anna und Lucas ebenfalls die Wohnung.

Lucas rückte ein Stück zur Seite, um Anna besser ansehen zu können. „Theoretisch müssen wir diesem ganzen Hokuspokus fast ein wenig dankbar sein“, äußerte er mit einem warmen Lächeln.

„Ist ‚Hokuspokus‘ bei euch in der Zauberergemeinschaft ein offizieller Begriff?“, fragte sie und er schüttelte den Kopf.

„Das ist eine lange Geschichte, die irgendwo im sechzehnten Jahrhundert beginnt. Was ich eigentlich meinte, war: Ich denke, ich versuche der Sache etwas Positives abzugewinnen, weil du mich ohne das ganze Drama sicherlich immer noch wie einen Aussätzigen behandeln würdest."

Jetzt war es an Anna, den Kopf zu schütteln. „Ich wäre nie gemein zu einem Aussätzigen." Sie sah ihn ernst an, konnte es aber bei seinem Grinsen nicht lange bleiben.

„Was ich sagen will, ist … nun … ", versuchte er es ein weiteres Mal und sie nahm seine linke Hand in ihre.

„Ich weiß", erwiderte sie leise.

„Ich meine …" Er brach erneut ab.

„Ich weiß", wiederholte sie lächelnd.

„Weil du mich in- und auswendig kennst", setzte er ebenfalls lächelnd hinzu und strich ihr mit dem Handrücken über die Wange.

„Besser als jeder andere", lachte Anna und legte ihre Hand auf seine.

„Ich *dich* aber auch", fügte er hinzu und seine graublauen Augen waren voller Wärme und Zuneigung.

Anna beugte sich weiter zu ihm und mit dem nächsten schnellen Herzschlag berührten sich ihre Lippen. Es kribbelte. Aufregend, wundervoll, vertraut. Mit einem wohligen Seufzen ließ Anna ihre Finger wie schon viele Male zuvor durch Lucas' weiche Locken gleiten– weil es sich einfach zu gut anfühlte. Ein leises Lachen kam, durch seinen Mund gedämpft, über ihre Lippen.

Er zog sich ein Stück zurück und bedachte sie mit einem amüsierten, aber fragend Blick. „Was?"

„Als ich in deinem Körper gesteckt habe, habe ich das auch ein paar Mal gemacht, weil deine Haare so schrecklich weich sind, und ich kam mir dabei so komisch vor, weil es sich für mich gleich aus zwei Perspektiven überaus gut angefühlt hat", erklärte sie.

„Hm-hm“, machte er genüsslich. „Ging mir nicht anders.“

Anna wollte lachen, hielt jedoch inne. „Wie? Was meinst du damit? Was hast *du* denn angefasst?“

„Oh – äh – auch deine Haare. Alles vollkommen harmlos“, erwiderte er und die leichte Röte, die dabei in seine Wangen stieg, strafte ihn Lügen.

Anna verengte die Augen und musterte ihn kritisch, aber im Grunde war das nur Show, denn in Wahrheit störte sie das Ganze nicht im Mindesten. Lucas war ein anständiger, herzensguter Mensch. Das wusste sie inzwischen. Und selbst wenn er ihren Körper mehr berührt hatte als zuvor zugegeben, war er mit Sicherheit dennoch nicht allzu weit gegangen.

„Wenn du willst, kann ich dir ja später, wenn wir auf längere Sicht allein sind, zeigen, was ich getan habe“, schlug er mit einem Lächeln vor, das nicht mehr wirklich anständig war.

Anna schürzte geschäftsmäßig die Lippen und nickte. „Darauf bestehe ich“, setzte sie hinzu.

Lucas lachte und küsste sie wieder, dieses Mal noch inniger als zuvor und Anna fühlte wie immer, wenn er das tat, wie sich dieses warme, glückselige Gefühl in ihrer Brust ausbreitete. Das Gefühl, das ihr sagte, dass Lucas irgendwie schon immer zu ihr gehört hatte. Wie es aussah, war er wohl doch ihr Gilbert. Ihr ganz persönlicher, magisch begabter Gilbert.

Ende

Manjas Abkürzungen

E	Eingeweihte
EK	Erstkontakt
EmF	Elektromagnetischer Felderfinder
EÜ	Erinnerungsübernahme
EZvdmB	Europäische Zentralvereinigung der magisch Begabten
H75-13K	Spezieller Hochfrequenz-Energieableiter
HfE	Hochfrequenz-Energieableiter
KT	Körpertausch
KTZ	Körpertauschzauber
PG	Poltergeist
RAA	Recherchieren – Auswerten – Anwenden
TP	Tauschpartner
U	Uneingeweihte
Wbk	Wärmebildkamera
ZvE	Zauberervereinigung Europas